Una pieza de más

REYES MARTÍNEZ

Una pieza de más

Grijalbo

Papel certificado por el Forest Stewardship Council®

MIXTO
Papel | Apoyando la
silvicultura responsable
FSC® C117695

Penguin
Random House
Grupo Editorial

Primera edición: mayo de 2023

© 2023, Reyes Martínez
Autora representada por IMC Agencia Literaria
© 2023, Penguin Random House Grupo Editorial, S. A. U.
Travessera de Gràcia, 47-49. 08021 Barcelona

Printed in Spain – Impreso en España

ISBN: 978-84-253-6489-1
Depósito legal: B-4.215-2023

Compuesto en La Nueva Edimac, S. L.

Impreso en Rotativas de Estella, S. L.
Villatuerta (Navarra)

GR 6 4 8 9 1

Para ti, mamá, porque los sueños se cumplen...

¿Quién podrá reposar tranquilo mientras
los infelices maldicen su descanso?

Gaspar Melchor de Jovellanos

1

Los latidos de su propio corazón

A cada bocanada de aire sentía una punzada de dolor justo debajo de las costillas, en el lado derecho. Aun así, su instinto no le permitía parar; lo mataría. Se obligó a seguir corriendo sin rumbo fijo, con el único objetivo de aumentar la distancia entre aquel hombre y él.

Ni siquiera era consciente de que se alejaba cada vez más del centro de la ciudad, de las calles que conocía, de la gente que le podría ayudar. Se adentraba en territorio prohibido, peligroso, inexplorado... Solo pensaba en correr y en respirar, sobre todo en eso, respirar y no desfallecer, pese al dolor, pese al terror. Sus piernas se comportaban como autómatas, cumpliendo órdenes de alguien que nada tenía que ver consigo mismo. Simplemente se movían una tras otra en una búsqueda incansable de la libertad que cada vez veía más lejana. No sabía por qué le había elegido, cierto que no era una persona excepcional; pero, que supiera, nunca había hecho daño a nadie. Quizá solo estaba en el lugar inadecuado y en el peor momento posible.

Intentó recordar. Se hallaba tomando una cerveza con un amigo cuando se sintió indispuesto; prefirió marcharse a casa, al día siguiente debía estar al cien por cien. El individuo le acompañó al coche, para ello tuvieron que atravesar una calle desierta. Lo siguiente que recordaba era a aquel hombre vestido de negro que le quitaba la ropa. Le resultaba familiar, pese a que su rostro permanecía oculto por la capucha. Al verlo despierto, intentó darle un golpe en su sien derecha, él evitó que le diera de lleno y gracias a eso pudo salir corriendo. A partir de ahí, solo había pensado en huir, en alejarse de aquella figura oscura que no se daba por vencida.

Podía escuchar los pasos del hombre que le perseguía, como redobles de un tambor ante la inminencia del cadalso. Se juntaba el ritmo con el sonido de **los latidos de su propio corazón**, que parecía bombear directo en sus oídos.

Ni siquiera sintió la piedra puntiaguda que se le clavó en la planta del pie derecho. Siguió concentrado en su carrera desesperada hacia la salvación mientras la piedra se hundía cada vez más en su pie desnudo, provocando una herida que no sanaría jamás y un rastro de sangre que quizá ayudaría a dar con su cuerpo más adelante.

Sí que percibió el sabor metálico de su propia sangre en la boca, quizá se había mordido, o tal vez sangraba por el golpe recibido.

Mientras se concentraba en respirar y en correr hacia ninguna parte, no fue consciente de cómo el sonido de los pasos que le perseguían se escuchaba cada vez más cerca. Solo cuando sintió el dolor del violento tirón de pelo, que le obligó a frenar en seco y aterrizar de culo en el suelo, se percató de que el peligro se había convertido en una realidad, algo de lo que no escaparía jamás. Se hallaba en el suelo, magullado, herido, el pie le sangraba y por fin podía sentir el dolor que durante tantos metros había eludido, como si comenzara en aquel mismo instante.

Miró a su alrededor buscando una ayuda que no llegaría nunca, un lugar donde resguardarse. Se habría agarrado a un hierro al rojo vivo, de saber que allí estaba su salvación. Pensó en gritar antes de ser consciente de que solo le serviría para perder las pocas fuerzas que le quedaban. En aquel momento supo que se encontraba exactamente donde su perseguidor quería, en un sitio alejado de miradas indiscretas, lejos de vecinos curiosos y transeúntes valientes que pudieran ayudarle si se daban cuenta del peligro que corría. Lo llevó, sin que se percatara de ello, adonde su perseguidor había elegido.

Cuando su mente se supo a punto de perderlo todo, se afanó en mandarle imágenes de todo lo que quería hacer y que, sin duda, nunca podría: tirarse en paracaídas, dar unas clases de surf en una playa paradisiaca, tener un hijo, igual dos; terminar su carrera y convertirse en un gran profesional, como se esperaba de él... Cosas que habían dejado de tener importancia de pronto.

No sobreviviría, y lo sabía. Fue esa certeza la que dejó escapar una única lágrima de sus ojos mientras el depredador se abalanzaba sobre su cuerpo y apretaba su cuello con todas sus fuerzas, hasta que todo se redujo a un punto negro que desapareció sin dejar rastro.

2

Una piscina improvisada

Ríos de lluvia se colaban por las alcantarillas mientras la sangre aún manaba de su cuerpo desnudo. El repiqueteo del agua al caer proporcionaba una música fúnebre a la escena, como si el cielo se despidiera del chico en un ritual divino.

El joven permanecía con la mirada serena, fija en una estrella temprana que las densas nubes dejaban entrever. Un tenue velo comenzaba a cubrir sus ojos, unos ojos que tan solo unos minutos antes rebosaban de vida y sueños de juventud. Su cuerpo aún reaccionaba a la fría lluvia emitiendo un vaho que se perdía en la noche, como todo lo demás.

Las gotas surcaban la barba de tres días que tanto le gustaba lucir porque le hacía parecer mayor. Ahora semejaba un laberinto por donde la lluvia se movía en decenas de estrechos riachuelos que desembocaban en la hendidura de su cuello, justo bajo la nuez. No tenía mucho vello, por lo que el torso desnudo se veía brillante a la luz de la luna. Los pezones, endurecidos por la fría lluvia, destacaban como dos pequeños botones rosados. Por debajo de ellos, comenzaba el horror.

El pelo aparecía bien peinado, despejando su cara, y extendido alrededor de la cabeza, como si alguien le hubiera colocado una corona al morir, y el agua se llevaba consigo los restos del fijador con olor a menta que esa tarde había usado con el fin de mantener cada cabello en su sitio. Su melena era la envidia de muchos de sus compañeros. Y de algunas compañeras también. La ropa descansaba bajo su cabeza, a modo de almohada cuidadosamente doblada para la ocasión, aunque ahora aparecía empapada y llena de todo tipo de manchas y arrugas. Quizá quien la había colocado allí no contaba con que las inclemencias del tiempo terminarían por redecorar la escena a su antojo.

El chico aparentaba serenidad, nada sugería lo contrario. Solo al recorrer su cuerpo, y ver el estado en el que se encontraba, se podía adivinar el sufrimiento al que había sido sometido. La boca aparecía roja, con restos de sangre en las comisuras, como si alguien la hubiera estirado más de lo debido.

Ni siquiera las ratas salían de su escondrijo bajo la intensa lluvia, se limitaban a darse un festín con el líquido dulzón que se filtraba hacia las cloacas en aquel oscuro lugar. Aún tardarían en descubrir que lo mejor se hallaba en el exterior, en la herida que presentaba el cuerpo desnudo del joven, desde el esternón hasta el pubis, y que alguien había abierto para dejar al descubierto sus órganos internos, que ahora aparecían ahogados en **una piscina improvisada** dentro de su abdomen.

Junto al cadáver, el hombre trabajaba con movimientos bien estudiados. Aún no había terminado su labor y no pensaba dejarla a medias. Sacó de su bolsa de deportes todo lo que necesitaría y se puso manos a la obra. Le encantaba la sensación de sentir cómo el cuerpo se quedaba laxo, sin un resquicio de vida en su interior. Si esperaba el tiempo suficiente podría notar incluso cómo se endurecía y comenzaba el *rigor mortis* que tanto le fascinaba, cómo la piel se volvía mármol mientras él la manipulaba, cómo le costaría cada vez más cortar, colocar, estirar… Aquel día no podía esperar a que ocurriera. Aún pasarían varias horas hasta que el cuerpo reaccionara de manera natural, y no disponía de tanto tiempo. Lo esperaban y debía darse antes una ducha, no podía acudir con ese aspecto. Admiró el pelo del joven y, tras colocarlo un poco, comenzó a trabajar.

Después de anotar en su cuaderno todo lo que necesitaba, sacó la nevera de camping que tanto servicio le hacía. Con movimientos precisos realizó su obra y admiró el resultado; nadie podría nunca decir que se hallaban frente a un chapucero, eso por descontado, pocas personas eran tan minuciosas como él. Con la sensación del trabajo bien hecho, cerró la herida y recogió sus cosas, ya solo quedaba rematar la faena; pero eso mejor lo haría desde casa, a salvo de las inclemencias del tiempo, de posibles interrupciones y de los roedores nocturnos que veía esperando a que él se alejara para así poder darse un generoso festín.

A pocas calles de allí, una joven intentaba contactar sin éxito con su novio desde hacía horas. Sus mensajes no obtenían respuesta y sus llamadas tampoco. Durante un rato pensó que estaría ocupado. Después creyó que le había ocurrido algo. Más tarde, que igual la ignoraba de manera deliberada, pese a que no encontraba ninguna razón para ello.

Al final se fue a la cama con una sensación agridulce en su estómago, restos de la preocupación y la angustia, sin duda alguna. Intentó tranquilizarse un poco, al día siguiente seguro que obtendría una explicación y sería de lo más mundana, para qué darle más vueltas aquella noche.

Mientras tanto, la ciudad se preparaba para descansar, resguardada de la intensa lluvia y ajena a la pérdida que acababa de sufrir.

3

No debería estar aquí

La clase de lengua no era de las que más entusiasmaban a J. J. Se le daban bien los números, el dibujo, las ciencias y la educación física, e incluso hacía sus pinitos en inglés, al menos en las clases de *listening*... Pero lengua..., lengua era su talón de Aquiles, sin duda alguna. Por más que le explicaba a su profesora que no se habían dado cuenta de que tenía dislexia hasta que fue algo mayor, ella pensaba que se trataba de una excusa barata para no estudiar. Nunca le creía y no le daba motivos para ello, ¿no? «Joder —pensó—, qué ganas de meterle a esta tía la dislexia de una "ostia". ¿O se escribe con "h"?, bah, qué más da, solo quiero calzársela, no mandársela por carta».

Apoyó la bici en una esquina. Aquel día no perdería el tiempo en ir a lengua y se estaba pensando si volvería el resto del curso; total, la nota ya la tenía colocada desde el primer minuto que vio a esa amargada delante de él. Se adentró unos pasos en su «refugio» para fumarse el porro que había preparado el día anterior. Al sacar los dos cigarros que llevaba en el bolsillo, sintió una punzada de rabia. Su colega, el Pecas, lo había dejado tirado por la culona de Elena. Entendía que un buen par de tetas eran razones más que suficientes para cambiar de planes, pero para no fumarse un peta un miércoles a las doce de la mañana... Mucho le tenía que gustar la chica. «Mejor, los dos para mí», pensó tratando de ser práctico.

Encendió el primero y aspiró todo lo fuerte que pudo. La primera calada siempre le hacía toser, sin duda era la mejor. En cuanto se le pasaba la tos, notaba sus músculos relajarse y los objetos a su alrededor se suavizaban como si en verdad no estuvieran allí, como si formaran parte de una realidad alternativa o algo así. Era como encontrarse dentro de un videojuego. Le dio un ataque de risa al darse cuenta de lo absurdo de su idea y pegó una segunda calada que le hizo sonreír de inmediato y cerrar los ojos. Los ruidos parecieron tomar prioridad en su cabeza, era capaz de oír las obras del edificio junto al instituto, pese a que había, al menos, medio kilómetro hasta donde se encontraba, oía el tráfico cercano, el pitido de los semáforos que avisaba del tiempo que quedaba para cruzar. Incluso pudo sentir un avión que pasaba por encima de su cabeza, tan cerca que extendió el brazo para intentar tocarlo, lo que le hizo reír de nuevo y aspirar por tercera vez. Y su colega se lo estaba perdiendo…

Unos pasos rápidos y ligeros le obligaron a girar la cabeza hacia el centro de aquella nave industrial, a la zona en la que faltaba el techo. Nada parecía fuera de lugar. Admiró el sitio, les había costado mucho tiempo encontrar el rincón perfecto donde resguardarse cuando decidían saltarse alguna clase, como aquella mañana. Un lugar a salvo de miradas curiosas y visitas inesperadas. Ahí no se iba por casualidad, se iba y punto. Se trataba de una nave que antiguamente se usaba para cargar los camiones de leche en una fábrica abandonada.

El Pecas y él habían recorrido los pasillos interiores decenas de veces, los despachos, la fábrica donde se encontraban las cadenas de montaje y demás; al final determinaron que, junto a la nave exterior, entre las columnas y escombros, era más probable que nadie los encontrara. Y, en caso de que sí, contaban con varios caminos por los que huir. En aquella zona de Madrid, en el barrio de Fuencarral, había sido una gran suerte que la antigua fábrica de Clesa, abandonada muchos años atrás, se hubiera convertido en un mausoleo decrépito que solo servía para acumular basura o para esconder del mundo exterior escenas como la de un joven haciendo novillos y fumándose un porro lejos de miradas indiscretas, por ejemplo.

A la cuarta calada, ya no tuvo dudas de que algo se movía a su derecha, se trataba de algo pequeño y rápido, pese a que él lo veía a cámara lenta por el colocón. No apartó la vista del sitio e intentó escuchar. Un tigre pequeño intentaba dar caza a otro animal más menudo que le plantaba cara. J. J. miró el porro en su mano, agitó la cabeza hacia los lados en un intento de ordenar lo que acababa de ver, no le pegaba mucho que por aquel espacio hubiera un tigre, y volvió a mirar con detenimiento. Por supuesto no era un tigre, sino un gato bastante grande para ser callejero, de color rubio y rayas más oscuras en el lomo. Se enfrentaba a una rata que sin duda defendía algo que sentía como suyo, una presa o un lugar. Cuando el gato atacó de nuevo, la rata buscó un escondrijo y desapareció de la vista en un abrir y cerrar de ojos, seguro que se había colado por alguna alcantarilla. J. J. se hallaba lo suficientemente cerca para ver las huellas que los dos animales dejaban en las piedras cercanas. Supuso que alguien habría olvidado una lata de pintura o habían pisado óxido o algo así, porque las huellas eran de un color rojizo difícil de obviar. Fuera como fuese, llamaron su atención lo suficiente para que se levantara a mirar. Una nueva rata cruzó en dirección contraria y el gato volvió sobre sus pasos para perseguirla. A J. J. le parecieron demasiados roedores para una hora tan temprana y algo temerarios para pasar tan cerca de su posición, aunque igual se lo parecía a él porque estaba un poco confuso tras haberse fumado ya más de la mitad del porro.

Se acercó al lugar por el que había pasado la segunda rata, intentó mantener el equilibrio, no sin dificultad, y guardó el porro de su colega para otra ocasión. Quizá aquella mañana era mejor no fumar más. Se acercó con paso lento al centro de la nave, donde pudo ver alguna piedra fuera de lugar, cartones amontonados, varias fogatas apagadas hacía tiempo... Todo aparecía como siempre: las pintadas que ya conocía, el rincón de «mear»...

Al fondo, junto a la puerta de acceso a la fábrica, un detalle parecía sobrar. Antes de acercarse lo suficiente, sintió un olor dulzón que atravesó sin piedad sus fosas nasales y le provocó una arcada. Sus ojos se posaron en algo que no debía estar allí. Su cerebro no estaba preparado para presenciar un espectáculo como aquel. Un bulto que parecía un cuerpo desnudo, o un maniquí, descansaba boca arriba sobre el hormigón con evidentes signos de violencia. Desde su posición podía ver varias heridas necesariamente mortales, lo que le hizo desechar la idea del maniquí. Los ojos de la víctima permanecían abiertos y fijos en el cielo. Regueros de sangre iban a parar a un sumidero que se encontraba a un lado y cuya tapa se hallaba en condiciones lamentables. Sin duda, era de allí de donde salían tantas ratas. Como para darle fuerza a su teoría, un hocico asomó de pronto seguido de un tercer roedor.

Su cuerpo se convulsionó en una nueva arcada que le hizo vomitar la leche con cacao y cereales que había desayunado hacía ya una eternidad y el bocadillo de salchichón que había tomado de camino a la fábrica. Nunca pensó que su cuerpo pudiera echar tanto contenido en tan poco tiempo. Cuando por fin se le pasaron un poco las náuseas, se obligó a mirar hacia aquel lugar. Pudo ver varias prendas de ropa manchadas de sangre, unas enormes heridas que mancillaban la blancura de un cuerpo desnudo y un par de ratas mordisqueando los dedos de los pies. Jamás había visto algo tan horrible, y eso que a él le gustaban mucho las películas sangrientas. Lo peor era el olor…, el olor era algo que no aparecía en la pantalla y, sin darse cuenta, se le metió en el cerebro y se le quedó dentro.

Cuando se sintió con fuerzas, sacó el teléfono del bolsillo de su cazadora. Sintió los dedos entumecidos de un frío que ni siquiera había notado hasta entonces, pese a estar a mediados de noviembre. Buscó el número de su amigo el Pecas sin pensar y pulsó el botón de llamar. El joven no contestó y esperó hasta que se dio cuenta de que su amigo estaría en clase y con el teléfono silenciado, como obligaban a tenerlo allí.

—Joder, ¿por qué no estaré yo en el instituto también? **No debería estar aquí** —se regañó con la voz entrecortada por el frío—. No debería estar aquí.

Miró el móvil en su mano y supo que solo tenía dos opciones: llamar a la policía o marcharse como si nunca hubiera estado en aquel lugar. Puesto que huellas suyas y ADN habría a miles, porque raro era el día que no se acercaba a fumarse un peta o a charlar con su colega, optó por la primera opción. Marcó el 112 y esperó.

—Ciento doce, dígame. ¿Cuál es su emergencia? —respondió una voz femenina al otro lado de la línea.

—Yo… yo… —balbuceó él, no atinaba a decir nada más.

—¿Está usted en apuros? —preguntó la voz.

—Eh…, no, yo no…; pero hay un…

—Señor, si no me dice lo que le ocurre, no puedo ayudarle —insistió la voz.

—Hay un muerto aquí —respondió él intentando obviar que le había llamado señor, ¡que tenía quince años!

—¿Dónde se encuentra? ¿Ha comprobado el pulso?

—No, no lo he comprobado, pero le aseguro que está muerto. Tiene… un montón de heridas…, está hecho una mierda…; yo… me he acercado y es imposible que… Además, los ojos están abiertos… y las ratas le han mordido los pies y no se mueve, joder.

En aquel momento, el aire le devolvió un poco de aquel olor dulzón sentido hacía pocos minutos y su cuerpo se rebeló de nuevo, echando fuera lo poco que le quedaba del desayuno. Por la cantidad de comida que salía, a J. J. le parecía que incluso vomitaba la cena del día anterior. La persona al otro lado de la línea esperó con paciencia a que el joven recuperara el aliento, era evidente que su cuerpo se sublevaba una y otra vez ante lo que fuera que tuviera delante, porque cada poco el chico hacía una pausa para vomitar. Cuando le pareció que sería capaz de hablar, le pidió con mucha calma sus datos y su ubicación. Lo mantuvo hablando durante varios minutos mientras avisaba a la policía para que mandara una patrulla lo antes posible. J. J. se lo agradecía; de haber colgado, igual hubiera hecho algo tan tonto como marcharse de allí, que era lo que en realidad le pedía el cuerpo. Intentó esconder todas las colillas que encontró de visitas anteriores y, en cuanto vio las luces del coche patrulla, se echó la mano instintivamente al bolsillo de atrás de los vaqueros y metió el porro lo más adentro que pudo. Solo esperaba que no vinieran con un perro, porque lo olisquearía a distancia y no quería más problemas. Bastante tenía que explicar ya.

Mientras esperaba a que los agentes se bajaran del coche y comenzaran a hacerle un sinfín de preguntas para las que prefería no tener respuesta, se hizo una promesa que tenía intención de no romper jamás: no volvería a saltarse la clase de lengua.

4

Menudo día

Macarena se sobresaltó cuando oyó la alarma del despertador. Era su primer día en la unidad y no quería llegar tarde, por eso no había pegado ojo en toda la noche. Había estado tan pendiente de no dormirse que, cuando por fin cayó rendida, era casi la hora de despertar. Lo apagó de mala gana y se obligó a levantarse. Estaba segura de que, si posaba la cabeza un segundo en la almohada, ya no habría alarma que la obligase a ir a trabajar.

Abrió el grifo del agua caliente para que fuera tomando temperatura, el calentador era viejo y a veces tardaba en hacer su función una eternidad. El líquido transparente que esperaba que la espabilara de inmediato no lo era en absoluto, sino que tenía un color tierra bastante sospechoso.

—¡Mierda, mierda, mierda! —maldijo por no haberse lavado el pelo la noche anterior, ahora tendría que recogérselo de cualquier manera—. En mi primer día..., no puede ser. Vaya pelos...

Al pisar el suelo de gres, resbaló y a punto estuvo de caer. Se agarró al lavabo y se torció la muñeca. Maldijo de nuevo y rebuscó en el botiquín por si hubiera algún calmante que se pudiera aplicar. Tras apartar más de diez frascos que no sabía ni para qué servían, encontró una crema antiinflamatoria caducada hacía varios años y se la aplicó sin vacilar, tendría que valer. No pasó más de un minuto antes de que empezara a sentir un picor en la zona donde se había frotado la pomada. Quiso enjuagarse la mano bajo el grifo, a lo que la cañería respondió con un quejido.

—Pues sí que empieza bien el día —le comunicó a la nada, aunque el pequeño Miko levantó las orejas, muy seguro de que se lo decía a él.

A Macarena siempre le habían gustado los animales, sobre todo los perros. Durante meses sopesó la posibilidad de adoptar un cachorro que le hiciera compañía y la obligara a salir en aquellos días en los que no le apetecía ni quitarse el pijama. Lo pensó durante días porque tenía que reconocer que su trabajo en la policía le dejaba poco tiempo para pasearlo y demás. Una visita a unos primos lejanos que acababan de adoptar un setter irlandés terminó de quitarle la idea. En el rato que estuvo allí, el pequeño perrito les arruinó un par de zapatos nuevos, se comió medio álbum de fotografías y rompió una jarra llena de sangría recién hecha, y aún tuvo tiempo de tomarse una buena cantidad del líquido, lo que le provocó una asquerosa diarrea. No, lo de adoptar un cachorro con su trabajo no era un buen plan. Aunque su horario en teoría era más o menos fijo, el año anterior, mientras vivía en Guadalajara, había formado parte del equipo de investigación de un crimen, primero colaborando en momentos clave y después como parte activa de la unidad, y su horario se había visto alterado sobremanera. Allí se comía, se investigaba, se cagaba y meaba cuando su jefa lo disponía, ni más ni menos. Y no podía ni imaginar los estragos que causaría en su casa un peludo sin conocimiento y con una humana que iba y venía sin horario fijo.

El gato, mientras tuviera su arena más o menos limpia y comida y agua de sobra, no daba mucho más que hacer. Bien era cierto que en alguna ocasión se había encontrado algún mueble arañado o algún ratón muerto en el patio. Mientras solo fuera eso, no necesitaba estar pendiente de sacarlo a pasear o de jugar con él. En realidad, Miko era bastante arisco incluso para ser un gato. Solo tenía, eso sí, que aguantar las críticas de su madre, que le decía que cada vez le quedaba menos para convertirse en la «tía solterona de la familia», lo que por otro lado no le importaba en absoluto.

Tras hacer casi un milagro con su pelo, dar de comer a Miko sin que la hiciera caer al enredarse entre sus piernas y lavarse la cara solo un poco más que su mascota, quiso prepararse un café antes de darse cuenta de que la cafetera también funcionaba con un agua que no tenía. Musitó un «mierda, mierda, mierda» de nuevo y se calzó para salir a la calle. Total, no podía ir a peor. Una ráfaga de aire helado y repleto de lluvia la recibió en la puerta. Quizá sí que las cosas podían empeorar, porque acababa de calarse hasta los huesos. Eso sí, por fin algo la espabilaba de verdad. Pensó en coger el paraguas, aunque abrirlo con aquel aire se habría convertido en una misión imposible, así que se enfundó un chubasquero para no mojarse de más y corrió hacia el coche. Cruzó los dedos para no resbalar en algún charco, ya tenía bastante irritada la muñeca, cubierta con la única venda que encontró, por culpa de la pomada en mal estado.

—¡Mierda, mierda, mierda! —se quejó en voz baja para no alertar a los vecinos. Solo esperaba no encontrarse una rueda rajada o algo por el estilo.

Al llegar al coche comprobó que, por suerte, todas las ruedas aparecían bien infladas y en perfecto estado, por fin algo que salía bien. Le costó arrancar tres veces, no se atrevió a maldecir por no darle pistas al Universo. Salió al tráfico a la vez que cruzaba los dedos, la hora punta en Madrid era poco menos que una odisea en sus carreteras; esperaba no encontrarlas demasiado congestionadas, aún no eran las siete de la mañana. Salió de Majadahonda y enfiló la A6 en dirección Madrid, que ya iba bastante cargada a aquellas horas, pese a que el carril central que oxigenaba un poco la circulación estaba abierto. En cuanto se incorporó a la autopista, la luz que anunciaba que andaba escasa de combustible se encendió en el salpicadero.

—Por supuesto. No esperaba menos —ironizó mientras buscaba una estación de servicio para repostar.

Paró en la primera gasolinera que encontró, donde por cierto el combustible se vendía a precio de oro. Pensó en seguir hasta la siguiente, pero con el día que llevaba estaba claro que se quedaría tirada a mitad de camino, en el lugar de menos visibilidad y cuando la lluvia más arreciara; no se la jugaría.

Cuando por fin salió a la autovía con el depósito lleno y habiendo tomado un café de la máquina que le supo a gloria, recibió una llamada y contestó sin saber de quién procedía; no pudo ocultar su mal humor.

—¿Quién es? —preguntó de mala gana.

—¿Subinspectora Valverde?

—Sí, ¿quién es usted?

—Soy su jefe, el inspector Quintana —respondió con tono seco una voz masculina al otro lado. Ella, sin darse cuenta siquiera, dio un respingo.

Se puso nerviosa sin tener motivos. Aunque no esperaba que su nuevo jefe la llamara a esas horas el primer día que trabajaría a sus órdenes, su fama le precedía y a oídos de Macarena habían llegado decenas de comentarios sobre su carácter y su mal genio permanente.

Aquel día comenzaba como subinspectora de Homicidios en la Comisaría Central de Madrid. El inspector Quintana tenía fama de ser un gran investigador y prepotente con sus subordinados, y eso hacía que ella sintiera expectación y temor a partes iguales. Por un lado, esperaba aprender todo lo posible de alguien como él, no en vano había resuelto varios casos complicados de manera muy satisfactoria. Por otro..., no es que fuera la policía más dócil de la ciudad, chocarían a la primera de cambios.

—Buenos días, inspector... —acertó a decir lo más amable que pudo—. ¿Ocurre algo? Estoy de camino...

—Sí, preséntese en la calle Romancero Gitano, en el barrio de Villaverde, ahora.

—Eh..., sí, claro..., tengo que ir primero a comisaría y después...

—Usted tiene que ir adonde yo le diga que vaya —le espetó él en tono brusco.

—Claro, señor, por supuesto —respondió ella a la vez que se mordía la lengua—. ¿A qué altura de la calle debo ir?

—Le envío la ubicación. No tarde, tenemos un cadáver.

No entraba a trabajar hasta una hora más tarde y ya tenía un cadáver y la había reñido su nuevo jefe. Con el día que llevaba, se lo tenía que haber imaginado.

—Llegaré en unos quince minutos —prometió ella tras comprobar el GPS, en realidad no tenía ni idea de dónde se encontraba aquel lugar.

—Que sean diez —zanjó él justo antes de colgar.

—¡Mierda, mierda, mierda! —repitió mientras aceleraba un poco y sorteaba el intenso tráfico de la ciudad.

Tardó diecisiete minutos en encontrar la ubicación que le había enviado su jefe, lo cual se había convertido en toda una odisea, porque ella vivía en la otra punta de Madrid, y otros diecisiete minutos en dar con el lugar exacto y estacionar el coche. Aquella zona de Villaverde, hacia el sur de la ciudad, no se hallaba muy concurrida, pero sus calles semejaban un laberinto donde las prohibiciones de avanzar hacia uno u otro lado eran inversamente proporcionales a los deseos de un conductor. Supo que se encontraba en el sitio correcto cuando se topó con una enorme cantidad de gente que se arremolinaba en busca de algo que ver, algo que contar o algo que solucionar; esperaba ser de esos últimos.

Un hombre de mediana edad y tamaño XL se acercó hacia ella con cara de pocos amigos. Ella reconoció al que sería su nuevo jefe y cuadró los hombros aguardando la bronca que, sin duda, estaba a punto de escuchar. **Menudo día.** En una especie de patio interior, una pequeña carpa resguardaba aquel cadáver sobre el que se disponía a investigar. Como si necesitara una prueba de que aquel era su lugar, el cielo se rasgó en un ruido atronador y las gotas de lluvia que no habían dejado de caer en ningún momento se convirtieron en un intenso aguacero que echó del escenario a todo el que no debería estar. Su jefe se limitó a subirse el cuello del abrigo y la apremió para que lo acompañara a toda prisa; un cuerpo esperaba y cuanto más tiempo permaneciera a la intemperie más difícil sería dar con el que acabó con su vida.

5

Para un día que vengo solo...

J. J. sudaba pese al aire frío que se colaba en la fábrica abandonada. Aquellos dos policías le hacían tantas preguntas que empezaba a sentir ganas de inventarse las respuestas. La mujer era un poco más amable que el hombre, como si hubieran visto demasiadas películas policiacas y ella hubiera elegido el poli bueno y el hombre asumiera el papel de poli malo. Le hubiera hecho gracia la situación de no estar en medio de los dos.

Echaba de menos a su colega el Pecas, si al menos hubieran estado aquella mañana juntos, tendría el apoyo que en aquel momento le faltaba, se sentía como si le fallara una pierna o un brazo. Entonces su móvil comenzó a sonar, su amigo intentaba dar con él al ver, sin duda, la llamada perdida de J. J. cuando encontró el cadáver en la nave abandonada. El sudor le perlaba la frente y se confundía con el acné que decoraba cada centímetro de su cara. Le picaba. Evitaba rascarse para no provocar cicatrices que no desaparecerían jamás, se lo recordaba su hermano a cada minuto; era mayor que él y sus cicatrices ya no tenían remedio. Quizá él sí que estuviera a tiempo.

Pidió permiso para responder al teléfono y la mujer policía le advirtió que fuera breve y no hablara de lo que acababan de encontrar, que sería un delito si lo hacía. J. J. asintió, puso cara de niño bueno y contestó.

—¡Tío!, ¿para qué me has llamado?, ¿qué pasa? —preguntó la voz gangosa del Pecas al otro lado.

—Nada, nada, perdona. No me acordaba de que estabas en el insti y te llamé porque pensé que te saltarías lengua, ya sabes.

—Ya te dije que no iba a faltar más a clase. Te lo dije en serio.

—Yo tampoco voy a faltar más —respondió él muy serio, a la vez que se mordía los labios, no podía contarle qué le retenía allí.

Le parecía que mentía a su colega al no poder darle ninguna información. No podía hacer otra cosa, la mujer policía no le quitaba la vista de encima…, ni el oído.

—¿Tú? ¿Que no vas a faltar más a clase? No digas chorradas, tío, ¿es que piensas ir a lengua? Con lo que te quejas de la profe.

—Puede que lo haga; si no voy, no aprobaré en la puta vida.

—Tío, ¿qué coño te pasa? —preguntó el Pecas—. Hablas raro y que quieras ir a clase…, no sé…, no entiendo nada.

—No, no, tranquilo, no es nada —le prometió el chico—, solo tengo un mal día.

—Joder, colega, tienes que dejar de fumar esa mierda —le recriminó su amigo—. ¿Cuántos han caído hoy?

—Eh…, sí, creo que tienes razón —quiso zanjar rápido para que no le preguntara nada más. La mujer policía lo miraba con cara de pocos amigos y solo le faltaba tenerla en contra a ella también.

Tras colgar, se preparó para una nueva ronda de preguntas que no llevarían a ninguna parte, lo que le hizo pensar que los policías estaban haciendo tiempo para que llegara alguien más. Oyó a lo lejos que se acercaban varios coches y, antes de darse cuenta, aquello parecía una calle céntrica en hora punta. ¡Con lo que le había costado encontrar un lugar tranquilo para sus cosas! Al menos diez personas se ataviaron en tiempo récord con monos blancos y calzas que evitarían contaminar la escena del crimen. Un hombre de unos cuarenta y tantos años, pelo lacio salpicado de alguna cana solitaria, ojos separados y nariz fina y recta, se acercó a él con paso firme. No llevaba el mismo atuendo que los demás, sino unos vaqueros gastados y un jersey negro de cuello alto debajo de una cazadora gruesa que servía tanto para la lluvia como para el frío intenso de Madrid. Sin saber por qué, J. J. se puso en guardia, parecía ser el que mandaba a los demás, aunque no le había oído decir aún ni una palabra.

—Buenos días, ¿qué tal? —preguntó como el que va a dar una vuelta por el parque y se encuentra con un conocido.

—Buenos días, inspector —respondió el hombre uniformado—. Hay un cuerpo ahí delante, hemos llamado al comprobar que no se podía hacer nada por él.

—Bien hecho —contestó él a la vez que echaba un vistazo a su alrededor y se afanaba en examinar la bici del chico apoyada en un poste, los policías se miraron entre ellos y la mujer puso los ojos en blanco.

—Los de la Científica ya están aquí —le informó la mujer.

—Ya los he visto, gracias —dijo mientras se subía a la bici y apretaba los frenos para comprobar qué tal funcionaban.

—Es mía —le informó J. J., no por si se la llevaba, suponía que un inspector no haría tal cosa, sino más bien por llamar su atención.

—Tranquilo, solo estaba probándola, es que estoy pensando en comprarme una y esta tiene buena pinta. Y como veo que eres más o menos de mi altura…

—Es de las baratas —le explicó el muchacho—, de esa tienda de deportes que tiene tantas franquicias, es que las buenas valen mucha pasta. Igual usted puede comprarse una mejor.

—Es posible —confesó el inspector—, solo que como mi tiempo para el ocio es un poco limitado, no quiero gastar mucho para luego no usar la bici, quizá sea una buena opción empezar con una así. Soy el inspector Carrasco, por cierto —añadió a la vez que le ofrecía la mano y se bajaba de la bicicleta.

—Yo soy J. J. —respondió el chico, el policía se quedó a la espera de algo más de información.

—O me equivoco o J. J. vendrá de algo, ¿o tus padres no tenían más ganas de escribir ese día?

—Eh…, sí, claro —explicó el joven algo turbado, no sabía muy bien si el hombre intentaba ser simpático o se burlaba de él descaradamente—. Me llamo Juan José Lerena.

—¿Y qué haces aquí un día de clase, J. J.?

El chico lo estudió con interés. Aquel policía daba la sensación de estar interesado en saberlo no como una pista, sino como si le importara la respuesta de un adolescente que hacía novillos un día cualquiera.

—Es que yo…, no fui a clase.

—Eso es evidente. ¿Por qué no fuiste? ¿Es que tienes problemas con algún compañero?, ¿o con algún profesor, quizá?

Los agentes, que llevaban en el escenario más de una hora intentando obtener información del joven, lo miraron sin comprender. Había un cadáver en aquella zona de la abandonada fábrica de leche. El cuerpo se encontraba desnudo, mordisqueado por las ratas, y alguien lo había dejado allí por ser un lugar de difícil acceso y fuera de la vista de todos. Se lo había encontrado un chico con pocas luces que debería estar en clase a esas horas y que se mostraba esquivo cuando le preguntaban los motivos por los que se hallaba en aquel lugar. ¿Y le preocupaba que el muchacho hubiera hecho novillos por no llevarse bien con otro alumno o con un profesor? ¿Y el tipo de bici que usaba? El agente uniformado resopló sin molestarse en disimular y ella reprimió sus ganas de hacer otro tanto, no en vano se hallaban en presencia de un superior.

—Es que..., no se me da muy bien lengua —confesó J. J. con algo de vergüenza—. A veces me salto la clase porque la profesora la tiene tomada conmigo, piensa que la engaño y que no estudio porque no me da la gana, y no es verdad, es que soy disléxico, se lo juro.

—¿Y siempre vienes aquí cuándo faltas a clase? —quiso saber el inspector.

—Eh..., a veces.

—¿Muchas veces o pocas veces? —insistió él.

—Muchas veces —terminó por confesar él.

—¿Y vienes a leer? ¿A reflexionar? ¿Siempre vienes solo? ¿O..., más bien..., vienes a fumarte un peta y relajarte un poco?

—Eh..., no, no, yo...

—No pasa nada por fumarse uno de vez en cuando, yo a tu edad también lo hacía y ahora soy policía, inspector nada menos. La vida de un adolescente puede ser muy dura, te obligan a madrugar, a ir a unas clases en las que te enseñan un montón de chorradas que no te sirven de nada en la vida real, los compañeros pueden ser muy crueles si se lo proponen, los profesores se creen que se enfrentan a cabezas de chorlito que no saben sumar dos y dos; es normal que de vez en cuando alguno se intente relajar con un porro, o incluso con un par de copas. Es muy injusto lo que os hacen vivir, yo lo entiendo, de veras.

—Ya..., la verdad es que sí, que alguna vez lo hago —confirmó el chico.

Los dos agentes se miraron sin entender muy bien lo que estaba ocurriendo. Aquel inspector había conseguido que el muchacho le dijera mucho más en un minuto que a ellos en una hora y media. Les daban ganas de marcharse de allí y dejarlo con sus tonterías.

—Qué difícil es el instituto a veces, ¿cierto? —preguntó el inspector sin esperar respuesta—. A mí en segundo me llamaban el «Petardo». Mi madre pensaba que era porque me gustaba lanzar petardos en las fiestas y, en realidad, era porque mis amigos no me aguantaban mucho, decían que hablaba y hablaba sin parar. Que era el plasta de la pandilla, vamos, y razón no les faltaba. Claro que a mí me daba igual; si no querían escucharme, solo tenían que irse. De todos modos, es cuando eres adolescente que te das cuenta de que todos los que dicen ser tus amigos no lo son en verdad, solo algunos.

—El instituto es una mierda —añadió J. J., molesto.

—Vamos a hacer una cosa —le propuso el hombre—. Tú me cuentas todo lo que has visto y por qué estabas aquí hoy y yo te prometo que hablaré con tu profesora de lengua para explicarle que debe tratarte de otra manera, que mereces que te revise las tareas de otra forma, ya que tienes ese problema, la dislexia. Parece una tontería, ¿sabes?, pero a veces una visita de la policía ayuda mucho, sobre todo con cierto tipo de personas.

—¿Y por qué haría eso? No es cosa de la poli.

—Porque creo que eres un buen chico y no te están tratando bien. Si lo estuvieran haciendo, no tendrías la necesidad de venir aquí a relajarte. A ver, cuéntame todo.

—Como le dije antes, vengo bastante —confesó.

—¿Y vienes solo? —quiso saber el inspector.

—Sí —respondió él a toda prisa, quizá demasiado rápido, dado que había titubeado en todas las preguntas anteriores.

—Así que... vienes cuando quieres estar solo, cuando necesitas escapar de la clase de lengua..., ¿de tu familia también escapas?

—Qué va..., no..., mi familia..., son buena gente.

—¿Con quién vienes, Juan José?

—J. J., por favor —le pidió el muchacho.

El inspector lo observó unos segundos interminables sin añadir nada. Miró sus granos, su cara a medio hacer; ni era niño ni era adulto. Le parecía que las orejas y la nariz se veían desproporcionadas con el resto del cuerpo, como si estuviera dando el estirón por partes. Se fijó en que lo mismo le ocurría con los brazos y las piernas, que se veían demasiado largos en proporción con el resto del cuerpo. Quizá era eso lo que le daba al muchacho el aspecto de desgarbado, e incluso de desamparado. Sintió pena por él, pese a que no tenía motivo alguno y se repuso enseguida, no le gustaba prejuzgar a nadie, y menos a los adolescentes, eran demasiado imprevisibles. Algo que había aprendido, y que se le daba muy bien, era no dejar traslucir ninguna emoción cuando hablaba con un testigo o un sospechoso. Por eso, aunque sus métodos exasperaban a más de uno, sus compañeros nunca intervenían cuando él hablaba con unos u otros, porque siempre conseguía más información que el resto. Su compañero y gran amigo, el inspector Larranza, jubilado hacía dos años, se metía con él diciendo que él le confesaría hasta que había robado chocolate de la despensa de su abuela cuando era niño con tal de que le dejara en paz, que era un plasta. Suspiró, lo echaba de menos mucho más de lo que quería admitir. De hecho, desde que se había jubilado, no había encontrado el compañero o la compañera ideal con quien trabajar.

—A ver, J. J., vamos a empezar desde el principio. Vienes aquí a fumarte un porro de vez en cuando. Digamos que bastante a menudo. De hecho, hoy ya te lo has fumado. No te molestes en mentirme, porque te tiembla el pulso y tus pupilas aparecen algo dilatadas. No te das cuenta, pero se te ve acelerado, nervioso, intentas no contactar visualmente conmigo y, encima, se nota en el bolsillo trasero de tu pantalón la forma de un porro que aún está por fumar.

—¡Joder! —soltó el chico—. ¡Y yo que pensaba que solo estaba siendo amable conmigo! Resulta que me fichaba.

—Solo soy observador —le confesó él.

—Por favor —le pidió el chico en voz baja—, no se lo diga a mis padres.

—No tengo intención de contar tu «secretillo», pero para eso tendrás que ser sincero conmigo. Lo intentaré de nuevo. ¿Vienes solo?

—No, normalmente vengo con el Pecas, es mi mejor amigo. Bueno, lo era.

—¿Y hoy?

—No, no, hoy he venido solo. El..., ya sabe..., el cigarro que llevo en el pantalón era para él —añadió en un susurro—. Me ha dejado *colgao* por la Elena.

—Vaya, problemas de chicas. ¿Es que te gusta a ti esa tal Elena?

—¡¿A mí?! No, no, qué va... Está buena, sí; pero yo paso de tías, no traen más que problemas.

—¿Te gustan más los chicos?

—No, es que paso de rollos, prefiero vivir mi vida —le explicó el chico con una convicción que contrastaba con su cara llena de granos—. Ahora dice que quiere estudiar y no tiene ni puta idea de nada. Perdón, no quería decir...

—No pasa nada. Yo intento no decir palabrotas porque en casa me riñen..., ya sabes... —le explicó en tono de confidencia. Para qué decirle que vivía solo, era mucho mejor que pensara que tenía una familia feliz, para que se sintiera más cómodo y contara sus cosas.

—A mí también, pero me la pela... ¡Joder! Otra vez, perdón.

—No importa, sigue contándome, tu colega...; el Pecas, ¿no?

—Sí, eso es.

—¿El resto de los días sí ha venido contigo?

—Sí, y **para un día que vengo solo**... No, es el segundo, la otra vez fue porque mi amigo estaba malo. Si no, no se perdía una.

—Pues qué mala suerte. Justo hoy que necesitabas ayuda o apoyo, te deja tirado. Tendrás que darme el teléfono de tu amigo y su nombre completo, necesito hablar con él, ¿podría ser?

—Si él no estaba...

—Ya, ya, pero ha venido muchas veces y tenemos que descartar sus huellas y su ADN, al igual que los tuyos. ¿Te han tomado ya alguna muestra?

—No, los otros polis me han dicho que se encargarían los de la Científica. ¿Se dice así? Mi colega se llama Pablo Verdejo, le enseñaré una foto —dijo el chico a la vez que pasaba fotos con el móvil.

El policía le cogió el teléfono de las manos y miró aquellas fotos con determinación. Algo no cuadraba y no llegaba a acertar qué era. En varias de ellas aparecían los dos muchachos haciendo tonterías en aquel mismo lugar. Por supuesto, habría reconocido al Pecas en cuanto lo hubiera visto, porque tenía la cara entera salpicada de ellas y el pelo naranja y ondulado. La sensación de que algo no cuadraba seguía ahí y él era incapaz de saber el porqué.

—Vamos a hacer una cosa, J. J., primero no me hables de usted, que no soy tan viejo, y después anota mi teléfono y envíame todas las fotos que tengas de este lugar, me da igual de cuándo sean, ¿de acuerdo?

—Claro, tío, sin problema —le contestó el chico con familiaridad.

—Por cierto…, ¿no habrás hecho hoy alguna foto del cadáver o del escenario del crimen?

—Eh…, no, claro que no… —Casi se había olvidado de que había un cadáver, se encontraba tan entretenido hablando con aquel inspector que se olvidó por completo del motivo por el que lo retenían allí.

—¿Seguro? —insistió el inspector.

—Eh…, quizá alguna —respondió el chico mientras un rojo intenso le subía por el cuello y se instalaba en sus mejillas y orejas.

—Si yo lo entiendo, este es tu lugar, tu refugio y alguien lo ha mancillado. ¿Cómo no ibas a hacer fotos? ¡Normal! El problema es que es ilegal y tampoco puedes compartirlas con nadie. ¿Las has enviado? Si es así, nos tienes que decir a quién.

—No, te lo juro. A ver…, pensaba mandárselas al Pecas, pero aún no lo he hecho.

El chico había desarrollado en pocos minutos una gran simpatía por aquel policía y colaboraría en todo lo que le pidiera. Ni siquiera se daba cuenta de que su secreto no podría ser guardado, era menor de edad y le tenían que hacer varias pruebas de ADN. Le envió las fotos y después borró delante de él las que pertenecían a aquella mañana, para que solo las tuviera el policía. Se sintió importante al colaborar en aquel caso. El inspector lo dejó con un agente para que le tomara declaración mientras daba tiempo a que llegaran sus padres, pese a que él no fuera consciente de que no podía pasar solo por aquello.

El inspector Carrasco pasó junto a dos agentes uniformados que le saludaron y le señalaron la zona donde se hallaba el cadáver. Enseguida reconoció al doctor Leal a lo lejos, con su perilla bien recortada, su pelo negro peinado hacia atrás y sus gafas de montura blanca que resaltaban contra el moreno permanente de su piel. Permanecía en cuclillas junto al cuerpo, o eso parecía desde allí, y daba indicaciones a varias personas ataviadas con monos blancos de trabajo y mascarillas. Cogió aire, lo retuvo unos segundos antes de atreverse a exhalarlo, y cuadró los hombros para acercarse a la zona donde, sin duda, comenzaba un nuevo caso que lo mantendría alerta las veinticuatro horas del día.

6

¡Malditos roedores!

El inspector Carrasco se disponía a acercarse al cuerpo justo cuando un coche aparcaba junto a la nave abandonada. De él se bajó una mujer de unos cincuenta años ataviada con un traje de chaqueta y falda de tubo y rematado con zapatos de tacón. De inmediato cogió del maletero unos zapatos bajos y se los cambió antes de acercarse al inspector, quien la observaba con expectación. Se presentó como la jueza Paloma Nirvana. Les informó de que estaba de guardia y de que a lo mejor ella no iría a llevar el caso más adelante.

—Encantado, señoría, soy el inspector Carrasco, estoy al cargo de esta investigación, o eso creo —dijo él con tono distraído—, igual yo tampoco llevo el caso más adelante.

—Ya, es posible. ¿Qué tenemos?

—Aún no he visto el cuerpo, este tiempo estuve hablando con un testigo.

—¿Hay un testigo? ¡Qué buena noticia!

—Es aquel chico de allí, el de la cara llena de granos. Testigo, testigo, no es, porque no ha visto nada. En realidad, se ha encontrado el cuerpo esta mañana cuando ha venido a fumarse un porro.

—¿Y le parece fiable lo que diga un adolescente que fuma porros y se salta las clases? Porque tendría que estar en clase, ¿no?

—No me parece mal chico, solo falta a clase de lengua a veces. Y tiene sus motivos, créame.

—Eso se lo dejo a usted, a mí desde luego un chico que hace novillos y fuma porros no me parece el testigo ideal.

—Tomo nota, señoría —respondió él antes de dirigirse al fondo del callejón: quería ver el cadáver primero para tomar una decisión—. Aunque tampoco lo son *a priori* los sintecho, los inmigrantes ilegales, los ancianos, los niños... Y, a veces, son lo único que tenemos. ¡Paco! —saludó el inspector, haciendo que el forense levantara la cabeza.

—¡Tú por aquí, Carrasco! ¡Cuánto tiempo! Hace meses que no nos vemos.

—Sí, la verdad es que no coincidimos mucho últimamente, no hay quien te pille.

—Por un lado, mejor —confesó el doctor Leal—, menudos casos me traías.

—A ver este caso cómo es. Por lo pronto, lo han dejado a la vista, aunque sea en un lugar abandonado, no se han preocupado de esconderlo mucho —señaló el inspector—. De todos modos, ni que tuviéramos que esperar a tener un caso para vernos, parece mentira que haga tanto tiempo que no quedamos.

—No te dejes engañar por las apariencias, es un caso más complicado de lo que parece a simple vista. Eso sí, sabré más...

—Sí, sí, cuando le realices la autopsia —terminó la frase el policía.

—Te crees muy listo, ¿verdad? —le regañó el forense en tono irónico—. Igual este te sorprende.

—¿Algo interesante, entonces?

—Obsérvalo tú mismo —le invitó el doctor Leal.

El inspector se acercó al cuerpo y en un principio no procesó la imagen que llegaba a sus retinas. Un joven de unos veinticinco años se encontraba tumbado boca arriba, desnudo, con los ojos abiertos y el pelo colocado a modo de corona alrededor de la cabeza. Presentaba una herida en forma de «Y» que le atravesaba el pecho y el abdomen. Había sangre a su alrededor, aunque el cadáver aparecía impoluto.

—No entiendo nada. ¿Cuánto tiempo llevas aquí? —le preguntó al forense a la vez que señalaba al cuerpo—. Creí que habías llegado justo antes que yo.

—Si lo dices por la herida en «Y», yo no he sido —se defendió el forense.

—Estarás de broma. ¿Falta algún cadáver en la morgue?

—Que yo sepa, no —respondió con seguridad.

—Pero... —dijo señalando la herida del joven—, eso es una autopsia, ¿no?

—Tiene toda la pinta. Si he de ser sincero, entiendo lo mismo que tú. A ver si viene pronto el juez y podemos llevarlo al Anatómico Forense; estoy deseando ponerme con él para saber qué quiere decir esto. Nunca me había tocado empezar una autopsia desde el final.

—La jueza ya está aquí —dijo la mujer, sintiéndose por primera vez dentro de la conversación.

—Perdona, Paco, he visto el cuerpo y me he olvidado de presentártela. Es Paloma Nirvana, la jueza de oficio.

—Encantado, señoría. Ya ve, esto es muy raro. Si le han hecho la autopsia a este chico, me podían haber dejado por aquí las notas y habríamos ahorrado un montón de trabajo —ironizó él.

—Igual no es tan sencillo y le toca trabajar un poco —replicó ella sin alterar para nada su expresión.

—No, yo tampoco creo que lo sea, por eso lo digo —repuso él algo confuso; la jueza no parecía ser muy amiga de bromas—. Cuando usted mande, nos lo llevamos y empezamos el proceso.

—Primero dígame cuál es su impresión, por favor.

—No me gusta aventurarme antes de realizar la autopsia, pero dado que este ya la tiene hecha, o eso parece...

—Al grano, por favor, tengo que acudir a otro lugar —le pidió la mujer con evidentes signos de impaciencia—. Me han reasignado la zona norte, uno de mis compañeros que está de guardia ha tenido un accidente y nos han cambiado las áreas de trabajo.

—De acuerdo. El joven presenta marcas en el cuello de un estrangulamiento. No puedo saber aún si fue la causa de la muerte. Es probable que este sea el escenario del crimen, lleva varias horas en esta postura, me aventuraría a decir que más de veinticuatro, dada la lividez del cadáver. También creo que la «autopsia», o lo que sea esto, se le realizó en este lugar, por la cantidad de sangre que hay a su alrededor, aunque es evidente que el cuerpo ha sido limpiado con posterioridad. La sangre se ha colado por las alcantarillas y las ratas han dejado huellas por todas partes. Además, no estoy seguro de por qué el agresor eligió, para realizarle lo que sea esto, la única zona de la nave que no tiene techo, igual para que la lluvia limpiara la mayor parte de las huellas.

—¿Y cómo sabe que han limpiado el cadáver después y que no ha sido la lluvia la que ha dejado el cuerpo así? —Quiso saber ella.

—Es imposible dejar todo lleno de sangre y que el cadáver esté limpio. Además, si lo giramos un poco, veremos que la sangre bajo el cuerpo no ha sido eliminada. Eso suponiendo que la sangre sea de él, claro.

—¿Y de quién iba a ser, si no? A ver..., si lo han abierto en canal aquí...

—Por supuesto, señoría, lo más seguro es que lo sea. De todos modos, hay que comprobarlo.

—Me hago cargo. ¿Algo más que deba saber?

—El chico tiene los pies destrozados, como si hubiera

corrido descalzo por el asfalto o algo así. Y una piedra incrustada en el pie derecho que le provocó una herida —les explicó el forense a la vez que le señalaba los pies—. Por lo que parece, se le iba clavando más y más según corría.

—¿También le falta un trozo de dedo gordo? —se asombró Carrasco—. Ahí, en el mismo pie…

—Eso más bien ha sido obra de las ratas —le explicó él tras hacerles contemplar varias marcas más provocadas por mordiscos.

—¡Malditos roedores! ¿Y el pelo de esa forma? ¿Es una peluca?

—No, no, el joven tenía el pelo largo y alguien se lo ha cepillado tras colocar el cuerpo y lo ha dispuesto en forma de corona o de halo o no sé muy bien cómo describirlo. La ropa está doblada debajo de su cabeza, aunque no ha servido de mucho tanta colocación por la lluvia. También presenta un hematoma bastante grande en la zona temporal derecha.

—Lo dejaron inconsciente —afirmó el policía.

—O al menos era la intención de su agresor. Sabré más en cuanto pueda comenzar con «mi» autopsia.

—Bien, por mi parte no hay inconveniente en que trasladen el cuerpo —concluyó la jueza mientras firmaba el acta con el levantamiento del cadáver.

—Paco, paso por la comisaría y me acerco al Anatómico Forense —le prometió el policía—, tengo que hacer algo antes.

—¿Y tu compañero? —le preguntó el doctor Leal—. ¿Cómo se llama? ¿Fernández?

—Ferrándiz —le corrigió él—. A eso voy, le han dado un nuevo destino en el sur y a mí no me han asignado a nadie por el momento. Y, la verdad, creo que lo voy a necesitar, hablaré con la jefa.

—Uf…, suerte, ya sabes, es un hueso duro de roer.

—No me preocupa, la convenceré, sabes que soy de sus favoritos.

—No me cabe la menor duda de que lo harás, pero no por ser su favorito como tú dices, más bien porque, como decía mi abuela: «eres capaz de hacer una barriga a una pared».

—¿Me estás llamando pesado? —protestó el policía con falsa sorpresa, era una broma recurrente entre ambos.

—No, solo insistente —ironizó él.

—¡Ja, ja, ja! Desde luego, más sabe el diablo por viejo...

—¿Me estás llamando viejo? —repuso el forense sonriendo.

—No, solo experimentado —le devolvió la broma el policía.

—¡Qué cabronazo eres! ¡No hay quien te pille!

La jueza movió la cabeza hacia los lados como si estuviera presenciando una riña entre niños pequeños y se encaminó al coche con pasos cortos tras firmar la orden de levantamiento del cadáver que le tendió el doctor Leal. Antes de meterse en el asiento del conductor, se colocó de nuevo sus zapatos de tacón; los dos hombres seguían sus movimientos con interés. Carrasco comentó de pasada que habría conducido con más comodidad con los zapatos planos y Leal admiró lo largas que le hacían las piernas los zapatos de tacón. Ambos se miraron, encogieron los hombros y volvieron a sus quehaceres como si no los hubieran interrumpido jamás.

—Nos vemos en un rato —le prometió Carrasco mientras se alejaba hacia el coche y se despedía de J. J. al pasar.

7

Pero ¿qué demonios...?

La alegre música de fondo contrastaba con la labor que allí se llevaba a cabo. El doctor Leal estudiaba el cuerpo del joven antes de comenzar la autopsia. Había dado varias vueltas a su alrededor en busca de cualquier pequeño detalle que pudiera ayudar a dar con su agresor. Su ayudante miraba sin intervenir. Trabajaba con él desde hacía seis meses, tiempo suficiente para saber cuándo debía permanecer al margen. Tras unos interminables minutos en los que comenzó una nueva melodía, el forense se dirigió a la chica:

—Vamos allá, Tatiana...

—Tania —le corrigió ella con paciencia; no había forma de que recordara su nombre.

—¡Lo siento! No me lo tengas en cuenta. Tuve una...

—Sí, ya lo sé, tuviste una novia que se llamaba Tatiana y te sale sin querer, ya me lo has dicho mil veces, no te preocupes.

—Ya... —añadió él sintiéndose ridículo de nuevo—, procuraré acordarme la próxima vez.

—No lo harás..., ¡ja, ja, ja!

—Es probable que no, aunque lo intentaré. Prometido. Bien..., vamos a ver qué nos puede contar este chico. Toma nota, por favor.

La joven cogió por fin los impresos donde anotaría cada

dato que le proporcionara su forense. Era una de sus labores y, aunque a ella le habría gustado más que fuera al revés, era consciente de que cada uno tenía su tarea muy bien diferenciada. Le gustaba mucho su trabajo, le había costado decidirse cuando estudió para aquel puesto, sobre todo porque tuvo que lidiar con las opiniones de todos sus amigos y de los miembros de su familia. El único que nunca le reprochó nada, ni lo cuestionó, fue su novio, y eso que tenía que desplazarse cientos de kilómetros cada vez que quería verla, ya que se matriculó en Portugal. Se colocó un mechón rubio rebelde dentro del gorro azul y miró al forense con expectación esperando sus indicaciones.

—Antes de practicar la incisión, podemos determinar que se trata de un joven de unos veinticinco años, en buen estado físico. La barba de tres días está arreglada, no es algo casual. No le falta ninguna pieza en la boca y su higiene dental es buena, aunque hay manchas de nicotina en sus dientes, fumaba con regularidad, eso está claro. Tiene restos de sangre en los dientes y una herida en la lengua; casi con seguridad se la mordió en algún momento de la agresión. No sufría alopecia y se cuidaba bien el cabello, se pueden apreciar restos de fijador en su pelo, pese a haber estado a la intemperie varias horas. Sus músculos no están demasiado trabajados en la actualidad, aunque en su día hizo bastante deporte. Presenta un golpe en la zona temporal derecha que le pudo provocar un desvanecimiento, lo que explicaría la herida en la lengua. Se defendió, mira, los de la Científica han encontrado restos de fibras negras en sus uñas, aún quedan algunos.

—¿Necesitas una bolsa de pruebas? —preguntó la joven.

—No, ya tomaron todas las muestras en el escenario. Dame la lámpara ultravioleta, Tati…, perdón, Tania.

—¡Bien, jefe! ¡Un punto para ti! —celebró ella que el doctor hubiera recordado su nombre por una vez.

—Con la lámpara ultravioleta —dijo mientras intentaba esconder una sonrisa provocada por la broma de su ayudante— comprobamos que presenta algunos hematomas que a simple vista no se perciben y varios puntitos microscópicos en la cabeza, en la parte occipital.

—¿A qué pueden deberse? —quiso saber la joven.

—Creo que le tiraron del pelo con bastante fuerza —le explicó él—. Es posible que le arrancaran varios cabellos al hacerlo. Ayúdame a girarlo, por favor.

Entre los dos consiguieron dar la vuelta al joven y comprobaron que presentaba erosiones en ambos glúteos. Volvieron a colocar el cadáver boca arriba.

—Lo que imaginaba —determinó el forense—. Creo que el chico iba corriendo, a tenor del estado de sus pies, se clavó una piedra en el pie derecho, ¿ves? Y después su agresor lo alcanzó y le obligó a parar tirándole con fuerza del pelo hacia atrás, con lo que le arrancó varios cabellos y el chico aterrizó de culo en el suelo.

—Es probable, sí —respondió ella tomando notas de manera distraída.

—¿Te ocurre algo, Tania? Te noto ausente.

—Es que me recuerda a alguien que conozco, nada más —contestó ella volviendo de inmediato a sus notas, necesitaba volver a mirar el móvil, tendría que esperar a quitarse los guantes.

—Procederemos a practicar la incisión para ver los órganos internos.

—Otra vez... —añadió la chica.

—Sí, es muy extraño, el que hizo esta incisión tiene conocimientos forenses, no cabe duda. Vamos a ver...

El doctor Leal tomó un bisturí y practicó un corte siguiendo la línea ya trazada. Acababa de empezar cuando una llamada le interrumpió. Contestó su ayudante.

—Sala nueve del Anatómico Forense, dígame...

—…

—Disculpe, no es necesario, el cuerpo ya está aquí.

—…

—Eh…, no…, debe de haber algún error.

—…

—No entiendo nada. Le paso al doctor Leal.

—¿Qué ocurre? —preguntó malhumorado; se afanaba en seguir la línea de la autopsia ya hecha al joven para no perder ninguna pista al volver a abrir el cuerpo, y que le interrumpieran no era lo que más le apetecía en aquel momento.

—Es el inspector Quintana, quiere hablar contigo porque dice que nos manda el cuerpo de un joven que ha aparecido en un lugar abandonado y que parece tener la autopsia hecha…

—Este tío es tonto, pásamelo —dijo en voz baja antes de quitarse los guantes y de alzar la voz para contestar—. Aquí el doctor Leal.

—Paco, ¿qué coño le pasa a tu ayudante? ¿Es gilipollas o qué?

El forense respiró hondo un par de veces para no contestarle lo que estaba pensando, sabía por experiencia que el inspector Quintana tenía muy mal genio y, aunque no le tenía miedo, prefería no llevarle la contraria, aunque solo fuera por salud mental.

—A ver, explícame qué ocurre —le animó él con paciencia.

—Le acabo de decir a esa inútil que tengo un cuerpo para enviarte, es prioritario. ¿Desde cuándo ella decide nada?

—Estamos con un caso bastante importante, ¿no se puede encargar otro?

—No creo que quieras encasquetárselo a otro, es de los que a ti te gustan —se mofó el policía, el forense reprimió una palabrota.

—No sé qué quieres decir con eso —le aseguró mientras apretaba los dientes.

—Mira, Leal, tengo un chaval de unos veinticinco años con una herida en el pecho como de haberle hecho la autopsia, está claro que se la ha hecho el que le mató. ¿Quieres más pistas? ¿Te lo quedas o no te lo quedas?

—Espera, espera…, no entiendo muy bien. ¿Ese caso lo llevas tú?

—¡Joder! ¿Y por qué no iba a llevarlo? Qué pasa…, ¿que no te gustan mis métodos?, ¿o que no crees que esté a la altura?

—No, yo no he dicho nada de eso. Es que…, ¿qué ha ocurrido con Carrasco? —quiso saber el forense.

—¿Qué coño tiene que ver ese?

—Es quien nos entregó el cadáver —le confirmó el forense.

—¿Carrasco?, pero ¿tú te drogas? —se impacientó el inspector.

—No entiendo nada, estoy realizando la autopsia a un chico de unos veinticinco años al que ya le habían realizado una supuesta autopsia en el escenario del crimen y el caso, que yo sepa, lo lleva Carrasco. De hecho, justo ahora me disponía a abrir el cuerpo. Si cambian de investigador, deberían habérmelo dicho, ¿no?, para que yo sepa a quién dirigirme cuando acabe.

—¡Hostias! ¡Si cambian de investigador, el que lo debería saber soy yo! —le replicó el policía, cada vez más enfadado—. Joder, pues sí que te has dado prisa y sí que es eficiente la muñequita nueva.

—¿Qué muñequita nueva? ¿De qué me hablas?

—¿Qué coño os pasa a todos hoy? ¿Me habéis instalado una cámara oculta o qué? ¡Mi compañera nueva, joder! ¡La subinspectora Valverde!

—No la conozco —le aseguró el forense.

—¿Cómo no la vas a conocer? Si ha ido acompañando al cadáver...

—Jefe... —llamó la atención del forense su ayudante.

—Ahora no, Tatiana, digo Tania...

—Jefe —insistió ella.

—¡Que ahora no! —rugió él.

—Jefe, es importante —volvió a la carga ella, pese a que sabía la bronca que le echaría por insistir

—¡A ver, Tania! Te acabo de decir...

El forense giró la cabeza y vio que su ayudante se encontraba junto a una mujer de unos treinta años de edad, llevaba el pelo recogido de manera informal y parecía haber permanecido bajo la lluvia un buen rato, según dedujo por el estado de su ropa y su cara. En la muñeca lucía una rudimentaria venda que, a tenor de lo mal colocada que estaba, se la habría puesto ella misma. Era evidente que se hallaba destemplada y el semblante serio le decía que traía algo importante. Fue entonces cuando se percató de que acompañaba a una camilla en la que descansaba un cuerpo.

—Ahora te llamo —dijo a Quintana antes de colgar dejando al inspector con la palabra en la boca y más furioso que nunca.

Se acercó a la chica y la observó un segundo antes de volverse al cadáver que permanecía dentro de la bolsa. Se ajustó las gafas, se colocó unos guantes nuevos y abrió la cremallera lo suficiente para comprobar que aquello no era una broma macabra.

—Pero ¿qué demonios...? —acertó a decir mirando con mucha atención al nuevo cadáver.

Un joven de unos veinticinco años descansaba dentro de la bolsa. Tenía el pelo por los hombros y una barba de tres días, al igual que el joven al que habían encontrado por la mañana. Lucía una incisión casi idéntica a la del chico que aguardaba en la mesa de autopsias y al que había dejado a medio abrir. La costura en forma de «Y» le atravesaba el pecho y el abdomen. Estaba completamente desnudo.

—Pero ¿qué demonios...? —repitió con voz cansada—. Tania, llama a Carrasco, parece que tenemos un asesino en serie...

No pudo terminar la frase, por el rabillo del ojo vio que su ayudante se desvanecía sin que le diera tiempo a cogerla. El golpe contra el suelo sonó como si de un obús se tratara. Solo esperaba que no se hubiera hecho demasiado daño al caer, era evidente que la iba a necesitar.

8

Virtud

*Les Mortels sont égaux, ce n'est pas la naissance
c'est la seule vertu qui fait la différence.*

Admiró la forma en que la tinta confería un aspecto antiguo a la escritura. Había sido un acierto comprar aquel papel tan poroso que le había recomendado la mujer de la papelería. Adjuntó la nota al informe y metió todo en el mismo sobre. Solo le apenaba no estar delante cuando lo abrieran. Aunque ganas no le faltaban, era consciente de que no debía, ni siquiera, hallarse cerca en ese instante.

—Ya lo sé, mamá, no te preocupes, que no voy a ir...
—dijo en voz alta—, sé lo que tengo que hacer.

Antes de cerrar el sobre, sacó el informe por última vez y lo releyó. Sintió una erección casi de inmediato y se enfadó de tal manera que estuvo a punto de tirar a la basura el trabajo que tanto le había costado realizar. No buscaba satisfacción sexual, no era eso lo que le movía, y sin embargo allí estaba, con el pantalón apretado contra su pene, tan duro que enseguida supo que saldría aquella noche en busca de alguna zorrilla con la que echar un buen polvo y aliviarse. Se miró al espejo y sonrió satisfecho, seguro que en alguno de esos pubs que frecuentaba había alguna chica con ganas de follar. Mejor si no necesitaba pagar. Se sintió incómodo en presencia de su madre y, disimulando como pudo, le hizo partícipe de una parte de sus intenciones.

—Mamá, esta noche voy a salir, no sé a qué hora volveré.

—¿Adónde vas?

—Por ahí, no te preocupes, que sé cuidarme —respondió él sin elevar la voz.

—No deberías salir, ahí fuera no hay más que peligros, te lo he dicho un millón de veces.

—Mamá, por favor, que soy adulto ya, déjalo.

—Tú te crees que lo sabes todo y no sabes nada. El demonio se esconde en todas partes, te tienta, sabe por dónde colarse, tú eres un alma pura y eso es un reclamo para el mal. Yo solo me preocupo por ti, para que no tengas que hacer nada que no quieras, ¿entiendes?

—¿Puedes dejarlo ya? Sé lo que hago —respondió él, hastiado. A veces era tan molesta...

—Eso crees tú, no hay un solo hombre que sepa lo que hace cuando se le pone una de esas mujerzuelas delante. Mira lo que te pasó con esa guarra, mucho decir que te quería y en cuanto la necesitaste se fue sin mirar atrás. Y ni te diste cuenta. Tu **virtud** es lo único que te queda cuando todo lo demás te falla, no lo olvides, hijo.

—Venga, no te preocupes más. Ven, que te acomodo un poco la manta —dijo él con paciencia. No quería pensar en Laura, no le servía de nada. Además, había cosas que era mejor que su madre ni sospechara.

Siempre había sido una mujer demasiado protectora, no quería dejarle enfrentarse al mundo solo y él lo entendía cuando era más joven. Ahora se había convertido en un adulto y no creía que fuera necesario que su madre siguiera vigilando cada uno de sus movimientos y lo agobiara con cosas que ya no le podían causar el daño que ella imaginaba. Era cierto que cada vez le daba más asco la falta de moralidad y de escrúpulos en la gente. Las chicas iban semidesnudas por la calle, los chicos depilados, los casados se acostaban con solteros, las mujeres con mujeres, los hombres con hombres, les daba igual follar cada día con uno que con dos al mismo tiempo. La humanidad se iba al infierno y realmente era allí donde debía permanecer. Sabía que no podía quedarse bajo las faldas de su madre para siempre. Cada vez necesitaba echar un polvo con más frecuencia. Y hacerse una paja no estaba mal, pero no era suficiente. Además, no le gustaba hacerlo en casa, su madre no le dejaba tener la puerta de la habitación ni del baño cerradas y no sería la primera vez que lo pillaba.

Se preguntó cuánto tardarían en dar con su obra y si debía mandar el informe ya o esperar un poco, por si la policía se mostraba algo lenta en sus pesquisas. Al final pensó que lo mejor sería enviarlo cuanto antes porque siempre podía estropearse todo si no encontraban los cuerpos a tiempo. Cruzó los dedos mentalmente para que llegara el informe tras la aparición del primer cadáver, así debía ser. Sintió un orgullo infinito al ver que era capaz de llevar a cabo su cometido con tal perfección. Casi le daba pena permanecer en el anonimato, aunque era la única forma de llegar hasta el final.

—Menos mal que te hice caso y mandé la primera carta ayer. No sabía si sería mejor que la policía las encontrara juntas o de una en una. No volveré a dudar de tus consejos.

—Todo te lo digo por ayudarte. Estoy tan orgullosa de ti...

—Me ha quedado muy bien, ¿verdad? Muy profesional.

—Sí, parece original, no sabía que se te daba tan bien la escritura antigua. Se te dan bien tantas cosas...

—Gracias, mamá. Ya sabes que me gusta ser minucioso.

Le hacía gracia pensar en los policías, seguramente tan perdidos que no sabrían por dónde empezar a buscar. Eran tan estúpidos... Los veía día tras día pulular por los pasillos preguntando a todo el mundo, haciendo caso de unos u otros y siempre sin pistas que seguir. Admiró las fotos que había hecho antes de volver a casa y revivió la sensación de quitar la vida con sus propias manos. Había sido más fácil de lo que pensaba. Solo había que apretar y apretar mientras aquellos incautos se afanaban en comprender los motivos. Menos mal que se había preocupado de cubrir su cara y su cuello. Si no lo hubiera hecho, ahora tendrían su ADN bajo las uñas de aquel joven tan peleón.

Una cucaracha cruzó a toda prisa hacia la cocina y él la aplastó casi sin mirar.

—Con el asco que te dan, ¿eh, mamá?

—Hay que hacer limpieza en la cocina, creo que entran por el fregadero.

—No te preocupes, cuando vuelva pongo la casa patas arriba para ver de dónde salen. ¡Qué asco de bichos!

—¿Qué haría yo sin ti, hijo? Eres todo lo que siempre he querido.

—Gracias, mamá —respondió él con orgullo mal disimulado.

Entró en la habitación de su madre mientras hablaba. Se situó junto a la cama y colocó bien la colcha. No podían permitirse a alguien en casa que les echara una mano con la limpieza y demás. Y él estaba orgulloso de no necesitarlo. Pasó el dedo por las mesillas, que permanecían impolutas. Aun así, les pasó un paño para quitar un polvo que no existía. La cama, de madera de cerezo, hacía juego con las mesillas de noche y la cómoda con espejo que sus padres habían traído de Roma hacía ya una eternidad. Varias fotos en las que aparecía una mujer ni fea ni guapa, ni gorda ni flaca, ni alta ni baja descansaban tímidas en lo alto del mueble. En ellas se veía a la mujer que como tantas vestía un traje de novia negro, elegante, que le quedaba como si se lo hubieran calzado a la fuerza. Un velo negro muy fino le cubría la cara. Incluso en la foto, y con el velo puesto, se podían intuir unas facciones duras y una mirada fría y calculadora. De su padre no había ninguna. Incluso en la que aparecían de novios, el hombre había sido recortado de la foto con mucho cuidado. No era algo de lo que se pudiera hablar en casa. De todos modos, él lo recordaba muy vagamente, era muy pequeño cuando su padre se esfumó. Y ninguno de esos recuerdos le hacía feliz. Así que para qué indagar en algo que no le proporcionaba ningún bien.

—Ya ves, mamá, el mundo se va a la mierda.

—No digas palabrotas, no quiero que hables mal. No me he matado a trabajar para darte una educación y que la desperdicies diciendo esas palabras.

—¡Lo siento! Se me ha escapado, es que estoy tan furioso... La gente ya no tiene valores, ¿sabes?

—Sí, hijo, lo sé, son todos unos depravados.

—¿Qué les pasa? ¿De verdad no se dan cuenta de lo que hacen?, ¿del daño que provocan? No te preocupes, yo no soy así, ya lo sabes. No dejaré que me contagien de su inmundicia, yo te tengo a ti, mamá, siempre me has guiado con buenos consejos. Ellos no han tenido tanta suerte.

—No vuelvas tarde, anda.

—No te preocupes, mamá, llegaré a la hora de acostarte.

Recolocó un poco las fotos y la colcha de la cama antes de salir de la habitación. Tras desearle buenas noches a su madre y asegurarse de que la manta estaba bien remetida por la hamaca en la sala de estar y que la televisión quedaba puesta en su canal favorito, se preparó para salir. Necesitaba echar un polvo con urgencia y le hacía sentir sucio el solo hecho de pensar en ello tan cerca de su madre. Mejor lejos de casa y mejor si lo hacía ya. Cuanto antes se aliviara, antes podría pensar en otras cosas mucho más importantes.

Cogió uno de los sobres al salir y no se quitó los guantes

hasta que el sobre estuvo en el buzón a tres manzanas de su casa. Con la sensación del trabajo bien hecho, se encaminó a uno de sus pubs favoritos en busca de una chica que estuviera dispuesta a abrirse de piernas a la primera, le dolía tanto la entrepierna que casi no podía respirar.

9

Choque de trenes

Los cristales vibraban peligrosamente a cada grito. Dos agentes uniformados apostaban sobre si acabarían rompiéndose si aquello duraba mucho más. Habían visto pasar al inspector Carrasco tan tranquilo como siempre. Todos lo conocían desde hacía años y, si bien les parecía algo pesado, nunca habían visto que le faltara el respeto a nadie. Incluso una vez había tomado declaración a un chulo que se había dedicado a tomarles el pelo durante horas. Él, con una paciencia infinita, le hizo preguntas y le habló con simpatía, como si tuviera todo el tiempo del mundo para escuchar sus quejas. Al final habían conseguido encontrar a varias prostitutas, muchas de ellas menores, a las que obligaban a compartir una habitación minúscula, sin higiene ni ventilación y sin contacto con el exterior salvo para «trabajar».

Por el contrario, el inspector Quintana había entrado sin saludar a nadie, como un búfalo en una estampida y se había dirigido con pasos firmes hacia el despacho de la jefa. Se habría llevado por delante a cualquiera que se hubiera cruzado en su camino, nadie en aquella comisaría dudaba de eso y todos los agentes lo esquivaron de inmediato.

Se adivinaba un **choque de trenes** en el que la comisaria Robles tendría que interceder, y no iba a ser nada fácil.

—¡No pienso cederle el caso a este gilipollas! —gritaba una y otra vez.

—Quintana, por favor, te agradecería que no insultes a ningún compañero —le pidió de nuevo su jefa con amabilidad.

—Por mí no te preocupes, comisaria —dijo con tranquilidad el inspector Carrasco—. No me lo tomo a mal.

—Porque eres gilipollas —insistió el enorme inspector.

—¡Por favor, Quintana! —le recriminó su jefa.

—De verdad, que no pasa nada —volvió a decir Carrasco—. No te inquietes, que no importa.

—¡Ya está bien! —se enfadó ella de repente—. Tú, quiero que le pidas perdón a tu compañero —dijo dirigiéndose a Quintana—. Y tú, deja de decir que no pasa nada, joder, que esto más que una comisaría parece un patio de colegio.

—Vale, vale —se disculpó Carrasco con una sonrisa. El otro inspector, sin embargo, parecía a punto de estallar, una de las venas de su cuello así lo demostraba.

—A ver, Quintana —intentaba razonar con él la mujer—, no puedo permitirme que los dos inspectores llevéis el caso, hay mucho trabajo pendiente. Tenemos los cadáveres de dos chicos asesinados del mismo modo, lo llevará uno.

—¡Pues quítaselo a él, no te jode! —vociferaba él.

—Enrique…, no seas cabezota. Cuando te he enviado a ver el cuerpo, has protestado de mil formas distintas porque solo te quedan tres meses para jubilarte y no querías encargarte del caso. Dijiste…, ¿cómo era…? ¡Ah, sí!, «¿Es que no trabaja nadie más en esta comisaría?».

—¡Eso fue antes de saber que se encargaría este!

—¿Y qué más te da a ti a quién le asigne el caso? —le replicó la comisaria—. Además, Carrasco es un buen policía.

—Claro, por eso hace dos años perdimos la pista del tío aquel que mataba abuelos para quedarse en sus pisos. Cuando lo tuvo delante, lo dejó escapar.

—Eso no fue así —le recordó su superiora—. Cuando lo dejamos escapar, como tú dices, no había ni una sola pista sobre el sujeto. Además, creo recordar que tú sospechabas de otro chico.

—Sí, del puto yonqui aquel que robó el coche patrulla el único rato que lo dejamos sin vigilancia.

—Entonces ¿por qué le echas en cara que lo dejara ir? —quiso saber la mujer.

—Porque él lo tuvo delante y no se dio cuenta de nada. Menudo instinto —se mofó Quintana.

—O puede que fuera porque tú me pediste que te ayudara a detener a tu sospechoso porque estabas segurísimo de que era él. Y yo, pensara lo que pensase, no quería dudar de mi compañero, no habría sido muy ético.

—No me jodas, Carrasco... —le amenazó el enorme inspector. Su rostro parecía a punto de estallar.

—Vamos a dejar esto, que no nos lleva a ningún sitio. Quintana, creo que es mejor que dejes el caso y estos meses lleves cosas sencillas. Si te empeñas, te dejaré llevarlo, por supuesto, porque te queda poco para irte y eres mi inspector más veterano. Aun así, creo que eres tú quien debería renunciar. No es momento para que empieces con un caso así.

El inspector Quintana miró a su jefa con ira. Sería la primera vez que dejara un caso por propia voluntad. Por otro lado, era cierto que si no pillaba al agresor antes de jubilarse, su expediente no sería tan bueno como lo era en aquel momento. Y, además, estaba lo de su corazón. Nadie, excepto él y su superiora, sabía lo de sus arritmias y la tensión, que le subía tanto que el riesgo de infarto se había convertido en algo más que una probabilidad. Sí, quizá tenía razón y debía dejar el caso a su antiguo compañero. Sin embargo, le daba tanta rabia...

—Lo pensaré. Mañana te daré una respuesta —le prometió.

—¿Mañana? Quintana..., que tenemos que seguir investigando...

—¡Está bien! ¡Tú sabrás lo que haces! Eso sí, la nueva se la encasquetas a él, no es negociable. Yo paso de enseñar a niñatos a estas alturas.

—¿Una compañera? ¡Qué bien! Justo venía a preguntarle a la comisaria si ya me habían asignado un nuevo compañero —explicó Carrasco con tranquilidad; no parecía importarle la poca o nula experiencia de la joven.

—Genial entonces, te comes tú el marrón —añadió con desdén el policía.

—¿A qué te refieres? —preguntó sin dejar de sonreír, para exasperación de Quintana.

—A que no parece muy avispada, cada vez les exigen menos en la Academia. Le ha costado un montón encontrar el escenario del crimen y ha llegado tarde al Anatómico Forense.

—Enrique..., yo conozco esa zona y es casi como un laberinto. Y, que yo sepa, la subinspectora Valverde no es de Madrid, así que habrá hecho lo que ha podido para llegar cuanto antes —añadió la comisaria, a lo que Quintana reaccionó con un gruñido—. Y se acabó ya el tema, que hay que avanzar. Hay un nuevo caso y parece que se puede complicar por segundos. Ya que estáis los dos aquí, ponedme al día.

—Son dos jóvenes de unos veinticinco años que presentan lo que parece la herida en «Y» de una autopsia. El doctor Leal está con ellos. Va a ser él quien realice las dos autopsias...; las reales, quiero decir —le abrevió de manera esquemática el hombre de gran tamaño—. A los dos los han encontrado en sendos lugares abandonados.

—¿Sabemos la identidad de alguna de las víctimas?

—Aún no —respondió él.

—Entonces supongo que tampoco conocemos si hay conexión entre ellos, ¿me equivoco?

—Así es, jefa —respondió Carrasco con la tranquilidad que le caracterizaba—. Solo sabemos que hay dos cuerpos porque el forense nos ha llamado al ver que no se trataba de un error o de que no nos habíamos puesto de acuerdo. Al principio pensábamos que era el mismo cuerpo y que nos habían avisado por dos cauces diferentes.

—¿Y eso?, ¿tan parecidos son?

—¿Los chicos? No lo sé, tienen edades similares, eso sí. Lo que es prácticamente igual es la incisión característica en forma de «Y», la que se realiza para hacer una autopsia.

—Entonces ¿crees que tenemos un asesino en serie? —preguntó ella con preocupación.

—Aún es pronto, jefa, puede que el asesino solo quisiera matar a uno y se equivocara, tampoco tenemos evidencias de que haya más cuerpos asesinados de la misma forma. No sé, creo que hay que ser cautelosos.

—Bien…, vamos a ponernos en marcha. Carrasco, vete al Anatómico Forense, está allí tu nueva compañera, se llama Macarena Valverde. Quiero un informe de cada novedad que tengamos, ¿de acuerdo?

—Claro, en cuanto salgamos de allí te envío el primero —le prometió él antes de salir del despacho.

El inspector Quintana se levantó de su silla con cara de pocos amigos y se dispuso a seguir a Carrasco fuera de la sala. La comisaria llamó su atención y le pidió que esperara unos minutos. De mala gana el enorme policía se sentó de nuevo y esperó a que su jefa le explicara para qué lo retenía en el despacho.

—¿Cómo estás? —le preguntó con miedo, el inspector aparecía sudoroso, de un peligroso color escarlata y con los ojos inyectados en sangre.

—¿Que cómo estoy? Le acabas de dar a ese inútil un caso que le queda grande, ¿cómo quieres que esté?

—Estás siendo muy injusto con él, es un buen policía.

—No me jodas, Manuela, que nos conocemos desde hace muchos años.

—El inspector Carrasco ha resuelto un montón de casos desde que llegó a esta comisaría. Sus métodos no son…, digamos…, ortodoxos y es un poco pesado, pero por lo demás no creo que sea mal investigador.

—Tú sabrás, la jefa eres tú. Eso sí, cuando la cague, que lo hará, no me vengas pidiendo que me encargue yo, que ya estaré disfrutando de la jubilación en alguna playa lejos de aquí.

—Jamás se me ocurriría traerte de vuelta —ironizó ella—. A ver…, tengo un caso de robo en el barrio de Lavapiés. ¿Te encargas tú?

—Depende, ¿a qué compañero me asignas? Porque no pienso ir con cualquiera.

—A Yago Martín. Su compañera está de baja maternal y vuelve en unos meses.

—De acuerdo —accedió, a la comisaria la pilló desprevenida, tenía a otros candidatos para ofrecerle, no esperaba que dijera que sí a la primera—. Mándame la dirección al móvil y avisa tú a Martín.

—Así lo haré —le prometió ella—. Y…, Enrique…

—¿Qué? —se revolvió él.

—Tómatelo con calma, recuerda que estás pendiente de unas pruebas médicas y lo primero es lo primero.

—¡Pues dejad todos de tocarme los cojones! —exclamó a modo de despedida.

La comisaria no respondió, prefirió fingir que no había escuchado la última frase y él fingió no haberla dicho antes de cerrar la puerta con un sonoro portazo. No había alcanzado el ascensor, cuando una pastilla de nitroglicerina se deshacía bajo su lengua, haciendo que el ritmo de su corazón se ralentizara hasta ser poco más que un susurro.

10

¡Menuda piscina!

Macarena intentaba hablar con Quintana de nuevo. El día no hacía más que empeorar. A su mala suerte con el agua caliente y el café, había sumado su primer enfrentamiento con el que sería su jefe, una multa de aparcamiento (no vio que se trataba de una zona de estacionamiento restringido) y ahora tenía cadáver por partida doble. Y, para rematar, se hallaba dándole aire a una joven ayudante de forense con un catálogo de ataúdes de lo más variopinto. Torció la boca, negó con la cabeza y musitó un «mierda, mierda, mierda» que había dicho aquel día demasiadas veces, lo que no le pasó desapercibido al doctor Leal, que le contestó tras encogerse de hombros.

—Era eso —dijo señalando el catálogo—, o un informe de una autopsia.

—Ya, no se preocupe, si no es la publicidad, es que llevo un día de locos.

—Ahora que lo dice, quizá todos lo llevemos, lo que ha pasado hoy aquí no es muy habitual. Por un segundo pensé que me estaban gastando una broma o bien soñando. Soy el doctor Leal, por cierto, creo que no nos hemos presentado.

—No, con el lío de los dos cadáveres... Soy la subinspectora Macarena Valverde, creo que llevaré el caso con el inspector Quintana, aunque ya no sé qué pensar, no me coge el teléfono. Menuda manera de empezar una investigación.

—No se agobie, subinspectora, ya sabe lo que dicen: perro ladrador...

—¿Me puede tutear, por favor?

—Solo si tú lo haces también —respondió él, ella asintió—. No es un tipo fácil. No es sencillo trabajar con él, aunque sea un buen investigador. Aquí ya le conocemos todos y no nos impresiona.

—Ya me he dado cuenta —afirmó ella con una exhalación—. Yo aún no había empezado el turno y ya me había llevado una bronca suya por teléfono.

De repente, la banda sonora de *Los Vengadores* sonó a todo volumen y el forense giró la cabeza hacia los altavoces al pensar que la música clásica que llevaba puesta varias horas se había terminado y alguien había conectado otra cosa.

—Es mi teléfono, perdón —se disculpó ella, la joven ayudante seguía desmayada en el suelo—. Sí..., al habla la subinspectora Valverde.

—Buenos días, soy la comisaria Robles. La llamo desde la Comisaría Central...

—¡Lo siento, comisaria! ¡Aún no he podido pasar por allí! Pensaba haberme presentado esta mañana. El inspector Quintana me llamó para que acudiera a una dirección, después me mandó al Anatómico Forense y ahora no sé nada de él, no me coge el teléfono.

—No se preocupe, ya lo sé. En realidad, llamo para decirle que hay un pequeño cambio. Ya no trabajará usted con Quintana.

—¿Ah, no?, ¿y eso por qué? Quiero decir..., que lo que usted mande, no me entienda mal, si pudiera explicarme el motivo...

—Es muy sencillo. Este caso puede resolverse en unos días, o durar bastante tiempo. Me da a mí que va a ser lo segundo y el inspector Quintana está a punto de jubilarse. No quiero que deje el caso a medias o que no se pueda jubilar por concluirlo.

—Ya entiendo. ¿Y sabe ya con quién trabajaré? —preguntó ella cruzando los dedos y pedía al Universo que fuera alguien de quien aprender todo lo posible.

—Sí, con el inspector Carrasco.

—Eh…, ya.

—¿Lo conoce? —se extrañó ella.

—No, no he tenido el placer, solo que…

—Solo que alguien le ha hablado de él y no muy bien, ¿verdad?

—Sí, es cierto. Me habló de él Quintana esta mañana y he de decir que no le tiene en mucha estima.

—Cuénteme algo que no sepa, Valverde —se mofó la comisaria—. Mire, el inspector Carrasco tiene su manera de trabajar, puede ser exasperante a veces, se lo garantizo. También es un gran profesional y puede aprender mucho de él, ¿de acuerdo?

—Claro, señora, por supuesto.

—¿Sigue usted en el Anatómico Forense?

—Sí, señora. ¿Necesita algo?

—Eh…, no, solo por saberlo. Espere allí a su compañero, estará al llegar. Quiero informes detallados de todo lo que ocurra en este caso, me da que se va a complicar.

—De eso no me cabe duda —aseguró ella mientras seguía abanicando a la joven en el suelo.

—¿Quién era? —le preguntó el forense.

—La comisaria Robles —respondió ella sin dejar de mover el catálogo—. ¿La conoces?

—Sí, claro, desde hace mucho.

—¿Y qué tal es? —quiso saber Macarena.

—Dura, muy dura —respondió él sin quitar la vista del cuerpo; Macarena reprimió una mueca.

Los servicios de emergencias tardaron unos minutos en llegar y decidieron llevarse a Tania al hospital al no conseguir que recuperara el conocimiento. El forense se afanó en reanudar la autopsia lo antes posible, no quería dilatar en el tiempo el trabajo, demasiadas interrupciones para él. En cuanto tuvo abierto el pecho del joven que le habían traído en primer lugar, abrió con sus manos la cavidad para acceder a los órganos internos; Macarena reprimió una mueca.

—¡Menuda piscina! —exclamó de pronto el doctor Leal.

—¿Qué ocurre? —preguntó ella con interés. No le hacía mucha gracia la sangre y esperaba acostumbrarse cuanto antes.

—Mira, esto está lleno de agua. Está claro que le realizó todo este proceso bajo la lluvia, hay una zona de aquella nave que no tiene techo, exactamente donde encontramos el cuerpo. De todos modos, enviaré una muestra a analizar. Tatiana…, ¡mierda! Me olvidaba de que no está —se lamentó él.

—¿Tu ayudante no se llama Tania? —inquirió extrañada la subinspectora.

—Sí, tienes razón, se llama Tania. Tú lo sabes desde hace media hora y yo soy incapaz de recordarlo desde hace meses. En fin…, volvamos a esto. Tomaré una muestra del líquido del abdomen y me pondré con los órganos internos.

—Si quieres, puedo ayudarte mientras tanto —se ofreció Macarena—, total, tengo que esperar a que llegue mi compañero.

—¿Quintana? Tú verás, como te vea ayudando al forense, igual te llevas hoy la segunda bronca de su parte.

—No, para eso me llamaba la comisaria, parece ser que llevaré el caso con Carrasco.

—¡Ah! Me alegro. Yo no he dicho nada, ¿eh?

—Te guardaré el secreto —le prometió ella con una sonrisa.

—Entonces sí, échame una mano, que no me viene nada mal, así no hace falta que me quite los guantes para anotar cada dato. A ver..., empecemos por el hígado, pesa... 1.540 gramos. A simple vista parece normal, buen color y forma, y no presenta tumoraciones ni laceraciones.

—¿Apunto todo eso que has dicho?

—No es necesario. Con que pongas el peso y «normal» es suficiente, gracias. Sigamos...

Durante un rato, el forense le fue comunicando datos a la subinspectora, a quien, aun cuando sabía que aquello no formaba parte de su labor, le fascinaba ver a ese hombre entretenido entre vísceras y viviendo cada hallazgo como si fuera algo increíble. Macarena no sabía qué pensar al verlo tan sonriente con su trabajo. ¿De verdad se podía disfrutar haciendo aquello y ser normal? Estaban tan entretenidos que ni siquiera fueron conscientes de que alguien los observaba.

—No está nada mal —sonó una voz a su espalda, Macarena se sobresaltó—. Si no te va bien en Homicidios, siempre puedes ser forense. No nos conocemos, soy Mario, el inspector Carrasco, creo que eres mi nueva compañera.

—Eh..., sí, soy Macarena Valverde. Disculpe, estaba ayudando al doctor Leal...

—Ya veo, no te preocupes. Paco..., ¿y tu ayudante?

—En el hospital.

—¿Qué le ocurre? —se interesó él—. No me dijiste nada esta mañana.

—Ha sido hace un rato, se ha desmayado cuando tu compañera nos ha traído el segundo cadáver. Acabábamos de abrir la bolsa y, de pronto, estaba en el suelo inconsciente.

—¡Qué raro! ¿Lo conocía?

—Aún no lo sabemos, sigue inconsciente —le explicó él—. El caso es que a mí me suena mucho su cara.

—Nos pasaremos por el hospital cuando acabemos aquí —le prometió el inspector—. ¿Has descubierto algo?

—Pues sí, acabo de ver una pieza que no debería estar aquí.

Macarena asomó un poco la cabeza hacia el cuerpo que descansaba en la camilla, lo justo para sentir el olor y reprimir una náusea. El doctor le señaló una especie de bolsa en la parte baja del abdomen. Ella supuso que sería la próstata o la vejiga. O a saber, porque no tenía mucha idea de anatomía.

—¡¿Es un útero?! —preguntó el inspector Carrasco sin poder ocultar la sorpresa.

—¡Joder, Mario!, yo que quería hacerme el interesante con tu compañera...

—¿Un útero? —atinó a decir ella con los ojos como platos—. Entonces ¿se trata de una reasignación de género? Porque tiene genitales masculinos, pene, testículos...

—No, si lo fuera, no tendría esto, mirad, son unas vesículas seminales, ahí se produce el semen.

—¿Se trata de un hermafrodita entonces? —preguntó ella antes de sentirse ridícula.

—Hay un porcentaje muy pequeño de hermafroditas, como tú dices. Y, en todo caso, el cuerpo elige entre unos órganos u otros —le aclaró él—. Quiero decir que o los órganos femeninos estarían atrofiados, al menos en parte, o los masculinos. Y estos son normales. Además, no hay ovarios, ¿lo ves? Debería haber uno a cada lado y unas trompas de Falopio que los conectaran con el útero, que está «implantado», aquí están las costuras. Como si se lo hubieran trasplantado, vamos.

—Por lo tanto, ¿quieres decir que...?

—Sí, que se lo han colocado cuando le han realizado la operación en el edificio abandonado, *post mortem*.

—¿Y qué razón podría tener alguien para hacer algo así? —preguntó ella cada vez más perpleja.

—Si tuviera la respuesta a esa pregunta, no estaría realizando autopsias, sino cogiendo al asesino de estos chicos, y tú te quedarías sin trabajo.

—Aún no sabemos si se trata de la misma persona, Paco —le regañó el inspector.

—Me extrañaría mucho que hubiera más de uno —afirmó él.

—Sí, a mí también. De todos modos, hemos de ser cautos antes de emitir un juicio. ¿Estaba muerto cuando le «operaron»?

—Sí, no hay sangrado en la zona donde han cosido el útero. ¡Joder! —exclamó el forense de pronto—. ¡Que está relleno!

—¿A qué te refieres con relleno?

—El feto tiene unas siete u ocho semanas.

—Hay que saber la identidad de la mujer a la que pertenecía el útero cuanto antes —señaló Carrasco con determinación—, aparte de que ese bebé ya no nacerá, puede haber una mujer por ahí viva y sin útero que necesite nuestra ayuda.

—Avisaré al laboratorio para que den prioridad a todo esto —le aseguró la joven mientras negaba una y otra vez con la cabeza.

Macarena no pudo más, se apartó del cadáver a toda prisa y salió al pasillo, donde inspiró varias veces con toda la fuerza que pudo. Ver el cuerpo abierto podía soportarlo; oler la sangre, también; ver un útero insertado en un joven de veintitantos años…, bueno, lo aguantó; pero ¿un útero «embarazado»? No, ya era demasiado. Ni el inspector ni el forense salieron a su encuentro, le dieron unos minutos para que se recuperara y siguieron con sus pesquisas en cuanto ella volvió a la sala disculpándose mil veces por su falta de profesionalidad; ni el uno ni el otro le dieron importancia.

—¿Estás seguro de que la causa de la muerte es el estrangulamiento? —le preguntó el inspector en cuanto Macarena estuvo presente, era su manera de decirle que no pasaba nada y que su reacción era normal.

—Sí, tiene las marcas bien determinadas de las manos, hay petequias en brazos y rostro, los pulmones se hallan colapsados... Como usó guantes, no hay huellas. Los de la Científica hicieron fotos y tomaron un molde en el escenario, para saber el tamaño de las manos y si era diestro o zurdo.

—¿Y?

—Determinaron que era diestro, de manos grandes, dedos finos, y que estaba casado. Lo que aún no se ha demostrado es que fueran las mismas marcas en los dos; hasta que no digan nada los de la Científica, habrá que esperar, aunque yo lo tengo bastante claro.

—¿Lo de que estuviera casado lo supieron por el tamaño de las manos? —se sorprendió el policía.

—Joder, claro que no. Hay una pequeña zona más marcada donde se le clavó el anillo al cuello de los dos chicos. Y pertenecería al dedo anular de la mano derecha.

—Por cierto... ¿Cuándo piensas quitarte el tuyo? —le preguntó adrede él.

—Cuando me den la sentencia de divorcio —le aseguró el forense—. Hasta entonces, sigo casado. Aunque ya es firme, no me han llegado los papeles.

—Vale, vale, no quería molestarte, solo era una observación.

—Tú y tus observaciones.

—¿Se parecen los dos jóvenes? Quiero decir que igual ese es el nexo en común.

—Los dos tienen el pelo largo y barba de tres días y se parecen como un huevo a una castaña: uno tiene los ojos marrones y el otro, azules; el color de pelo de este es rubio y el del otro chico, negro, este lo tiene rizado y el otro liso, este mide no más de metro setenta y el otro ronda el metro ochenta. Eso sí, los dos son de edad similar.

—Habrá que encontrar más nexos en común. Paco, en cuanto tengas el informe me avisas, necesitamos saber la identidad de estos dos chicos cuanto antes.

—Claro —respondió él mientras miraba al cadáver del joven a la cara como preguntándose por qué le sonaba tanto.

—Y, por favor, busca un hueco para tomar una cerveza conmigo, así me relajo una temporada, ya sabes que me preocupo por ti.

—Pues no es necesario que lo hagas, estoy perfectamente.

—Ya te veo. De todos modos, hay que ponerse al día.

—Desde que mi madre cayó enferma salgo menos, ya lo sabes. Intentaré hacer un hueco.

—Espero que sea así. Macarena y yo nos vamos al hospital. Después llamaré para decirte cómo está tu ayudante.

—Te lo agradezco mucho. Luego te cuento yo si encuentro algo más en el cuerpo.

Los dos policías salieron de allí con la sensación de estar a años luz de hallar una simple pista que los pusiera cerca del camino del asesino. Carrasco le hizo una seña a su compañera para que dejase allí su coche y la joven se subió al asiento del copiloto con su superior. Se encaminaron en silencio al hospital en busca de una información que pudiera arrojar un pequeño rayo de luz en aquella mañana oscura.

11

Un futuro prometedor

Tania no había articulado palabra desde que despertó en la ambulancia camino al hospital, permanecía con la mirada fija en la luz del techo de la sala de Urgencias. Según el médico que la atendía, se encontraba en *shock* por algo muy traumático y no sabía cuánto tiempo permanecería así. Pese a que el golpe que se dio en la cabeza al caer le había causado un buen hematoma, no revertía gravedad ni había provocado lesiones internas, su estado se debía a la impresión.

—Tiene que haberle ocurrido algo horrible —les comunicó a los policías en la sala de espera—. No responde a ningún estímulo.

—Nos encontrábamos en la sala de autopsias... —comenzó a decir Macarena.

—Entonces será eso, quizá no debería haber estado allí, igual es muy sensible... —la cortó el médico de Urgencias.

—No lo creo —le intentó explicar Macarena, él la volvió a interrumpir.

—¿Es usted amiga suya?

—No, soy la subinspectora Valverde, llevamos un caso y necesitamos hablar con ella cuanto antes. Es muy importante.

—Siendo así no comprendo cómo se atreve a emitir un

juicio sobre si es sensible o no. No va a ser posible que hablen con ella por el momento, la paciente sufre una conmoción por algo que le ha ocurrido en esa sala de autopsias, no puedo permitirles que la interroguen en ese estado —afirmó él sin molestarse en disimular la antipatía que, de repente, sentía por la policía.

—Es la única pista que tenemos —le dijo ella.

—Sinceramente, eso a mí me da igual. No les voy a permitir que hablen con ella.

—Verá, hay algo que no entiende —lo intentó de nuevo Macarena.

—No, la que no entiende es usted. Yo soy su médico y digo que no pueden hablar con ella, aun cuando usted pueda ser la ministra de Sanidad no va a entrevistar a mi paciente, ¿le queda claro?

—¿Ni siquiera si es la única que puede darnos una pista sobre un asesino?

—Ni incluso si ella fuera la asesina —la retó él.

—¿Me va a obligar a pedir una orden?

—¿Qué es lo que no entiende? No va a hablar con ella y punto.

Macarena se encendía cada vez más, odiaba la arrogancia de algunos profesionales, se había topado con médicos, policías, bomberos, guardaespaldas, encargados...; daba igual, no soportaba que no la dejaran hablar, que la obligaran a tirar de una placa para hacerse respetar. Lo que no sabía aquel médico era que entre sus peculiaridades no estaba la de rendirse, así que respiró hondo y ya volvía a la carga cuando sintió una mano en su brazo. Su compañero, que además era su superior y había permanecido en un segundo plano hasta el momento, se adelantó a la joven y se colocó delante del médico de Urgencias.

—Buenas tardes —dijo tras consultar el reloj, eran casi las siete—. Sí, es por la tarde, aunque no hayamos comido, seguro que usted sí. No nos hemos presentado debidamente, ruego que nos disculpe, entre la impaciencia por obtener alguna pista y la falta de alimentos... Soy el inspector Mario Carrasco y esta es mi compañera Macarena Valverde. Investigamos un asesinato. Bueno, en realidad, dos.

—Doctor Palacios —respondió él lo más tajante que pudo e irguiéndose de golpe como para parecer más alto y más fuerte, Mario disimuló una sonrisa.

—Verá, doctor Palacios, resulta que hemos encontrado un par de cadáveres. Esto, por supuesto, es confidencial, porque, como comprenderá, no es momento de que nadie sepa nada que no deba. Esa joven no estaba en la sala de autopsias porque la llamáramos para identificar a nadie o por casualidad. Tania es la ayudante del forense que lleva el caso y si está así es porque algo le impactó lo suficiente para desmayarse; cosa que, siendo ayudante del forense desde hace meses, no le suele ocurrir. En realidad, es una de las personas más duras que conozco. Así que es muy probable que uno de esos cadáveres corresponda a alguien muy cercano a ella y necesitamos saber algo más para comenzar a investigar. En absoluto creo que se haya desmayado por ser demasiado sensible. De hecho, un día la vi coger unas tripas, pesarlas y volverlas a colocar y después contar un chiste mientras fregaba la báscula como si nada.

—Pero... —comenzó a decir el médico.

—Y entre profesionales nos entendemos de maravilla, porque usted está velando por la integridad de esa joven, lo cual le honra como médico, claro está. La cuestión es que nosotros estamos velando por la integridad, quizá, de varias personas que morirán si no podemos hablar con Tania a tiempo, ¿sabe? Porque no tenemos pistas por ahora, esperábamos que la chica nos pudiera dar un hilo del que tirar, no sabemos a ciencia cierta si acaso alguno de esos chicos tuviera una relación estrecha con esta joven. Lo que sí sabemos, y no nos cabe ninguna duda, es que nuestro asesino volverá a matar y no tardará demasiado.

—Disculpe...

—Y no creo que usted quiera ser cómplice de algo así —le cortó con descaro—, porque se ve a la legua que es usted un gran profesional. Por eso le tengo que pedir un favor, que nos deje hablar con Tania solo un momento y yo, que también soy un gran profesional, le prometo que si la joven se altera o muestra signos de angustia, mi compañera y yo nos marcharemos de inmediato. Solo le preguntaremos un par de cosillas que nos puedan dar alguna pista, ¿no pensará que vamos a hacer sangre del árbol caído? Como comprenderá, tenemos la experiencia suficiente para hablar con alguien traumatizado y actuar con la sensibilidad que se espera en un caso así.

—No creo que... —lo volvió a intentar el médico.

—Es crucial que hablemos con ella antes de volver al Anatómico Forense, porque las huellas y el ADN de los chicos tardarán aún en darnos respuestas y necesitamos comprobar que no se nos escapa ningún detalle de esta investigación. Podemos adelantarnos al agresor si sabemos algo más de su forma de proceder, y eso solo se puede hacer si conocemos un poco a las víctimas. Por eso el forense está realizando las dos autopsias en tiempo récord y sería conveniente...

—¡Vale! ¡Vale! ¡Cállese un poco, por favor! —estalló el médico de pronto—. De acuerdo, les dejaré hablar con ella cinco minutos y si se altera lo más mínimo la dejarán tranquila.

—Por supuesto —zanjó él a la vez que se dirigía al box donde la joven permanecía tumbada y con la misma expresión. De repente, el inspector era un hombre de pocas palabras.

Macarena entendió de golpe (y con una sonrisa socarrona) todo lo que le había dicho la comisaria Robles. Carrasco era un pelmazo, aquel médico había accedido a que vieran a Tania solo para que dejase de hablar. El caso era que se hallaban frente a la chica, que era a lo que habían acudido al hospital hacía ya casi una hora y el tiempo era algo que jugaba en su contra en un caso como aquel. Carrasco le hizo una señal a su compañera para que fuera ella la que se dirigiera a la joven, lo que pilló por sorpresa a Macarena, quien pensaba que estaría en un segundo plano en aquella investigación.

—Tania..., ¿me oyes? Soy la subinspectora Valverde. Nos hemos conocido hace un rato en el Anatómico Forense. —La chica no movió ni un solo músculo—. Necesitamos hablar contigo, ¿acaso conoces a la víctima? Te has desmayado en cuanto has visto su cara. ¿Es familiar tuyo? ¿Amigo, quizá?

Macarena intentó, sin éxito, hablar con Tania durante un buen rato. La chica parecía no escuchar nada de lo que le preguntaba, permanecía aislada del exterior y con los ojos fijos en el techo. Tras varias preguntas más, la inspectora le hizo un gesto a su compañero y se levantó de la silla para salir de allí; aquello no tenía ningún sentido. Entonces Mario, ante la atónita mirada de la subinspectora Valverde, se acercó a la joven y se sentó en la cama junto a ella, cogió su cara y la obligó, con suavidad, a enfrentarse a su mirada. Macarena reprimió un respingo.

—Tania..., se trata de tu novio, ¿verdad? El amor de tu vida está ahora mismo en una fría bolsa de las que estás acostumbrada a abrir. Tu mundo se acaba de hacer pedazos en esa sala de autopsias donde pasas tanto tiempo. Pensabas que la vida te tenía deparadas mil sorpresas con él y ahora alguien te lo ha arrebatado todo.

La chica comenzó a acariciar la muñeca derecha. Macarena no perdía detalle. Si su compañero sabía que el joven era el novio de Tania, debería habérselo comunicado, ¿no? Un enfado monumental comenzó a hacerse hueco en el pecho de la subinspectora. ¿Así iban a trabajar juntos? ¿Eso era trabajar en equipo para él? ¡Vaya mierda de primer día le estaban dando! Un rugido atravesó su estómago, encima llevaba sin probar bocado desde aquel café que había tomado en la gasolinera a primeras horas de la mañana, lo que provocó que aumentara su mal humor. No quería trabajar con aquel hombre, sospechaba que, encima de que no la trataría con igualdad, tampoco tenía mucho que enseñarle. Lo acababa de decidir: pediría a la comisaria que le asignaran a otra unidad.

Mientras el inspector seguía hablando con la chica, Macarena comprobó con asombro que la joven ya no esquivaba su mirada, que lloraba sin parar y que su boca se movía en un intento de hablar.

—Es Damián, sí. Nos conocíamos desde pequeños.

—Ha debido de ser un golpe muy duro —se apenó el inspector—. De veras que lo siento mucho, Tania. Vamos a pillar al que le ha hecho eso. Necesitamos que nos hables de él. Lo entiendes, ¿verdad?

La chica asintió, no se sentía con fuerzas de nada más.

—Ya sé que no tienes muchas ganas de hablar. ¿Qué te parece si te hacemos nosotros las preguntas y tú nos respondes?

—No se preocupe, les contaré todo lo que quieran —le aseguró ella—. Dami y yo fuimos juntos al jardín de infancia, allí nos conocimos y desde entonces no nos hemos separado nunca. Nos hicimos amigos, coincidimos en el mismo colegio y vivíamos en el mismo barrio. En el instituto comenzamos a salir…, en tercero. Dios…, no sé qué voy a hacer sin él.

—Háblame del trabajo, ¿cómo es que decidiste ser ayudante de forense?

—Soy técnica en Anatomía patológica, Citología y Tanatología, que es una especialidad que complementa al técnico de Anatomía Patológica. Damián prefirió la universidad, estudió Medicina. Desde pequeño quiso ser médico. A mí me parece fascinante poder saber lo ocurrido a partir de un cadáver.

—Eso no se estudia aquí, ¿no? Lo tuyo, quería decir.

—Ahora no lo sé, la verdad. Cuando lo estudié yo, me tuve que ir a Portugal. Fueron solo dos años y Dami y yo nos desplazábamos siempre que podíamos para estar juntos.

—¿Qué especialidad había elegido Damián? —quiso saber el inspector.

—Estaba en su segundo año de residente de Otorrino.

—Un **futuro prometedor**, ¿y le gustaba?

—Muchísimo, además alguna vez pudo participar en operaciones y lo del quirófano le encantaba, era lo suyo, vaya. Nunca he conocido a alguien a quien le gustara más lo que hacía. Para él no era ir a trabajar, era ir a disfrutar.

Un nuevo sollozo los obligó a parar de preguntar. Esperaron pacientemente a que a la chica se le pasara un poco y el médico, el doctor Palacios, se asomó para avisarles de que se les había acabado el tiempo. Solo consintió en que se quedaran un poco más porque Tania se lo pidió por favor, quería contarles todo lo que pudiera ayudarles a dar con el asesino de Damián. Les informó de que solo tenían cinco minutos.

—No sé quién ha podido hacerle esto. Dami era muy bueno con todo el mundo, trabajador, divertido, algo despistado a veces y con un corazón de oro. A cualquiera que le pregunten, se lo dirá. No era amigo de conflictos tampoco.

—¿Vivíais juntos?

—Sí, desde el año pasado —respondió ella—. Alquilamos un piso pequeño cerca de Nuevos Ministerios. Nos..., nos íbamos a casar el año que viene.

—Eso no está cerca de... —comenzó a decir Macarena; un gesto de su compañero le hizo esperar.

—Nuestra casa está cerca de la estación de tren y del metro y nos venía muy bien para el trabajo de Dami. Además, la línea de metro de Nuevos Ministerios enlaza con otras para que yo pueda llegar pronto al trabajo, a veces me llaman por alguna urgencia, ya saben.

—¿En qué hospital trabajaba Damián? —intervino la subinspectora.

—En el Hospital de La Paz.

—Necesito que hagas una cosa, Tania —le pidió el inspector.

—Lo que sea.

—Este es mi teléfono. Quiero que me mandes un mensaje con los últimos movimientos de Damián, lo que se te ocurra: si lo viste ayer, si habíais quedado, si os enviasteis algún wasap, si sabes con quién estuvo, dónde cenó, si conoces el nombre de alguien con quien no se llevara muy bien... Lo que sea, ¿de acuerdo? Y también necesito los nombres de sus compañeros, tendremos que ir a darles la noticia y hablar con ellos.

—Claro..., si quiere le cuento ahora...

—No, creo que es mejor que descanses un poco —le insistió él—. Tu médico no nos dejará estar mucho más y es cierto que te has llevado una impresión muy fuerte y me atrevería a decir que el golpe también ha sido importante. Descansa y, cuando puedas, vas contándonos lo que se te ocurra. No te preocupes, nos estás ayudando, de verdad.

—Está bien... Y muchísimas gracias a los dos —se despidió ella mientras se acomodaba un poco en la camilla, de repente sentía un sueño terrible.

La subinspectora Valverde siguió a Mario por los pasillos del hospital bastante enfadada. No dijo ni una palabra y el mal humor se iba haciendo dueño de ella. Además, le molestaba bastante el buen talante que seguía exhibiendo su compañero. Su sonrisa era para ella un insulto tras presenciar cómo la había ninguneado delante de todos. Una vez que llegaron al aparcamiento, Macarena reunió el valor suficiente para enfrentarse a su superior. Contó hasta tres y comenzó a hablar:

—Inspector, no me parece bien lo que acaba de ocurrir ahí.

—Mario, por favor. ¿A qué te refieres? Es mejor que descanse, nos ayudará más si duerme un poco, podrá recordar muchas más cosas, detalles que igual son importantes…

—No es eso. Es usted. Me ha utilizado para enfrentarme al médico ahí dentro sabiendo que solo conseguiría enfadarme. Me ha usado para hablar con la chica durante un rato, aunque estaba seguro de que no me diría nada y resulta que, encima, usted sabía que el cuerpo que acompañé al Anatómico Forense era el del novio de Tania.

—Ah…, así que, es eso…

—Claro que es eso. No sé a qué está usted acostumbrado. Yo creo que, si trabajamos juntos, los dos debemos tener la misma información. No me parece justo que yo me enfrente a todo a ciegas y luego llegue usted de salvador a quedar bien con todo el mundo, aunque me pisotee a mí para conseguirlo. No es una buena forma de tratar a un compañero.

—Entiendo… —El inspector no dijo nada más, rodeó el coche y se subió al asiento del conductor mientras Macarena se sentaba en el del copiloto de mala gana y dando un tremendo portazo. Encima se callaba, si por lo menos se hubiera defendido o le hubiera dicho: «Pues sí, soy tu superior y aquí se trabaja así…», lo habría entendido. Pero no, había preferido dejarla pensar lo que le viniera en gana. Se ajustó el cinturón de seguridad y se dispuso a mirar por la ventanilla para no tener que hablar con Carrasco en todo el trayecto. Vaya primer día… Casi se sobresaltó al escuchar la voz de su nuevo compañero—. Mientras esperábamos a que nos atendiera el médico de Tania, me he fijado en que se ha quitado el anillo del dedo para hablar con una enfermera y le ha dado su teléfono. Otra chica que los miraba desde el mostrador se ha enfadado cuando lo ha visto flirtear con ella y le ha entregado el historial de Tania de malos modos. Antes de llegar a nosotros, el doctor Palacios se ha vuelto a colocar el anillo.

—¿Por eso me ha dejado hablar a mí?

—Sí, pensé que contigo sería más comprensivo. Cuando me he dado cuenta de que contigo se mostraba mucho más antipático de lo que yo esperaba, me he fijado en que las dos mujeres con las que había hablado antes eran rubias, de ojos claros y muy delgadas. Tú eres morena, de ojos oscuros y atlética. Si lo recuerdas, le sonó el móvil mientras hablaba con nosotros y lo miró un segundo. En la pantalla se veía la foto de una mujer que se te parece. Lo ha apagado sin contestar y se ha tocado el anillo sin ser consciente; creo que guardas una semejanza con su mujer y también que no atraviesan un buen momento. Por eso me decidí a intervenir.

—¿Y en la habitación? —quiso saber ella.

—En la habitación también pensé que Tania hablaría antes contigo por ser una mujer joven. Me pareció lo mejor.

—Usted me ocultó que sabía que era su novio el joven al que llevé al Anatómico Forense.

—No lo sabía, lo he descubierto ahora.

—¡Si no ha dicho ni una palabra! ¡Menuda tontería! ¿O es que alguien le ha mandado un mensaje?

—Macarena, nuestro trabajo se basa en escuchar, observar y actuar.

—¿Qué quiere decir?

—Tania tiene un tatuaje en la muñeca derecha que dice

«Siempre D», una fecha y un pequeño corazón. Cuando tú le has preguntado si conocía a la víctima, se ha tocado el tatuaje en un acto reflejo. Ha sido ahí cuando he comprendido que el cuerpo del Anatómico Forense pertenecía a su novio. Y es por eso por lo que la he obligado a mirarme para que pudiera hablar de ello. Y no te he dejado seguir hablando del lugar en que encontramos el cadáver porque creo que es mejor que ella nos cuente primero dónde o con quién estuvo su novio anoche. Y, por favor, si vamos a trabajar juntos, no me hables de usted.

Para terminar de hablar, el inspector conectó la radio y se dispuso a tararear la canción de Adele que sonaba en aquel momento, como si no acabara de mantener una conversación de lo más trascendente con su nueva compañera.

Macarena no añadió nada más, no podía parar de mirarlo. Parecía despistado y en otro mundo y, sin embargo, acababa de darle una lección que no podría olvidar. Lo que sí decidió olvidar fue la visita que pensaba hacer a la comisaria para pedirle que le asignara a otro inspector. Quizá Carrasco era mucho mejor investigador de lo que parecía y el caso prometía ser de los que dejan huella.

12

Esto es todavía más raro

Los dos policías volvieron al Anatómico Forense tras la visita al hospital. Según se acercaban a la sala donde trabajaba el doctor Leal, podían escuchar la melodía que, sin duda, él se hallaría tarareando. Mario lo conocía desde hacía mucho tiempo y se metía con él diciendo que era un antiguo, a lo que él siempre le llamaba «analfabeto musical». Y es que el forense podía estar escuchando música clásica las veinticuatro horas del día y reconocer cualquier melodía en sus tres primeras notas. Al verlos entrar les preguntó, en primer lugar, por su ayudante. Macarena se dio cuenta de que no dijo el nombre, intuía que para no meter la pata.

—Se ha llevado un buen golpe, y no me refiero al que se ha dado en la cabeza: el cadáver al que acompañé yo era su novio —respondió Macarena, apenada.

—¡¿Qué?! —prorrumpió él con espanto—. ¡Claro! ¡De eso me sonaba! Lo conocí hace años en una fiesta, ¡Dios, soy idiota!, con razón se ha desmayado, pobre chica.

—¿Tú no lo reconociste entonces? —quiso saber el inspector.

—No, ya te digo, solo lo vi una vez en una fiesta y juraría que llevaba el pelo diferente. Tania es una chica muy reservada para su vida privada. Y yo prefiero preguntar poco porque luego se me olvida y meto la pata... Sí que es verdad que cuando estábamos comenzando la autopsia del otro cadáver, mi autopsia, quiero decir, ella se ha quedado como ausente mirando al chico y me ha dicho que era porque le recordaba a alguien.

—Ya..., menudo impacto. El chico se llamaba Damián Fuentes y era residente de segundo año de Otorrino en el Hospital de La Paz.

Macarena miró a su compañero con el ceño fruncido. Si bien le acababa de demostrar que era un gran observador, no creía que serlo le hubiera proporcionado el apellido del chico. El inspector sonrió al darse cuenta de lo que pensaba ella y le enseñó el teléfono mientras seguía contándoles lo que sabía. Ahora lo entendía todo, Tania le había mandado mensajes con información, tal y como había prometido. No es que hubiera descansado mucho.

—Como os decía, Damián era residente de Otorrinolaringología.

—¡Dios! ¡Parece una palabrota! —exclamó ella distraída, los dos hombres sonrieron ante el comentario.

—¿Has terminado la autopsia del otro chico? —le preguntó al forense.

—Sí, quizá mañana haga un segundo examen, quiero comprobar que no se me escapa nada, tenía prisa por ponerme con este otro cuerpo y las prisas no son buenas.

—¿Y has encontrado algo interesante?

—Al segundo cadáver..., el del novio de Tania..., le he querido hacer una primera evaluación rápida por si os podía proporcionar algún dato, no he hecho la autopsia de rigor. Y creo que vais a alucinar..., **esto es todavía más raro.**

—No sé si puede haber algo más raro que un útero con un feto implantado en el abdomen de un chico, la verdad —intervino Macarena con sarcasmo.

—¿Y si te digo que a este chico le han reimplantado unas amígdalas? Se las debieron de extirpar de pequeño, porque las cicatrices antiguas están totalmente cerradas y tienen muchos años y ahora le han implantado las de otra persona.

—¡¿Cómo?! —se escandalizó ella—. ¿A qué clase de chiflado nos enfrentamos? Nunca había visto algo así.

—Eres muy joven —añadió su compañero.

—Entonces ¿tú ya habías tenido algún caso como este? —le preguntó con sorpresa.

—Para nada —le aseguró Carrasco—. He visto casos espeluznantes, otros inverosímiles. He visto muertes absurdas por un momento de pasión, por un error, por temor... Pero un asesino que nos haga la autopsia e introduzca glándulas, órganos... no, no me había ocurrido jamás.

—Os mando en un rato un informe preliminar de los dos casos y me voy a casa, que el día ha sido completo, y encima sin ayudante. Por lo pronto, os puedo decir que los dos chicos tenían el pelo largo y bien cortado, tal vez carezca de importancia, nunca se sabe cómo escoge a sus víctimas el agresor, al menos al principio, y las dos «autopsias» se realizaron bajo la lluvia.

—¿Qué se hicieran bajo la lluvia te parece algo clave?

—En teoría me parece que aprovechó la lluvia para eliminar rastros, si los hubiera. El hecho de que lloviera le vino bien. Sabré más cuando nos manden los resultados de las muestras del laboratorio.

—Vale. Para un primer día tendrá que valer. Vete a descansar, espero que Tania se recupere pronto, te hace falta la ayuda.

—Sí, yo también deseo que se recupere rápido, aunque supongo que lo de volver al trabajo le costará un poco, que no trabajamos vendiendo fruta precisamente —comentó el forense, hacía mucho que no tenía que trabajar solo y aquel día se había dado cuenta de cuánto trabajo le ahorraba su ayudante.

—¿Y nosotros? —preguntó Macarena a su compañero.

—Nosotros vamos a pasar por la comisaría a dejar un informe a la jefa y nos vamos a casa también —comentó él mientras salían al exterior, por lo menos la lluvia les daba un respiro.

La chica hizo un gesto de contrariedad, la verdad es que se sintió incómoda todo el día, ya que se le mojó la ropa, se le secó y se le volvió a mojar y no fue capaz de entrar en calor en toda la jornada. A eso había que añadir que no había ingerido bocado. Era un milagro que no se hubiera desmayado y ocupara la cama junto a la ayudante del forense. El inspector Carrasco la miró de pronto y se percató de la venda en su mano, no se había fijado hasta entonces.

—¿Y eso?

—Nada, esta mañana me resbalé al salir de la ducha y me torcí la muñeca.

—Espera, igual es mejor que Paco te cambie la venda, esa no parece estar haciendo muy bien su labor.

—Es que a mí estas cosas se me dan fatal —confesó ella.

El forense se cambió los guantes y se dispuso a colocarle un vendaje algo más efectivo. Cuando vio el sarpullido en su muñeca, le preguntó con la mirada y Macarena no tuvo más remedio que explicarle que la pomada que se había aplicado para aliviar el dolor llevaba un tiempo caducada. Unos años, para ser más exactos.

—Joder…, con razón decías que habías tenido un mal día —coincidió el forense a la vez que sacaba una bolsa de hielo para que la joven se la colocara en la zona afectada.

—No lo sabes bien. Primero me levanté y fui a la ducha, donde me di cuenta de que no tenía agua corriente. Al salir, me resbalé y me agarré al borde del lavabo para no caerme y me torcí la muñeca. Me apliqué una pomada que estaba caducada y enseguida me hizo reacción. No desayuné porque ni siquiera tenía agua para hacerme un café, salí a la calle, allí me recibió una racha de aire frío y lluvia helada que no pude evitar. Durante el día me he mojado varias veces, me he quedado sin combustible, me he perdido por Madrid, me han multado y he llegado tarde al escenario de un crimen, he discutido con Quintana y me muero de hambre...

—Y has dado aire a una ayudante del forense con un catálogo de ataúdes... —añadió él logrando que la chica, al menos, sonriera.

—Parece que el día ha sido largo, Macarena —confirmó su compañero—. ¿Qué tal si nos vamos a casa y le enviamos un correo a la jefa con lo que tenemos hasta el momento? Total, no es mucho. Mañana podemos quedar allí y así te presento a los compañeros, ahora solo estarán los de guardia, el resto ya se habrá ido a casa.

—Lo que tú digas. —Macarena estaba a sus órdenes y no iba a quejarse el primer día, aunque cruzó los dedos para que no cambiara de idea.

—Sí, creo que será lo mejor. Tú lo que necesitas es una ducha caliente y un buen plato de sopa, y a mí no me vendría mal tampoco. Paco, nos vemos mañana —añadió para despedirse del doctor Leal, quien ya no escuchaba más que la música clásica y no veía otra cosa que los órganos del cadáver que tenía delante.

—Te lo agradezco mucho, Carrasco, la verdad es que el día ha sido intenso —dijo ella en voz baja.

—Mario, por favor, llámame Mario... En esta profesión es importante gestionar las fuerzas. Un día trabajas mucho y al día siguiente puede que tengas que echar más horas todavía. Así que, mientras no tengamos más datos sobre las víctimas, poco vamos a poder avanzar. ¿Te llevo a algún sitio?

—No, gracias, tengo el coche aquí mismo, lo traje cuando acompañé a la segunda víctima y ya no lo he movido.

—Bien, dame la ubicación de tu casa y mañana paso a buscarte, no es muy práctico tener los dos coches en funcionamiento en esta ciudad.

—Es que vivo a las afueras, en Majadahonda. ¿No será más conveniente que te recoja yo?

—Vaya, pues mejor, porque yo vivo en Boadilla y me pilla a diez minutos, qué casualidad. No importa, a mí me encanta conducir, me relaja. Y tú, me da la sensación, que no controlas demasiado esta ciudad. Te recojo mañana a las siete. Otro día lo haces tú.

—De acuerdo. Muchas gracias, Carr..., Mario.

Macarena llegó a su casa rendida, eran más de las nueve de la noche y el día le pasaba factura. Se fue quitando la ropa por el pasillo, ya la metería en la lavadora más tarde, cuando se sintiera con fuerzas. Era la ventaja de vivir sola, que si quería lo hacía y si no, nadie se lo echaría en cara. Sentía los pies helados, la ropa seguía húmeda pese a que había dejado de llover hacía horas, porque el aire de noviembre no había dejado que se secara del todo. Llegó al baño aterida y exhausta. Colocó el tapón de la bañera y abrió el grifo. El ruido procedente de las cañerías le devolvió a la realidad: seguía sin agua.

Se vistió con lo primero que pilló y, tras pensarlo menos de un segundo, buscó aquel número de teléfono que siempre se resistía a marcar. Al poco, una voz masculina contestó:

—Maca..., ¿te ocurre algo? ¿Cómo estás?

—¿Puedo pasar la noche en tu casa? —preguntó sin más preámbulos.

—¿Qué pasa?

—He tenido un día de mierda, no tengo agua en casa, no he comido, me siento cansada y sola. ¿Puedo pasar la noche contigo?

El silencio al otro lado le dejó tiempo para pensar. Hacía ya seis meses que lo suyo con Rodrigo había terminado. Durante más de dos años mantuvieron una relación que Macarena habría descrito como normal. Ella vivía en Guadalajara, Rodrigo cerca de San Sebastián de los Reyes, a no más de cuarenta minutos. Muy pronto se mudó a casa de la subinspectora para estar juntos todo lo posible y enseguida aparecieron los problemas.

No había sido una ruptura muy amigable. Ella ya sabía que se acostaba con otras mujeres y nunca le había dado mucha importancia hasta que descubrió que quedaba muy a menudo con una de ellas, así que no era solo sexo o un polvo rápido, por esa sentía algo más. La gota que rebosó el vaso fue encontrárselos en su cama. Desde entonces había sido siempre lo mismo. Ella rompió la relación, se buscó un piso pequeño y se llevó a Miko, su pequeño gato persa. Él le pedía perdón, le decía que iba a cambiar, ella acababa cediendo, iba con él a San Sebastián de los Reyes, adonde se había vuelto tras la ruptura, se pasaban el fin de semana metidos en la cama follando como conejos y a la semana siguiente volvía a darse cuenta de que no era una prioridad para él. Tenía que reconocer que el sexo con Rodrigo era increíble. Conocía su cuerpo mejor que ella misma y se afanaba en que tuviera cada orgasmo mejor que el anterior. Hacía ya varias semanas que Macarena había decidido no volver a verlo. Mientras estaba con él, se hacía promesas de que solo era sexo, que no estaba enamorada, que mejor con él que con otros y después se pasaba la semana entera llorando porque aquello no era en absoluto lo que quería. Y ahora se hallaba pidiéndole ir a su casa porque se sentía sola, cansada y necesitaba unos brazos en los que refugiarse. Pensaba que diría que sí, nunca podía resistirse a una noche de pasión con ella. De repente, algo que no esperaba ocurrió. Una voz femenina, apenas un susurro, aterrizó en el oído de Macarena; había una mujer con él. La voz le llegó lo bastante clara para no esperar la respuesta del que había sido su pareja, pulsó el botón de apagado en el teléfono y se permitió llorar de rabia y decepción. Varios mensajes comenzaron a llegar a la pantalla del móvil, que ella no se molestó en abrir.

Un maullido familiar la sacó de su llanto. No le había dado de comer a Miko. El pobre había pasado el día solo y sin comida. Su vida era un desastre y, si no le ponía remedio, iría a peor.

Buscó en internet un hotel cerca de su casa en el que admitieran mascotas y volvió al baño para cerrar el grifo; total, ya tendría un lodazal en su bañera. Casi retoma el llanto al ver que el líquido volvía a ser tan cristalino como siempre. Limpió un poco los restos de barro de su bañera, colocó de nuevo el tapón y echó unas sales minerales antes de abrir el grifo del agua caliente a tope. Se lo pensó un segundo y añadió gel para que hiciera espuma; aquel día todos los lujos le parecían insuficientes.

Pidió comida china, la publicidad del restaurante permanecía, como siempre, en la puerta de la nevera, colgando de un imán. No le hizo falta mirar la carta, sabía muy bien lo que iba a pedir. Después llenó el cuenco de Miko de su comida favorita y este la miró con desconfianza. ¿Comida de la buena un miércoles? Como si los gatos llevaran la cuenta del día que es. Sonrió ella sola ante la ocurrencia y, en cuanto llegó el repartidor con sus manjares favoritos, le pagó y se comió un cuenco entero de tallarines que solo pensaba probar y dejar para después del baño.

Ya con el estómago calmado, se metió en la bañera, no sin antes servirse una copa de vino que se tomó mientras dejaba que el agua caliente desentumeciera un poco su cuerpo castigado por la lluvia y el frío. Se lavó la cabeza, se puso una mascarilla que dejó actuar solo cinco minutos, suficiente para que el pelo se viera hidratado (no quería más sorpresas a la mañana siguiente) y se lo secó antes de meterse en la cama, donde se quedó dormida con un libro en la mano que ni siquiera llegó a abrir.

13

¡Qué crueldad!

Macarena salió cinco minutos antes de la hora a la que había quedado con Carrasco. Comprobó con asombro que ya la esperaba allí, mientras leía un libro dentro del coche. Al verla llegar, colocó el marcapáginas con cuidado y guardó el libro en la guantera. Le llamó la atención que se entretuviera leyendo y no con el móvil, como hacía el resto de los mortales. Ella ponía al día sus correos y sus mensajes cuando tenía algún ratito muerto como aquel. Quizá al día siguiente cogería su libro también, cada vez leía menos por falta de tiempo y eso era algo de lo que no se sentía demasiado orgullosa.

—Buenos días, Macarena, ¿qué tal?, ¿pudiste descansar?

—Sí, menos mal. Ayer cuando llegué seguía sin agua, pensé que no podría ni ducharme, así que decidí irme a un hotel, estaba exhausta.

—¿Y has vuelto a casa porque quedaste ayer conmigo aquí? Mujer, haberme dado la ubicación, me daba igual ir a buscarte a un sitio u otro.

—No, no, volvió el agua y al final pude pasar la noche en casa. Por suerte, porque necesitaba dormir en mi cama y dar de comer a mi gato.

—¿Tienes un gato? —se extrañó él.

—Sí, para que mi madre se ría de mí.

—¿A qué te refieres?

—A nada importante, olvídalo —respondió ella, no habría sido un acierto hablarle el segundo día de trabajo de los pensamientos que tenía su madre sobre las solteronas y los gatos.

—Ayer fue todo un poco caótico. Entre el día de lluvia, los dos cadáveres, el cambio de compañero, que una de las víctimas fuera la pareja de la ayudante de Leal...

—Lo siento por ti, que tienes que cargar con la nueva.

—No digas tonterías, Macarena, que esto acaba de empezar y estás del todo centrada en el caso. Vamos a ver cómo se desarrolla.

—Intentaré no darte demasiado trabajo —prometió ella.

—Anoche le envié a la comisaria Robles un informe de lo que tenemos hasta ahora. No es mucho y yo también estaba cansado, así que no me entretuve en detalles. La jefa me contestó diciendo que ella de adolescente había hecho chuletas más detalladas para los exámenes.

—¡Ja, ja, ja! —se rio ella.

—¡Eh!, ¡si sabes reír!

—Perdona, ayer no tenía muchas ganas y para mí fue un día muy raro.

—Ármate de valor, hoy nos podemos encontrar cualquier cosa. Primero iremos a la comisaría y desde allí ya decidimos qué pista seguir, si es que hay alguna.

Nada más decir aquello, frenó en seco y se bajó del coche para comprar un par de cafés para llevar. Preguntó a su compañera cómo lo tomaba y volvió a ponerse en marcha en cuanto los dos cafés reposaron en la bandeja del coche. A Macarena el simple aroma del líquido negro le propinó un buen empujón. No entendía a la gente que podía vivir sin café, seguro que venían de otro planeta.

Ya en la comisaría, Carrasco hizo con Macarena lo que debía haber hecho Quintana el día anterior de haber tenido ocasión. Enseñarle cuál sería su lugar de trabajo y presentarle a sus compañeros. Se llevó un bufido de Quintana (no esperaba otra cosa) y varios saludos de gente que parecía un poco más amable que el enorme inspector. Comprobó que su mesa era la peor ubicada de toda la comisaría, como debía ser, ya que era la «novata», y se encaminaron al despacho de la comisaria, donde ya los esperaba.

—Buenos días, jefa, ¿da su permiso? —preguntó el inspector Carrasco con educación.

—Pasen…, tú debes de ser Macarena Valverde, encantada de conocerte por fin —dijo la mujer a la vez que se levantaba y le ofrecía la mano.

La comisaria era una mujer alta, muy delgada, cercana a los cincuenta y de pelo brillante y recogido. Macarena se fijó en que llevaba las uñas cortas y pulidas y ni gota de maquillaje. Enfundada en un traje de chaqueta y pantalón, el conjunto se veía tan sencillo como elegante; le gustó de inmediato.

—Lo siento, ayer no pude pasar por aquí… —se disculpó la joven subinspectora.

—Lo sé, no te preocupes, sé que tu primer día consistió en obedecer órdenes de dos viejos inspectores gruñones.

Si el comentario intentaba provocar a Carrasco, no lo consiguió. A la cara del hombre asomó una enorme sonrisa acompañada de un hoyito en la barbilla que le proporcionaba un aire desenfadado. Macarena se dio cuenta de que aquel tipo de bromas tenían pinta de ser habituales entre ellos, y también supo que la comisaria jamás habría hecho un comentario similar de haber estado con ella el otro inspector.

—Fue un día intenso, sí. Además, muy caótico, al menos hasta que supimos que había dos cadáveres en las mismas circunstancias.

—Tranquila, ya se ocupó tu compañero de ponerme al día..., o más bien al minuto, porque vaya manera de esquematizar. Carrasco..., no tienes término medio. Otras veces haces honor a tu mote.

—Jefa..., te mandaré hoy un informe más detallado, solo teníamos un par de datos. ¿Para qué me iba a andar con elucubraciones?, hoy podría ir todo en dirección contraria.

—Hablando de informes —le interrumpió ella—, ha llegado esto para vosotros, parece del Anatómico Forense.

—¿Ya? —se extrañó él—. Leal nos dijo que nos enviaría un informe preliminar, pero que casi seguro hoy haría un examen más minucioso, por si encontraba algo que nos pudiera ayudar, y que dejaría los detalles para hoy.

—Bueno —añadió la comisaria sin darle demasiada importancia—, por lo visto se lo pensó mejor o bien madrugó bastante esta mañana, no sé, ya sabes cómo es. Igual le pareció lo más adecuado.

El inspector Carrasco se pasó la mano por la cara, como le había visto Macarena hacer varias veces en un gesto que parecía muy habitual en él, y después abrió el sobre que contenía lo que era, sin lugar a duda, una autopsia detallada. La preocupación hizo presa en Mario y sintió una sensación extraña. Por lo general, el forense les mandaba un primer informe por fax y después, al cabo de los días, les llegaba otro por escrito para adjuntar al expediente. Y nada en la actitud del forense hacía pensar que esa vez sería distinto. Más por intuición, que por ver algo diferente, Carrasco se colocó unos guantes y se dispuso a sacar el informe del sobre que tenía en las manos.

—¿Ocurre algo? —preguntó su joven compañera—. ¿Por qué te has puesto guantes?

—No me cuadra, no sé, no es como siempre.

Al sacar los papeles, lo primero que llamó su atención fue la foto del chico que habían encontrado en la fábrica abandonada. Fue entonces cuando supo que aquel informe no lo había enviado el forense, no era la foto habitual. Al fondo del sobre encontró un papel que quería simular escritura antigua y con algo escrito en otro idioma.

—¿Qué es eso? —preguntó la comisaria Robles.

—No estoy muy seguro. Hay que analizar estos papeles, jefa, no creo que nos los haya enviado el forense.

—¿Piensas que lo ha hecho el autor de los crímenes?

—Desde luego que los envía alguien que ha estado en la escena del crimen y ha tenido acceso al cadáver antes que nosotros. Si es el autor de los hechos o no, lo sabremos cuando leamos esto. De lo que estoy seguro es de que Leal jamás nos enviaría algo así —le explicó mientras le tendía el papel en francés.

Macarena lo contempló con una mezcla de expectación y perplejidad, ¿qué podía significar aquello? Ella no tenía mucha idea de francés, se defendía bastante bien en alemán y hablaba inglés a la perfección. Habría que pedir ayuda para traducirlo. Supo enseguida por qué su compañero había sentido que algo ocurría al rasgar el sobre. La foto del joven se había tomado de la parte superior del cuerpo, en ella se veía la típica incisión en forma de «Y» de las autopsias, salvo que no había sido realizada en la morgue, sino en el escenario del crimen y de noche.

—Estoy alucinado. El informe de la autopsia es muy minucioso, este tío tiene conocimientos médicos, no hay duda —comentó el inspector Carrasco mirando los papeles en su mano una y otra vez—. Nombre, edad, profesión, grupo sanguíneo, lugar y forma de la muerte, hora, peso de los órganos y forma, malformaciones...; incluso explica lo del útero.

—¿Cómo dices?

—Sí, jefa, te lo comenté en mis notas.

—¿Seguro? Lo que me anotaste es que le habían insertado una parte de otro cuerpo, no que fuera un útero. Más bien escribiste: «órgano perteneciente a otro cuerpo implantado *post mortem*, en espera de más información».

—¡Ja, ja, ja! No siempre hablo y hablo sin parar. Pues sí, le implantaron un útero que contenía un feto de siete u ocho semanas.

—**¡Qué crueldad!** —exclamó ella horrorizada.

—Y en el segundo cadáver Leal encontró unas amígdalas que no eran suyas. Se las insertaron también.

—Madre mía, cada vez que pienso que no puedo ver casos más extraños, nos llega alguno que lo supera. Llevad este informe y la nota a la Científica y que os hagan copias para que lo valore Leal, igual él ve algo que nosotros no seamos capaces.

—Vamos, Macarena —le pidió su compañero—, parece que el día empieza como acabó ayer.

—Sí, eso me temo —estuvo de acuerdo ella. La comisaria ya se encontraba llamando por teléfono cuando la joven se disponía a despedirse, prefirió no interrumpirla.

Llegar al laboratorio de la Policía Científica, en el barrio de Hortaleza, les llevó menos de quince minutos, pese a ser hora punta. Por una vez los semáforos se mostraban a favor, el tráfico se debía de concentrar en otro sitio. Macarena intentaba aprenderse el camino para turnarse con su compañero cuando le tocara a ella conducir, no pensaba ir siempre de copiloto. Por su parte, Mario era feliz al volante, así que no habría sido ningún problema para él llevar el coche siempre.

—No hace falta que te aprendas todo el primer día —le concedió él.

—Es el segundo —bromeó ella.

—Igual te doy una semana.

—Qué generoso —volvió a bromear.

En aquel momento pensó cómo habría sido ese segundo día si su compañero hubiera sido Quintana. No se veía bromeando con él, eso por descontado. Tampoco le parecía que hubiera mostrado un ápice de paciencia con la ayudante del forense, ni con el propio forense. Seguía sin estar convencida de poder aprender tanto con Carrasco. Lo que sí tenía claro era que trabajaría con tranquilidad y confianza a su lado, a pesar de que el antipático inspector contara con más experiencia...

Entraron en un edificio moderno en pleno centro de Madrid, donde se ubicaba el laboratorio de la Policía Científica. El inspector preguntó por el supervisor del turno de día, Eduardo Sánchez, quien los recibió en su despacho.

—¿Qué me traes, Mario?

—Yo también me alegro de verte —ironizó él.

—Perdona, es que tengo muchísimo trabajo y tú nunca me traes nada sencillo.

—¡Ja, ja, ja! La fama cuesta, ya sabes. Te presento a mi nueva compañera, Macarena Valverde.

—Encantado, ¿qué ha ocurrido con tu anterior compañero?

—Cambió de destino, se ha ido al sur a trabajar. El caso es que los malos no nos dan tregua, así que es mejor entre dos.

—Vosotros diréis, os escucho —los animó a hablar.

—Tengo dos chicos en la morgue, uno tiene veintiséis años y era novio de la ayudante del forense, del otro aún debemos comprobar la identidad, no obstante me atrevo a decir que más o menos.

—¿El de la fábrica de Clesa abandonada? ¿Lleváis vosotros ese caso? ¿Y dices que hay dos cuerpos? —se extrañó él—. Solo nos avisaron de uno.

—¿No os llamaron para la fábrica? Estaba la Científica, eso seguro.

—Sí y pude ver el cadáver, el de la «autopsia», cuando llegué ya te habías marchado y como mi equipo tenía suficientes muestras, no me entretuve mucho.

—Eso es. Como te decía, mi compañera estaba a la misma hora en un edificio abandonado en Villaverde donde la esperaba un caso similar: chico, veintitantos, con una supuesta autopsia hecha, desnudo, escondido de miradas indiscretas.

—¿Tú estabas en un escenario y ella en otro? —preguntó el supervisor de la Policía Científica, no era muy habitual que siendo nueva ya estuviera investigando sola.

—No, es que ella empezaba ayer en Homicidios. Era su primer día y se la asignaron a Quintana.

—¡Hostia! ¡Con Quintana nada menos! ¿Y ha soltado el caso así, de manera voluntaria? Porque que suelte a la compañera le pega, pero un caso como este...

—Un poco obligado. Es que se jubila dentro de tres meses y la comisaria le convenció de que no era lo mejor para su jubilación, por si no se cerraba el caso a tiempo o no se resolvía nunca, ya sabes.

—¡Qué mano tiene Robles! Me alegro por ti —añadió dirigiéndose a la mujer—, aunque también habrías aprendido mucho de ese viejo cabezota. No solo sabe pegar voces.

—Ya me imagino, me lo dicen todos —respondió ella con timidez, no era lo que le apetecía oír; volvían las dudas.

—Nosotros ya tomamos las muestras, del segundo cuerpo no se ocupó mi equipo; si no, yo lo sabría ya. Por supuesto, si pensáis que es obra de la misma persona, lo llevarán los mismos. Yo me haré cargo.

—No creo que existan muchas posibilidades de que haya dos asesinos matando jóvenes de edades similares y haciéndoles la autopsia después.

—Ya, es decir, que tenemos a alguien que ha cometido un

doble crimen por alguna razón que desconocemos o hay un asesino en serie por ahí. Esperemos que sea lo primero.

—No lo creo —dijo el inspector con sinceridad—. No solo venimos por eso, Eduardo, es que hoy hemos recibido esto. Desde el principio me ha parecido que este informe no era del forense que lo lleva, mientras veníamos para acá le hemos llamado y él ni siquiera ha terminado los informes de las autopsias, aún no sabe nada más, quiero llevarle esto y ver la cara que pone. Necesito que lo analicéis.

—¿Lo habéis tocado? —preguntó él con seriedad.

—El sobre sí, nada más abrirlo he visto que algo no cuadraba y nos hemos puesto unos guantes.

—Perfecto, se lo daré a mi equipo —le prometió él.

—No solo nos preocupa la autopsia, mira esto —le dijo tras sacar el pequeño papel con el texto con escritura antigua—. Lo único que sabemos es que está en francés.

—¿Venía con el informe?

—Sí, dentro del sobre, parece antiguo.

—De acuerdo, le pediré a Pierre que me lo traduzca, es de Lyon.

—¿Es uno de tus chicos?

—Está en otro equipo, es de fiar y muy buen criminólogo. Voy a hablar con los demás para que unifiquemos los casos, quizá aún no sepan que hay otro cadáver por ahí. Nosotros pudimos sacar un molde de las manos.

—Lo sé, nos lo dijo Leal, nosotros vamos ahora al Anatómico Forense, por si ha encontrado algo más.

—Sí, coincidimos en el escenario. Desde que se separó, no lo veo nunca.

—Lo pasó muy mal con la ruptura. No sale mucho, habrá que hacer algo. Ayer mismo le propuse tomar una cerveza. Además, la madre está muy delicada y pasa con ella todo el tiempo que puede. No te creas que yo lo veo mucho más.

—En tu caso es más raro, erais amigos, ¿no?

—Que yo sepa, lo seguimos siendo, solo que ahora necesita un poco de espacio.

—De todos modos, si consigues que salga, avísame.

—De acuerdo —le prometió Mario.

Los dos policías se fueron al Anatómico Forense sorteando, esa vez sí, el intenso tráfico que parecía haberlos esperado a la salida del laboratorio. Enseguida se dirigieron hacia la Ciudad Universitaria, allí había más autobuses que coches y también varios carriles por los que circular, con lo que avanzaron bastante deprisa. Aparcaron en un reservado y admiraron el sol de noviembre que aquel día había decidido adornar la capital. No hacía ni frío ni calor. La temperatura al sol era de lo más agradable, e incluso se agradecía la suave brisa que llegaba en oleadas cuando más se la necesitaba. Los árboles que bordeaban el paseo que separaba el Hospital Clínico de la morgue se mecían al son del suave viento y el ruido del roce de sus hojas le proporcionaba a Macarena la paz que durante esos dos días le había quitado la intensidad de la vida en la capital.

14

Por fin una coincidencia

—Tenemos la identidad del primer cuerpo —dijo sin más preámbulos el inspector Carrasco a su compañera tras comprobar el móvil.

—¿Quién es?

—Un joven de veintiséis años, se llama Luis Acevedo, es de Murcia.

—La misma edad que Damián. ¿Y qué hacía aquí? ¿Trabajo?

—Creo que por fin hay algo de lo que tirar, Macarena, agárrate. Era residente de Ginecología del Hospital Puerta de Hierro.

—¡No fastidies! ¿Está matando a médicos en prácticas? ¿Y cuál podría ser el motivo?

—Ojalá lo supiera. Quizá es un paciente despechado, si algo salió mal en alguna operación o un tratamiento... O familiar de algún paciente, qué sé yo.

—No sé..., no me cuadra. Las dos víctimas pertenecen a especialidades muy diferentes dentro de la medicina —se mostró en desacuerdo ella—. Quiero decir que es posible que sea un enfermo o un familiar de alguien que haya muerto por una negligencia médica, como tú dices, desde luego, aunque me resultaría más razonable que hubiera ido a por un tipo de especialista u otro, y sobre todo a por gente más experimentada o con más responsabilidad, no a por médicos sin experiencia. No sé cómo explicarlo.

—Pues lo has hecho muy bien, te he entendido a la perfección y estoy de acuerdo. El problema es que, por ahora, es a lo único a lo que podemos agarrarnos. Vamos a investigar esa pista y después veremos —concluyó él volviendo al Anatómico Forense, a veces tenía la sensación de pasar más tiempo allí que en su propia casa.

El doctor Leal, por una vez, no se encontraba examinando ningún cuerpo, sino metido de lleno en el ordenador. Cuando vio llegar a los dos policías, bajó un poco el volumen de la música y se dirigió a ellos de inmediato.

—Hola, chicos. Enseguida tendré la autopsia del primer cuerpo.

—Conocemos la identidad —le informó el inspector a la vez que le enseñaba una foto en el móvil con sus datos.

—Ah, perfecto, así podré rellenar huecos y cambiar alguna cosilla. Veintiséis años, yo había determinado que se hallaba cerca de los veinticinco, muy bien. ¿Sabéis algo de él? ¿Alguna pista?

—Viniendo para acá, Macarena ha revisado por encima sus redes sociales y ha encontrado algunas fotos en Facebook, por lo visto jugó al fútbol muchos años en Murcia, debió de dejarlo al venir a Madrid a estudiar. Por lo que veo aquí, estudió en la Complutense y se alojaba en un piso compartido con varios chicos más.

—Era fumador —dijo Leal de pronto.

—Sí —reiteró Macarena—, al menos en algunas fotos sale con un cigarro en la mano y una copa en la otra. En bastantes, diría yo.

—Así que... salía de juerga de cuando en cuando. Eso ya me lo imaginaba por el estado de sus fosas nasales —coincidió el forense.

—¿A qué te refieres? —quiso saber Mario.

—A que esnifaba coca con regularidad. Tiene abrasiones por toda la cavidad, algunas cicatrizadas desde hace tiempo y otras mucho más recientes —les explicó él.

—Vaya, vaya... Un residente de Ginecología que esnifaba coca, bebía y fumaba. Nos salió marchoso el chico.

—Eso parece, lo del fútbol sería antes, de adolescente, aunque he podido observar una lesión muy reciente en el menisco interno de la rodilla derecha. Se lo pudo hacer jugando un partido o corriendo —añadió Leal.

—¿Mientras huía de su agresor? —probó suerte Macarena.

—No, la lesión es de, al menos, una semana, porque tiene algo de sangre en la articulación y ya se le había coagulado. Espera, espera..., ¿has dicho que era residente de Ginecología?

—Sí, de segundo año, en el Hospital Puerta de Hierro.

—Una cosa... Damián, el novio de mi ayudante, era residente de Otorrino, en La Paz, si no recuerdo mal, ¿no? —se extrañó el forense.

—Sí, y de segundo año también.

—Joder, **por fin una coincidencia**. ¿Habéis investigado eso?

—Nos acabamos de enterar. Es nuestra principal vía de investigación, sí —le informó el inspector.

—Entonces —dijo él a modo de resumen—, tenemos dos víctimas. Varones, jóvenes, médicos residentes, Damián también estudió en la Complutense, con lo cual los dos debieron de coincidir en algún momento de la carrera. Ambos con un futuro prometedor. La autopsia del novio de mi asistente no está terminada, no he podido ver si también tomaba drogas. Esperad un momento, que lo compruebe... No, la cavidad nasal es normal, al menos no esnifaba.

—Si no determinas otro tipo de drogas, no lo anotaremos como relevante.

—En media hora os envío la autopsia —les prometió.

—De eso queríamos hablarte también —le planteó el policía.

—Nos ha llegado esto a la comisaría —le explicó Macarena tras ofrecerle la copia de la «autopsia» recibida por la mañana.

—¿Qué cojones es esto? ¿Me estáis gastando una broma? —se enfadó él—. No es mío, si aún no he acabado.

—Ya lo sabemos, creemos que lo hizo el agresor, necesitamos que lo analices y nos digas si ves algo que te pueda llamar la atención.

—¡Joder!, esto sí que no me lo esperaba. Una autopsia ya hecha. —Un poco conmocionado, miraba una y otra vez los datos—. Es... muy minucioso, como si fuera de verdad un forense. Sigue el mismo orden que yo, por lo que veo. Sin embargo, ahora que lo pienso, es el orden que seguimos casi todos, para no saltarnos ningún paso. ¡No me lo puedo creer! ¡Si también pesó los órganos, mirad! Las cifras coinciden con las que yo tengo. ¡Qué fuerte! ¿Y cuándo dices que os ha llegado esto?

—Nos lo ha dado la jefa hace un rato, ¿por qué?

—Porque yo he terminado el informe hace unos minutos, justo antes de que llegarais. Tal como se puede leer aquí, el chico tenía unos tornillos en el tobillo derecho y le faltaba el apéndice. También dice que hay dos fracturas antiguas en la muñeca derecha, yo solo había visto una, abriré la piel para ver bien el hueso, y que lo del tobillo se lo hizo en un accidente de esquí, en fin, ¿cómo iba a saberlo yo? He visto que tenía los tornillos y punto.

—Este informe debe de ser de su asesino —dijo Mario—. Y esto demuestra que lo conocía.

—Sí. Y lo más raro es que no quería simular una autopsia, se la hizo de verdad. Estoy alucinado —confesó él.

—Mira la foto —le pidió el inspector.

—Es igual a la que le hemos hecho aquí, solo que de noche y en otro lugar —respondió el forense.

—Sí, está realizada en la fábrica, donde encontramos el cuerpo. Me extrañaría mucho que, después de ver todo esto, la «preautopsia» no fuera obra suya —añadió Macarena.

—Entonces buscamos a una persona con conocimientos médicos, que haya sido forense o ayudante, o lo sea en este momento. ¿Se te ocurre alguien que pueda encajar? —preguntó el inspector.

—No conozco a un solo forense, incluido un servidor, que esté del todo cuerdo. Pasa igual con los psiquiatras. Esto, por supuesto, no lo he dicho yo. La verdad, no se me ocurre nadie de aquí que pueda encajar con la figura de un asesino, y menos de uno que vaya haciendo autopsias por ahí fuera. Ni que aquí no hiciéramos bastantes.

—Ya, de todos modos, estate alerta —le pidió el policía, el forense levantó el pulgar en señal de aprobación.

—Podemos empezar hablando con sus compañeros de residencia —propuso ella—. Quizá puedan darnos alguna pista de por dónde empezar a investigar.

—Buena idea, ya que la autopsia del ginecólogo está hecha, empecemos por él, cuando tengamos todos los datos del novio de Tania, nos acercamos a La Paz.

La joven recogió la copia del informe que le tendía el doctor Leal en señal de que estaba de acuerdo y salió de allí, intentando seguir el paso de su compañero. Se concentró entretanto en elegir las preguntas que haría al equipo de Ginecología del hospital y cruzó los dedos para que ninguno fuera tan arrogante como el médico que había hablado con ellos el día anterior. No todos los días se cuenta con la misma paciencia y aquel día no sentía que le sobrara mucha, precisamente.

15

Bondad

Chaque homme est coupable de tout le bien qu'il n'a fait pas.

—¡Mamá! ¡Mira! ¿No te parece que cada vez me sale mejor? Ya casi no he tenido que practicar.

—¡Ese es mi chico! Es un trabajo impecable, no sabes lo orgullosa que me hace sentir.

—Sabía que te alegrarías. Como me has dicho siempre: el trabajo tiene su recompensa. Oye..., igual salgo hoy también —le dijo de pasada para que se fuera preparando. Los informes ya estaban enviados, pero volvía a tener esa molesta erección. ¿Es que no se le iba a pasar nunca? Si no fuera por el asco que les tenía a los médicos, iría a consultarlo.

—No sé por qué tienes que salir con tanta frecuencia, ¿es que no puedes dejar unos días de descanso entre medias?

—Mamá, yo no elijo las ocasiones, se me presentan y las aprovecho. Además..., ya soy mayorcito, no debería tener que darte tantas explicaciones —se molestó él.

—Deberías irte a vivir solo, si no quieres que nadie se preocupe por ti.

—Igual lo hago —la desafió él. Estaba harto de aquellas escenas, se sentía asfixiado.

De inmediato se arrepintió, no se sentía bien cuando contestaba así a su madre, ella solo miraba por su bienestar. Era consciente de que debía vivir su vida, no podía pasarse los días a la sombra de la anciana, por mucho que pensara que era la única persona decente de este asqueroso mundo. Quería ir soltando las cuerdas que lo ataban a esa vida poco a poco, sin embargo, no se sentía preparado para hacerlo de golpe. Y, lo peor, su madre tampoco.

La noche anterior se había follado a aquella morena de ojos verdes en el baño del pub donde había acabado tomándose una copa. Mientras la embestía con fuerza, se dio cuenta de que los ojos no eran verdes en realidad, sino que usaba lentillas de color. Y el pelo negro, abundante y ondulado, no era más que una peluca de mala calidad disimulada por la falta de luz natural. Olía a perfume barato y el conjunto de lencería se veía de mercadillo. De pronto, sintió un asco atroz y a punto estuvo de decirle que él prefería a alguien más auténtico, no a una zorra sin clase que solo buscaba una polla cualquiera para sentirse mejor. Pero había que reconocer que follaba como pocas y le quedaba poco para correrse, así que se dejó llevar.

Para el segundo polvo buscó a otra chica con más clase y más copas encima. Se la tiró en un callejón en cuanto la joven se desmayó por el alcohol. Era mejor así, hablaban menos y él podía hacer lo que le gustaba sin interrupciones. Se molestó en volver a colocarle la ropa, iba lo bastante borracha para dudar si había tenido sexo o no si despertaba vestida y con las bragas puestas. Seguía deleitándose con el recuerdo de hacía unas horas, cuando se dio cuenta de que se hallaba en su salón, junto a su madre y cada vez el deseo aumentaba. Si seguía así, no le haría falta salir a buscar mujeres para manchar el pantalón. Acababa de terminar el segundo informe y no podía dejar pasar más tiempo para enviarlo.

—Mamá, no quiero que discutamos. Me apetece salir porque así veo a mis amigos, ya sabes que no salgo mucho desde que se marchó ella —mintió él. ¿Cómo decirle a alguien como su madre que necesitaba salir para echar un polvo con la primera que se pusiera a tiro? Jamás lo entendería.

—Hay muchos peligros fuera, no quiero que te juntes con gente que sea mentirosa o no tenga moral. Eres demasiado bueno y la **bondad** es de lo que se aprovecha el mal para invadir tu corazón. Que se fuera esa zorra es lo mejor que te pudo pasar. No te merecía, hijo. Te lo dije desde que la conocí, esa no era una buena chica. Da gracias a Dios de que se fuera.

—No te preocupes, mamá, que no tengo intención de juntarme con nadie así nunca más. He aprendido la lección. Menos mal que te tengo a ti.

Admiró su nueva obra y pensó en la mujer a la que le había extirpado el útero: se lo merecía. Aún tardarían en encontrarla, lo que le daba a él margen para seguir con su plan.

—Estás muy raro, hijo, ¿no estarás haciendo de las tuyas?

—¿Cómo que de las mías? Parece mentira que no me conozcas, mamá. Yo no soy como mi padre...

—¡No hables de ese desgraciado! En esta casa no se habla de ese cerdo, ya lo sabes. No sé por qué te esfuerzas tanto en hacerme sufrir.

—Perdona, mamá, no quería disgustarte, tienes razón. Es que yo no soy como él. Y cuando no te fías de mí, me agobio.

—Lo sé, hijo, no te preocupes, eres un buen chico y lo que estás haciendo te honra.

—¿Tú crees? —preguntó él esperanzado.

—Claro, alguien tendrá que acabar con esa basura, si te

ha tocado a ti es porque eres un alma pura, no te rindas nunca.

Se sintió lleno de orgullo y se obligó a no pensar en la noche que le esperaba para no alimentar el bulto de su pantalón; comenzaba a ser urgente lo de salir por ahí. Se metió en la ducha, abrió el grifo del agua fría y se frotó con fuerza para quitar los restos de aquellos pensamientos que no le gustaban. Nada era efectivo. Se vistió y se marchó evitando acercarse a su madre para que no se diera cuenta del estado en el que se encontraba. Algunas situaciones eran imposibles de disimular. Con el sobre en la mano, se colocó una sonrisa de triunfo y salió a la noche con la sensación de ser el «Elegido». Casi le parecía ver una muestra de devoción en los ojos de la gente con la que se cruzó.

Una chica le pidió fuego mientras esperaba a cruzar un semáforo y él sacó el mechero, pese a que no fumaba. Había descubierto que tener algo en común, como el tabaco, hacía que su círculo se agrandase más, solo que lo de fumar no iba con él. Menos aún lo de beber, en realidad, aunque tener una copa en la mano en un pub le hacía igual de inofensivo que al resto de los clientes.

Miró a la joven con deseo disimulado. Si ella se enteró, no dio muestras de ello. Pensó en invitarla a una copa y echarle una pastillita de esas que las dejaba a su merced. Después sintió el sobre en su brazo y prefirió echarlo al correo sin testigos. La chica estaba muy buena, se le hacía la boca agua, casi le dio pena tomar la decisión de escoger a otra tras realizar su labor, era tan importante... Y, total, Madrid estaba lleno de putas. Qué más le daba esa que otra cualquiera.

A la muchacha tampoco le había desagradado él, era evidente, le dio conversación y caminó a su lado un rato, además de bajarse un poco el escote. Él se esforzó en ser algo esquivo. Al ver que no funcionaba, se puso borde en un intento de que ella prefiriera no ir con él o estar sola. Le costó un par de indirectas conseguir que se marchara y diez minutos más de caminata encontrar un buzón donde echó el sobre por fin. Solo necesitaba saber cuánto tiempo tardaba la oficina de Correos en hacer llegar la carta, total, no saldría de Madrid. Qué inteligente se sentía de pronto y qué profesional.

Miró hacia todos lados, había elegido un buen lugar para enviar su informe. La farola más cercana estaba rota y la calle se hallaba poco transitada. Solo el mendigo que descansaba en el banco roto del parque pudo ver cómo un hombre echaba algo al buzón y después sonreía con malicia. Sin saber el porqué, el mendigo se echó un par de cartones extras encima; de repente sintió mucho frío.

16

Santa Teresa

Tras cinco minutos con algunos de los compañeros de Luis Acevedo, el joven residente de Ginecología que yacía en una fría cámara del Anatómico Forense, Mario y Macarena habían llegado a la conclusión de que aquel chico había estudiado Medicina única y exclusivamente porque era lo que se esperaba de él. Carecía por completo de vocación, o al menos eso les dieron a entender los demás residentes.

—Bah, tío —comenzó a decir un joven con perilla bien recortada y una alopecia incipiente en el flequillo—, a Luis le daba todo igual, la cagó varias veces. El jefe ya le dijo que no le pasaba una más.

—Y la guardia de julio…, ¿te acuerdas? Ahí sí que se cubrió de gloria —rememoró una chica morena con rasgos asiáticos—. Se largó en plena guardia con la sala de espera a tope y se montó una buena en Urgencias. ¡En plena guardia! ¿Se imagina?

—¿A qué te refieres con lo de que se montó una buena? —quiso saber el inspector Carrasco.

—Esa noche tuvimos que atender varias urgencias y entrar a quirófano con dos de ellas. A Luis no lo encontrábamos por ningún sitio. Apareció a las cuatro de la madrugada con un ojo morado, oliendo a alcohol y con un enorme chupetón en el cuello.

—Ni se tenía en pie —añadió la muchacha asiática.

—¿Y no le expedientaron? —se extrañó Macarena.

—Intercedió su viejo —le explicó el chico de la perilla—. Siempre lo hace. Era el niño bonito del hospital.

—¿Ha ocurrido más veces? —se espantó ella.

—Tan gordo como lo de esa noche, no. Otro día se peleó con un enfermero. Acabaron a guantazos. Con resaca vino varias veces, que yo recuerde.

—A Luis no le gustaba la gente —comenzó a hablar una chica de pelo rizado y ojos cansados—, odiaba que le contaran sus problemas, no soportaba que le vinieran explicando cosas. Él quería trabajar en la Marina y su padre se opuso desde el principio. Era médico porque le obligaron y creo que hay profesiones que no se pueden desarrollar con normalidad si no se tiene vocación.

—¿Y por qué no se enfrentó a su familia? ¿No habría sido más sencillo que pasarse diez años estudiando algo que no te gusta?

—Su padre y su abuelo le pagan todo. Su madre murió hace años y él hace todo lo que su padre le manda...; perdón..., le mandaba.

—¿Quieres decir que lo tenía comprado?

—Algo así. Le regaló un yate hace un par de años. Pasaba las vacaciones dando una fiesta tras otra en el barco y viajando a lugares a los que yo no podré ir en toda mi vida. Invitaba a gente importante. Y aquí no había día libre que no saliera también.

—Ya —comenzó a decir Macarena—, a cambio solo tenía que hacerse un lugar en la medicina, ¿no?

—En Ginecología, para ser exactos, su padre tiene una clínica privada en Murcia, es de las más prestigiosas. La heredó del abuelo, que fue ginecólogo antes que él. Creo que se retiró hace unos años, no estoy segura. Quería que Luis se fuera a Murcia en cuanto terminara la residencia.

—Aquí siempre hemos sabido que el niño bonito no tendría que buscar curro cuando saliera —añadió una chica de pelo corto, muy negro y varios pendientes en una de sus orejas—. Ya tenía un puesto allí sin necesidad de mandar el currículum.

—¿Y diríais que tenía o tuvo problemas con algún compañero alguna vez?

—¡Ja, ja, ja! —se carcajeó el chico de la perilla—. No hay nadie aquí que no haya tenido problemas con él alguna vez, salvo «**Santa Teresa**».

—¿Quién? ¿Perdona? —preguntó Carrasco extrañado.

—Se refiere a mí —dijo enseguida la chica de los rizos, un murmullo sonó de pronto en la habitación—. Se creían que no lo sabía, pero no son tan ingeniosos como piensan. Me llaman así porque me preocupo de mis pacientes, incluso de las indigentes y de algunas mujeres sin papeles que vienen en condiciones lamentables. Cosa que todos deberíamos hacer, por cierto —añadió molesta.

—Ya veo… —musitó el inspector—. Bien, necesitaremos los teléfonos de todos los residentes de Ginecología y el de los médicos adjuntos de la unidad.

—El jefe de residentes me acaba de escribir, estaba en el quirófano. Vendrá en unos minutos —les informó la chica de pelo corto.

—Esperaremos —les aseguró el policía—. Tenemos mucho que hacer y los muertos no se van a mover de donde están. Necesitamos hablar con los vivos.

La joven a la que llamaban Santa Teresa comenzó a llorar. Los dos policías se movieron intranquilos en su lugar mientras la chica del pelo corto se acercaba a ellos y les confesaba que estaba enamorada de él, que se notaba a la legua. Macarena la miró intentando no dejar traslucir ninguna emoción. Sentía pena por la chica; por lo que allí escuchaba, el tal Luis no albergaba los mismos sentimientos y nadie mejor que ella sabía lo que duele un amor no correspondido.

Cinco minutos más tarde, tal como había prometido, apareció el médico que se encargaba de la formación de los residentes. Mandó a todos a sus puestos y se quedó a solas con la policía. Se presentó como el doctor León García-Flores. A Macarena le cayó mal de inmediato, pese a que el hombre no hizo ni dijo nada que pudiera resultar ofensivo.

—Buenos días, doctor —comenzó Carrasco—. Como ya sabe, veníamos a comunicarle la muerte de uno de sus residentes, Luis Acevedo.

—Sí, me han informado esta mañana; de hecho, tenía que entrar conmigo al quirófano ayer y hoy.

—Le acompañamos en el sentimiento —le aseguró Macarena.

—No les mentiré, no es ningún secreto que Luis no era un médico modelo. No puedo decir que estoy desolado, menos aún me alegro de su muerte, por supuesto.

—Algo nos han comentado sus compañeros, sí.

—No estudiaba apenas, no ponía atención, a veces parecía distraído, como si estuviera drogado. Tampoco le gustaba mucho la Ginecología, intenté que fuera a un congreso y que preparara una ponencia y me tocó darla a mí en el último momento. En cuanto podía, se escaqueaba de ver a las pacientes, de buscar información...

—No lo entiendo —confesó Macarena—, si tan mal médico era, ¿por qué no le obligaron a dejarlo?

—Porque su abuelo dona todos los años material médico por valor de varios millones de euros al hospital y no conviene echar al nieto de un hombre así. No dependía de mí decidir si se quedaba o no, por desgracia.

—Ya entiendo. Cuéntenos lo que crea que nos puede servir para dar con su agresor. De todos modos, igual necesitamos hablar con ustedes más adelante.

—No se preocupe, colaboraré en lo que haga falta —le prometió el médico—. Y mis chicos también.

—¿Sabe de algún residente que se llevara especialmente mal con Luis? ¿O de algún miembro de la plantilla?

—Se llevaba mal con varios. Además de un caradura, era arrogante y de explosión fácil, ya me entiende.

—¿Quiere decir que se enfadaba con facilidad? —se lo simplificó Macarena.

—Más o menos, y no solo con los compañeros y los familiares de los pacientes, tenemos un equipo de fútbol de residentes y rara vez no se llevaba una tarjeta en un partido.

—La lesión en el menisco —murmuró la subinspectora Valverde.

—Por el momento tenemos suficientes datos —le informó Mario—, de todos modos, nos pondremos en contacto con alguno de ustedes cuando encontremos algo más. Hoy faltaban varios.

—Sí, algunos de los chicos están rotando en otros hospitales, otros en consulta o en quirófano, es complicado. Si lo ven necesario, les elaboraré una lista con los nombres y los teléfonos de cada uno.

—Nos sería de mucha ayuda, gracias, también es posible que los citemos en comisaría para tener una declaración individual.

—Como le digo, no va a tener ningún problema con ellos —le aseguró el médico con educación.

—Bien, estaremos en contacto —dijo Macarena.

—Eso espero —respondió el médico con una sonrisa, Macarena se ruborizó de inmediato; Carrasco no añadió nada, estaba seguro de que el deseo de verlos de nuevo no iba en absoluto por él.

—Este joven podría haber muerto como consecuencia de un ajuste de cuentas, por una negligencia, por celos... —expuso Macarena a su compañero cuando se encontraron a solas en el ascensor—. Lo cierto es que, en lugar de ayudar, los testimonios de los compañeros nos han abierto más vías de investigación. No era una joyita, la verdad.

—Aún hay demasiados caminos por recorrer y necesitamos más datos, Macarena. Por un lado, si el novio de Tania era un buen profesional, podría ser que alguien hubiera matado a Damián por error y después hubiera ido a subsanarlo matando al correcto, que sería Luis Acevedo. También puede que tengamos entre manos a un asesino en serie que se dedica a matar médicos residentes sin más, o que el novio de Tania fuera un mal profesional y nuestro asesino quiera impartir justicia médica.

—Visto así, no contamos con nada —se deprimió ella.

—Tenemos los nombres y las profesiones de las víctimas y eso es algo. Son las doce, podemos acercarnos a hablar con los compañeros de Damián, y al menos eliminar alguna posibilidad. ¿Te parece?

—Es una buena idea —coincidió ella—. ¿Y hay alguna novedad de la Científica?

—No, al menos no me han avisado por ahora —respondió Mario tras comprobar el teléfono móvil—. De lo que sí disponemos es de la autopsia definitiva de Luis Acevedo, y no creo que encontremos ninguna sorpresa, porque tuvimos el informe del agresor en nuestras manos y ya sabíamos lo del útero y demás.

—Supuestamente —le corrigió ella.

—¿Lo ves? Ya te podemos ascender a inspectora, ya hablas como nosotros —bromeó él.

—No solo eso, para que veas el fichaje que has hecho, ahora conduzco yo.

A Mario le daba miedo ir de copiloto, lo que jamás confesaría a su compañera, y menos llevando solo un día trabajando juntos. Poco a poco, tomaría el monopolio de la conducción, como siempre, solo había que tener paciencia. De eso Carrasco siempre andaba muy sobrado.

17

Polos opuestos

—¿Qué estás pensando? —preguntó el inspector a su compañera—. Casi puedo ver los engranajes de tu cabeza trabajando.

—Me llama mucho la atención que haya escogido a un médico que no quisiera serlo, el ginecólogo, ya sabes, y a otro que poco más o menos lo fuera de nacimiento.

Carrasco la miraba de reojo. A él también se le había pasado por la cabeza aquel pensamiento y no había querido darle demasiada importancia. Cuando comenzaba un caso que prometía ser complicado, había que intentar ser práctico y anotar en la mente los datos que unían pistas, no los que las separaban. Al menos al principio. Después ya se iban añadiendo los demás. Si había que ser sincero, y él lo era, había pensado en lo extraño de la elección del agresor más de una vez. En realidad, si no estuviera seguro de que era obra de la misma persona, habría considerado el hecho de que los dos fueran residentes de segundo año de Medicina una mera coincidencia.

Se habían pasado por el Hospital de La Paz a conocer a los compañeros de Damián, el joven residente de Otorrino que yacía en la morgue, esperando a que el doctor Leal encontrara una pista que los ayudara a dar con su asesino. Al contrario que con el otro médico, los compañeros del novio de la ayudante del forense lo describieron como un chico trabajador, un gran profesional, enamorado de su trabajo, con un don de gentes con los pacientes y una enorme capacidad para resolver problemas cuando algún caso se volvía complicado. Los **polos opuestos** de la medicina, podría decirse.

—Entonces ¿piensas que nuestro agresor se equivocó de hombre y lo solucionó más tarde matando al ginecólogo?

—Por ahora no descarto esa opción —confesó ella.

—Yo tampoco, la verdad —añadió su compañero—. Depende de la hora.

—No sé qué quieres decir.

—Que según lo que diga Leal sobre la hora de la muerte. Si mató primero a Damián, podemos barajar esa posibilidad; si murió antes Luis Acevedo, no.

—Tienes razón, no había contemplado ese detalle. ¿Cuándo lo sabremos?

—Me dijo Leal que en cuanto realizara unas comprobaciones nos avisaría, para que pudiéramos ir en una o en otra dirección.

—¿Has llevado muchos asesinatos así? —le preguntó ella, se sentía abrumada por la falta de pistas.

—Si te refieres a asesinatos en serie, sí, he llevado alguno, aun cuando no son tan frecuentes como nos hacen pensar en las películas.

—Eso nos explicaron mientras hacía las prácticas para subinspectora.

—Lo más normal en un homicidio es que sea fruto de un arrebato, un ajuste de cuentas entre bandas, o un accidente, y que el agresor se asuste e intente esconderlo.

—Te confieso que este caso, según vaya hacia un lado o a otro, me impone bastante —soltó ella con un suspiro.

—Macarena, ¿cuántos años tienes?

—Treinta y uno —respondió ella de inmediato.

—Solo te daré un consejo de un madurito de cuarenta y siete: que nunca te dejen de imponer. No bajes la guardia, no relativices, trata cada crimen como si fuera el más importante de tu vida.

—Vaya, no das la impresión de ser tan profundo, ¿sabes? —bromeó ella.

—No se lo digas a nadie o me desmontarás la fachada —repuso con un guiño.

Una llamada en el teléfono interrumpió la conversación de los dos policías. El inspector Carrasco activó el altavoz del coche al comprobar que era el forense quien llamaba.

—Hola, Paco, ¿me oyes bien? Voy conduciendo.

—¿Llevas el «manos libres»? —le preguntó.

—Sí, ¿hay algún problema?

—Depende, ¿con quién vas? —quiso saber el doctor Leal.

—Con Macarena —respondió el inspector.

—¡Ah! Entonces puedo hablar. La hora de la muerte de Luis Acevedo está en torno a las 03.00 del 12 de noviembre. Es decir, la noche del 11 al 12 de noviembre.

—Lo encontramos al día siguiente, la sangre parecía fresca.

—Fresca no era, solo que la lluvia ayudó mucho a diluirla. Eso sí, la «autopsia» y la operación de trasplante de útero se realizaron muchas horas después. Esta es mi opinión, creo que se realizó al anochecer ese mismo día, el 12. Por cierto, ¿se sabe ya algo de la identidad de la «donante»?

—Nada, supongo que será bastante difícil si no hay nada con lo que comparar. En cuanto al momento en el que se encontró el cadáver, si nadie se acercó por la fábrica ese día, es posible que no lo descubrieran hasta que J. J. fue a fumarse el porro.

—¿Quién coño es J. J.?

—Es el chico que encontró el cadáver, estaba allí cuando llegaste, ¿te acuerdas?

—¿Uno delgaducho con la cara verde que no paraba de vomitar?

—El mismo —afirmó el inspector—. ¿Y qué sabemos de Damián? ¿Has determinado la hora de la muerte?

—Sí y no sé si esto os viene bien o mal para la investigación, murió la noche del 12 al 13 de noviembre, al día siguiente. Hizo las dos autopsias el mismo día, pero el chico del útero murió un día antes.

—¡Vaya! —exclamó Macarena—, mi teoría a la mierda.

—¡Ja, ja, ja! —se rio Carrasco.

—Me alegra que te haga tanta gracia la hora de la muerte de los dos chicos.

—¿Cómo me va a hacer gracia, Paco? Es que mi compañera quería que fuera la solución fácil, ya sabes cómo son los novatos —bromeó a la vez que guiñaba de nuevo un ojo que el forense no podía ver.

—Pues que estruje un poco ese cerebro, que está menos estropeado que el tuyo, y no quiera cerrar el caso en diez minutos —dijo el forense antes de despedirse y colgar.

No habían avanzado más de cincuenta metros, ni habían decidido si acercarse a ver a Tania o a la comisaría, cuando el teléfono volvió a sonar.

—Inspector Carrasco —respondió sin mirar el monitor.

—Mario, que se me ha olvidado comentaros algo —habló al otro lado de nuevo el forense.

—Tú dirás —le animó el policía.

—La madrugada del 11 al 12 de noviembre se produjo el asesinato de Luis Acevedo, el residente de Ginecología, lo dejó allí y las ratas comenzaron a mordisquear el cadáver. En la noche del 12 de noviembre, el mismo individuo mató a Damián Fuentes y después le hizo la supuesta autopsia.

Tras hacer todo esto, se acercó a realizar la autopsia al primer cadáver.

—¿Y qué te hace llegar a esa conclusión?

—En la ropa de Luis Acevedo hay sangre de dos tipos, me han enviado los del laboratorio los resultados y coinciden con los de Damián y Luis. No habría sido posible esa contaminación si la «preautopsia» del ginecólogo no se hubiera realizado después de la del novio de Tania.

—Entiendo. También has dicho que con total seguridad es obra de la misma persona.

—Sí, la causa de la muerte en los dos chicos es el estrangulamiento. El ginecólogo se defendió, tiene fibras oscuras en sus uñas y varios golpes. Las marcas del cuello pertenecen a un hombre diestro y tenemos el tamaño de las manos, ha llegado el informe de la Científica, supongo que a vosotros también, como os pasáis la vida por ahí... En el otro cadáver las marcas son idénticas.

—Hay que comprobar si los drogó, es raro que dos chicos jóvenes y fuertes mueran a manos de un individuo y que apenas se resistieran.

—Sí, su sangre tiene restos de Fentanest.

—Entonces los droga para dejarlos fuera de combate y luego los mata —concluyó el inspector.

—Solo que Luis Acevedo también tenía un buen golpe en la cabeza, dijisteis que es probable que lo dejara inconsciente —llamó su atención Macarena.

—Luis Acevedo bebía con asiduidad y tomaba coca, quizá el Fentanest no hizo su función con él como debía —le explicó el forense.

—En todo caso, ya tenemos alguna pista más. Creo que ahora lo que toca es indagar en el pasado de los dos jóvenes asesinados y buscar coincidencias, que me parece a mí que van a estar todas en la facultad de Medicina.

—Eso os lo dejo a vosotros, buena suerte —se despidió

Leal—. Por cierto, una cosa importante, si no tenéis el informe de la Científica a mano, no lo sabréis hasta que os lo faciliten.

—Te escuchamos —le aseguró el policía.

—Ya sabemos a ciencia cierta que Luis Acevedo es el padre del feto que venía en el útero «reimplantado». El ADN es el suyo.

—¡Joder! —exclamó Macarena—. ¡Qué fuerte!

—Menuda ironía —añadió Carrasco.

—Y qué macabro, ¿no? —les dijo el forense antes de despedirse y colgar.

—No me gusta el cariz que está tomando este caso —confesó Macarena—, me parece que tenemos a un sádico sin escrúpulos. No puedo parar de pensar en la mujer a la que le hayan arrebatado ese útero con una vida dentro.

El inspector Carrasco no añadió nada, tampoco le gustaba, le hacía desconfiar y sentirse en guardia a cada paso. Habría que ir con pies de plomo, acallar a la prensa y tranquilizar a la comisaria durante mucho tiempo. Observó a su compañera por el rabillo del ojo, se fijó en su cara de preocupación. Hasta entonces ni siquiera la había mirado con detenimiento. Era fuerte, sin duda hacía ejercicio con regularidad; resolutiva, enseguida encontraba alternativas a cualquier contratiempo; dinámica, no la había visto desfallecer en todo el tiempo que llevaban trabajando juntos, pese a que la primera jornada había sido bastante dura; sencilla, no había alardeado en ningún momento, y eso que había sido la primera de su promoción; lista, con una gran intuición y muy buena memoria, lo que tal vez la ayudaba a no obligarse a pasar el día escribiendo en una libreta datos que quizá solo entendería ella, como le pasaba a algunos compañeros que conocía. Aun así, se adivinaba una impaciencia a la hora de resolver ciertas dudas, unas ganas de colocar las piezas a empujones, aunque no encajaran, que instaban a colocarle el cartel en la espalda de «policía novata». Tenía un gran potencial que habría que curtir a base de trabajo, paciencia y esfuerzo. Y no solo por su parte.

Macarena se organizó un pequeño esquema con la secuencia de tiempo, las pistas que debían investigar y las incógnitas de mayor a menor importancia que podían contribuir a dar con el asesino de aquellos dos jóvenes. Carrasco admiró la capacidad de la joven de esquematizar y sintetizar lo que era de verdad importante y desechar lo que le parecía superfluo. No obstante, por el momento él revisaría cada pista sin tener en cuenta del todo su criterio. Quizá la mente de aquella joven acabaría siendo crucial para la resolución de un caso que seguía sin llevarlos por ningún camino en concreto, pero antes tendrían que echar mano de su experiencia. Unos asesinatos como aquellos no se podían resolver solo con el instinto de una subinspectora novata.

18

Aquel olor...

El chico abrió los ojos lo justo para percatarse de que no conocía el lugar. La oscuridad se había hecho cómplice de su agresor en aquella noche de luna llena en que el cielo se había cubierto de nubes en Madrid. Algo en ese hombre le resultaba de lo más familiar: la voz, el olor... Si pensaba lo suficiente en ello, seguro que lo recordaría. Cuanto más lo intentaba, más nubes parecían cubrir el cielo, lo que no tenía ningún sentido, hasta que se dio cuenta de que lo que se le nublaba era el pensamiento. Quizá no le llegaba suficiente oxígeno al cerebro.

Hacía solo un momento (o eso le parecía) se encontraba en aquel local en el que ponían esa música que tanto le gustaba. Recordaba haber hablado con una chica un rato, se había soltado, con lo que le costaba ligar. Al final, la joven se había marchado con un tío mucho más alto que él y menos tímido. Tras el fracaso, se había tomado su copa a solas; era obvio que se la había bebido bastante deprisa, porque se había sentido un poco mareado casi de inmediato. A partir de ahí su memoria no le decía nada.

Miró a su alrededor. Al mover el cuello fue consciente de que no podía girarlo del todo. Lo intentó con todas sus fuerzas y entonces notó el dolor. Aquel cabrón, fuera quien fuese, le había colocado una cinta alrededor del cuello y de las muñecas, que permanecían atadas a la espalda. Le había ajustado las cintas de tal forma que, si hacía cualquier movimiento brusco o tiraba más de lo debido, se ahorcaría sin remedio. Se obligó a no tirar y a tranquilizarse, quizá aquel tío lo iba a matar, pero no pensaba ponérselo fácil. Respiró hondo un par de veces y sintió que el aire espeso llenaba sus pulmones. Estuviera donde estuviese, se trataba de un lugar que permanecía cerrado desde hacía demasiado tiempo. La mezcla de polvo y humedad le irritaba la garganta.

Ya que no podía girar apenas la cabeza, probó a forzar la vista hacia los lados y hacia arriba. No conocía el lugar, parecía una estancia o habitación abandonada, se podían ver restos de papel pintado, muy antiguo, casi desintegrado y arrancado de la pared. Varias pintadas decoraban el lugar y algunas latas vacías descansaban en las esquinas, junto a los insectos a los que veía moverse en la oscuridad, o más bien los intuía. El esqueleto de una cama antigua de latón aparecía destartalado en un rincón, y pedazos de lo que había sido una cómoda se habían quemado hacía tiempo en una hoguera improvisada que habría proporcionado calor a cualquier indigente. Le llegó un ligero tufo a pis, quizá aquel sitio era habitual para algún sintecho o solo se trataba de un buen escondite. Una idea atravesó su mente; si en aquel lugar se escondía alguien, podría pedir ayuda. ¿Habría más estancias como aquella en ese edificio? Intentó gritar con todas sus fuerzas pese a que algo cubría su boca, también el agresor había pensado en ello, no cabía duda. Procuró hacer ruido; solo logró apretar las cinchas un poco más, lo que amenazaba con provocarle una crisis de pánico que acabaría con su vida antes de tiempo.

Por un segundo las nubes dieron paso a la luz de la luna y el chico trató de percibir un detalle que le ayudara a saber dónde se encontraba. No conocía el local. Jamás en su vida había estado allí. Sin embargo, sí que oía los autobuses y los coches no pasaban demasiado lejos. Si podía gritar, igual cualquiera podría oírlo y tendría una oportunidad. Lo probó de nuevo, abrió la boca y sintió cómo la tela que la cubría se le introducía un poco más en la cavidad. Aquel cerdo le había metido un buen pedazo en la boca antes de ponerle encima cinta americana o algo similar, parecía que iba a ser complicado escapar o llamar la atención de alguien. Trató de no ser presa del terror, lo que cada vez le resultaba más complicado. Cerró los ojos y quiso pensar en lo que había ocurrido. El olor…, si conseguía dar con **aquel olor**…

Un ruido le sobresaltó. Quizá se había quedado dormido. Por una rendija entre sus párpados pudo ver una silueta de alguien que se acercaba. Llevaba una capucha negra, una braga del mismo color, un suéter y unos pantalones oscuros. Se centró en sus ojos y, mientras quería recordar a quién pertenecían, unas manos enfundadas en guantes de látex se acercaron a su cuello. Sin necesidad de decir ni una palabra, se cerraron a su alrededor y apretaron, tanto que la tela de la boca se le introdujo hasta la campanilla al pretender llenar de aire sus pulmones. No pudo gritar, tampoco toser, ni respirar. Pensó en qué hacer tan solo un instante entretanto su cerebro seguía luchando por seguir con vida. El hombre le susurró unas palabras al oído y enseguida supo que nada podría contra la muerte que se cerraba contra su garganta sin piedad. Poco a poco sus pulmones encontraban menos aire que los mantuviera con vida y su corazón se volvió loco al principio, para después bajar el ritmo hasta que la cadencia fue tan leve que apenas un hilo lo mantenía con vida.

Y el olor…, aquel olor…, tan cercano y tan ausente…, ¿por qué no recordaba aquel olor?

Fue justo antes de que su corazón se detuviera cuando recordó. Justo en aquel momento en que no tendría a quién contarle que aquel olor a jazmín era el que su hermano había traído a casa el día en que cambió su vida para siempre.

Mientras el chico perdía calor en aquella noche de noviembre, su agresor le quitó la ropa y la colocó bajo su cabeza. Peinó su cabello y reprimió una mueca de asco cuando se dio cuenta de que varios pelos habían quedado enredados en el cepillo. Si hubiera seguido con vida, se habría quedado calvo antes de los treinta y cinco. No tenía la melena de los otros dos, desde luego, ahora veía por qué llevaba el pelo tan corto. Abrió su mochila y comenzó con su trabajo, aquella vez iba a ser mucho más complicado que con los anteriores. Reimplantar un miembro no era fácil, y menos en aquella estancia oscura, con una luna llena que iba y venía proporcionando una luz insuficiente. Además, debía amortiguar el ruido que haría al cortar los huesos con la sierra circular. Quizá no había elegido bien el lugar, aunque ya no había muchas opciones. O puede que…, si trasladaba el cadáver antes de que comenzara el *rigor mortis*…

Lo peor era que su madre se preocuparía cuando viera que no llegaba a tiempo para acostarla. Aquellos días estaba muy ausente y no quería descuidar a la anciana más de lo imprescindible. Claro que, ¿qué era más importante? ¿Seguir con sus rutinas o con su «misión»? Su madre no tendría más remedio que entenderlo. Envolvió al chico en una bolsa de autopsias, siempre llevaba alguna en el coche, y lo arrastró hacia el maletero. En aquel sitio no había nadie que pudiera verlo, salvo algún mendigo inoportuno. Y no parecía el caso. Le costó transportar el cuerpo más de lo que creía, y eso que ya lo había movido mientras se hallaba inconsciente. Agradeció su tesón al hacer pesas con regularidad y se prometió a sí mismo que añadiría un par de kilos para levantar desde el día siguiente, había que mejorar esos músculos, se estaba descuidando.

Cuando por fin cargó el cadáver en el asiento trasero del coche, se dispuso a conducir durante un buen rato. El edificio que buscaba se hallaba en Las Rozas, en la carretera de La Coruña, así que se desplazó despacio para evitar llamar la atención de la policía y se quitó el gorro, la braga y los guantes. Tardó menos de veinte minutos, conducir de madrugada tenía la ventaja de esquivar el tráfico, además de dejar menos pistas y, seguro que menos testigos.

Al llegar al lugar donde había decidido llevar a cabo su labor, le costó unos minutos comprobar que no había nadie alrededor y casi media hora llevar el cuerpo adentro. Daba la sensación de haber engordado unos kilos en el trayecto. Aquella idea casi le hizo reír. En la parcela Kodak podía encontrar cientos de rincones donde esconder el cadáver, nadie lo localizaría allí. Pasó por el que antes había sido un cuidado jardín con un estanque que aparecía abandonado, sin vida aparente, lleno de algas, ramas, algún desperdicio e, incluso, dos ratones muertos cerca de la orilla. Pensó en dejarlo en el muelle de carga, lo que no le terminó de convencer, le parecía que quedaría demasiado expuesto. Sin embargo, se le había hecho tan tarde que prefirió soltar el cadáver en ese sitio y volver al día siguiente a realizar su trabajo. El cuerpo no tardaría en ser menos manejable debido al *rigor mortis*, así que lo más razonable sería esperar el tiempo suficiente para que volviera a su estado natural.

Al final pensó que sería mejor elegir una nueva ubicación. Paseó por lo que había sido en su tiempo un laboratorio de revelado, muy cerca de una sala de proyecciones y el que fue el restaurante-cafetería con cabida para más de doscientas personas. Retornó sobre sus pasos y encontró una nave de almacenamiento que aparecía casi vacía, como saqueada. Cientos de cajas con rollos de películas antiguas completamente deshechas descansaban en una esquina y las estanterías, que habían albergado muchas más, se veían destartaladas y llenas de telarañas y suciedad.

Después de la inspección se decidió por el laboratorio, allí vio un armario enorme casi vacío, donde ubicaron en su día miles de garrafas de líquido para revelar y cientos de productos químicos que se usaban en la época. Le gustó el lugar porque podía esconder el cuerpo y cerrar el armario con llave, tenía unas pestañas en las que podía colocar un candado. Por precaución, llevaba varios en el coche. Desde luego, a precavido no le ganaba nadie.

Salió a la noche, comprobó que la luna esa vez se había deshecho de las molestas nubes y lucía en todo su esplendor, otorgando un brillo plateado a la bolsa que contenía el cadáver del chico. Cogió del coche el candado y se dispuso a tirar del cuerpo para llegar al laboratorio para esconderlo. Casi se sentía más orgulloso que nunca al haber sido capaz de cambiar de plan sobre la marcha, lo que hacía de él un gran profesional. Y eso que aún no había abierto el cadáver. Al pasar por la antigua cafetería de la abandonada fábrica de películas, la bolsa se enganchó en la pata de una silla; lo que le faltaba. Dio un intenso tirón y siguió como si nada, tenía tantas ganas de salir de allí...

Una hora más tarde regresaba sudoroso, sucio y fatigado. Tras proporcionar una explicación absurda a su madre y ver en sus ojos la desconfianza, se dio una ducha fugaz y se apresuró a acostarla. La anciana parecía casi más agotada que el hombre. Se prometió a sí mismo que jamás la dejaría tanto tiempo en su hamaca, ella se lo había dado todo y debía corresponderle como merecía. Además, la anciana tenía razón, no tenía importancia tardar un poco más en desarrollar su tarea, nadie se lo reprocharía nunca.

Ya en la cama, puso la mente en blanco y se quedó dormido al momento. Ningún remordimiento por lo que acababa de hacer se colaba en su mente para perturbar sus sueños. No se podían tener remordimientos cuando se llevaba a cabo una labor tan importante como aquella y tan necesaria. Durmió de un tirón, como solo el «Elegido» podía hacer.

19

Misma donante

Cuando llegaron los resultados del laboratorio, Macarena se encontraba tomando un café de la máquina con dos compañeros. Por lo que se veía, había buen ambiente en aquella comisaría; o al menos, en su unidad. Todo cambiaba cuando Quintana se hallaba delante, como acababa de ocurrir, hasta el aire parecía más difícil de respirar.

Se entretuvo en mirar a aquella extraña pareja que se había formado: el enorme policía tenía un color cetrino, como si la sangre le llegara estropeada a su rostro. No sabía lo certera que era esa observación. Yago, sin embargo, era un hombre que transmitía fuerza y optimismo sin hacer nada fuera de lo común. Con la tablet siempre en la mano, daba la impresión de ser un buen compañero incluso sin cruzar una palabra, quizá por el rostro afable o su eterna sonrisa o porque no le había visto ni oído protestar ni una vez por las broncas de Quintana. Sin darse cuenta, se había quedado mirando en su dirección y sin querer presenció cómo lo regañaba por una tontería y cómo Yago ponía los ojos en blanco cuando Quintana se dio la vuelta, siempre sin perder la sonrisa. Agradeció en silencio que no le hubiera tocado a ella.

—No siempre fue así —le comunicó un hombre moreno, entrado en años y en kilos, con la cabeza rapada y con los ojos grandes y saltones—. Perdón, no me he presentado, soy el inspector Carlos Rey.

—Encantada, yo soy la subinspectora Macarena Valverde —se presentó ella.

—Lo sé, eres la comidilla de la comisaría estos días. Creo que no hay nadie que no sepa quién eres.

—¿La comidilla? ¿Por qué?

—Porque cuando llegaste y nos enteramos de que serías la compañera de Quintana, os bautizamos como la «Bella y la Bestia», ya me entiendes. A veces hacemos estas cosas.

—Eh…, no sé qué decir…, ¿gracias? ¿O me espanto?

—¡Ja, ja, ja! Ese viejo cabezota no es fácil de llevar, y en especial por una mujer. Y aún menos por una mujer joven. Tenías todas las papeletas para desquiciarlo desde el primer momento. Y esto no te lo he dicho yo: hicimos apuestas sobre el tiempo que pasaría hasta que pidiera cambiar de compañero. Y la verdad es que hemos perdido todos. Ni siquiera nos imaginábamos que lo haría el primer día.

—No sucedió así, en realidad fue por el caos que hubo con los dos cadáveres. En fin…, es igual, el caso es que ya no es mi compañero. Y en cuanto a su carácter…, igual ya es hora de que se modernice —protestó ella—, que estamos en el siglo XXI.

—Sí, sí, solo que del siglo XXI lo único que tiene son las canas y ya no le quedan demasiadas —bromeó—. Siempre ha sido muy duro con los novatos, no te lo tomes como algo personal.

—Y con las mujeres, sobre todo, ¿no?

—Y con las mujeres, exacto… Y si juntamos ambas condiciones se forma sin querer una guerra nuclear. Tenías todas las papeletas.

—Ya me imagino. De todos modos, menudo troglodita

—dijo ella con hastío—. Parece mentira que en estos tiempos haya que seguir demostrando si vales para el puesto o no solo por ser mujer.

—Todo tiene un porqué. Entiendo que trabajar con alguien así no es sencillo. Antes era bastante más amable. Todo se torció cuando... Eh..., quizá no debería contártelo.

—No sé por qué no, ya no trabajamos juntos. De hecho, quizá no se pueda considerar que trabajé con él en algún momento, porque ese mismo día me cambiaron con el inspector Carrasco.

—Con Mario estarás bien, ya lo verás. Te pone las cosas fáciles.

—Sí, yo también lo creo, es un buen compañero —coincidió ella.

—Intenta aprender todo lo que puedas rapidito, que Homicidios está un poco cojo y ya somos muchos a los que nos queda poco para la jubilación. Además, cada vez encontramos más violencia en la calle y nos quedamos cortos de recursos.

—Lo sé, por eso decidí estudiar para inspectora.

—Bien hecho. Oye, ¿lleváis el caso Carrasco y tú solos?

—Por ahora sí; supongo que, si hubiera alguna complicación, tendríamos que pedir más personal.

—Por un lado, espero que no lo necesitéis. Por otro..., hay muy buenos investigadores, igual os vendrían bien algunos ojos más.

—Gracias, la verdad es que es gratificante que un compañero te ofrezca ayuda o que sea amable cuando acabas de llegar. Te lo agradezco mucho.

—Suerte con el caso, si necesitas algo, mi mesa es la que está junto al pasillo —se despidió el amable inspector.

—Subinspectora... —llamó su atención una joven menuda y de cara redonda—. Ha llegado esto del laboratorio y no encuentro al inspector Carrasco. Me dijo que le avisara de inmediato si llegaba algo a su nombre.

—Carrasco está en el hospital investigando una pista, hoy quedamos en venir por separado para ocuparnos cada uno de una cosa. Yo me encargo, no se preocupe.

—¿Se lo llevo a su mesa?

—No, no hace falta, traiga, que me pongo con ello mientras tomo el café.

Resultó ser un informe del laboratorio. Macarena lo pensó un instante, en realidad no tenía permiso directo de Carrasco para abrir nada sin su consentimiento. Decidió que, si eran compañeros, se suponía que les podrían entregar resultados a cualquiera de los dos. Se convenció a sí misma de que debía estudiar el informe y comenzó a leer por encima, un poco distraída. Lo primero que captó su atención fue algo que ni siquiera se les había pasado por la cabeza en ningún momento. Los ADN del útero y de las amígdalas pertenecían a la misma persona. Macarena lo revisó entero antes de marcar el número de su compañero. Cualquier detalle podría ser crucial. No sería ella quien eligiera lo que era o no sustancial. Por lo pronto, sabían que eran de la **misma donante.**

—Mario —dijo ella en cuanto sintió que su compañero contestaba a la llamada—, ha llegado el informe del laboratorio. Lo he leído, espero que no te importe. Hay algo importante..., o eso creo.

—Dime... —la animó a hablar—. Y por supuesto que no me importa. Es más, pienso que lo mejor será que cuando trabajemos por separado informemos el uno al otro según nos llegue la información, ¿no te parece?

—Sí, eso pensé yo. Escucha: el útero y las amígdalas corresponden a la misma persona.

—¿En serio? Supongo que tampoco sabemos si le faltan los órganos a algún cadáver. Le preguntaremos a Leal para que eche un ojo en el Anatómico Forense, si alguien está vaciando cadáveres, seguro que hay alguna prueba. Además, allí hay cámaras.

—¿Y si fueran de alguien vivo? —preguntó ella de pronto.

—Eso haría que tuviéramos todavía más prisa.

—Ya, es cierto. Si los órganos pertenecen a algún cadáver, nuestro agresor tiene acceso a los cuerpos, lo que ya sospechábamos por las supuestas «preautopsias». Y si se los han extirpado a alguien vivo, estamos hablando de dos homicidios y un secuestro con tortura, que sepamos.

—Buen resumen —la alabó su compañero.

—Uf, ahora mismo estoy muy perdida, ¿qué paso debemos seguir? ¿Qué propones?

—Acércate al Anatómico Forense, coge un taxi o pide a alguien que te lleve.

—No hace falta, iré en metro. Quedamos allí en media hora.

—De todos modos, pregunta a los compañeros por si alguno tiene pensado ir por allí. Es que considero que tenemos que hablar con Leal, así nos podrá decir si los órganos corresponden a alguien vivo o a un cadáver.

—Sí, yo también lo pienso —coincidió ella.

—¿Alguna sorpresa más en el informe?

—Creo que no, de todos modos, me lo llevo.

La subinspectora se acercó a recoger la chaqueta y avisar a sus compañeros de que se marchaba al Anatómico Forense. De pronto, un sobre en la mesa de Carrasco llamó su atención. Ni habría mirado siquiera si el sobre no hubiera sido exactamente igual al que habían recibido un par de días antes con la «preautopsia» del ginecólogo, aquella que Leal decía no haber realizado. Se colocó unos guantes y con cuidado lo abrió. Como esperaba, la nota en francés descansaba en el fondo del sobre junto a los papeles con los datos sobre el cadáver y su foto, simulando las que se toman en la morgue, se podía ver tan detallada como la anterior.

—Mierda, mierda, mierda —musitó ella a la nada.

—¿Qué ocurre? —le preguntó Yago, el compañero de Quintana, que ocupaba la mesa contigua a la de Carrasco.

—Deduzco que tenemos otra pista —le comunicó ella algo ensimismada—. Perdona, no quiero ser borde, tengo que marcharme.

—Claro, el caso es lo primero, no te preocupes —respondió Yago al comprobar que Quintana no le quitaba ojo, al parecer no le gustaba nada que hablara con Macarena.

Antes de salir de la comisaría, recordó la recomendación de su compañero de preguntar si alguno la podía llevar. Un simple vistazo a la sala, y ver el bullicio que había aquella mañana, hizo que desistiera de tal opción.

Salió a la calle con los dos sobres en una cartera (el de la «preautopsia» de Damián, protegido por una bolsa de pruebas, y el del laboratorio) y se dirigió a toda prisa hacia la estación de metro más cercana, la de Francos Rodríguez, subiendo la avenida de Pablo Iglesias, donde se vio obligada a esquivar a decenas de jóvenes y adolescentes que iban camino a los institutos y a las universidades privadas que se ubicaban en la zona. Muchos llevaban uniformes y se esperaban en sitios clave para no acudir a clase solos. Casi echó de menos su época en el instituto, hasta que se acordó de lo poco que le gustaba ir, de que casi siempre estaba sola y de que cambió de centro tres veces en un intento de encajar un poco. Mientras esquivaba transeúntes y esperaba a que los semáforos le dieran paso, envió un mensaje a su compañero con su nuevo hallazgo.

Había tan solo una parada de metro hasta Guzmán el Bueno, donde cambiaría de la línea siete a la seis, la línea circular. Era más rápido hacer transbordo que ir hasta Guzmán el Bueno para coger esa línea, eso lo había aprendido de maravilla durante el poco tiempo que llevaba en Madrid y también que el metro era el medio de transporte más veloz, si no se sufría claustrofobia o no se originaba una avería y el vagón se quedaba parado entre dos estaciones. Más tarde, su compañero le comunicaría que la parada de Guzmán el Bueno estaba casi a la misma distancia de la comisaría que la de Francos Rodríguez, en dirección opuesta y se daría cuenta del tiempo que había perdido al elegir esa última. Esas cosillas que la gente de Madrid se sabe y los «forasteros» aprenden a fuerza de probar y errar.

Cuando realizó el cambio de línea y se subió al vagón, se fijó en un hombre con el que había coincidido en la estación anterior. Le llamó un poco la atención, pese a que no parecía estar haciendo nada sospechoso, y lo vigiló por el rabillo del ojo antes de darse cuenta de que no era el único que le sonaba. Algo normal, dada la cantidad de gente que hace uso de la línea circular de metro de Madrid, la que bordea la capital haciendo un círculo, como su nombre indica.

Al ver que el individuo no hacía nada fuera de lo común, Macarena se obligó a no ser tan obsesiva y se dedicó a enviar mensajes y a contestar los que tenía. Casi se pasó de estación al estar entretenida con el teléfono y salió a toda prisa antes de que la puerta del vagón se cerrara. De nuevo se extrañó al ver que el hombre al que había observado antes se bajaba también. Se relajó al comprobar que el individuo tomaba un camino distinto al suyo. Al pasar ante ella caminando en dirección contraria, dejó un rastro a jazmín en el aire que ella aspiró sin pensar. Mejor eso que el hedor a sudor o el olor que emanaba de las máquinas del metro y la falta de ventilación de las estaciones.

Al subir las escaleras que la llevaban al exterior, vio la

silueta familiar de su compañero, tan tranquilo como de costumbre. No se había dado cuenta hasta ese momento: Mario le transmitía paz.

—¿Qué haces aquí? ¿No habíamos quedado en el Anatómico Forense?

—Como he llegado un poco pronto y he leído lo que me has mandado, he pensado que era más eficaz venir hasta aquí y comentar tu hallazgo por el camino. Para un día que no llueve...

—Hallazgo mío no es, solo sé eso, que el útero y las amígdalas pertenecen a la misma persona. De todos modos, después de saber que el ginecólogo es el padre del feto que le implantaron, ya nada me parece igual.

—¡Uf! Nos enfrentamos a una mente muy retorcida —coincidió—. Parece una especie de castigo por dejar embarazada a la chica o por no hacerse cargo del bebé o vete a saber.

—A ver si Leal nos puede decir si la mujer a la que le extirparon los órganos estaba viva cuando lo hicieron —comentó Macarena.

—Eso..., suponiendo que sea una mujer —respondió Mario con aire distraído.

—¿Me..., me estás tomando el pelo? —preguntó la subinspectora con cara de asombro.

—No, ¿por? ¡Ah! ¡Dios mío! ¡Qué estupidez acabo de decir! ¡Si le extirpó el útero! ¿Qué iba a ser si no? Perdona, menudo despiste.

—¡Ja, ja, ja! Es que tu cabeza va un poco deprisa y te saltas pasos —bromeó ella.

—Gracias por tu comprensión, COMPAÑERA —añadió con sorna—. Vamos a ver qué nos dice Paco. Lo llamé para avisarle de que vamos con otra «preautopsia» y está deseando verla. Creo que se siente intimidado por nuestro asesino-forense.

—¿Intimidado? ¿Me he perdido algo?

—¡Ah, no! Quería decir que lo que tiene amenazado es el orgullo.

Macarena sonrió. Sí, el doctor Leal le parecía que podía ser de esos que compiten por ser el mejor forense o el mejor en algo. Y el agresor, por el momento, le ganaba por goleada.

20

Sigo esperando un mensaje

—Estoy casi seguro de que la «donante» estaba viva cuando le extirparon los órganos. De todos modos, en el Anatómico Forense no hay en estos días cadáveres que correspondan a una mujer joven que pudiera contener un útero de esas características. Las dos mujeres que hay tenían más de sesenta años.

—¿Casi? ¿Qué quieres decir? ¿No puedes estar seguro del todo? —quiso saber Carrasco.

—La sangre que contienen los dos órganos no presenta niveles altos de protrombina, con lo que estuvo en movimiento, al menos, cuando se los extirpaban. Podría acabar de morir o estar viva todavía, no os puedo decir mucho más.

—Esto es —concluyó Macarena—, que o bien tenemos a una mujer asesinada a la que aún no hemos encontrado, o a una mujer secuestrada y de la que tampoco tenemos constancia. Podríamos buscar mujeres desaparecidas en los últimos días.

—Igual no es descabellada la idea —reafirmó Mario, se pasó las manos por la cara en un gesto que ya le había visto hacer Macarena en más de una ocasión—, ¿crees que podemos acortar la búsqueda, Paco?

—A ver..., el útero pertenece a una mujer de unos treinta o treinta y cinco años, no había albergado antes otro feto y la pared es gruesa. Igual os puede ayudar saber que la mujer sufre endometriosis. A pesar de que no es muy severa, es posible que esté en tratamiento, si todavía vive.

—Necesitamos conocer la identidad de la víctima. Primero hay que encontrarla y después comprobar ese dato, muchas gracias. Sí, es posible que nos ayude. Llamaré a comisaría y daré la orden de que empiecen a buscar.

—Lo que sí puedo asegurar es que estos órganos no corresponden a un cuerpo que lleve varias horas muerto.

—Creo que tendremos que hablar de nuevo con los compañeros de Luis Acevedo, igual alguno tiene idea de si salía con alguien de modo habitual —dijo Mario a la vez que buscaba el número del médico que les había atendido el día anterior—. No recuerdo cómo se llamaba el jefe de los residentes. ¿Te acuerdas tú, Macarena?

—León García-Flores —respondió ella de mala gana—. De todos modos, no me pareció a mí que sus compañeros estuvieran muy al tanto de lo que hacía nuestra víctima en su tiempo libre. Igual «Santa Teresa»...

—¿Santa Teresa? —se extrañó el doctor Leal.

—Es una compañera del ginecólogo que, según nos dijeron las malas lenguas, estaba enamorada de él. La llaman así porque se ocupa de las indigentes y de las inmigrantes ilegales. Parece una buena chica.

—Qué crueles podemos llegar a ser los humanos... —soltó de pronto el forense, los policías no podían estar más de acuerdo.

—No podemos quedarnos de brazos cruzados, voy a citar a los compañeros de Acevedo para que vengan a declarar.

—Son bastantes, Mario —le avisó Macarena—, ten en cuenta que hay siete residentes por año, va a ser complicado.

—Podemos empezar por los de su grupo, los de segundo, con el jefe de residentes y después continuar con los nombres que vayan surgiendo de ahí, estoy seguro de que algún residente de otros años habrá tenido encontronazos con ese chico. Sea como sea, igual es el momento de pedir ayuda, Macarena, vamos a citar a siete personas y hoy es viernes, no quiero decir que no podamos citarlos el fin de semana, se hace lo que se tenga que hacer. Solo que, como te dije, hay que dosificarse.

—Que vengan esta tarde. Supongo que tú tendrás planes, yo puedo hablar con ellos —se ofreció la chica. En realidad, prefería estar ocupada un viernes por la tarde que quedarse en casa porque no tenía con quién salir.

—Los citaremos para esta tarde, de acuerdo. Los que no puedan venir hoy, que se acerquen mañana por la mañana y los veo yo, si así lo quieres —propuso Mario.

—Vale, para mañana los que no puedan hoy y el jefe de residentes.

—¿Por qué el jefe de residentes mañana? ¿No será que no quieres coincidir con él? —la intentó provocar.

—Menuda tontería —respondió ella mosqueada—, es por dividirnos, que seguro que hoy vienen más.

—Ya, ya…, entonces ¿qué le digo si pregunta por ti?

—¿Por qué iba a hacer tal cosa? —contestó molesta ella, Mario se limitó a esconder una sonrisa socarrona y a disimular ante el rubor de su compañera.

—Mario —llamó su atención el forense—, aquí dice que Damián era un mal médico.

—¿Dónde? Según todo el que lo conocía, era un médico comprometido y eficaz.

—En la «preautopsia» también incluye datos como una lesión de codo que yo ya había observado, con la diferencia de que se atreve a darnos la causa de tal lesión. Según este informe, se rompió el olécranon haciendo escalada. Yo soy capaz de ver la línea de la fractura, que se curó hace tiempo, y como mucho aventurar que podría habérsela hecho con algún deporte o un tipo de caída concreto, jamás podría determinar con seguridad que se la hiciera escalando, al no conocer sus costumbres o no tener datos sobre sus aficiones.

—¿Qué es el olécranon? —quiso saber Macarena.

—Es la protuberancia que se nota al doblar el codo —le explicó de forma resolutiva y sencilla el doctor Leal—. En muchas ocasiones, cuando se rompe precisa una operación quirúrgica, no es el caso. La cuestión es que quien haya realizado este informe sabía que el chico se lo rompió escalando.

—Se conocían bien, quizá de la facultad. Creo que la mañana la vamos a ocupar en buscar coincidencias entre Luis Acevedo y Damián Fuentes en el entorno de la universidad. Buscaremos el anuario para empezar.

—¿En la Complutense? —quiso saber Leal—. Yo impartí Medicina legal a los alumnos de sexto durante varios años, hace ya tiempo. Podéis preguntar por el rector, supongo que aún seguirá por allí. Es un hombre pequeñito, muy agradable, seguro que os facilita todo lo que necesitéis.

—Ah, pues es buena idea. Además, podemos ir ahora, está aquí mismo en la Ciudad Universitaria —informó Mario a Macarena—. ¿Recuerdas el nombre del rector?

—Uf, no, la verdad, lo siento mucho.

—No pasa nada, vamos para allá, no perdamos tiempo, llama al jefe de residentes de camino y así establecemos las citas de esta tarde —le pidió la subinspectora a su compañero a la vez que salía de la sala de autopsias, parecía tener prisa de pronto.

—¿No prefieres llamarlo tú? —lo intentó de nuevo Carrasco.

—Mario…, déjalo ya, por favor —le pidió ella visiblemente molesta, él levantó las manos en señal de inocencia.

Fueron paseando hasta la facultad de Medicina, lo que les llevó no más de diez minutos. Una vez allí, no les hizo falta indagar mucho, encontraron a un hombre menudo realizando varias gestiones y supusieron, gracias a las explicaciones del forense, que era el que buscaban; no se equivocaron. Tras explicarle al rector de la universidad el motivo que los llevaba hasta allí, el hombre, de unos sesenta años y aspecto vivaracho y nervudo, se mostró de lo más colaborador. Se apenaba de corazón por los dos muchachos muertos y se lamentaba por la pérdida de dos médicos tan jóvenes y con un futuro tan prometedor… Los acompañó a los almacenes de la facultad donde se guardaban los anuarios y los expedientes de todos los alumnos que pasaban por allí, muchos de ellos ya digitalizados y otros en espera de entrar de lleno en la era digital. Escudriñaron los anuarios correspondientes a los últimos años, no querían tener que volver, así que ampliaron su búsqueda a todos los cursos en los que los residentes asesinados habían estudiado allí.

—Oye, Macarena, igual sería buena idea conseguir copias de sus expedientes académicos, además de las fotos de los anuarios —comentó el inspector—. ¿Necesitaríamos una orden? —añadió, dirigiéndose al rector.

—Eso sería lo normal, sí —le explicó el hombre menudo—, dada la gravedad de este caso… A menos que…, no sé…, yo no les puedo dar ninguna información, sería ilegal e inmoral.

—Váyase a dar una vuelta y nosotros en diez minutos nos marcharemos también —le ofreció Mario como solución.

—En diez minutos no encontramos aquí esos expedientes ni de broma —susurró con cara de preocupación la subinspectora a su compañero.

El rector, ante la atónita mirada de los dos policías, se aseguró de que la impresora estuviera conectada y tuviese papel suficiente, tecleó una clave en el ordenador y se disculpó por tener que ausentarse «de repente». Se le veía en la cara el conflicto moral al que se enfrentaba, en el que ganaba el sentido común. Si podía ayudar a dar con el asesino de aquellos dos chicos, no tenía más remedio que hacerlo.

Ante ellos, en la pantalla, la foto de Luis Acevedo sirvió de reclamo para que Macarena se sentara junto al teclado y pulsara la opción de imprimir. Tuvo que mirar la foto del joven varias veces y compararla con la que ella tenía en su móvil, porque el joven que aparecía allí no lucía una melena enmarcando una atractiva barba de tres días, unas incipientes ojeras y un bronceado digno de un surfista, como habían podido ver que era su estilo en los últimos años. Mario estuvo de acuerdo en que el joven había cambiado mucho. Si no hubieran estado seguros de que era él, aquel chico de pelo corto y rizado les habría pasado desapercibido al mirar las imágenes del ordenador. Menos mal que el rector les había localizado el expediente.

Tras seleccionar la opción de sacar dos copias, buscó a Damián Fuentes y tuvo que elegir entre tres resultados que le aparecían en el buscador. Los ojos azules del novio de Tania parecían suplicarle desde la pantalla que pillaran pronto a su asesino. A Macarena se le encogió un poco el estómago.

Con las copias por duplicado de los expedientes guardadas entre sus chaquetas, los policías salieron al pasillo, donde el rector hablaba muy animado con dos hombres de edad similar a la suya. En cuanto los vio, se acercó a despedirse de ellos.

—Muchas gracias por su amabilidad —se despidió Mario.

—Espero haberles sido de ayuda a esos chicos. Los recuerdo bien. Acevedo nos dio algún que otro quebradero de cabeza, más de una vez tuve que hablar con su padre, ya saben, la juventud... Fuentes, sin embargo, era un trabajador nato. Más de un día lo echaron de la biblioteca porque, en cuanto se metía de lleno en un tema, se le olvidaba que había unos horarios. Espero que cojan al culpable.

—Por el momento debemos seguir con la investigación, le mantendremos al corriente —le prometió Mario.

—Se lo agradezco mucho, llevo aquí tantos años que esos chicos son como mi familia.

—Pondremos todo de nuestra parte —le aseguró Macarena, a quien aquel hombre pequeño y huesudo le recordaba a su padre.

Se encaminaron al domicilio de Tania mientras la subinspectora revisaba en el coche los expedientes y las fotografías en busca de algún pequeño resquicio por el que colarse. Nada en aquellos papeles les daba una pista sobre lo que veía tan claro el asesino para matar a aquellos chicos. Habría que seguir indagando. Anotó lo que creía más relevante y guardó los expedientes en la guantera para que no se vieran desde fuera del vehículo.

Tania los recibió en pijama, con los ojos rojos de tanto llorar y la cara pálida y ojerosa. Se había recogido el pelo con una cinta y se abrigaba con una gruesa chaqueta de lana que no parecía cumplir su propósito. Ella los invitó a pasar y a sentarse en un sofá donde, por lo que se veía, había pasado la mayor parte del tiempo. En la mesita de centro, varias fotografías de la pareja descansaban de forma desordenada. En ellas se podía verlos juntos o por separado, solos, en familia, con amigos...

—¿Cómo te encuentras, Tania? —acertó a decir Macarena, pese a que pensaba que sobraba la pregunta.

—Sigo esperando un mensaje de Dami que me diga que se alargó la guardia o que está de camino…, sigo esperando a que se abra la puerta y sea él, que viene de trabajar con media docena de churros en un cucurucho.

—Ya…, lo siento.

—No puedes hacer nada…, y yo tampoco —añadió antes de volver a llorar.

—Tania, ¿cuándo fue la última vez que hablaste con Damián?

—El martes por la tarde, comimos juntos. Aquel día yo tenía turno partido y esperé a que él saliera de trabajar para ir juntos a comer. Fuimos a la cafetería del Pabellón Ocho, ¿saben cuál es?

—Sí —respondió enseguida Mario, Macarena no hizo ni amago de contestar.

—Es que no soy de aquí —se disculpó ella.

—No tiene importancia, no es un restaurante cinco estrellas —intentó bromear Tania.

—La Ciudad Universitaria se divide en pabellones —le explicó el inspector—. Uno de ellos sería el Anatómico Forense, el Pabellón Siete, si no recuerdo mal, y el Pabellón Ocho pertenece al Hospital Clínico, que está muy cerca y alberga algunas especialidades. Juraría que allí está Oftalmología y puede que Reumatología o Rehabilitación, no estoy seguro.

—El caso es que se come ahí mejor que en la universidad o el hospital, por eso quedamos allí. Después, Dami se marchó a casa y yo volví al trabajo —siguió hablando la chica.

—¿Pasó algo? ¿Te pareció que estaba enfadado o agobiado o preocupado?

—No, estaba como siempre. Por más vueltas que le doy, no encuentro nada que me pueda hacer pensar que nadie fuera tras él.

—¿Y sabes si había quedado con alguien después? —preguntó Mario mientras Macarena tomaba notas.

—Sí, eso sí. Había quedado con su hermano para ayudarle a arreglar la bici y pensaban ir a tomar algo por ahí, una cerveza y un par de raciones. Me lo dijo por si llegaba antes, que no me preocupara.

—¿Y cuándo te alarmaste, Tania?

—Cuando llegué de trabajar me duché, cené una ensalada y puse una película. Me quedé dormida en el sofá y me desperté cuando acabó la peli. Vi que era la una de la madrugada y yo al día siguiente tenía que madrugar. Pensé que ya estaría en casa y que no me había querido despertar. Fui a la habitación y no estaba. Me agobié un poco y le llamé. Al no coger el teléfono, le escribí varios mensajes. Como no me respondía, traté de contactar con mi cuñado y tampoco me contestó.

—¿Y por qué no llamaste a la policía?

—Pensé que a lo mejor se les había ido de las manos el tema de las cervezas y las raciones. Me quedé un poco más tranquila cuando me llamó un poco más tarde mi cuñada al ver los mensajes que le había enviado a Toni y darse cuenta de que estaba intranquila. Me dijo que Antonio había llegado hacía horas un poco «perjudicado» y se había ido directo a la cama. Que no me preocupara porque había dejado a Dami cenando con dos colegas, que seguro que habían bebido más de la cuenta.

—¿Y por la mañana? —insistió Macarena.

—No sé cómo decir esto. Si soy sincera, pensé mil cosas. Que le había pasado algo, que se había echado un ligue…, no discurría con claridad. Me pasé la mañana intentando que contestara al teléfono, hasta que me llamó mi cuñado y me dijo que los dos colegas eran de confianza y que antes de irse a casa le ofrecieron a Dami que durmiera con ellos. Igual aceptó y no estaba en condiciones de llamarme por la noche. Yo... tenía que haber llamado a la policía, tienes razón.

—Hiciste lo que tenías qué hacer, Tania, no podías saber lo que ocurría.

—Cuando empezamos la autopsia del otro chico, me recordó tanto a Dami por el pelo largo, la barba que le gustaba dejarse unos días, que por un instante me sentí mareada. Además, me resultaba familiar. Después, cuando vi que el otro cadáver era él... Al principio me quedé de piedra, después creí que el inconsciente me jugaba una mala pasada. Cuando el doctor Leal dijo que había un asesino en serie..., no sé cómo explicarlo, mi cabeza dejó de funcionar.

—Ha sido una impresión muy grande. De verdad, lo sentimos muchísimo.

—Lo sé, muchas gracias —musitó ella ya sin fuerzas.

—Vamos a necesitar el número de teléfono de esos dos amigos y el del hermano de Dami —le pidió el inspector.

—Los amigos no sé ni quiénes son, le doy el teléfono de Toni, mi cuñado, y que le cuente. El pobre está deshecho. Se culpa por dejarlo solo y marcharse a casa.

—No me extraña. De todos modos, si supiéramos lo que va a pasar en cada momento, no haríamos la mitad de las cosas que hacemos. Con el teléfono de tu cuñado será suficiente, gracias, ya nos dará el de los amigos —dijo Carrasco antes de levantarse—. Una cosa más, Tania, ¿sabes si Damián tuvo algún enfrentamiento durante la carrera con algún compañero?

—¿Durante la carrera? No sé...; enfrentamiento, no, Dami no era amigo de broncas ni de enfados. Sé que tenía un grupo de amigos con los que quedábamos de forma habitual y que de pronto, en una fiesta, algo les ocurrió. Sin embargo, nunca me dijo el qué. No era rencoroso, ni difícil de llevar, seguía hablándose con todos como siempre, solo que se negó a quedar más con ellos.

Al tocarse el tatuaje que le recordaba que aquella boda nunca se celebraría, Tania volvió a sollozar.

—Tania, no queremos molestarte más de lo debido —le prometió el inspector; Macarena no entendía a qué venía esa nueva interrupción, ya estaban a punto de marcharse—, ¿tienes alguna foto en la que aparezca toda esa pandilla?

—Sí, claro —afirmó ella con la voz gangosa de tanto llorar—, tome, seguro que encuentro más. En estas están casi todos. ¿Necesita que le dé los nombres?

—No, me va bien por ahora con las fotos, tú mejor descansa un poco. Si tenemos alguna duda, te avisamos, ¿de acuerdo?

—Claro... —respondió ella acomodándose en el sofá, en la esquina que parecía usar desde hacía tiempo, y se acercó una camiseta de chico a la cara.

Los dos policías salieron del piso y se estableció entre ellos un necesario silencio que duró todo el camino de vuelta. Un silencio que, en realidad, lo decía todo.

21

El dinero no da la felicidad

Macarena alternaba sorbos de café de la máquina con los datos que los jóvenes residentes le facilitaban sobre la forma de ser de Luis Acevedo. Sus compañeros de ese año de residencia, el jefe de residentes y un par de ginecólogos que querían echar una mano, al ver la magnitud de lo ocurrido, aguardaban su turno para contestar a las preguntas que les haría la subinspectora en una especie de cuestionario improvisado que había creado para tal fin. Pudo hacerse una idea de cómo era el médico residente de «puertas para dentro»; además de ser juerguista, de jugar al fútbol y no gustarle su profesión, supo que no tenía ningún reparo en quedarse con la gloria de algún caso resuelto por un compañero, ni escrúpulos a la hora de echarles las culpas de lo que saliera mal. Cada vez que anotaba algo en su libreta, era para añadir una razón más para que su agresor acabase con el residente. Lo que no podía entender era cómo encajaba la otra víctima en aquella ecuación. Quizá su asesino solo pretendía despistarlos... Era como tener una pieza de más en un puzle donde, por mucho que se intentara, la pieza no encajaba. Comenzaban a estar saturados y necesitaban ayuda. Le envió un wasap a su compañero con sus primeras impresiones y maldijo en voz baja por haber decidido trabajar un viernes por la tarde en lugar de quedarse haciendo el vago en casa.

Pese a lo que esperaba, fue León García-Flores, el jefe de los residentes, quien le facilitó el testimonio más jugoso.

—Pensé que preferiría venir mañana —comenzó a hablar Macarena.

—Mañana tengo guardia, se lo comenté a su compañero.

—¡Ah! Se le habrá olvidado decírmelo —se disculpó ella a la vez que apretaba los dientes con disimulo y enviaba otro rápido wasap a Mario con la palabra «GRACIAS» en mayúscula y entre comillas—. ¿Qué me puede decir de Luis?

—A ver…, ¿por dónde empiezo? Luis es un joven caprichoso, con poca vocación y demasiado dinero. No es…, perdón, no me acostumbro…, no era mal chico. Entró en Medicina porque era lo que se esperaba de él. Sacó la carrera a trompicones, pese a tener capacidad de sobra para ello. De haber elegido por sí mismo, jamás habría optado por Ginecología. Lo escogió porque su familia tiene una prestigiosa clínica ginecológica en Murcia. Y muy cara, además.

—Entonces se hizo ginecólogo solo por contentar a la familia.

—En ello estaba, sí. Todo lo hacía por eso, su padre y su abuelo tienen mucha influencia. Cada vez que el joven se desviaba, le regalaban un coche o un viaje relámpago a Nueva York, una semana de crucero por el Pacífico…, cosas así.

—Se podría decir que lo compran todo. **El dinero no da la felicidad,** pero abre muchas puertas.

—Estoy completamente de acuerdo —coincidió el hombre.

—Eh…, bien…, esto que le voy a decir es confidencial —le informó Macarena—, y si sale de aquí no tendré más remedio que arrestarle.

—¡Qué emocionante! —bromeó con algo de picardía.

—Solo lo sabemos mi compañero, la comisaria, el forense y yo.

—Si cree que no se puede fiar de mí...

—No sé si puedo o no, lo que sí creo es que necesitamos saber más sobre ciertos temas y si no le cuento algunas cosas tardaremos demasiado en resolverlo. ¿Sabe si Luis salía con alguien?

—¿Eso es lo que no debo contar? Macarena..., que Luis salía con todo lo que tuviera atributos femeninos —respondió el ginecólogo con sorna.

—Subinspectora Valverde —le enmendó ella, molesta.

—Perdón, pensé que comenzábamos a ser amigos.

—Lo siento, no suelo hacerme amiga de testigos de un caso de asesinato.

—Yo, en realidad, no vi nada, con lo cual, testigo no soy —la corrigió.

—Dejémoslo —cortó ella—. Lo que me interesa saber es si Luis tenía novia.

—No, que yo sepa —contestó él—. Sé que Alba Turón está enamorada de él...

—¿Quién es Alba Turón? —intentó averiguar la subinspectora.

—Santa Teresa.

—Ah..., ya..., disculpe..., es que como vendrá mañana a hablar con mi compañero, no recordaba el nombre.

—Sí, no era muy viable que le cambiaran la guardia siendo viernes.

—Los viernes a los jóvenes les gusta salir, claro —comprendió la subinspectora—, supongo que las guardias en fin de semana son más difíciles de cambiar.

—No solo eso, es que los viernes por la tarde..., verá... tenemos un programa para atender a mujeres... digamos desfavorecidas.

—Ya entiendo. Así que por ese hecho la llaman Santa Teresa, ¿no?

—Tal cual y porque además lo hace todos los viernes del mes —le confesó.

—¡Menudo abuso! —se enfadó Macarena.

—Es lo que me pareció a mí, y por eso los obligué a equilibrar las guardias a todos los residentes. Ella las cambia para estar siempre los viernes en el hospital, se siente útil.

—Supongo que tiene clara su vocación. De todos modos, no creo que sea ella a quien buscamos —confesó Macarena.

—Es una buena chica y muy inteligente, no se deje influir...

—No, no es lo que usted piensa. En cualquier caso, no la buscamos a ella, sino a otra mujer.

—¿Cómo están tan seguros? Además..., ¿piensan que alguna mujer despechada es la que ha acabado con su vida? ¿Cómo ha muerto, por cierto?

—Eh..., no..., verá..., necesito cinco minutos para hablar con mi compañero, es que quiero saber hasta dónde le puedo contar. Espero que lo comprenda, es mi superior y no debería hacer ciertas cosas sin consultarle.

—Cómo se nota que es usted la novata —se mofó el ginecólogo.

—No entiendo por qué dice eso —respondió Macarena.

—Porque él tiene la tarde del viernes libre mientras usted está aquí trabajando.

—En realidad, los dos hemos acabado nuestro turno hace ya un buen rato. Yo me ofrecí a hacer estas entrevistas para avanzar un poco. Cuando hay un caso tan importante como este, empleamos todas las horas que sean necesarias —le comentó ella sintiéndose estúpida por darle explicaciones, ni que tuviera que hacerlo. Si bien debía reconocer que algo de razón no le faltaba.

Macarena salió de la sala de interrogatorios y marcó el número de Mario, que contestó al tercer intento, lo que la impacientó un poco. Caminaba por el pasillo de un lado a otro con pasos cortos hasta que, por fin, contestó. Supuso que había tardado porque estaba con alguien.

—Hola, Macarena, ¿qué ocurre? ¿Alguna novedad?

—Mario, tengo en la sala al jefe de residentes.

—Ay, sí, se me olvidó avisarte de que no podía venir mañana. ¿Y qué tal?

—Déjalo, anda, que no es por eso, aunque te la guardo.

—Dime entonces.

—Creo que, si no le hablamos de los hallazgos en el cuerpo de Luis a nadie, nos va a ser imposible dar con la mujer a la que han extirpado los órganos. Alguien debe saber algo.

—Ya..., lo malo es que ese chico debía de tener mucha influencia y el padre y el abuelo tienen cita el lunes con la jefa. Como esto salte a la prensa...

—¿Y si nos arriesgamos a preguntarle de todos modos?

—Vaya, vaya, ¿ahora te infunde confianza?

—¡No te burles! No es que me inspire confianza, es que me parece que necesitamos arriesgarnos. Si estamos en lo cierto, podemos dar un avance enorme.

—Sí, tienes razón. Habla con él y después me cuentas.

—¿Eso que oigo son voces de niños? —preguntó Macarena—. ¿Estás en un parque?

—Hablamos luego —dijo antes de colgar sin miramientos.

Macarena volvió a la sala de interrogatorios, pensando que su compañero le acababa de colgar el teléfono descaradamente. ¿Y esos niños? En realidad, no sabía nada de él. Igual podían ser sus hijos que sus sobrinos, o unos niños de un parque cercano. Ya en la sala, estudió el rostro del jefe de residentes un par de segundos a la vez que decidía lo que le podría contar y lo que no. Debía reconocer que era un hombre muy atractivo. Rondaba los cuarenta y comenzaban a salpicarle el pelo negro algunas canas que le sentaban muy bien. Se fijó en que tanto su rostro como sus manos se veían algo bronceadas, y los vaqueros y la camiseta de manga larga se ajustaban a su cuerpo dejando claro que hacía deporte con regularidad.

—Bien, doctor García-Flores... —habló ella sobre todo para eliminar aquellos pensamientos.

—León, por favor.

—Prefiero llamarle doctor, si no le importa.

—Si no hay más remedio... —se rindió él.

—Como le dije antes, lo que le voy a contar ahora es confidencial y de vital importancia que no se filtre a la prensa, en especial teniendo presente que la familia de Luis Acevedo cuenta con mucho poder.

—¿Qué puede ser tan importante para que me hayas dicho..., perdón..., me haya dicho dos veces que no me tengo que ir de la lengua si comparte conmigo la información?

—Encontramos algo «inusual» en el cuerpo del chico.

—¿Qué quiere decir con inusual? —se extrañó él, Macarena admiró su rostro con el ceño fruncido. Era la primera vez que no le parecía que estuviera posando.

—No sé por dónde empezar —confesó ella, decidió guardarse algunos detalles—. Hallamos un útero que contenía un feto dentro. El padre era sin duda su residente.

—¿Cómo que un útero? ¿Y la madre?

—Solo el útero —le repitió ella—. Por eso necesitamos saber si Luis Acevedo tenía novia o salía con alguien fijo.

—Madre mía, ahora entiendo sus dudas a la hora de contármelo. No tengo ni idea, inspectora. Conozco a algunas de las chicas con las que ha salido, eso sí, lo que no tengo muy claro es que ahora mantuviera una relación con nadie.

—Necesitamos su colaboración.

—Usted dirá, lo que sea —se ofreció él.

—Lo que le voy a pedir no es sencillo. La mujer a la que se le extirpó el útero podría estar viva y solo sabemos de ella que se acostó, al menos una vez, con Luis Acevedo, que el asesino lo sabía y que tenía endometriosis y podría estar en tratamiento.

—Miraré en la consulta —le prometió él—. ¿Conocen más o menos la edad de la mujer?

—Eh…, sí, según el forense, de treinta a treinta y cinco años.

—Me hará falta una orden por la política del hospital, ya sabe, por la protección de datos. Lo bueno es que, con ella, podré buscar en todos los hospitales públicos de Madrid.

—Eso sería de gran ayuda, enseguida pido la orden. Hemos encargado la búsqueda de mujeres de esa franja de edad desaparecidas en Madrid en las últimas semanas; si usted acorta la búsqueda por esa dolencia, sería perfecto.

—Me encantaría poder ayudarla sin ella, pero estoy atado de pies y manos.

—Creo que podré obtenerla —le aseguró ella.

—Me deberá un favor…

—¿Cómo dice?

—A ver…, que si consigue una orden yo puedo buscar en TODOS los hospitales de Madrid y no tendría por qué hacerlo, con mirar entre mis pacientes… Lo hago por ayudar en la investigación.

—Vale, vale, ya le he entendido.

—Solo quiero invitarla a un café, nada más.

—Está bien, pero se encarga usted de la búsqueda —accedió Macarena al verse libre de buscar entre los historiales de miles de mujeres. Acababa de lograr ayuda por el precio de un café que igual ni siquiera pagaba ella. No era un mal trato—. Otra cosa, creo que da clases en la facultad de Medicina de la Complutense.

—Sí, imparto ginecología y obstetricia, no es de las más duras.

—A mí me suena a hueso —reconoció ella—. Necesito que mire estas fotos y me diga si conoce a alguno de estos jóvenes.

El médico sacó unas gafas de montura negra del bolsillo de su chaqueta, para no perderse ningún detalle. Macarena se sorprendió pensando en lo bien que le quedaban y se enfadó consigo misma. No le gustaba y le parecía arrogante, fue lo que se repitió desde entonces varias veces, y quería seguir haciéndolo hasta creérselo del todo.

—Eh..., sí, me suenan todos de haber estado en mi clase, lo que pasa es que mi asignatura es de cuarto. Hace cuatro años que los tuve como alumnos y han pasado cuatro cursos más.

—¿Recuerda el nombre de alguno?

—¿Ni siquiera ahora que vamos a tomar juntos un café podemos tutearnos?

—Está bien —accedió ella—, ¿recuerdas sus nombres?

—Solo un par de ellos. Este, por ejemplo, era un buen alumno, Damián.

—Sí, es al único al que por ahora hemos identificado, además de a Luis.

—Aquí hay muchos alumnos; si me facilitas una copia, igual puedo buscar entre mis apuntes, no sé...

—Por ahora no hace falta, tenemos los anuarios y hay gente identificándolos. Tendré en cuenta tu ofrecimiento por si más adelante fuera necesario. Creo que por el momento es suficiente.

—¿Y el café?

—Ahora mismo no puedo..., tengo que pedir la orden,

redactar un informe con vuestros testimonios, poner al día a la comisaria Robles...

—¿El domingo entonces? —insistió él.

—Vale —aceptó Macarena, más para que se fuera que porque le apeteciera—, y recuerda que tienes que investigar lo de la endometriosis.

—Yo siempre cumplo mis promesas —aseguró él.

Se marchó en cuanto Macarena le dio su teléfono. Tampoco es que tuviera mucho que hacer un domingo por la tarde, salvo dormir la siesta, descansar, limpiar y atiborrarse de helado y entretanto ver algún drama en la tele con el que lloraría sin parar. Igual su báscula le daba las gracias por quedar con él. Y si no, ya tendría tiempo de arrepentirse.

Acto seguido llamó al inspector Carrasco para contarle las novedades y se extrañó muchísimo cuando comprobó que su móvil aparecía fuera de cobertura, así que le mandó un mensaje, terminó los informes y se marchó a casa. Miko la recibiría con un montón de carantoñas que se acabarían justo en cuanto le llenara el cuenco con su comida favorita.

22

Clemencia

*Il vaut mieux hasarder de sauver un coupable
que de condamner un innocent.*

Mientras se afanaba en mejorar cada vez más la letra, pensaba en el chico al que había abandonado en la fábrica de Kodak. Llevaba dos días nervioso, no podía encargarse del cadáver y eso siempre podía ser un problema. ¿Y si lo encontraba alguien antes de que él terminara el trabajo? ¿Y si no lo había comprobado bien y el chico no estaba muerto y gritaba? Cualquiera podía pasar por allí para esconderse, o en busca de un lugar apartado para instalarse o para dormir y descubrirlo.

Terminó su escritura, le pasó un papel secante por encima y admiró cada letra antes de guardarlo a buen recaudo. Aún le quedaba lo más importante. Además, quería pasarse por uno de sus pubs habituales, solo le llevaría un ratito, le tenía echado el ojo a una rubia...

Tras echar un buen polvo con la chica, se subió al coche. Cada vez le apetecía más el sexo con ellas, ya que la urgencia iba aumentando. En esta ocasión la tía había tenido la desfachatez de decirle que primero quería sentir su lengua. La muy puta. Pese al asco que sentía de pronto, la excitación por poder follársela cuanto antes le hizo bajar su boca hacia la entrepierna de ella. Y se sorprendió al ver cuánto le gustaba. Estuvo a punto de correrse sin metérsela siquiera al sentir los estremecimientos de la chica. En cuanto vio que la muchacha se hallaba vulnerable tras el orgasmo que acababa de disfrutar, la penetró con todas sus fuerzas. En lugar de protestar, ella le pidió más. Él le apretó un poco la garganta sin darse cuenta y la excitación que recorrió su cuerpo fue tan intensa que supo enseguida que debía liberar su cuello o tendría un nuevo cadáver que ocultar. Después se corrió en un orgasmo brutal. La rubia sonrió. Él se apresuró a subirse el pantalón, de pronto le urgía, y mucho, terminar el trabajo con el chico. Se subió al coche y puso rumbo a la parcela Kodak.

La angustia por verse descubierto se acrecentaba entretanto enfilaba la A6 en dirección a Las Rozas. La noche era muy fría y los dedos permanecían entumecidos enfundados en los guantes negros. Puso la calefacción del coche y el olor a jazmín dentro del vehículo se hizo más evidente. Hasta que no llegara a la fábrica y tuviera el cadáver del joven delante, no sería capaz de descansar.

Solo al atravesar los jardines y comprobar que los dos ratones muertos seguían en la superficie del estanque, al volver a pasar por la sala de cine y la cafetería-restaurante y llegar al almacén donde había dejado el cuerpo del chico, se permitió relajarse. El candado seguía colocado tal y como él lo había dejado hacía un par de días. Y si el candado no había sido manipulado, el cuerpo seguiría en su sitio. Además, había instalado un par de cebos que le habrían dado una pista si alguien hubiera estado allí: seguían intactos.

Tanto había pensado en que el cadáver no estaría que, cuando abrió el armario, se sorprendió al ver el cuerpo dentro, o al menos la bolsa en la que se hallaba resguardado. Enseguida se tranquilizó, no era muy amigo de perder la calma.

Acomodó el cadáver como pudo en el medio del almacén y abrió la nevera de camping que ya siempre lo acompañaba a todas partes. Se afanó en hacer mediciones para que todo quedara correcto. Sacó la sierra circular y dispuso unos plásticos, aunque habían pasado dos días de su muerte y sabía que no habría mucha sangre que recoger. De pronto fue consciente de su enorme metedura de pata: la luz. En aquel lugar no había electricidad, ¿cómo iba a serrar el pie de aquel chico? No se le había ocurrido meter un generador portátil, ni llevar algún tipo de batería. ¿Y si probaba con la del coche? Sin embargo, había un problema: si su coche se quedaba sin batería en aquel edificio, se expondría a que lo pillaran con toda seguridad. Algo tendría que hacer. ¿Y si lo serraba a mano? Sierra llevaba en el maletero, si no había más remedio... Moviendo la sierra de adelante atrás, pensó en la chica rubia con la que acababa de tener sexo. Cada vez lo necesitaba más, su madre decía que pensar todo el día en el sexo era signo de ser un degenerado, él no lo creía. Para él significaba que era joven, sano y fuerte, y por eso podía follar y follar sin cansarse siquiera. Excepto un día nunca había sufrido un «percance». Se enrolló con una zorrilla y enseguida se fueron al coche a echar un polvo. Al quitarle las bragas vio que tenía un tatuaje en forma de luna en una de sus ingles. Le dio tanto asco que su erección disminuyó de golpe. Aquel colgajo no podría hacer ese día su labor. La chica se metió su pene en la boca e intentó, sin éxito, que volviera a crecer, no hubo forma, ese día no pudo follar. Empujó a la zorra fuera del Clio y ella se enfadó, chilló, le pegó un par de patadas al coche y le rajó con una de ellas el intermitente derecho. Él se marchó a otro bar y aun así no consiguió sentir su pene duro en toda la noche, lo que no fue capaz de comprender. Se pasaba los días enteros colocándose la polla dentro del calzoncillo para que le molestara lo menos posible porque no había forma de que volviera a su estado natural, y aquel día nada de nada, como si le perteneciera a otro. Y esa noche, con aquella rubia…, apretarle el cuello había sido lo más excitante que había sentido nunca; estaba deseando volver a notar algo así.

Ahora, mientras cortaba el pie de aquel chico, volvió la sensación de sentir que el pantalón le apretaba demasiado en la entrepierna, y sintió una enorme satisfacción. Le costaba más de lo previsto dejar listo aquel cuerpo y comenzaba a ser urgente, porque ya había preparado el informe. No lo mandaría sin tener todo hecho. Además, necesitaba la foto del chico y algunos datos como el peso de los órganos y demás. Su venganza no sería completa si se saltaba un solo paso. Igual lo abandonaba cerca de la comisaría de camino a casa. Si lo hacía así, debía ser cauteloso, no podía permitir que nadie lo viera.

Por fin un chasquido le avisó de que el pie acababa de ser separado de la pierna izquierda del joven. Sacó el pie que había guardado en la nevera portátil y se preparó para implantarlo en el chico cuanto antes. Se hacía tarde y su madre se ponía insoportable cuando llegaba a destiempo. Cosió el pie con mucho cuidado, intentando que el tejido coincidiera a la perfección. Fue mucho más difícil de lo que pensaba. El diámetro del pie que quería insertar era a las claras más pequeño que el del que acababa de amputar, con lo que o estiraba un poco la piel o no se podría coser. Cortó las puntadas que había dado hasta el momento y comenzó de nuevo, para lo que fue alargando la piel poco a poco hasta hacerla coincidir con el tobillo más pequeño.

Al terminar no pudo menos que admirar su obra, las puntadas parecían limpias y la piel estirada quedaba como cuando se dobla un calcetín a la altura del tobillo. Después procedió a hacer su particular autopsia y, antes de cerrar, cuando ya tuvo suficientes datos anotados, cortó una costilla flotante de cada lado y se las colocó en las manos al chico, no tenía ninguna razón en concreto, solo le pareció divertido y encima despistaría a la policía, sin duda. Lástima no poder quedarse allí para verlo.

Pese a lo que pensaban de él, había mostrado una enorme **clemencia** con aquel joven, en realidad con todas sus víctimas, porque incluso para él habría sido cruel practicar aquellas «operaciones» antes de quitarles la vida. Y si la policía no lo veía así, no era su problema. Total, nadie se había preocupado nunca de comprenderle, no iba a ser ahora distinto...

Arrastró el cadáver hasta la sala de cine y lo colocó en el escenario. Le pareció tan poético... Luego se marchó a casa para atender a la pobre anciana, que seguro ya pernoctaría en la silla cuando él llegara. La acostaría como pudiera y la miraría mientras dormía aguantando las ganas de ponerle una almohada en la cara y contar hasta veinte, o hasta que dejase de pelear. Algún día lo haría y estaba convencido de que ese día se acercaba a más velocidad de la que esperaba. Porque había abierto la caja de Pandora con aquellos tres muchachos y eso ya era muy difícil de parar.

23

¡No lo permitiré!

El lunes por la mañana, la comisaría despertó con la alerta de otro sobre dirigido a Mario Carrasco que contenía una nueva «preautopsia», lo que solo podía significar una cosa: había vuelto a matar.

Mario se enteró a primera hora cuando se acercaba a buscar a su compañera, quien ya le había interrogado varias veces sobre dónde vivía para turnarse con el coche, como habían acordado, a lo que Mario hacía oídos sordos. Macarena empezaba a sospechar que o no quería que lo supiera o no se fiaba de ella como conductora. Por otro lado, no es que a ella le hiciera mucha ilusión coger el coche en aquella ciudad que no conocía, así que, decidió disfrutar todo lo que pudiera del asiento del copiloto.

—¡Qué bien que ya estás aquí! —le dijo como recibimiento.

—Si hemos quedado dentro de quince minutos. ¿A qué viene esta impaciencia?

—Es que me acaban de llamar de comisaría, tenemos un nuevo sobre allí con otra «preautopsia». Se ha montado un buen revuelo, imagínate.

—Joder, no ha dejado pasar mucho tiempo —replicó Macarena—. ¿Y el cadáver? ¿Ha habido algún aviso este fin de semana?

—No, que yo sepa —le confirmó él—. Y sería muy raro que hubiera aparecido otro cuerpo en las mismas circunstancias y no nos hayan dicho nada.

—Entonces ¿eso qué significa? ¿Que ha vuelto a matar? Si no hay cadáver...

—Que sepamos —la corrigió él—. Y, sí, me temo que es muy probable.

—Igual ha muerto la «donante» —comentó ella, más por decir algo que por convicción, no tenía ninguna prueba de ello.

Mario no contestó. En lugar de ello, pulsó el botón del «manos libres» del coche. La subinspectora supuso que iba a llamar a alguien y se sobresaltó cuando oyó una voz hablando por los altavoces, debía de haber sentido la vibración del móvil o algo así porque ella no se había percatado de haber oído ningún tono.

—Buenos días, ¿el inspector Carrasco?

—Sí, soy yo —respondió él a una voz con marcado acento francés.

—Mi nombre es Pierre, soy criminalista, mi jefe me dijo que le llamase directamente...

—Ah, sí, buenos días —respondió él a toda prisa; al escuchar el acento, supo quién estaba llamando: aquel joven que iba a traducir los textos en francés.

—Es con relación a unas notas que les han enviado —explicó el hombre, cambiando el sonido de la «r» por un tono parecido a la «g».

—Ya me imagino, ¿hay algo relevante?

—Creo que sí..., he podido comprobar que se trata de una serie de frases del *philosophe* francés Voltaire. Pertenecen a varias de sus obras —les informó él.

—¿Y las traducciones? —le apremió el inspector un tanto divertido al escuchar los esfuerzos del criminalista por pronunciar de modo correcto todas las palabras.

—Se las he enviado al correo electrónico. También le he adjuntado mi teléfono personal y la extensión en la que trabajo en el laboratorio, por si necesitan algo más. Ya le adelanto que no da la sensación de que tengan ninguna importancia, pienso que el individuo quiere hacerse notar.

—Lo tendremos en cuenta, muchísimas gracias. Una cosa, es probable que tengamos que enviarle una nueva nota, parece que nos está esperando en comisaría.

—Mándeme lo que quiera, o tráigame la nota, como prefiera. De todos modos, tienen traducciones de los textos de Voltaire en todas las *librairies*..., perdón..., librerías y en internet.

—Gracias por su colaboración. Hoy mismo se la haré llegar; aun cuando pueda ver las traducciones por otras vías, prefiero que les eche usted un ojo, que encima es criminalista.

—Es un placer, que tenga un buen día, inspector.

Mientras el inspector Carrasco enfilaba la autovía, Macarena abría el correo electrónico para leer las transcripciones de los dos textos en francés.

—A ver, Mario, te leo el primero, el que corresponde a Luis Acevedo: «Los hombres son iguales, y no es el nacimiento sino la virtud lo que hace la diferencia». Y el de Damián Fuentes: «Cada hombre es culpable de todo lo bueno que no hizo».

—Por el momento, mucho sentido no les encuentro, la verdad —confesó Mario.

—Yo tampoco —coincidió ella mientras releía los textos una y otra vez—. Pierre añade que son traducciones literales, que además en los libros se les añaden interpretaciones. ¿Tenemos alguna pista que seguir hoy? Qué tontería, si nos espera una nueva autopsia en la comisaría y no tenemos cadáver, nuestra prioridad será encontrarlo.

—Sí, espero que haya algún indicio que nos lleve pronto hasta donde esté. Y tengo que hablar con «Santa Teresa», el sábado no pudo venir y me pidió que la recibiera hoy.

—Hoy va a ser un día complicado —vaticinó ella—, creo que también vienen los familiares de Luis Acevedo y de Damián Fuentes para hablar con la comisaria.

—Sí, y la visita de los primeros no le hacía mucha gracia. Parece que llegan con ganas de culpar a la policía de lo que le ha ocurrido al chico.

—¿A la policía por qué? ¿Estaremos nosotros presentes? —quiso saber ella.

—Lo dudo mucho. Si te soy sincero, no me apetece demasiado. En cualquier caso, hay que hablar con ella para pedir refuerzos, Macarena, tres cadáveres y una mujer desaparecida es mucho para dos investigadores.

—Más bien para un investigador y una novata.

—No vayas por ahí, que muchos investigadores consagrados no tienen ni la mitad de intuición que tú.

—Gracias —respondió ella, turbada—. Lo que me falta es experiencia.

—Exacto, y con estos crímenes empezarás a tenerla. Vamos a ver qué nos aguarda ahí dentro —terminó diciendo al mismo tiempo que echaba el freno de mano y se aseguraba de haber aparcado bien el coche. No sería la primera vez que algún compañero le reñía por dejarlo de cualquier manera.

En cuanto entraron, un joven agente se acercó a ellos para entregarles lo que esperaban, solo que el informe ya se hallaba precintado en un sobre para pruebas y la nota en francés, en otro.

—¿Quién ha abierto esto? —preguntó molesto el inspector—. Todo lo que sea para mí debo verlo yo en primer lugar.

—No lo sé, señor —respondió el joven—, la comisaria Robles me ha pedido que se lo entregara en cuanto lo viera entrar por la puerta.

—¿Está en su despacho? —se extrañó él, por lo general no llegaba antes de las nueve y eran las ocho menos veinte—. ¿Ya?

—Sí, está con una visita desde muy temprano esta mañana. Me ha pedido que le diga que la avise cuando pueda subir.

—De acuerdo, gracias —contestó él sin disimular su malestar.

—¿Por qué estás enfadado? —le preguntó Macarena, dejando la chaqueta en la silla de su escritorio.

—Porque si nosotros llevamos el caso, nosotros necesitamos tener las pruebas de primera mano. No me parece normal que nos las den ya abiertas o procesadas, debemos ser los primeros en verla.

—Ya..., solo que si ha sido la comisaria quien lo ha abierto...

—Sí, a ver qué nos dice ella —le dijo a la vez que marcaba el número del despacho—. Comisaria, la subinspectora Valverde y yo estamos en comisaría. Creo que quieres vernos.

—Suban a mi despacho —respondió ella de forma escueta antes de colgar.

—Buenos días a usted también... —se burló él hablando a la nada—. Vamos, Macarena, nos espera y está de uñas.

—Y solo es lunes por la mañana —añadió ella con sarcasmo.

Dos minutos más tarde, los dos policías entraban en el despacho, donde les sorprendió ver que la visita de dos hombres, uno bastante más mayor que el otro, parecía levantar a su jefa un descomunal dolor de cabeza, porque ella se masajeaba las sienes e intentaba mantener la calma.

—Ah, ya están aquí —dijo ella con alivio mal disimulado—. Les presento a los doctores Acevedo, son el abuelo y el padre de Luis Acevedo.

—Los acompaño en el sentimiento —saludó Carrasco, ofreciéndoles una mano que ninguno de ellos aceptó.

—Déjense de zarandajas —protestó el hombre de más edad—. Lo que deberían hacer es buscar al asesino de mi nieto y no perder más el tiempo. No sé adónde van a parar los impuestos que pagamos. ¡Menuda pérdida de tiempo!

—Estamos en ello, señor Acevedo, se lo aseguro.

—Doctor —le recriminó él, Carrasco no contestó.

—¿Ha ordenado usted que abran el... nuevo expediente? —preguntó el inspector a su jefa, ignorando adrede a los dos médicos.

—Sí, procesadlo cuanto antes para que la Científica no pierda el tiempo, me he encargado de que hagan copias para que se las hagan llegar a Leal.

—Jefa..., necesitaría hablar con usted a solas un minuto, es importante.

—Más tarde, inspector Carrasco —le suplicó ella con la mirada.

Mario miró a los dos médicos, parecían tener contra las cuerdas a su jefa, así que se apresuró a obedecerla. Macarena se encontraba como en un partido de tenis, girando la cabeza a unos y otros y sin atreverse a intervenir. Tampoco habría sabido muy bien por dónde empezar.

—Claro, hablaremos primero con Leal, no se preocupe —la tranquilizó él—. Solo una cosa, doctor Acevedo...

—¿Sí? —se oyó desde dos lugares distintos, Mario suspiró.

—Por lo que averiguamos, su hijo vivía con varios compañeros cerca del hospital donde trabajaba. Tras hablar con ellos, nada nos hace pensar que compartiera vivienda con esos jóvenes, ni siquiera parecen tener nada en común. Luis era de buena familia, rico, sin ganas de disciplinas, ni de normas... Ustedes le pagaban un piso, ¿verdad?, un lugar en otro sitio donde hacer su vida lejos del resto de los colegas, porque Luis estaba a otro nivel. Es normal que cuando se ocupa otro estatus, uno se desmarque de lo que le hace común, no es muy razonable que se relacione con gente con la que no va a estar el resto de su vida. Es mucho mejor que se vaya abriendo camino entre otros círculos. ¿Me equivoco?

La comisaria suspiró y bajó los hombros. Carrasco se había puesto en modo «Petardo», a ver adónde le llevaba eso. Casi se lo había pedido ella cuando le había interrumpido con gesto de cansancio.

—¡Por supuesto que le alquilamos un piso! No iba a meterse en ese cuchitril con cuatro chicos más de los que no sabíamos nada —protestó el abuelo.

—Necesitamos que nos entreguen cuanto antes sus pertenencias para recuperar sus llaves y poder acceder al piso, ya que lo menciona —pidió el padre del joven—. Él..., bueno..., cambió la cerradura en cuanto se instaló y nunca hemos podido entrar.

—Ya entiendo. No se preocupe, se las darán en cuanto sea posible. No obstante, espero que entienda que primero debemos revisar nosotros la vivienda, nos hallamos en plena investigación de su asesinato y el de... otra persona —le explicó el inspector—, y cualquier indicio que encontremos en su domicilio nos puede ayudar a dar con su agresor.

—¡De ningún modo! —gritó el abuelo—. ¡Alguien ha matado a mi nieto! ¡Al futuro de nuestra clínica! ¿Qué haremos ahora? Y ustedes en lugar de buscar a quien lo hizo, quieren mancillar sus cosas... ¡No mientras yo viva! **¡No lo permitiré!** ¡¿Me oye?! ¡No lo permitiré!

—¡Papá! ¡Déjalo ya! Intentan hacer su trabajo…

—¡Ni se te ocurra volver a mandarme callar! Mientras esté vivo, seguiré siendo tu padre.

—¡Sí! Pero ¡el que está muerto es mi hijo! ¡Y yo decido por él!

El anciano, poco acostumbrado a que nadie le llevara la contraria, enmudeció por un segundo y su cara se tornó en un color rojo preocupante, los policías se asustaron al pensar que era el principio de un infarto o algo por el estilo. Al contrario de lo que esperaban, el hombre no se desplomó, sino que salió del despacho dando un tremendo portazo y sin despedirse.

—Disculpen —dijo entonces el padre del residente asesinado—, mi padre está poco acostumbrado a no salirse con la suya y es un hombre difícil. Ya debería estar jubilado, lo ha intentado dos veces, el problema es que esto es lo que ha hecho toda la vida y no es capaz de despedirse de la profesión.

—Espero que entienda que nosotros trabajamos para dar con quien ha matado a su hijo. Es un caso muy complicado y, sin saber nada sobre Luis, es muy difícil hallar una pista fiable —habló la comisaria Robles—. No hemos parado de investigar cada dato día y noche, se lo aseguro.

—Mi hijo siempre fue un chico difícil, incluso para nacer. El parto se complicó, mi mujer llevó un embarazo pesado, con vómitos casi constantes, una amenaza de aborto, la tensión alta… Una hemorragia tras el parto se llevó las esperanzas de tener más hijos y mi mujer nunca me lo perdonó. Soy uno de los ginecólogos más prestigiosos de este país y no pude salvar el útero a mi mujer. Nunca lo superó. Murió hace unos años.

—¿Cómo ha dicho? —preguntó Macarena de pronto, parecía salir de un trance.

—Que por mi culpa mi mujer no pudo tener más hijos.

No sabe lo que es para mí algo así, es como un castigo divino.

—No ha dicho eso exactamente, sino que no pudo salvar el útero a su mujer.

—Eh…, sí, una forma de expresarlo, ¿por qué?, ¿es que tiene alguna importancia?

—Hay que hablar con las familias —concluyó Mario pasando aposta del hombre, sobre todo porque no sabía lo que la comisaria le había explicado, ni lo que le podía contar.

—Hay más víctimas, ¿verdad? —preguntó el médico con cara de terror—. ¿Quiere decir que no ha sido fortuito? Yo… pensé… que Luis se habría metido en algún lío. No sería el primero, nunca pensé que fuera otra cosa. ¿Hay algo importante que deba saber? Por favor, dígame cómo murió mi hijo. En el Anatómico Forense nos contaron que aún tenían que hacer unas comprobaciones antes de entregarnos el cadáver. Nos dejaron reconocerlo en aquella camilla, tenía un golpe en la cabeza y marcas en el cuello, no nos dijeron más.

—No se preocupe, le daré yo todos los datos —le prometió la comisaria al médico, y dirigiéndose a Carrasco y a Macarena les dijo—: Ustedes vayan a hablar con la Científica, les pedí que analizaran varios restos que había en el sobre. Aquí tienen la dirección de Luis Acevedo, la verdadera, a ver si allí encontramos algo. Y… manténganme al día.

—Claro, jefa. —Se despidió el inspector tras disculparse con el padre del joven y prometerle que harían todo lo posible por encontrar a quien mató a su hijo.

Salieron del despacho deprisa, el tiempo iba en su contra y que tuvieran un nuevo informe sin haber encontrado el cadáver, del que no sabían nada, solo significaba una cosa: no tardaría en volver a matar, si no lo había hecho ya. Carrasco sacó el teléfono y marcó el número de Eduardo Sánchez para decirle que iban hacia el laboratorio.

—¿Vas a mandar a la Científica la nueva nota?

—Creo que no hará falta, Macarena —le explicó tras colgar el teléfono—, sabiendo que se trata de textos sacados de las obras de Voltaire, he pedido que me traigan un ejemplar de cada una de sus obras cuanto antes.

—Si son de Voltaire, hay unas cuantas —le aseguró ella—. Y se nos ha olvidado pedir refuerzos.

—No, no, ya tenemos asignados refuerzos, no te lo había dicho porque...

—¿Por qué?

—¡Vaya! —atronó una voz a su espalda—, parece que al final la parejita feliz no puede con el caso en solitario. Mucho tardabais en cagarla.

Macarena hizo un elocuente gesto a su compañero, quien no se lo había dicho porque sabía que no le haría ni pizca de gracia que Quintana llevara el caso con ellos.

—Mierda, mierda, mierda... —susurró entre dientes, la semana no podía empezar peor.

—Dos chicos muertos, ni una pista, dos autopsias hechas dos veces... Sí, fue un acierto daros el caso. ¿Cuál de los dos ha metido más la pata por ahora? ¿La niñata o el gilipollas? —siguió con su sarcasmo Quintana—. Bueno..., ¿nos ponéis al día o es que no tenéis nada que contarnos?

Mario suspiró en un intento de mantener la calma y Macarena, ante la atónita mirada de sus compañeros, cogió la carpeta donde guardaban las copias de sus informes y las conclusiones a las que iban llegando y la dejó caer delante de Quintana de muy malos modos.

—Tome, para que se ponga al día usted solito, como es tan listo... Cuando se la estudie, nos llama. —Dejó al policía con la boca abierta y a Carrasco con unas ganas tremendas de darle un abrazo—. Nosotros nos vamos al laboratorio.

Se dirigieron al aparcamiento sin mirar atrás. Macarena con la cabeza alta, cara de póquer y paso ligero. Su compañero, a dos metros, no le quitaba la vista de encima. Cuando se acercó a ella al llegar al coche, se percató de que la joven no estaba tan tranquila como quería aparentar.

—¿Y ese genio? —le preguntó con cara de sorpresa.

—No soporto a los abusones, nada más —respondió ella furiosa, le costó tres intentos abrocharse el cinturón—. Estoy en un lío, ¿verdad?

—Lo dudo mucho, no creo que Quintana tenga ganas de decirle a nadie que la novata lo ha puesto en su sitio. Eso sí, deberías prepararte porque te va a hacer la vida imposible.

—Ya contaba con ello. Entretanto, vamos a ver lo que esos ratones de laboratorio nos pueden contar...

Carrasco asintió. Ya conocía las muchas cualidades de Macarena para trabajar en Homicidios. Lo que desconocía era que también tenía carácter y que sabía cuándo debía sacarlo a relucir, lo cual le llenaba de orgullo tanto como si fuera un padre viendo a su hijo montar en bici por primera vez.

24

Estoy a su entera disposición

—Macarena, tenemos la identidad de la tercera víctima. Se llama Iván Tuero y es residente de Traumatología del Hospital Doce de Octubre.

—¿Ha aparecido el cadáver?

—No, pero la comisaria ordenó esta mañana que se cotejara la foto del informe con la de todos los residentes de segundo año de Medicina de cualquier especialidad, ha sido bastante rápido, la verdad. Esperaba que fuera más complicado, porque el capullo del agresor no nos ha revelado el nombre del joven esta vez.

—Entiendo. ¿Dónde queda ese hospital? —quiso saber Macarena.

—Está al sur de Madrid, en la carretera de Andalucía, muy cerca de donde encontraron el cadáver de Damián Fuentes. Habrá que hablar con sus compañeros.

—No sé cómo vamos a hacer eso —se quejó ella.

—Como hicimos con los de las otras dos víctimas —respondió él—. Ni más, ni menos. Ya sé que lo peor de esta profesión es comunicar a las familias y amigos el fallecimiento de alguien cercano, forma parte de nuestro trabajo, tendrás que acostumbrarte.

—Ya, ya..., solo que esta vez, ¿qué hacemos? ¿Les decimos que sabemos que su compañero ha muerto, que no tenemos ni idea de dónde está el cadáver y que sí tenemos su autopsia?

—Visto así, sí, un poco raro es. Esperaremos a conseguir algún dato más.

—A veces tengo la sensación de ir mil pasos por detrás del asesino —confesó ella—. Es tan frustrante...

—No se lo digas a Quintana, que solo le faltará que encima le des argumentos —bromeó Mario.

—¿Has quedado con alguien del laboratorio? Pensé que íbamos al hospital. Ando algo despistada. ¿Adónde nos dirigimos?

—Vamos a ver a Pierre, el criminólogo francés. Total, aún no hemos buscado la traducción del tercer texto y él nos lo puede traducir en un segundo. No es que estés despistada, es que creo que no te lo he llegado a decir, lo siento, a veces no me acuerdo de que tengo compañera.

—¿Sabes el apellido del criminólogo? —se interesó Macarena dejando claro que no se lo tenía en cuenta.

—No creo que sea necesario, no te preocupes. Buenos días —dijo dirigiéndose a la chica que había en la entrada, en el puesto de información—, soy el inspector Carrasco y ella mi compañera, la subinspectora Valverde, buscamos a un criminólogo, Pierre, no sé más sobre él.

—Sí, segunda planta, pasillo de la derecha, cuarta puerta —respondió ella de carrerilla tras comprobar sus credenciales.

Tardaron solo cinco minutos en dar con él y diez más en conseguir que les pudiera atender, de pronto todo el mundo parecía necesitar al criminólogo. El cubículo donde se ubicaban Pierre y su ordenador no pasaba de ser un trastero un poco espacioso con una minúscula ventana que no dejaba entrar la luz. Decenas de carpetas y libros se apilaban de forma peligrosa en las estanterías de una de las paredes y Pierre, en el lado opuesto, golpeaba las letras en el teclado mientras contestaba una llamada tras otra y se afanaba en mantener el equilibrio en su mesa, que tendía a inclinarse hacia la derecha. Carrasco vio justo al lado del pie del criminólogo un pequeño cartón doblado que, sin duda, debería estar bajo la pata derecha que era algo más corta que el resto.

Macarena se fijó en que la piel del chico era tan fina que se le transparentaban las venas de las sienes. En su cabeza se percibían decenas de pequeñas líneas moradas y casi se podía intuir cada protuberancia de su cráneo, desnudo antes de tiempo. La joven subinspectora tuvo que hacer un esfuerzo para apartar la vista de aquella figura tan peculiar. Le alegró descubrir que la voz del criminalista transmitía calma.

—Buenos días —los saludó en cuanto estuvo libre—, disculpen, pero era urgente.

—No se preocupe, no le habíamos avisado de que vendríamos. Le hemos traído el tercer texto en cuestión, espero que no le importe —respondió Mario tras ocultar una sonrisa al escuchar el acento tan marcado del criminólogo.

—Para nada, déjeme verlo —le pidió él con educación. Cogió unos guantes para no dejar sus huellas en el papel. Al ver que la nota se hallaba protegida por una funda de plástico, los dejó en la caja de nuevo—. Sí, también lo reconozco de Voltaire: «Es mejor arriesgarse a salvar a un hombre culpable que condenar a un inocente».

—Todo esto no tiene sentido —se quejó Macarena.

—No estoy tan seguro —discrepó él—. Al principio yo también lo creía, pero tras darle varias vueltas, creo que estos textos parecen tener *similarité*... ¿cómo se dice en español?

—¿Similitud? —probó Mario.

—Eso es, pienso que los textos tienen semejanza con la vida de las víctimas. El que acabo de traducir no sé, por supuesto, aún no conozco nada de ese tercer chico... Pero los otros dos...

—No le entiendo muy bien —confesó el inspector Carrasco.

—Oh, disculpen, es por mi acento.

—No, no, quería decir que no comprendo muy bien a qué se refiere, no tiene nada que ver con su acento, habla usted a las mil maravillas el castellano.

—Muchas gracias —respondió el criminólogo algo turbado, Macarena reprimió una sonrisa al ver que el chico adquiría una tonalidad rosa pálido—. Lean los textos de los otros dos jóvenes, por favor...

—«Los hombres son iguales, y no es el nacimiento sino la virtud la que hace la diferencia». «Cada hombre es culpable de todo lo bueno que no hizo».

Tras leer en voz alta los dos textos, Mario interrogó con la mirada al criminólogo en busca de una explicación. Él se apresuró a dársela.

—¿Ven a lo que me refiero? En el caso de... Luis Acevedo —dijo tras consultar el nombre en sus notas—, creo que se trataba de un joven que venía de buena familia, ¿me equivoco?

—Es correcto —asintió Mario.

—Pienso que el asesino le está rebajando para que quede claro que le considera ni más ni menos igual que a los demás, un «don nadie». ¿Se dice así?

—Es posible, sí. ¿Y el otro?

—El otro joven por lo visto era un buen médico, gran persona y todo el mundo le quería. Creo que algo les pasó a ambos que los igualó a ojos del criminal. Un hecho grave que él considera que hace del primero un hombre cualquiera, no un *héritier*, ya saben, un heredero, y del segundo un hombre vulgar, no una bellísima persona.

—Es un punto de vista interesante. En cuanto sepamos

un poco de la vida de la tercera víctima, se lo enviaré para que encuentre una similitud, si no le importa.

—Por supuesto que no, ya le dije que **estoy a su entera disposición.** Y ahora, si me disculpan, tengo que seguir trabajando. —No les dio tiempo a responder, durante el breve rato que había hablado con ellos había recibido varias llamadas que dejaba sin atender.

Los dos policías se encaminaron al laboratorio mientras les daban vueltas a los textos de los tres jóvenes, querían preguntar por las muestras enviadas esa mañana, las recogidas del sobre de la tercera víctima. No esperaban disponer de un resultado aún, salvo que no querían irse con las manos vacías sin haberlo intentado todo.

—Sí, nos las enviaron hace un par de horas —les informó una chica pelirroja con un aro en la nariz y un mechón morado en el flequillo—, por lo general no las habríamos catalogado siquiera, y justo tenía un hueco en la centrifugadora y otras muestras debían ir juntas, así que lo aproveché.

—¿Eso cuánto tiempo es?

—Poco…, dos horas, quizá.

—No podemos quedarnos sin hacer nada tanto rato. Si no le importa, avísenos cuando obtenga el resultado —le pidió Carrasco tras darle una tarjeta y pasarse la mano por la cara en ese característico gesto suyo.

—No hay problema —respondió ella a la vez que guardaba la tarjeta en el bolsillo, no sin antes mirar el nombre—. ¡Ah!, el inspector Carrasco; nuestro supervisor, Eduardo Sánchez, nos ha dicho que demos prioridad a todo lo que venga de su parte, por el caso de las «autopsias». Esta muestra nos venía por orden de otra persona, lo siento.

—Es que aún no había entrado a trabajar cuando la han descubierto. Sabiendo que tienen esa orden, hablaré con la comisaria Robles para que todo lo que manden sobre este caso vaya a mi nombre. Gracias por avisar.

Los dos policías volvían al coche con la sensación de perder un tiempo que no tenían. Las muestras, centrifugándose; los datos, comprobándose; las coincidencias, investigándose y ellos, en un laberinto donde las paredes se movían y las puertas se cerraban según las cruzaban, con lo que solo les quedaba avanzar. Y lo peor era la sensación de que lo hacían hacia donde el asesino quería y cuando a él le apetecía, como simples ratones de laboratorio que se movían por su jaula sin llegar a ninguna parte.

25

El precio y el valor de las cosas

Tras abandonar el laboratorio, se dirigieron a la vivienda de la que Luis Acevedo disponía en pleno centro de Madrid, por lo que no tuvieron más remedio que dejar el coche mal aparcado y con el distintivo de la policía a la vista para que no les pusieran una multa. Subieron las escaleras que los separaban del portal en la calle Silva, casi haciendo esquina con Gran Vía y a la altura de Callao. El edificio, antiguo como todo lo construido por la zona, se hallaba rehabilitado a la perfección cuidando la estética de las viviendas del centro de Madrid. Un portero les dio el alto justo cuando iban a acceder al ascensor.

—Buenos días, vamos al 2.º A, al piso de Luis Acevedo.

—¿El doctorcito? Hace ya unos días que no lo veo —dijo él con tono suave.

—Señor, somos inspectores de Homicidios —le explicó Macarena a la vez que sacaba la placa—. Necesitamos entrar en la vivienda.

—¡Ay, madre! Eso es que le ha pasado algo..., claro..., ¿si no por qué iba a estar aquí la policía? ¿Ha dicho Homicidios?

—Siento decirle que sí, que el chico está muerto. ¿Lo conocía bien?

—¿Muerto? ¡Dios mío! ¡Pobre muchacho! No, no mucho —confesó el hombre, que de pronto parecía pálido y enfermo—. Disculpen, es que me he impresionado un poco. Era tan joven... Y estudiaba Medicina, ¿saben?

—Sí, lo tenemos presente, no se preocupe que nosotros nos hacemos cargo, no hace falta que suba usted también. Siéntese ahí un rato, ¿necesita que llamemos a un médico?

—No, no se preocupen... Si me pudieran dar un poco de agua..., la portería está abierta..., tengo una botella en la nevera.

Macarena se acercó a por el agua a la portería, donde un ligero olor a jazmín la recibió en la puerta. Después le ofreció un vaso al hombre, quien recuperaba el color y empezaba a hablar.

—El chico venía a veces un poco «puesto», ya se imaginan...

—Sí, estamos al corriente —le confirmó Carrasco.

—A veces he tenido que ayudarle a subir a casa, porque no se tenía en pie.

—¿Y lo vio alguna vez con chicas?

—Un montón de veces, era muy popular —le confirmó él—. Solo hubo una temporada que lo vi más calmado, salía con una chica de rizos muy seria y muy agradable.

—¿Podría ser esta? —le preguntó Carrasco mientras le enseñaba la foto de «Santa Teresa» en el móvil.

—Sí, esa es. Muy simpática y se veía que lo llevaba por el buen camino. Se debió de cansar, porque entonces empezó a venir con una rubia de pelo largo flacucha, muy maleducada, y volvió a las andadas. Una vez los pillé..., ya saben..., ahí, en el hueco de la escalera.

—¿Teniendo sexo quiere decir?

—Y tanto..., y por la cantidad de condones que he quitado en este tiempo, se ve que no era la primera vez, solo que esta fue más ruidosa y me despertó.

—¿Si le enseño una foto, podría identificarla?

—Es posible, sí, es bastante guapa, muy seca y desagradable, pero guapa.

—Mire —le pidió, enseñándole las fotos de grupo que había tomado de la casa de Tania.

—No la veo aquí, lo siento.

—No se preocupe, si recuerda algo que pueda ser útil, llámeme —le dijo Carrasco sacando de su bolsillo una tarjeta—. Vamos arriba —añadió, dirigiéndose a Macarena.

El piso aparecía impoluto, pese a lo que esperaban, dada la afición del médico a salir por las noches y llegar en condiciones desfavorables para limpiar. Seguro que pagaba a alguien para eso. Las dudas se disiparon cuando vieron en la nevera comida de varios días sin tocar con cartelitos que correspondían a los días que no había estado en casa y una nota en la mesa de la cocina que decía:

«Señorito Luis, cuando vaya a faltar tantos días, avíseme, que la comida se estropea».

La firmaba una tal Julia.

—Niño rico, piso de capricho en el centro de Madrid, con asistenta, que salía con una rubia antipática muy guapa, a pesar de que «Santa Teresa» lo llevaba por el buen camino. Vamos a mirar entre sus cosas, a ver si encontramos alguna foto de la chica. Me pongo yo con el salón y tú con la habitación —dijo Macarena, Carrasco simuló un gesto militar y ella sonrió.

Nada en los cajones y estanterías del chico hacían pensar que allí hubiera vivido una mujer alguna vez, salvo todo tipo de condones. Mario negó con la cabeza. Solo que no siempre los había usado, dado que el hijo que esperaba con la mujer, de la que aún no sabían ni el nombre, era suyo.

En el salón tampoco la subinspectora encontró fotos. Había algunos discos, un equipo de música espectacular y una tele más grande que el baño de Macarena, con un altavoz a cada lado igual de monstruoso. El sofá de piel en el medio del salón anunciaba ser de los que la joven subinspectora ni siquiera podía mirar. Ella pensó en la diferencia tan grande que había entre **el precio y el valor de las cosas.** Algo que en el caso del joven no parecía tener mucha importancia. Y que era imposible saber el valor de algo si solo se miraba la etiqueta.

—No hay nada interesante por aquí —le informó ella—. Igual en el portátil, ¿nos lo llevamos?

—Sí, mejor. Seguro que habrá alguna foto o algún correo interesante. Oye…, puede que hayamos tenido suerte —añadió él cuando le mostró dos cepillos de dientes que acababa de sacar de un vaso en el baño de la habitación, lo que quería decir que igual uno de ellos era de la mujer misteriosa que pasaba tiempo en casa del médico. Los guardaron en dos bolsas de pruebas y las precintaron con la esperanza de que se pudiera conseguir el ADN de ambos.

—Mario…, me acaba de llegar un mensaje del laboratorio, puede que tengamos una pista. Tenemos que ir de inmediato.

—A mí, otro de la comisaría, me olvidé de «Santa Teresa».

—Mierda, mierda, mierda… Es verdad, ¿qué hacemos? —se agobió ella.

—Que la interroguen Quintana y Martín y nosotros seguimos el rastro del laboratorio.

—Pobre chica —se lamentó la subinspectora.

—¿Prefieres que hablemos nosotros con ella y mandemos a Quintana, quizá, a descubrir el cadáver?

—Ni de broma —respondió ella a toda prisa—. Seguro que Yago sabe llevar a Quintana mejor que yo.

—Y que yo, te lo aseguro —añadió Mario con una sonrisa burlona.

—Me parece que aquí poco más vamos a encontrar. Igual le podemos devolver las llaves al padre del chico, ¿tú qué piensas?

—Sí, nos llevamos el ordenador y le damos las llaves a la jefa, ella que haga lo que le parezca oportuno.

Bajaron las escaleras sumidos en sus pensamientos. Hasta el momento todo lo que había parecido importante se había quedado en nada. La sensación de tener por fin un hilo del que tirar sí que los animó lo suficiente para olvidar quién acababa de ser elegido como compañero para ayudar en la investigación. Tan solo les duró dos segundos, justo hasta que Carrasco tuvo que marcar el teléfono del malhumorado inspector para darles a sus compañeros unas instrucciones que debían seguir, y que serían cuestionadas de inmediato.

26

¿Seguro que es el lugar?

Varios coches de policía aparcaban junto a la fábrica de Kodak abandonada. Las muestras que habían recogido del sobre con el informe de la tercera «preautopsia» contenían restos de líquido revelador y partículas de plata de las que se usaban en las películas para radiografías antes de la era digital. Eso, añadido al testimonio de un hombre que aseguraba haber visto un coche oscuro en las inmediaciones de la fábrica dos noches aquella semana, dio el empujoncito que necesitaba la comisaria Robles para facilitarles varias patrullas que se acercaran a «echar un vistazo».

Macarena y Mario formaban parte del efectivo que entró en la fábrica de Kodak, cerca de Las Rozas, a unos quince minutos del centro de Madrid. Inspeccionaron poco a poco el enorme lugar y atravesaron varias salas de proyección, almacenes, laboratorios fotográficos, sala de exposiciones... Admiraron la majestuosidad de los jardines y el estanque central que en otro tiempo habría sido la envidia de las fábricas de alrededor. Incluso pasaron por la espaciosa cafetería-restaurante que un día estuvo llena y que ahora solo albergaba polvo, sillas destartaladas y un enorme mostrador de cristal lleno de telarañas con un par de nidos olvidados que mejor sería no saber a qué tipo de animal pertenecían. Macarena reprimió un escalofrío y se convenció a sí misma de que era por la temperatura y la humedad de aquel otoño en la capital.

—Tengo un mensaje de la jefa —dijo Mario a su compañera. Ella frenó en seco—. Dice que ha hablado con el hermano de Damián Fuentes y con los dos amigos con los que en principio se quedó a dormir el martes por la noche.

—¿Algo relevante?

—Por lo visto, prefirió irse a casa con Tania, pensaba tomar un taxi. Esperaron con él, pero se encontró a un conocido y se marcharon.

—¿El agresor? —Se entusiasmó Macarena al pensar que podrían conseguir una descripción del mismo.

—Es posible. El problema es que ni uno ni otro recuerdan nada de él, lo describen como un hombre normal, según ellos ni siquiera le vieron la cara y llevaba un gorro, con lo cual tampoco saben el color del pelo ni la edad aproximada, solo que era más o menos igual de alto que Damián.

—Qué mierda —murmuró ella entre dientes mientras comenzaba a caminar de nuevo—. No sé, Mario, este sitio lleva mucho tiempo desocupado. ¿Seguro que es el lugar? —le preguntó sin dejar de vigilar cada rincón.

—A ver…, la muestra que han analizado podría pertenecer a varios edificios más, me he decantado por este en especial porque está abandonado y parece que a nuestro asesino le gustan los lugares así. Y porque justo ha coincidido que un testigo afirma haber visto un coche por aquí estos días. Además…, había huellas de rodadas recientes en la entrada.

—Ya, de todos modos, no hay nada que nos haga pensar…, espera…

No terminó la frase. Algo en el suelo le hizo sacar el arma y a su compañero imitarla y prepararse por si algún intruso los sorprendía en aquel enorme espacio. Fuera quien fuese, les llevaba ventaja y ellos estaban a tiro.

—¿Las ves? —preguntó la subinspectora.

—Sí, las huellas, van hacia aquella puerta —observó su compañero.

—Son recientes y muestran que se ha arrastrado algo. —Se fijó ella—. Y en la pata de esa silla hay algo pegado.

—Lo que fuera que hubiera acarreado se enganchó aquí. Igual sí es el sitio correcto. Ponte detrás de mí —le dijo en tono protector.

—No te preocupes. —Se molestó—. Sé defenderme y, además, no creo que haya nadie.

—Yo tampoco lo pienso, pero no lo podría jurar. Y soy tu superior, ponte detrás de mí y no me hagas repetírtelo, por muy bien que te defiendas sigues siendo «la nueva».

Macarena no quiso discutir, llevaban trabajando juntos una semana y la alternativa de volver con Quintana no era muy alentadora, así que se colocó justo donde él le pidió. Dos agentes de uniforme, con sendos chalecos antibalas, abrieron la puerta doble que separaba la cafetería de un pasillo que acababa en una sala enorme llena de butacas de cine o de teatro que miraban hacia un escenario.

—Por aquí ya hemos estado, ¿es que hemos ido en círculo? —se extrañó ella.

—Creo que el pasillo rodea del todo esta habitación. Es la sala principal de proyecciones y el rastro de arrastre lleva a la parte de atrás, donde está el escenario, ¿ves?

—Sí, ahí hay una puerta —señaló ella, bajando al punto la voz y levantando el arma.

El inspector Carrasco hizo un gesto a los agentes para que se adelantaran y abrieran aquella puerta. Él los siguió de cerca sin dejar de mirar alrededor; si alguien los esperaba, podría estar en cualquier sitio. De pronto, sus ojos se toparon con algo que no debería estar allí. El cuerpo de un joven descansaba en el escenario con la consabida cicatriz en forma de «Y» en el pecho y el abdomen. Mario subió de un salto al escenario y Macarena siguió sus pasos en cuanto vio de lo que se trataba. El cuerpo presentaba varias erosiones en el talón derecho, supusieron que de ser arrastrado. El pie izquierdo era claramente de otra persona porque, además de lucir una pedicura perfecta con las uñas en color coral, se trataba de un pie mucho más pequeño que el del chico y su «cirujano» no había tenido más remedio que estirar la piel alrededor del tobillo para que le cuadrara. En las manos, dos pedazos de algo, que no acertaban a saber qué eran, llamaron su atención.

—¡Joder! ¡Qué grotesco! —se asqueó Macarena.

—Sin duda es Iván Tuero —confirmó Carrasco a la vez que sacaba el móvil para llamar a la Policía Científica y al forense y que pudieran hacer su trabajo cuanto antes. No podía dejar que aquel individuo matara a nadie más.

El primero en aparecer fue Quintana, lo oyeron discutir con alguien en la sala contigua y tanto Macarena como su compañero pusieron los ojos en blanco; venía solo.

—¿Y Yago? —dijo a modo de saludo Mario.

—Le he dejado con la chavala esa, la mística —respondió él de mala gana.

—¿Con la compañera de Luis Acevedo? Es buena chica y buena ginecóloga, además nos lo confirmó su supervisor.

—¿Y qué?, ¿eso la hace menos sospechosa?

—No he dicho eso —le desafió el inspector Carrasco.

—De todos modos, si quisieras que Martín estuviera aquí, no habernos mandado recaditos de principiantes, haber enviado a esa —añadió señalando a Macarena, ella simuló no haberle oído.

—Tenemos a la tercera víctima, es un residente de Traumatología del Hospital Doce de Octubre.

—Tres cadáveres. Muy bien, colega, te estás cubriendo de gloria, ¿eh?

—¿Qué quiere decir? —se exaltó Macarena. Su compañero la tomó del brazo con suavidad, no le convenía estar a malas con él.

—No quiere decir nada, Macarena; sin embargo no podemos dejar que vuelva a ocurrir, vamos a ver si entre todos encontramos por fin la conexión y damos con el método que sigue para escoger a sus víctimas.

—¡No puede ser tan difícil, joder! —protestó Quintana—. Los tres eran residentes de Medicina, los tres de segundo año, los tres estudiaron en la Universidad Complutense, podría estar eligiendo ya a la siguiente víctima y nosotros aquí, tocándonos los huevos.

—Los tres vienen de familias de médicos —dijo una voz recién incorporada a la conversación.

—¡Ah, Martín! ¿Qué tal? —le saludó Mario con mucha más efusividad que a su compañero—. ¿Qué quieres decir con eso? ¿Has encontrado otro nexo en común?

—Sí, Luis Acevedo era hijo y nieto de dos ginecólogos de prestigio en Murcia, como ya sabéis. Damián Fuentes, el novio de la ayudante del forense, era hijo de una médica de familia de un pueblo de Madrid, y este chico, Iván Tuero, su padre es traumatólogo en el Hospital Infanta Sofía y su otro padre era enfermero en el mismo hospital.

—¿Su otro padre? —hizo una mueca Quintana.

—Se casaron hace más de diez años tras vivir juntos otros quince por lo menos, sí —respondió molesto el joven subinspector, Macarena se mordió la lengua.

—¿Sacaste algo en claro de la chica? —cambió de tema Carrasco, Quintana además de gruñón era conocido por su escasa tolerancia a los cambios.

—Bueno…, estaba muy enamorada de Luis Acevedo, eso por descontado.

—Sí, nosotros también lo creemos.

—Pues entonces no sé por qué coño la descartáis como sospechosa. A ese chaval es al que se le implantó el útero, ¿no?

—Sí, a ese. Solo que no veo yo a Sant…, perdón, a Alba arrastrando los cuerpos ni haciéndoles unas supuestas autopsias —comentó Macarena.

—La madre de los Manson también parecía una mosquita muerta, ¡no te jode!

—Vale, es cierto, Enrique, no eliminaremos a Alba Turón de la lista de sospechosos. Tiene razón, Macarena, que no parezca culpable no quiere decir que no lo sea.

Macarena lo pensó unos segundos, en realidad ella descartaba a la chica por tener buen corazón. Pensándolo bien, debía reconocer la cantidad de veces que había leído sobre ángeles de la muerte que parecían personas modelo y que en su interior la oscuridad se abría camino, impartiendo una justicia divina que nadie más veía excepto ellos. Y todos en la comisaría respetaban a Quintana por su olfato, que no por su carácter, así que debía estar abierta, por mucho que le fastidiase, a las aportaciones de aquel hombre enorme que tan mal le caía.

De pronto, le llegó un mensaje al móvil y su semblante empalideció. Había decidido no darle importancia a aquello que comenzaba a ser, más que molesto, inquietante, quizá era el momento de dar la voz de alarma. Un rápido vistazo a Quintana, que no le quitaba ojo, la disuadió de hacerlo. Simulando que el mensaje era intrascendente, se guardó el móvil en el bolsillo y se incorporó a la conversación.

Leal fue el siguiente en llegar. Cuando vio el pie implantado en el cuerpo de la víctima, su razonamiento fue rápido y eficaz:

—No me lo digáis. Este era…, ¿qué?, ¿traumatólogo?

—Bingo —asintió Carrasco.

—Ha sido más fácil que el resto, estaba a la vista. Entre el tobillo y las costillas.

—¿Qué costillas? —preguntó Macarena extrañada y mirando de nuevo al abdomen de la víctima—. ¿No me digas que puedes saber que le pasa algo en las costillas sin abrir el cuerpo?

—¡Ja, ja, ja! Claro que no... Se las ha colocado en las manos, creo que se trata de dos costillas flotantes. Sabré más...

—Ya..., cuando le hagas la autopsia —terminó la frase Carrasco—. Nosotros no sabíamos lo que eran. ¿Para qué le habrá colocado ahí las costillas?

—A saber... Creo que ya tenemos la «preautopsia» de este, ¿no?

—Sí, el sobre ha llegado a la comisaría sin pasar por Correos. Así que pudo dejárnoslo allí directamente esta mañana —le explicó Macarena.

—¿Cómo que sin pasar por Correos? —se extrañó Mario.

—Eso he creído entender al agente de la puerta, sí.

—Hay que mirar en las cámaras de vigilancia del aparcamiento y la entrada. Si el asesino se ha acercado a entregarnos este regalito, puede que salga en ellas.

—¡Joder! ¿Qué coño os enseñan a vosotros en la Academia? Esto ya tendría que haberse hecho hace horas —se enfadó Quintana, Macarena sintió cómo el rubor le subía a las orejas.

—Yo..., como fue la comisaria la que ordenó abrir el sobre y demás, pensé que ya había organizado todo lo que debía hacerse.

—No creo que la comisaria esté al tanto de cómo ha aparecido el sobre; si no, habría actuado. No pasa nada, Macarena, voy a llamar a la comisaría y que vayan revisando las cámaras. No has hecho nada mal, sino que pensabas que ya lo habrían hecho antes porque era lo lógico —la defendió su compañero.

Macarena no solo se sentía fatal por no haberse dado

cuenta de la importancia de que el asesino hubiera estado tan cerca, sino también por decepcionar a Mario y porque, encima, intentaba cubrirla y asumir culpas para que Quintana no se cebara con ella. Nunca había necesitado protección y no iba a empezar ahora. Bien era cierto que llevaba dos días recibiendo mensajes anónimos y amenazantes y quizá su concentración se había visto mermada. Ya iba a disculparse de nuevo, cuando un gesto de Mario hizo que se lo replantease. Sí, quizá era mejor dejar las cosas como estaban.

Los cuatro se marcharon en cuanto el juez de guardia ordenó el levantamiento del cadáver. Tanto el forense como la Policía Científica aseguraron tener lo necesario para realizar su trabajo. Macarena no volvió a quedarse a solas con Mario hasta bastante después, momento en el que disponían de tantas pistas para seguir que sus mensajes dejaron de tener la más mínima importancia.

27

La pieza de más

«Es mejor arriesgarse a salvar a un hombre culpable que condenar a un inocente».

—Es la frase que acompaña a la «preautopsia» de la tercera víctima —le aclaró Carrasco—. Bueno, la traducción.

—Pienso que estos textos no tienen nada que ver con los crímenes, nos intenta entretener —dijo de pasada Yago Martín.

—Yo creo que nos da alguna pista, a pesar de que no la entendamos —añadió Carrasco.

—¿Qué gilipollez es esa? —preguntó Quintana.

—Macarena, averigua si Iván Tuero tiene antecedentes, o si ha sido acusado de algo que se haya desestimado. Según Pierre, los textos hablan de estos jóvenes e intenta colocarlos a todos en el mismo nivel.

—Bueno, no sé si solo será una distracción o quiere transmitirnos algún mensaje, como piensa Pierre. Iván es el primero de tres hermanos, dos chicos y una chica. Lo pillaron con quince gramos de hachís hace tres años y sus hermanos intercedieron alegando que eran cinco gramos para cada uno. Lo soltaron sin cargos —les informó ella.

—Cinco gramos está considerado como consumo propio. Igual el texto en francés se refiere a algo así —intervino Yago Martín.

—Opino que nos quiere decir, por lo menos, que va por delante de nosotros —concluyó Mario.

—Para eso no nos hacen falta textos estúpidos en francés —volvió a protestar el enorme inspector.

—Quintana, sabes que no me enfado con facilidad, en realidad tengo mucha paciencia. Y estoy un poco cansado de oír tus quejas, ya son demasiadas incluso para ti. ¿Se puede saber qué quieres que hagamos? Venga, en lugar de tomar esa actitud, propón algo, soy todo oídos.

—Va a volver a matar si no hacemos nada. Si mata a un chico más, será culpa nuestra.

—¿Y qué crees que debemos hacer? ¿Se te ocurre seguir alguna línea de investigación diferente? ¿Por dónde comenzarías tú?

—Para empezar, ese tío... o tía... conocía ya a las víctimas, no están elegidas al azar, de eso no nos cabe duda. Necesito una lista de todos los residentes de segundo año que hagan cualquier especialidad y que hayan estudiado en la Complutense. Apostaría el huevo izquierdo a que nuestro asesino es un hombre, debe ser por narices bueno en ciencias forenses, con lo cual destacaría en anatomía, patología o algo así, no tendrá empatía por nadie. ¡Ah! Y seguro que es un cirujano frustrado. Vamos, que se ha tenido que conformar con otra cosa. Así que, al buscar posibles víctimas, podemos encontrarnos con alguien más que encaje como sospechoso, no deis nada por sentado.

—Ya has oído, Yago, vete a la base de datos y ponte con ello —le pidió Carrasco, el joven no protestó—. Quintana es lo más parecido a un perfilador que ha tenido esta comisaría nunca, así que a buscar.

Macarena lo miraba como si hubiera perdido un partido. ¿Cuándo había cedido Mario el control del caso al viejo inspector? Esperaba un poco más de resistencia por parte de su compañero y se sentía decepcionada. Se limitó a fruncir un poco los labios y esperar a acatar las órdenes que le dieran a ella.

—Macarena, nosotros iremos al Anatómico, a ver si Leal puede decirnos algo del pie que le han implantado al cadáver.

—¿Y yo? —preguntó Quintana.

—Tú eres el que más instinto tiene de todos, revisa lo que te vaya pasando Yago y coteja con lo que tenemos, busca una coincidencia, la que sea. Necesitamos encontrar el nexo en común. Y comprueba si ya han revisado lo de las cámaras de seguridad, si se acercó lo suficiente, igual tenemos una imagen del agresor.

El enorme inspector sabía que le estaba haciendo la pelota y se lo permitió porque, una cosa sí que era cierta, era el que más instinto tenía de todos. Y si había algo entre aquellos datos, él daría con lo que fuera. Por una vez no refunfuñó y se dispuso a colaborar. Macarena cambió de idea en cuanto se dio cuenta de la jugada de su compañero, Carrasco era mucho más listo de lo que ella pensaba.

En el Anatómico Forense, Leal les explicó que el pie pertenecía a una mujer y que lo extraño no era que a la víctima le hubiera implantado uno que no era suyo, sino que ya había sufrido una operación similar con anterioridad.

—Además, este pie estaba muerto —soltó de pronto el forense ante la atónita mirada de sus interlocutores.

—¿Cómo dices? Me da vueltas la cabeza, Leal. ¿De qué pie estamos hablando? —inquirió la subinspectora.

—Creo que lo entiendo, Macarena, al menos una parte, lo comentamos hace unos días, en todo este caso es como si nos sobrara una pieza y es lo que el asesino quiere que pensemos: que **la pieza de más** es la que él coloca. Y la pone siempre por algo.

—No sé si te sigo —confesó ella, el forense asintió, estaba de acuerdo.

—A este chico le reimplantaron un pie hace tiempo, por lo que nos acaba de decir Leal.

—No exactamente —les explicó él—, es bastante raro que se implante un pie, así como así, ya que no suele dar los resultados que se espera. Por lo general, se coloca una prótesis.

—Igual llevó una prótesis durante años y después se le implantó el pie —sugirió Macarena—. ¿Y no puede ser que le haya cortado una prótesis?

—A la altura que está cortado, es bastante improbable —le aclaró el forense—. Hay muchos tipos de prótesis, unas que van desde la rodilla o incluso más arriba y esas precisan un lugar en el que ensamblarse; en realidad, todas necesitan dónde engancharse para poder hacer el juego de la rodilla o del tobillo.

—Entonces ¿no crees que sea el caso? —preguntó Mario más por curiosidad que por incidir en el tema de la prótesis.

—No, porque no hay ningún resto de prótesis en la parte distal de la pierna. Hay también unas fundas de silicona que se colocan por encima de los muñones cuando se realizan amputaciones parciales, sobre todo. No sé…, sería ilógico que le hubiera cortado el pie, si lo único que tenía era que tirar de la funda.

—Igual lo cortó antes de darse cuenta —habló de manera inocente Macarena.

—¿Con los conocimientos que este individuo tiene de anatomía? Lo dudo mucho. —Ninguno tuvo nada que añadir al respecto.

—Cuando hablemos con su familia, podremos saberlo

con exactitud —los tranquilizó Carrasco—, ahora mismo lo importante es que el pie le fue implantado. Si alguno de vosotros puede explicarme todo esto para entenderlo, le invito a cenar. Quiero decir que lo que no veo es la necesidad que tenía de amputarle un pie para colocarle otro.

—Lo que yo creo, teniendo en cuenta lo que decís —comenzó a contar Macarena—, es que este chico estuvo un tiempo sin su pie, no sé el motivo ni cuándo ocurrió. Y nuestro asesino le ha insertado un pie, que en esta víctima sería la pieza de más, del mismo modo que con Damián, que le implantó unas amígdalas que ya le habían extirpado antes. Solo que, en este nuevo caso, para llevar a cabo su labor, ha tenido que retirar el que tenía.

—Vale —respondió Carrasco—, supongo que mi problema es que quiero comprenderlo y nada de esto tiene sentido, salvo para el agresor. Intentaré identificar cómo piensa para que podamos ir por delante en algún momento, pese a que no entienda sus motivos.

—Esperad —llamó su atención el forense—, creo que sé lo que le ocurrió, aquí está la cicatriz antigua, ¿la veis? Rodea todo el tobillo menos la parte posterior, imagino que estuvo a punto de perder el pie y se lo pudieron reimplantar a tiempo.

—¿Su propio pie? Quizá el asesino haya decidido que ese pie no debería estar ahí y por eso se lo ha amputado y le ha añadido un pie de la donante. Porque es de ella, ¿no? De la misma mujer…

—Al menos tiene el mismo grupo sanguíneo, sí.

—¿Y no has dicho que el pie estaba «muerto»? Entonces ¿ella…?

—En realidad, no lo puedo saber con seguridad. Desde luego, la sangre estaba coagulada y los análisis no son como con los otros dos órganos. Algo ha cambiado. El pie ha estado separado del cuerpo al menos veinticuatro horas. Por eso os digo que la mujer no tiene por qué estar muerta por fuerza, igual lo que ocurrió es que le cortó el pie hace días. Es más...

—¿Qué ocurre?

—Este pie ha estado metido en hielo, es casi imposible saber cuánto tiempo hace que se lo amputaron. Habrá que hacer varias comprobaciones.

—Por consiguiente, mientras no tengamos cuerpo, tendremos que presuponer que está viva, hay que seguir buscándola —expuso Mario.

—Pobre mujer, ya le ha quitado el útero, las amígdalas y un pie —se quejó Macarena.

—Siendo así, tenemos una mala noticia y una buena —dijo el forense.

—Empieza por la buena, por favor —le pidió Mario.

—La mujer sigue viva, o al menos lo estaba cuando le amputaron el pie, si damos por válida nuestra teoría.

—¿Y la mala? —preguntó con miedo Macarena.

—La mala es que aún le quedan un montón de partes del cuerpo que le puede quitar sin matarla. Esto se puede alargar bastante, y dada la cantidad de residentes de segundo año que hay...

—No puede ser, tenemos que avanzar, no podemos dejar que vuelva a matar. ¿No hay ninguna pista más que podamos seguir?

—Hablando de seguir, los de la Científica encontraron varios pedazos de una tela negra, parecía plástica. Una parte estaba atrapada en la silla que vosotros encontrasteis y otra en la pierna del chico, en el talón que no amputó.

—¿Y las costillas?

—Lo que os comenté, las costillas eran de la víctima, son las flotantes, las de más abajo. En realidad, no sirven para mucho.

—¿Y por qué se las colocó en las manos? —preguntó Carrasco.

—Para adornar el cadáver —respondió Macarena distraída.

—¿Y eso se te ha ocurrido de pronto o tienes alguna teoría?

—Ah, no, perdona, es que lo pone en el informe de la «preautopsia», en las notas finales.

—Encima recochineo —se quejó el inspector—. Voy a llamar al laboratorio, ¿vas haciendo la autopsia?

—Sí, la verdad es que este tío me hace la mitad del trabajo, voy siguiendo sus datos y comprobándolos, tardo mucho menos así.

—No seas bruto, Paco, que no tendrías tanto trabajo si él no se dedicara a matar a estos chicos.

—Visto así... De todos modos, sigo mirando las notas. Es muy minucioso.

Mario se alejó para llamar al laboratorio mientras negaba con la cabeza. Al sacar el teléfono, se percató de que tenía varias llamadas perdidas de Quintana y un par de mensajes de Yago Martín. Abrió los mensajes antes de enfrentarse a la ira del otro inspector. Por lo visto, habían encontrado a casi todos los integrantes de las fotos que Tania les había proporcionado. Algo bueno, por fin. A Mario le alegraba mucho contar entre sus colaboradores a Yago, era un gran investigador, y con un carácter afable y tranquilo que le venía muy bien para mantener a raya a Quintana.

—Vamos, Macarena, tenemos al resto de la pandilla, quizá la próxima víctima esté entre ellos. Hay que volver a la comisaría.

—Al final, buenas noticias.

—No cantes victoria aún, que hay que dar con ellos, por ahora tenemos sus nombres y dónde trabajan.

—No sé cómo lo ves tú, Mario, para mí es un avance enorme —dijo ella con cansancio mal disimulado.

—¿Te encuentras bien?

—Eh..., sí, sí..., claro, es que...

Un nuevo mensaje le llegó al teléfono a la subinspectora, no se atrevió a leerlo con Mario delante. ¿Cómo decirle a su compañero que estaba recibiendo frases de un número desconocido y mensajes del jefe de residentes, con el que había tomado un café el día antes y que se había alargado hasta la cena? Estaba casi segura de que las frases venían de la nueva novia de Rodrigo, su ex, para qué poner en guardia a nadie sin motivo. Por otro lado, igual se equivocaba y aquello era más importante de lo que creía. Sí, tenía que encontrar un momento lo bastante bueno para contárselo todo. Si por su culpa moría otro chico, no habría lugar en el mundo para esconderse de su conciencia.

Por su parte, Mario sabía que algo le ocurría a Macarena. Lo achacó a que la joven subinspectora estaba conmocionada, durante varios días no habían encontrado nada y aquel lunes los acontecimientos habían puesto todo del revés. No le pasó desapercibido el gesto de su compañera mirando el móvil de manera fugaz cuando pensaba que nadie se daba cuenta. Y era un gesto que le había visto repetir aquella mañana en demasiadas ocasiones.

28

Quizá deberías contestar

Mario observaba por el rabillo del ojo a su compañera. Se le habían acentuado unas intensas ojeras en aquella larga semana. El madrugón del martes solo podía significar una cosa: que más horas de cansancio se acumularían en sus hombros antes de que llegara el deseado fin de semana.

Además, parecía estar todo el tiempo a punto de decirle algo. Supuso que sería alguna tontería que podría esperar; si no, ya se habría decidido. El teléfono de Macarena vibró en su bolsillo y ella ignoró la llamada. Quien fuera el que llamase era bastante perseverante porque volvió a repetir en cuanto se terminaron los tonos, ella se limitó a mirar por la ventanilla.

—Quizá deberías contestar —dijo Mario a la vez que hacía un gesto de ánimo.

—No es importante —respondió ella algo incómoda.

—¿Cómo lo sabes? Insiste mucho.

—No te preocupes, lo sé.

Por fin, el teléfono dejó de vibrar. Mario no tenía ninguna razón para alarmarse por la actitud de su compañera, pese a que una sensación extraña se instauró en su estómago. No quiso pensar en ello. Si Macarena tenía algún problema o algo le preocupaba, era mayorcita para no decirlo. De pronto, su propio teléfono fue el que comenzó a sonar.

—Inspector Carrasco, ¿dígame? —contestó sin mirar.

—Buenos días, inspector, perdone que le moleste, soy el doctor García-Flores —sonó una voz al otro lado mientras Macarena parecía encoger en el asiento del copiloto y aguantar la respiración, Mario la miró enarcando las cejas.

—Buenos días, ¿ha ocurrido algo?

—Verá, no sé si la subinspectora Valverde le comentó algo del encargo que me pidió.

—Eh..., no estoy seguro. Si quiere hablar con ella...

Macarena comenzó a hacer gestos de negación con la mano, con los ojos le suplicaba que no le dijera que estaba en el coche. Mario no comentó nada y la interrogó con la mirada. Igual sí que tenía cosas que contarle.

—Ya lo he intentado —le explicó él—. Debe de estar ocupada, porque no me coge el teléfono, la he llamado varias veces.

—Eh..., sí, claro, por supuesto, es que estamos de un lado para otro —se disculpó el inspector—. Si quiere que le dé algún recado...

—No es necesario, gracias. En realidad, le llamaba porque tengo tres nombres para darles. Se trata de tres pacientes que podrían encajar en los requisitos que me dio ella.

—¿Me habla del útero que le comentamos? —se extrañó Mario, Macarena puso las manos en un gesto de perdón y él le pasó un bolígrafo que llevaba en la bandeja del coche para que le escribiera algo que le diera alguna pista de qué estaban hablando. Ella anotó dos palabras en grande: «INVESTIGA ENDOMETRIOSIS».

—Claro, ¿de qué si no? ¿No le dijo nada la subinspectora? Pensé que le había dado usted permiso para hablar conmigo...

—Por supuesto, no se preocupe. Deme los nombres...; o, mejor, mándeme un mensaje, que ahora no puedo anotar nada, voy SOLO en el coche —añadió a la vez que lanzaba una mirada reprobatoria a su derecha.

—Ahora se los envío, inspector. He intentado acotar la edad del útero a la que me dijeron y hay un montón de mujeres con endometriosis en Madrid. He eliminado las que tenían algún hijo ya o las que han sido histerectomizadas y a las que son estériles y me salieron más de cincuenta.

—¿No me ha dicho que solo quedan tres nombres? ¿Cómo ha conseguido eliminar a las demás? Y, por cierto, ¿qué significa esa palabra? Histerec…, lo que sea.

—Histerectomizada significa que se les ha extirpado el útero. A veces también se les quitan los ovarios, aunque no es lo habitual porque les pueden seguir proporcionando hormonas que son beneficiosas para su salud —le explicó.

—¿Y cómo ha acotado la lista? —se interesó el inspector, Macarena sudaba en el asiento del copiloto.

—Es que…, no sé si lo que he hecho es muy legal…, la verdad.

—¿No me diga que las ha espiado? —preguntó Mario un tanto confuso.

—No, no…, no obstante, espero que la subinspectora consiguiera la orden de todos modos, que me la juego.

—Sí, la orden está, no se preocupe, después le envío una copia para que no tenga ningún problema —lo tranquilizó Mario tras ver cómo su compañera asentía una y otra vez.

—No las he espiado, inspector, las he buscado en las redes sociales. Macarena me dijo que se trataba casi seguro de una mujer rubia, delgada y muy guapa.

—Ah, ya entiendo. Y esas tres son las que encajan con la descripción —terminó de decir el inspector, no le pasó por alto que el médico se acababa de referir a su compañera por el nombre de pila.

—Eso es. No sé si he hecho lo correcto.

—Vaya, me parece que le debemos una buena cena, nos acaba de hacer usted la mitad del trabajo. Muchísimas gracias —respondió en tono jocoso Mario. Lo de la cena lo decía en serio; aunque él, claro está, no iría, tampoco le parecía que sería bienvenido si se presentaba.

—Me alegro de haberles sido útil. Dígale a la subinspectora que he llamado y que le he contado todo esto, para que se quede tranquila al saber que he hecho lo que me pidió.

—¿A Macarena? No se preocupe, en cuanto cuelgue la primera que lo sabrá será ella —le prometió con tono irónico.

Nada más terminar la llamada, Macarena suspiró y Mario aparcó en la comisaría. Echó los pestillos para retener allí a la subinspectora, su compañera lo miró extrañada.

—¿Qué haces? —le preguntó alarmada.

—¿Me lo cuentas? —la retó él.

—No hay nada que contar, ya lo has oído, al final nos ha sido bastante útil.

—¿Al final? ¡Si nos ha hecho la tarea de toda una tarde! ¡Y tú encima no le coges el teléfono!

—Ya te dije que me parecía que debíamos hablar con él y contarle una parte —se defendió ella.

—En eso estoy de acuerdo, en lo que no lo estoy tanto es en que se te haya olvidado mencionarme que le hicieras ese encargo, que le dieras la posible descripción de la mujer basándote en lo que nos contó el portero de Luis Acevedo, que tenga tu teléfono y te llame a ti antes que a mí, que no me quieras contar por qué no quieres hablar con él, que habías pedido una orden al juez…, ¿sigo?

—Y que quedase con él el domingo por la tarde para tomar un café —añadió ella con vergüenza mal escondida.

— Ah…, y también eso…, sí.

—Me chantajeó —se defendió ella—. Me dijo que me ayudaría a buscar entre los historiales de las mujeres de Madrid si tomaba un café con él. ¿Cómo me iba a negar? Él sabía dónde y cómo buscar y nosotros habríamos ido dando palos de ciego. Y creo que fue un acierto quedar con él, porque fíjate qué eficiencia.

—Y solo por media hora contigo —añadió el inspector.

—Bueno, media hora no fue. Acabamos cenando en un restaurante griego, en Majadahonda.

—¿Me tomas el pelo? Macarena, lo que hagas con tu vida privada es cosa tuya, jamás me metería en con quién quedas o no. A ver…, soy tu compañero, ¿de verdad no pensabas contarme esto?

—Tú también tienes secretos —le desafió.

—¿A qué te refieres con que tengo secretos?

—Cuando te llamé el viernes, se escuchaban las risas y voces de varios niños. Al preguntarte por ellos, me colgaste descaradamente.

—No me gusta hablar de mi vida privada.

—¿Y yo sí que te lo tenía que contar? —se enfadó ella.

—Macarena, que llevas todo el día detrás de mí para confesarte, como si yo fuera el cura de tu parroquia.

—Tienes razón, lo siento, haz como si no te hubiera preguntado nada, por favor. Y… lo siento…, es que no sabía si hacía bien…, llevo toda la mañana dándole vueltas.

—¡Que somos mayorcitos! ¿Estuviste a gusto? Porque creo recordar que el viernes te enfadaste bastante porque te tocaba a ti hacerle la entrevista —se mofó él.

—Es… más normal de lo que aparenta —susurró Macarena.

—Me lo tomaré como un sí. Vamos a investigar a esas tres mujeres, anda, ya que tenemos esos datos no vamos a desaprovecharlos.

Dentro de la comisaría les esperarían más pistas que seguir, más testimonios que revisar y el hermano menor de Iván Tuero, la tercera víctima. Y quizá hablar con él fuera la primera pista real que conseguían en una semana.

Macarena volvió a mirar el móvil antes de entrar en la

comisaría. Una de las llamadas que había recibido no era del médico que intentaba hablar con ella, sino de un número desconocido. Pensó en contarle a Mario también aquello, al final no se sintió con fuerzas, quizá en la siguiente ocasión.

29

Él nació treinta y un minutos después

Tras comprobar que varias líneas de investigación podrían ser importantes, los cuatro policías decidieron hacer un alto y congregarse alrededor de la mesa de reuniones para cotejar todo lo que tenían hasta el momento. Además, Carrasco pensó que le vendría bien organizar las pistas para hacer el informe que debían entregar a la comisaria Robles. Y ya aprovechó para decirle a su equipo que se turnarían para tal tarea y que empezarían del más novato al más veterano, con lo cual aquel día sería Macarena la encargada de realizarlo; a los cuatro les pareció justo.

Junto a la foto de cada víctima, había una ficha con los datos más relevantes: nombre, día de la muerte, escenario del crimen, traducción del texto en francés que acompañaba la «preautopsia», lugar de trabajo, fecha de nacimiento...

Debajo de las fotos, se podían ver anotaciones con aficiones, amigos, familia, compañeros, lugar de residencia y algunas imágenes de los tres jóvenes en distintos momentos de la carrera de Medicina, sus expedientes académicos y los órganos que se les había implantado.

Más abajo, anotaron los nexos en común y las incógnitas que iban surgiendo.

Cuando por fin terminaron de organizar toda la información, se percataron de que habían pasado más de dos horas y aún no habían llegado a ninguna conclusión decente. Fue entonces cuando Macarena les propuso que hicieran un pequeño perfil del individuo al que se enfrentaban. De nuevo estuvieron de acuerdo. Mario se sentía tan bien que le apetecía gritar, lo que hubiera despertado a «las bestias». Sonrió ante su estupidez.

—A ver…, como dijo ayer Quintana, se trata de un hombre joven, con conocimientos de anatomía, forense o ayudante de forense, o al menos familiarizado con sus procedimientos. ¿Qué más sabemos de él?

—Que tiene a una mujer retenida, o al menos la tuvo hasta hace dos días —añadió Yago Martín.

—Muy bien, ¿qué más? —preguntó Mario.

—Es un hombre joven, fuerte y conocía a las víctimas, como hemos podido comprobar al leer datos de los que ha añadido en las «preautopsias», que no sabría de no conocer a estos chicos.

—Lo más urgente es saber la identidad de la dueña de los órganos e investigar lo de las familias de las víctimas, como dijo Yago.

—En las fotos de la pandilla hemos podido eliminar a varios —le informó Quintana—, a las tres víctimas, por supuesto, y a dos chicas que viven fuera de Madrid. Una de ellas en Boston. También a tres que abandonaron la carrera, parece que no era lo suyo.

—Ya podía haber hecho lo mismo Luis Acevedo, quizá ahora seguiría con vida —comentó entre dientes Carrasco—. ¿Cuántos nos quedan?

—En las fotos salen cinco personas más, cinco chicos.

—Demasiados —murmuró el inspector—. Bien, Yago, busca el nombre de esas cinco personas. Macarena, tú a las tres mujeres que ha encontrado el doctor García-Flores. Quintana, conmigo, vamos a hablar con el hermano de Iván Tuero.

—¿Ese cuál es? ¿El del pie? —preguntó él, Mario sabía que lo hacía para provocarle, porque a pesar de que no se aprendía nunca los nombres, eso no significaba nada. Cada uno tenía su método. Mientras fuera eficaz... Él, sin embargo, se afanaba en aprendérselos, en saber sobre sus familias y aficiones y en dirigirse por su nombre a los familiares si alguna vez volvía a hablar con ellos.

Los dos policías entraron en un pequeño despacho en el que un joven demasiado parecido al que habían encontrado en el escenario de la fábrica de Kodak el día anterior (pese a que parecía haber pasado una eternidad) aguardaba con la mirada un poco perdida, ausente... Mario sintió un nudo en el estómago, jamás se acostumbraría a aquello, aunque tampoco dejaría que nadie se diera cuenta.

—Buenos días, soy el inspector Carrasco, al cargo de la investigación, y él es mi compañero, el inspector Quintana. Lo acompañamos en el sentimiento.

—Muchísimas gracias, nadie me dice nada, no sé cómo ha muerto mi hermano, ni qué ha ocurrido.

—Nos encontramos en medio de una investigación muy complicada, lo siento, no podemos contarle nada que pueda comprometerla. Espero que lo entienda, esto es muy delicado.

—¿Sufrió? —necesitaba saber él.

—Yo... no soy forense, no tengo ni idea —confesó Mario, Quintana se limitó a sentarse en una silla frente al chico.

—¿Usted lo ha visto?

—Sí, y no creo que sufriera, la verdad, no puedo estar seguro porque, como le digo, no soy forense, su hermano tenía el semblante tranquilo —prefirió decirle, no le servía de nada explicarle que la realidad era que pensaban que había sufrido, y mucho, antes de morir.

—Gracias —murmuró él a punto de romperse.

—Se parecían mucho ustedes dos. Él tenía el pelo más corto.

—Sí y últimamente lucía perilla. Mi hermano y yo éramos gemelos. **Él nació treinta y un minutos después** que yo.

—Con lo cual habrá sido un golpe muy duro, ¿estaban muy unidos? —le preguntó el inspector.

—Mucho, no me imagino la vida sin él.

—Siento decirle que necesitamos hacerle unas preguntas, no podemos esperar a que se reponga, espero que lo entienda.

—Pregunte lo que quiera —contestó el joven, muy abatido.

—Su hermano tenía un pie... operado, ¿no? ¿Puede contarme qué le pasó?

—Sí, con diez años se cayó de la moto de mi padre y se le quedó el pie enganchado en el pedal. La inercia lo llevó hacia delante mientras el pie le quedaba inmóvil, casi se lo amputó.

—¿Casi?

—Sí, podríamos decir que tuvo muchísima suerte porque justo el pie quedó colgando de la zona por donde pasan los nervios y arterias más importantes.

—Entonces ¿se lo reimplantaron?

—Tuvieron que realizarle más de una operación y con varios especialistas distintos, el caso es que conservó su pie y solo le quedó una ligera cojera. Ahora que lo pienso —dijo el chico sonriendo abiertamente—, es lo que más nos diferenciaba, la cojera.

—Ya —musitó Carrasco al darse cuenta del significado de aquellas palabras—. De verdad que lo siento mucho... Perdón, creo que no sé su nombre.

—Iván Tuero, soy médico residente en el Hospital Doce de Octubre, ¿lo conoce?

—¿Cómo dice? —se extrañó el inspector Carrasco, Quintana se echó hacia delante en la silla y puso los ojos como platos.

—No entiendo… —musitó el joven, cohibido al ver la reacción de los dos policías.

—Su hermano…, hemos identificado a su hermano como Iván Tuero en la morgue —dijo tras pensarlo unos segundos, no podía decirle que, antes de tener el ADN y las huellas del joven, el informe de la autopsia les había dado la identidad del cuerpo.

—No, no, Iván soy yo. Mi hermano se llama…, perdón, se llamaba Nicolás.

—Y… perdone que le haga esta pregunta —comenzó Carrasco tras hacerle un elocuente gesto a Quintana—, ¿su hermano también era médico?

—¿Nico? ¡No! Odiaba todo lo que tuviera que ver con enfermedades, sangre… No habría podido trabajar en un hospital ni por todo el oro del mundo. Mi hermano era informático. ¿Ocurre algo? Se han quedado ustedes callados.

—No, no es nada, el… cuerpo de su hermano… podrá identificarlo esta tarde, si quiere.

—No sé si seré capaz, inspector, lo acabo de hablar con mi padre y mi hermana. Tenga en cuenta que será como verme a mí mismo muerto en una camilla. No creo que pueda.

—Lo entiendo, la verdad es que no había reparado en ese detalle.

—¿Necesitan saber algo más? —se ofreció el chico.

—No por ahora. Iván…, ¿tiene usted mucha prisa?

—No, me he tomado unos días de permiso en el trabajo para ocuparme de esto.

—Si no le importa esperar, mi compañero y yo tenemos que hablar con nuestra jefa para saber cuánto de la investigación le podemos contar. Seremos breves.

—No se preocupe, aquí estaré.

Carrasco y Quintana salieron del despacho con cara de circunstancias. En cuanto cerraron la puerta, el enorme inspector comenzó a despotricar por la «gran cagada» que acababan de cometer. La mente de Mario iba demasiado deprisa para regañar siquiera al otro policía. Al llegar a la sala de reuniones, donde Macarena y Yago cotejaban datos sobre las personas a las que buscaban, Carrasco cerró la puerta y dio dos puñetazos de rabia en la pared, no fueron tan fuertes como para provocarle demasiado daño, sí lo suficiente para que los nudillos le comenzaran a sangrar. Macarena lo contemplaba con espanto.

—¿Qué pasa? —quiso saber, estaba preocupada.

—Se ha equivocado, no me lo puedo creer, nuestro asesino la ha cagado.

—Quintana... —le suplicó ella.

—El tercer cadáver es un puto informático, no el residente de segundo año que pensábamos.

—No es posible, yo misma hablé con sus compañeros.

—A ver qué hace el asesino cuando vuelva Iván de los días libres —se mofó él.

—¿Me podéis explicar qué coño pasa? —se enfadó la joven.

—El que está ahí arriba esperando es Iván Tuero, el médico residente de segundo año de Traumatología en el Hospital Doce de Octubre. El asesino se ha equivocado y ha matado a su hermano gemelo.

—Mierda, mierda, mierda —murmuró ella, Carrasco se pasó las manos por la cara y se manchó de sangre el mentón sin darse cuenta.

—Eso nos puede ayudar —dijo entonces Yago—; si el asesino no sabe que está vivo, este hecho nos ayudará a dar con él. Quizá esto sea lo que estábamos esperando. Eso sí, necesitaremos la colaboración de Iván.

—Es cierto —reconoció—, lo que pasa es que no creo

que se muestre muy colaborador cuando sepa que Nicolás está muerto por «su culpa».

—Tienes razón, habrá que intentarlo, por primera vez podríamos tener ventaja.

—Para eso habrá que contarle todo —protestó Quintana.

—Cuando dices todo, ¿te refieres a...? —preguntó Carrasco.

—Sí, habrá que explicarle cómo ha muerto su hermano, cuántas víctimas hay, lo de los órganos... TODO. Es la única forma de que el tío colabore.

—Esperemos que no se lo cuente a nadie entonces —musitó Mario—, solo nos faltaba que la prensa estuviera al corriente. Por cierto..., me escama mucho que los periodistas aún no hayan preguntado nada.

Un casi imperceptible gesto de Macarena puso en guardia a su compañero. Así que era eso, la prensa andaba detrás de ella. Empezaba a ser urgente tener una charla con la joven.

—Avisa a Robles, Quintana, cuéntale lo del hermano gemelo y dile que vamos a poner al día al chico, por si quiere venir —le pidió Mario, él obedeció.

El móvil de Macarena sonó y la joven se apresuró a leer el mensaje que aparecía en la pantalla. Por un segundo se encogió un poco al pensar que podría ser una de esas frases que llevaba recibiendo un par de días, las que pensaba que venían de parte de la chica que salía con su expareja. De lo que no tenía, por cierto, ninguna prueba. Pero no eran frases amenazadoras ni inquietantes lo que se podía leer en su teléfono, sino un mensaje bastante esperanzador que provenía del doctor García-Flores.

Ajeno a las noticias que estaba a punto de recibir, el inspector Carrasco se pasó las manos por la cara, era el primer día en una semana que se le veía agotado. Pensaba en todos los caminos que le quedaban por recorrer para coger al asesino de esos chicos cuando de pronto la voz de Macarena resonó en su cabeza como si fuera música celestial al decir algo que llevaba tiempo esperando oír:

—Mario, tenemos una pista: creo que hemos encontrado a la chica.

—¿Cómo?

—El ginecólogo lo redujo a tres posibles mujeres, ¿no?

—Hasta donde yo sé, sí —asintió esperanzado.

—Le pedí a la jefa que mandara a alguien a los tres domicilios y la agente que ha acudido ha podido comprobar que dos de ellas están bien y a ninguna le falta el pie.

—¿Y la tercera?

—La tercera vive en Aravaca y ya no le daba tiempo a acercarse; pero dado que solo queda por comprobar esa, y que es bastante probable que sea ella, podríamos llegarnos nosotros.

—Vamos —la apresuró él con impaciencia.

Y de pronto se sintió lo bastante capaz de seguir en aquel caso con una fuerza que pensaba perdida. Era posible que aquel error del asesino les «arreglara» lo suficiente las cosas para dar con él. Para eso necesitaban una colaboración del residente que los esperaba un piso más arriba, y algo le decía que no lo tendrían tan fácil.

30

El asesino de la «Y»

La comisaria Robles estudiaba las conclusiones que le acababan de hacer llegar sus investigadores. Igual tenía razón Yago al decir que podían usar el error del asesino para dar con él, o como mínimo acercarse lo suficiente. Para ello necesitaban contarle al residente de Traumatología todo lo referente al caso, incluidos datos sobre las otras víctimas, que era ni más ni menos lo que más le preocupaba.

—Jefa, ya sé lo que piensas —comenzó Carrasco—, en realidad, yo tengo las mismas dudas y creo que debemos dar ese paso.

—No lo tengo claro. Id a hablar con él y no le contéis nada sobre las otras víctimas.

—¡Así es imposible investigar! —protestó Quintana.

—Jefa —lo intentó de nuevo Carrasco—, ir con pies de plomo está bien cuando no hay mucho que perder, en este caso tenemos la sospecha… No, es casi una certeza, de que hay una mujer secuestrada a la que están arrancando partes de su cuerpo para implantarlas en jóvenes que van a morir porque así lo ha decidido un individuo que tiene la oportunidad y medios para hacerlo. Sin el testimonio del joven que retenemos en la sala de interrogatorios seguiremos yendo a ciegas, porque hay detalles que se nos escapan y él puede ser la solución. Solo las víctimas saben por qué este sujeto los elige a ellos, y por desgracia las víctimas ya no nos lo pueden explicar. Hemos tenido la suerte, por así decirlo, de contar con una víctima que no ha muerto porque el asesino se ha equivocado de persona y encima con la ventaja de que no lo sabe aún, cosa que no durará mucho tiempo, hasta que el nombre del chico que ha muerto en su lugar salga en el periódico, por ejemplo. Ya sabes cómo funciona esto. Cuando la prensa tenga un mínimo indicio de que el asesino ha matado por error, se centrarán en eso en todos los periódicos y nosotros habremos perdido la ocasión de ir con ventaja y...

—Carrasco, sé lo que estás haciendo, que te conozco de hace muchos años. Tu método de ser insistente no te va a funcionar conmigo. He dicho que no lo veo claro y ya está.

Unos golpes en la puerta precedieron a Macarena, quien entró sin que se le diera permiso, detalle que molestó en demasía a Quintana y que no preocupó en absoluto a la comisaria. Mario solo pensó que se trataba de algo urgente.

—Disculpe, jefa, esto acaba de salir en el periódico digital —dijo ella antes de enseñarle una publicación en el móvil.

El asesino de la «Y»

Dos jóvenes promesas de la Medicina de nuestro país mueren a manos de un individuo con conocimientos de Medicina o de ciencias forenses.

La mañana del 13 de noviembre se encontró el cadáver de D. F. M., de veintiséis años de edad y natural de Madrid. El joven trabajaba como médico residente de Otorrinolaringología en el Hospital de La Paz y presentaba evidentes signos de violencia.

Al mismo tiempo se encontró el cadáver de L. A. R., de la misma edad y natural de Murcia. Trabajaba en el Hospital Puerta de Hierro de Madrid como residente de segundo

año de Ginecología. L. A. R. era hijo y nieto de dos prestigiosos ginecólogos, quienes aseguran a los medios que no pararán hasta dar con su asesino.

La policía no se ha pronunciado al respecto, no ha emitido comunicado alguno hasta el momento aclarando las causas de la muerte de los dos jóvenes, ni tampoco ha dado señales de que estemos ante un asesino en serie, pese a que los dos cadáveres aparecieron en lugares abandonados y con la cicatriz reciente de haberles realizado una autopsia; obra, sin duda, de su asesino.

¿De verdad piensan que el que aparezcan muertos en las mismas circunstancias dos jóvenes de la misma edad que trabajaban como médicos residentes de segundo año puede deberse a una casualidad? La alarma se enciende ante la simple coincidencia de su hallazgo, una alarma que la policía prefiere ignorar hasta ahora.

—Joder —murmuró la comisaria Robles—. Bien, ahora sí tenemos mucha prisa porque, además de conseguir que no vuelva a matar, tenemos que contener a mis superiores y a la opinión pública.

—¿Qué vamos a hacer? —preguntó Macarena.

—Para empezar, un comunicado de prensa... Lo darás tú, Quintana.

—¿Yo? ¿Por qué?

—Porque eres el que más experiencia tiene en decir lo que la prensa puede o no saber —respondió ella con autoridad—. Los demás: quiero saber quién coño ha filtrado esto. Y lo quiero saber ya.

—Hay una foto del abuelo de Luis Acevedo —le informó la subinspectora Valverde.

—Vale, entonces eso ya lo sabemos. Nuestro siguiente paso será impedir que mate a nadie más. Id a hablar con el hermano del chico encontrado esta mañana y contadle todo, ya lo mismo da. Decidid qué dato no vais a explicar a nadie en absoluto. Y si ese dato trasciende, sabremos que tenemos un topo, aunque por el momento no haya ningún indicio de que así sea. Además, nos puede ayudar a encontrar al individuo que buscamos.

—Sí, jefa —respondió Carrasco—. Nos urge ir al domicilio de la mujer secuestrada. A falta de los resultados de ADN del cepillo de dientes, creo que sería importante comprobar que sea ella la «donante».

—Bien, seguid el rastro que os parezca oportuno. Y cerrad al salir. Quintana, tú quédate, que vamos a preparar el comunicado.

Los policías se pusieron en marcha con la sensación de rozar por fin la solución a algunas de las incógnitas que se presentaban. Mario les comunicó, antes de entrar en el despacho donde esperaba Iván Tuero, que le dirían lo del pie implantado y que a las otras víctimas también les insertaron algo, no el qué, y que no le contarían a nadie que todos los «pedazos» salían de la misma donante. Envió un wasap a la comisaria Robles, a la vez que se reunían con Iván, para que lo tuvieran en cuenta antes de hablar con la prensa.

El chico los esperaba derrumbado en la silla. Parecía haber corrido una maratón desde que lo habían dejado allí hacía menos de veinte minutos. Carrasco pensó en lo agotador que era sentir pena.

—Iván, disculpe las molestias. Tras hablar con la comisaria y ver lo que ha salido en la edición digital de un periódico, se convierte en urgente ponerle al corriente, dado que creemos que, en realidad, el ataque iba dirigido a usted.

—No…, no sé si le sigo… —confesó él, parecía confuso.

—Su hermano es el tercero de tres asesinatos ocurridos de forma similar.

—Yo… no he leído nada en las noticias.

—No había trascendido aún; sin embargo, me temo que esa ventaja la hemos dejado de tener hace un rato —le explicó Mario.

—No entiendo…, ustedes me acaban de decir que el ataque iba dirigido a mí. Entonces ¿no es un asesino que escoja a sus víctimas al azar?

—No, tengo que contarle varias cosas. Empecemos por la identidad de las otras víctimas.

—¿No me diga que las conozco? —se espantó él.

—Estamos seguros de que así es. Encontramos los cadáveres de dos jóvenes de la misma edad, uno apareció en Villaverde, en el patio interior de unas viviendas abandonadas, y el otro en la antigua fábrica de Clesa, en el barrio de Fuencarral, que hace muchos años dejó de funcionar. Sus nombres son Damián Fuentes y Luis Acevedo —soltó Carrasco y esperó la reacción del joven que tenía frente a él.

—Espere, espere…, ¿se refiere a mis compañeros de carrera? No puede ser.

—Sí, Luis Acevedo trabajaba en el Hospital Puerta de Hierro y Damián Fuentes en La Paz.

—Y por eso antes me ha dicho que es muy probable que el ataque estuviera dirigido a mí y no a mi hermano.

—Exacto —le confirmó Carrasco. También evitó decirle que su foto aparecía en la «preautopsia» que el asesino les había enviado y, al ser residente de segundo año de una especialidad médica, no era una mera sospecha, sino una certeza.

—Pobre Nico —sollozó—. No tenía que haber muerto.

Mario esperó a que el chico dejara de llorar. No dio muestras de impaciencia ni de incomodidad, al contrario que sus jóvenes compañeros, que cambiaban de postura en la silla, carraspeaban y evitaban cruzar su mirada con nadie.

—Lo… siento, no me puedo creer que esté muerto por mi culpa —soltó el joven de pronto.

—¿Por su culpa? No, no, la culpa es del que les está haciendo esto, no se torture.

—¿Y cómo piensa que puedo ayudarles?

—No sé…, quizá sepa algo… —comenzó Mario.

—¡Yo no sé nada de nada! No tengo ni idea de por qué quieren acabar conmigo ni de por qué están matando a mis compañeros.

—No tenemos muchas pistas, si le soy sincero —dijo entonces el inspector—. Me gustaría que echara un ojo a estas fotografías que nos ha prestado la novia de Damián Fuentes.

—¿Tania?

—¿La conoce?

—Claro, éramos amigos. Antes salíamos varios compañeros juntos de copas, de excursión, esas cosas —le confirmó él.

—¿Y por qué dejaron de hacerlo? Tania nos dijo que de la noche a la mañana algo ocurrió y Damián no quiso que se volvieran a juntar, aunque nunca le contó el motivo.

—Me temo que yo tampoco lo sé, inspector, por aquel entonces mi padre enfermó de cáncer de colon y pasé todo el tiempo que pude a su lado, fue muy duro. Murió ese mismo año.

—Vaya, lo siento. Su padre era traumatólogo, ¿verdad?

—Ese es mi otro padre, Germán Tuero, traumatólogo en el Hospital Infanta Sofía. Tengo, perdón, tenía dos padres.

—Sí, lo sé, solo que no sabía cuál de los dos había fallecido, disculpe. Una pregunta…, ¿fue él quien le reimplantó a su hermano el pie?

—Sí, junto a varios especialistas más, en el quirófano se precisaron cirujanos vasculares, neurofisiólogos, traumatólogos, ortopedistas... La operación duró casi doce horas.

—Agotador, sin duda —comentó el policía—. Échele un vistazo a las fotos que le comenté antes, por favor. Y si reconoce a alguien, hágamelo saber.

—El de aquí, de pelo rizado, es Luis Acevedo y este otro, de ojos azules, Dami. Las dos chicas son Luciana y Teresa, este no recuerdo el nombre, dejó la carrera muy pronto y se metió a una Ingeniería, estos dos son César y Toni y los cinco chicos restantes son Julio, Santi, Humberto, Sergio y Saúl.

—Las identidades ya las teníamos, necesito saber si alguno de ellos le parece que podría estar cometiendo los asesinatos.

—Estará de broma, ¿no?

—En absoluto —le aseguró Carrasco.

—¿También piensa que alguna de las chicas pudo hacerlo?

—No me parece que ninguna de ellas tuviera tanta fuerza. Quizá entre dos..., es muy probable que el individuo que buscamos sea varón.

—Vale, entonces descartamos a las dos chicas y nos centramos en ellos. César, Toni y el otro chico, dejaron la carrera. Julio creo que se marchó a Estados Unidos a trabajar. ¿Sospechan de él también?

—No, creemos que el individuo vive en Madrid. Estamos casi seguros, en realidad.

—Humberto es una de las personas más buenas que he conocido en toda mi vida, no lo veo matando a un compañero. Y además sabe que tengo un hermano gemelo y por lo de la cojera yo lo descartaría, nunca lo habría matado por error —le explicó al inspector.

—¿Y qué especialidad eligió Humberto?

—Traumatología, igual que yo, está en el Hospital Ramón y Cajal.

—Entonces no lo descartaremos por el momento. Creo que aún no le hemos contado que su hermano murió estrangulado, Iván.

—¿Qué tiene que ver eso con Humberto? —les interrogó él, cada vez aumentaba más su confusión.

—No es por el estrangulamiento. Tras la muerte, le amputó el pie que estuvo a punto de perder hace años y le implantó el de otra persona.

—No me lo puedo creer. Esto no será una broma macabra, ¿verdad?

—Ya me gustaría. Estos detalles no deberían salir a la luz en una investigación. Si la prensa los conoce, ya no tendremos ninguna ventaja sobre el asesino, espero que lo entienda.

—Claro que sí. Joder..., pobre Nico...

—Es imprescindible dar con Humberto, Santiago, Sergio y Saúl. Si está en contacto con alguno de ellos, por favor, deme sus teléfonos y comprométase a no contarles nada.

—Por supuesto, inspector. Entonces..., quien lo ha hecho sabía lo del pie.

—Lo más seguro. ¿Solo lo sabía Humberto?

—No, había algún otro. Muchas veces yo fardaba diciendo que estuve a punto de perder el pie y contaba la historia como si fuera mía. Sobre todo, para impresionar a las chicas, ya sabe.

—Entiendo, puede que el agresor le oyera contarla alguna vez y al ver cojear a su hermano y ser su gemelo, se confundiera, tiene bastante sentido. De todos modos, si recuerda algo que pueda ayudarnos, le agradecería que me llamara. No hable de esto con nadie, por favor, es muy importante que los detalles del caso no trasciendan.

—Lo comprendo, inspector, no se preocupe. Me voy al Anatómico Forense, me dijeron que a la una nos dejarían ver a Nico y son y cuarto, espero que no haya problema.

—No creo que lo haya, llamaré yo al forense para explicarle que estaba aquí testificando. Un momento..., ¿no me dijo que usted no lo vería?

—No, no lo voy a ver, es que he quedado allí con mi hermana, y, hasta que no compruebe que yo estoy a salvo, no querrá ver el cuerpo de Nico.

—Me hago cargo. Si prefieren no hacerlo, no pasará nada, podemos identificarlo por el ADN y las huellas.

—No, ya lo hablé con ella y lo tiene claro, no se preocupe, gracias por su tiempo.

En cuanto el joven se marchó de la comisaría, Mario llamó al forense para comunicarle el «error» del asesino de los tres jóvenes y que el gemelo del último cadáver que le había llegado iba hacia allá. Le recordó la importancia de no filtrarle nada sobre los hallazgos y le contó con pelos y señales todo lo que le habían acabado explicando al chico sobre el caso. Después cogió su chaqueta y les comunicó a Yago y a Macarena que debían hacer una visita al portero de Luis Acevedo para que identificara a la supuesta «donante», ya que la vio varias veces con él. El estómago del joven subinspector protestó con un enorme rugido que provocó la sonrisa de todos los presentes, llevaban varias horas sin probar bocado, así que Mario programó el GPS con la dirección de la mujer y añadió en medio dos paradas, una en el domicilio de Luis Acevedo y otra en el bar de su amigo Lorenzo, al que le pidió por mensaje que le fuera preparando unos bocadillos «especiales de trabajo». Al fin y al cabo, no sabían cuándo podrían volver a meter algo en el estómago.

31

Déjame a mí

Tras hablar con el portero, y comprobar que la mujer a la que buscaban era justo la que habían encontrado gracias a la ayuda de García-Flores, se dirigieron a su domicilio en Aravaca, a las afueras de Madrid, en un lujoso chalet con piscina, jardín privado, bodega y garaje para tres coches. Macarena observaba cada casa, cada camino, cada jardín y pensaba en la diferencia tan enorme que debía de ser vivir en el centro de Madrid o en un lugar como aquel.

Llamaron a la puerta varias veces, nadie acudió a abrir. Se encaminaron entonces a hablar con sus vecinos, solo que en aquella zona ser vecinos significaba vivir a 500 metros de distancia. Tras pulsar el botón del telefonillo hasta en tres ocasiones, una mujer contestó con voz cantarina.

—¿Quién es?

—Buenas tardes —respondió Yago Martín—, somos policías, de Homicidios, ¿nos puede abrir, por favor? Queremos hacerle unas preguntas.

—¡Ay, madre! ¡Como en la tele! ¿Quién se ha muerto? —preguntó la mujer de manera atropellada.

—Nadie que sepamos, señora, ¿podría abrir?

—Si ustedes son de Homicidios, será que ha muerto alguien, ¿no? ¿O es que creen que estoy loca?

—No, señora, por supuesto que no creemos que esté

loca, solo necesitamos que nos responda a unas preguntas. ¿Nos abre la puerta, por favor?

—¿Y cómo sé yo que son ustedes policías? Si encima no me dicen quién ha muerto —protestó la mujer. Yago comenzaba a perder la paciencia—. Yo veo muchas series de esas, policiacas, y hay que pedir que enseñen la placa siempre, que cualquiera se puede hacer pasar por policía en estos tiempos.

—**Déjame a mí,** ya sabes lo que dicen de mis métodos —le pidió su superior—. Buenas tardes, señora, soy el inspector Mario Carrasco, de la comisaría Central de Madrid, pertenezco a Homicidios. Verá, estamos investigando el asesinato de varios chicos y estamos seguros de que su vecina era… amiga de uno de ellos y es muy probable que sea la única que puede ayudarnos a encontrar al que ha acabado con sus vidas. Sentimos importunarla a esta hora, supongo que estaría usted viendo una serie en la televisión o durmiendo la siesta, ¿me equivoco? El problema es que nosotros no salimos a investigar estas cosas cuando queremos, sino cuando podemos y era la única hora que disponíamos para visitar a su vecina. Si fuera tan amable, nos gustaría que nos hablara de ella, seguro que la conoce bien. En estos tiempos no se conoce nunca del todo a alguien, lo sé, aunque será interesante saber algo sobre sus costumbres, el tipo de gente que venía a su casa, esas cosas que a nadie le gusta saber y que es bueno que sepamos para protegernos los unos a los otros. Seguro que usted ha visto a su vecina alguna vez en malas compañías y no ha querido meterse en medio, por supuesto, porque usted no es una fisgona. Lo que sí es cierto es que es una buena vecina y buena ciudadana y por eso puede que, si ha visto algo, sea de gran ayuda a la policía. Si fuera tan amable de abrirnos la puerta para hacerle unas preguntas…

—Pase —respondió la mujer a la vez que pulsaba el botón que abría la puerta de acceso—. Menos mal que me ha tocado un policía amable.

Carrasco sonrió triunfal y le hizo una mueca de «ya te lo decía yo» a Yago al pasar por delante de él. El joven lo miró con orgullo, a Macarena le hizo gracia, no era la primera vez que lo veía usar sus «encantos».

—Buenas tardes, señora, muchísimas gracias por atendernos, le aseguro que si no fuera tan urgente no la habríamos molestado a estas horas.

—No se preocupe, joven, estaba viendo la telenovela, la puedo dejar para después, que mi sobrino me dijo cómo se recupera en el mando.

—¿Vive usted sola? —quiso saber Carrasco al ver el enorme recibidor.

—No, vivo con mi hermana y un sobrino. Están arriba. Pasen a la salita, que estaremos mejor —les pidió ella, esquivando plantas y gatos.

—Como le comentaba antes, su vecina es amiga de una de las víctimas y necesitamos dar con ella para ver si sabe algo que a nosotros se nos escape. Estamos investigando el entorno de la víctima.

—Carlita es una buena chica; algo loca, eso sí. A su casa va con chicos en cuanto su madre no está. Y a veces falta a clase también. No parece que se tomen muy en serio lo de la educación en esa casa. Y eso que va a uno de los institutos más prestigiosos de Madrid, el San Ignacio en Aravaca... Eso sí, el uniforme, en cuanto llega a casa, se lo quita. Le gusta mucho ir ligera de ropa.

—Perdone..., a la mujer que buscamos es a esta —le dijo Carrasco mientras le enseñaba la foto—. No creo que sea alumna del instituto.

—Esa es Lourdes, la mamá de Carlita. Todo lo simpática que es la nena, lo tiene de antipática la madre.

—¿El útero? —cuestionó Macarena a su compañero en

voz baja—. Según dijo Leal, no había tenido más hijos antes.

—¿Está usted segura de que es su hija?

—A mí me dijo que lo era, yo no le voy a preguntar esas cosas, no me incumbe.

—Claro, ¿y sabe dónde podemos encontrarla? ¿Sabe dónde trabaja?

—Hace ya varios días que no la veo, ni a ella ni a la niña, igual se han ido a pasar unos días por ahí.

—¿En pleno noviembre? No creo —intervino la subinspectora—, la chica, al menos, tendrá clase.

—A veces salen de viaje por ahí sin importarles que haya o no vacaciones. Es que tienen mucho dinero, no hay más que ver el jardín.

—Ya…, tiene usted razón. ¿Y desde cuándo no la ve? ¿Lo recuerda?

—Desde el lunes de la semana pasada. Me acuerdo porque fue cuando Juana le dice a su hijo que lo tuvo que abandonar en un orfanato para salvarlo de su padre.

—¿De qué demonios está hablando? —preguntó Macarena, extrañada.

—¡De la serie de la tele! ¡La que echan por la tarde! —La mujer se enfadó ante la incultura «televisiva» de Macarena—. Como le decía —añadió, dirigiéndose con descaro a Carrasco—, vino un hombre a verla en un coche pequeño y negro y lo invitó a entrar, me gustó más que el «melenas» ese con el que va, que es muy ruidoso.

—¿Se refiere a este? —inquirió Macarena a la vez que le tendía una foto de Luis Acevedo.

—Sí, este viene mucho por aquí. Le gusta la fiesta más que a un oso la miel. El otro chico era mucho más agradable, llevaba un gorro puesto, parecía tener poco pelo. Ella le saludó, le invitó a entrar y mucho rato después lo vi marcharse solo.

—¿Seguro que se fue solo? —insistió Yago.

—¡Lo que me faltaba por oír! ¡Pues claro que lo hizo solo, que no estoy ciega! Y no me iba a quedar esperando a ver cuándo salían Lourdes y Carlita, que no me paso la vida en la ventana. Volví a mis cosas. Si salieron después, ya no lo sé.

Por lo que fuera, el inspector Carrasco le caía mejor que los dos jóvenes subinspectores que lo acompañaban; así que, sin que les hiciera falta ponerse de acuerdo, no volvieron a abrir la boca para preguntar nada a la mujer, que se encargara «el Petardo» e hiciera alarde de su «don».

Media hora más tarde salieron de allí tras tomar un café y unas pastas y con el único dato de que a la mujer no la veía desde el lunes pasado, ni a la hija, y que había estado un hombre allí del que no sabían nada, que tenía un coche pequeño y negro y se había marchado solo.

—Ahora, además de encontrarla a ella, hay que hallar a la hija —pensó Macarena en voz alta.

—Llama a la comisaría y que te busquen información sobre la chica. La madre se llama Lourdes Barreiro, mira a ver si hay alguien que se llame…, ¿cómo decía la vecina?

—Carlita… —le recordó Yago.

—Eso, que busquen a Carla «lo que sea» Barreiro, o Carla Barreiro «lo que sea», porque si no hay padre puede que lleve los dos apellidos de la madre, a ver si tenemos suerte. Entretanto, voy a hablar con Quintana, por si hubiera alguna novedad.

El alto inspector no le contestó al teléfono, así que llamó a la jefa por si había ocurrido algo desde que se habían marchado de la comisaría a mediodía.

—¿Habéis encontrado a la mujer? —preguntó Robles sin molestarse en saludar.

—No, jefa, la mujer no está en casa. Como era de esperar, lo único que hemos sabido es que tiene una hija adolescente y que el día que desapareció la vino a ver un joven que no era Luis Acevedo, que tiene un coche negro y pequeño y que se marchó solo.

—¿Cómo que tiene una hija? ¿No dijo Leal que el útero encontrado era de una mujer que no había tenido hijos? ¿Nos equivocamos de víctima?

—No necesariamente, tengo a Yago buscando a la cría, puede ser adoptada.

—Ya, es posible…, ¿y alguna pista de dónde puede estar la mujer?

—Aún no, vive en una zona exclusiva de Aravaca y no es que haya mucha comunicación entre vecinos.

—En lugares así cada familia suele estar en su entorno, igual hay cámaras…

—¡Es cierto! Voy a ver qué empresa lleva por aquí la vigilancia y nos acercamos para que nos enseñen las grabaciones. ¿Podríamos conseguir una orden para ver las cámaras de vigilancia del lunes pasado y que no nos pongan pegas?

—Veré qué puedo hacer… —le prometió ella.

—¡Inspector! —llamó su atención Yago, venía con una tablet en la mano, Mario aún no había colgado el teléfono—. No tiene ninguna hija, lo he comprobado varias veces.

—Entonces ¿quién es esa tal Carlita?

—Ni idea. Y… otra cosa: hay alguien en la casa —le dijo con disimulo para que no mirara sin cautela. Si había alguien y no les había querido abrir, era probable que tuviera algo que ocultar.

Carrasco dirigió su mirada a la vivienda de forma distraída. Las cortinas, las ventanas…, todo seguía como cuando habían llegado. Un ligero movimiento en una de las habitaciones de arriba le hizo fijarse mejor: alguien observaba.

—Jefa…, ¿sigues ahí? —preguntó Carrasco.

—Sí, te escucho.

—Pide otra orden para registrar la vivienda, parece que hay alguien en la casa a quien no le gusta tenernos cerca.

—Y a esos es a los que te gusta tener cerca. No te preocupes, voy a hablar con la jueza y enseguida os llamo —le aseguró—. Le asignaron el caso a la jueza Laínez.

—¡Ah, perfecto! Es una mujer muy eficaz —se alegró él antes de colgar.

—¿Podemos entrar? —preguntó Macarena en cuanto los dos compañeros estuvieron a su altura.

—No, por el momento hay que esperar a que nos llame Robles. Nos quedaremos aquí mientras tanto —le comunicó justo antes de recibir un mensaje—. Vaya, parece que tenemos vía libre. Igual lo de que el caso saliera en la prensa no era tan mala idea.

—¿Ya tenemos la orden? —se extrañó Macarena—. La de puertas que abre la fama…, en este caso… literalmente.

La joven subinspectora llamó varias veces sin que nadie hiciera amago de contestar o de abrir la puerta, así que esperó un tiempo prudencial antes de sacar un juego de ganzúas de un bolsillo dejando a sus dos compañeros atónitos. Yago se hallaba al teléfono pidiendo refuerzos a la vez que ella se afanaba en encontrar el punto exacto en el que la ganzúa haría su trabajo y les permitiría entrar.

No tardaron más de tres minutos en acceder a la vivienda y lo que encontraron los dejó sin habla. El enorme salón de la planta baja se veía lleno de papeles, sillas tiradas, jarrones y adornos rotos y un par de cuadros en el suelo que habían vivido tiempos mejores. Un gato salió de la nada y cruzó a toda velocidad hacia la cocina. Macarena lo siguió con cautela justo para ver cómo desaparecía por una gatera colocada en la puerta de atrás, que daba a un patio enorme donde un par de sofás de exterior y algunas hamacas miraban hacia la piscina.

Los cuencos de comida del gato aparecían llenos y la caja de arena contenía heces de varios días. En el fregadero, algunos platos y vasos esperaban un buen fregado.

Macarena se dirigió a sus compañeros con preocupación y se echó la mano a la pistola por si tenía que usarla, les pidió silencio poniendo un dedo en los labios y señaló a la parte de arriba de la casa antes de decir en voz alta que no había nadie. Después se acercó a su jefe y le susurró al oído que alguien daba de comer al gato. Quien fuera, iba a menudo.

Comprobaron que había dos escaleras que llevaban al piso superior, una desde el recibidor y otra desde la cocina. Macarena y Yago subieron por la principal y Carrasco lo hizo por la de servicio, intentando hacer el menor ruido posible. La escalera desembocaba en un nuevo descansillo al que daban varias puertas. Por señas, Carrasco les señaló una de las habitaciones, la más lejana, donde la puerta aparecía entornada; de ella salía un ruido extraño, rítmico, regular...

Abrieron con las armas en alto y lo que encontraron allí les impresionó de tal forma que no se percataron de la sombra escurridiza que bajaba sin hacer ruido por la escalera de servicio, a sus espaldas, y abría la puerta que daba a la piscina. En dos camas gemelas, separadas por un árbol pintado en la pared, en medio de una enorme estancia decorada de color verde, descansaban la mujer, Lourdes, y la que supusieron que era la chica a la que presentaba como su hija, Carla. Las dos se hallaban sedadas o inconscientes e intubadas, el sonido que habían oído al llegar procedía de sus respiradores. Un catéter les suministraba un líquido que los policías no acertaban a identificar. La mujer tenía parte de su cara tapada con una venda, y también otra tela ensangrentada cubría uno de sus tobillos; a juzgar por el trozo que le faltaba, le había amputado el pie el agresor de los tres médicos asesinados; presentaba un aspecto deplorable. La chica respiraba con gran fatiga en la cama contigua.

—Llama a emergencias —pidió Carrasco a su compañera, acercándose a comprobar el estado de la hija en tanto se tapaba un poco la nariz y la boca con la camiseta. La pierna de la mujer desprendía un tufo bastante desagradable que contrastaba con un ligero aroma a jazmín que parecía no salir de ningún sitio en concreto.

Mientras Macarena marcaba el teléfono, Yago se acercó a la ventana y llegó a tiempo de ver cómo un hombre corría bordeando la piscina en busca de la puerta de atrás de la vivienda, una puerta que no habían visto hasta el momento.

—¡Hostia! ¡Es él! —gritó el joven antes de salir a toda prisa en su busca. Mario corrió tras el subinspector.

Bajaron los peldaños de tres en tres, Macarena optó por bajar por la escalera principal para no estorbar a sus compañeros y salieron a la piscina. Vieron que el individuo corría hacia el chalet siguiente, no al de la mujer con la que habían tomado el café, sino al lado contrario, y se subía en un pequeño coche negro que esperaba junto a un lateral de la casa. Corrieron tan deprisa como pudieron, no lo suficiente para pillar al que mantenía con vida a aquellas dos mujeres, mas sí para ver los dos primeros números de la matrícula del coche y el modelo, tendría que valer por el momento.

A la vez que esperaban a los servicios de emergencias, se lamentaban por su torpeza, se les acababa de escapar el asesino de tres hombres y el secuestrador de dos mujeres. Lo único que los consolaba era pensar que, al menos, las dos continuaban con vida, aunque era muy probable que Lourdes no sobreviviera a la infección causada por la amputación del pie izquierdo porque, más que de un experto en ciencias forenses, parecía la obra de un charcutero.

32

Perfección

La perfection s'atteint lentement; elle nécessite
la main du temps.

Admiró la caligrafía de nuevo. La forma en que la L se abalanzaba sobre la a, la limpieza del papel... Había leído en algún sitio que las personas con mala caligrafía eran más inteligentes que el resto; no estaba de acuerdo. Para él, aspirar a la **perfección** era el mayor signo de inteligencia que alguien podía demostrar. Y su frase, cuidando cada trazo, cada espacio..., rozaba esa perfección.

Por la tarde había estado a punto de echar todo a perder, y todo por culpa de aquella policía estúpida de pelo negro. ¿Quién podía pensar que sabía usar unas ganzúas? Si la muy cerda no hubiera abierto la puerta tan deprisa, habría tenido tiempo de sobra para bajar por la escalera de servicio, abrir la puerta de atrás y llegar hasta el coche que tenía junto a la casa de los vecinos, donde podría haber observado llegar a los servicios de emergencias y el despliegue policial que sin duda provocó el hallazgo. Y era posible que también hubiera podido ver a los periodistas haciendo fotos y especulando sobre su identidad y sus motivos para hacer algo así. Eso solo lo sabían él, su madre y Dios.

Pensó en lo sencillo que había sido entrar en la casa. La

mujer, segura de sí misma, había visto a un hombre atractivo a través de la cámara de vigilancia y abrió sin dudar. Además, venía de parte de Luis Acevedo y él nunca le mandaba nada que hubiera que desperdiciar. En cuanto se dio la vuelta, la golpeó. Ella quedó aturdida un instante y se echó la mano a la parte posterior de la cabeza, de donde no paraba de manarle sangre. Comenzó a correr y tropezó con una silla. El hombre la siguió de cerca tirando a su paso todo lo que encontraba, más por generar destrozo que por necesidad, le pareció tan divertido… Ella lo miró con pánico e intentó gritar. Le salió un ruido agónico de su garganta, como si el terror le hubiera destrozado, de pronto, las cuerdas vocales. Cuando se cansó de verla arrastrarse por la casa y de esquivar todo lo que ella encontraba a su paso y le tiraba sin puntería alguna, le propinó otro golpe en la cabeza que la dejó inconsciente. Sintió crecer el pene en su pantalón, como siempre, ya se lo figuraba y se dispuso a pasarlo bien antes de comenzar con su labor. Sin embargo, no esperaba que una zorrita todavía más guapa que su madre, y con una camiseta y unas bragas diminutas como único atuendo, llegase a la cocina por las escaleras de servicio y se encaminara a la nevera. Se quedó quieto un segundo al sorprenderse pillado, hasta que se percató de los enormes auriculares que tapaban por completo las orejas de la chica y el ritmo al que se movía, con una música que solo podía escuchar ella. Si llevaba el sonido a tope, igual había tenido suerte y no le había oído forcejear con su madre. Se acercó a ella despacio, nada en su modo de menearse le hacía pensar que estuviera preocupada o sintiera miedo. Sin quitarse los guantes, sacó un bote con cloroformo que usaba en los ensayos de la facultad, del que se había apropiado para ampliar aquellos experimentos de una manera grandiosa, y sin hacer ruido impregnó un pañuelo que llevaba para ese fin.

La chica, al darse la vuelta con un vaso lleno en la mano, se dio de bruces con él. Comprendió que algo horrible le iba a ocurrir antes de gritar. Cuando vio a Lourdes tumbada en el suelo y sangrando por la cabeza, supo que sería aún peor y quiso escapar. Él la cogió por la cintura y le puso en la nariz y la boca el pañuelo, la chica se intentó zafar y tiró el zumo al suelo, el vaso se hizo añicos con un ruido sordo y el líquido pegajoso se esparció por la cocina. El hombre torció el gesto; tener que reducir a dos mujeres en lugar de una, menuda suerte la suya.

Cuando las dos estuvieron fuera de juego las subió, una a una, a la parte de arriba de la casa, donde encontró la habitación perfecta para instalarlas. Dos camas gemelas ocupaban buena parte de un cuarto y se hallaban separadas por el dibujo de un árbol que alguien se había permitido pintar en la pared. De algunas ramas salían varios cuadros colgados con alcayatas. Tumbó a las dos mujeres, las ató, se aseguró de que no se despertarían en un buen rato. Ya se encaminaba al coche cuando pensó que era una pena tenerlas allí y no divertirse un poco. Violó primero a la mujer, después a la chica. Pese a lo que esperaba, esta no era virgen en absoluto, lo que le decepcionó el tiempo justo de moverse encima de ella antes de correrse. Después bajó al coche y sacó todo lo necesario para mantenerlas con vida. Dos horas más tarde, las dos mujeres se hallaban sedadas, con sendos goteros en cada brazo que colgaban de las alcayatas de la pared y conectadas a dos respiradores que había robado hacía mucho tiempo en un hospital.

Antes de salir de la casa, se permitió bajar al sótano, sabía el tipo de fiestas que realizaban allí, aquellas de las que Luis Acevedo tanto alardeaba. Al ver las camas redondas, las colchonetas de raso, las esposas, los dildos, consoladores, disfraces, condones… Se reiteró en lo necesaria que era su labor, solo él lo podía arreglar.

Habían pasado ya nueve días desde que comenzó con su misión y la policía estaba tan perdida como de costumbre, ni una sola pista que seguir, a pesar de que ellos pensaran en lo mucho que avanzaban. Ni siquiera teniendo ahora a la mujer de la que «sacaba las piezas» darían con él, para eso tendrían que ser mucho más inteligentes. Y no lo eran. Creían estar rozando con la yema de los dedos al «Asesino de la "Y"», como le había apodado la prensa, y no estaban más cerca de pillarlo que cuando encontraron el primer cadáver. Pobres ilusos...

Menudo acierto el de abordar a aquel anciano lleno de ira que, con su vestimenta elegante, lo único que buscaba era justicia para su nieto. Le convenció de que la policía no hacía nada para dar con el culpable porque que fuera hijo y nieto de dos prestigiosos ginecólogos de Murcia no les parecía lo suficiente importante para poner todos sus recursos a la hora de buscar a su asesino. Apeló a su capacidad de lucha, a su trabajo, a su estatus conseguido con mucho esfuerzo y sacrificio y le dijo que la muerte de su nieto sería en vano si él no hacía nada por encontrar al hombre que le arrebató la vida. Ya solo tuvo que añadir el detalle de que ahora su legado se había perdido y un desconocido que no era de su propia sangre sería quien heredaría su imperio, porque su nieto había muerto. Pudo ver en los ojos del anciano las ganas de hacer lo que la policía no haría jamás: dar con el culpable y obligarle a pagar por sus crímenes.

Ciego de ira y de desesperación, el anciano había llamado de inmediato al periódico para desencadenar el caos. Y vaya si lo había hecho. Los periodistas se lanzaron como pirañas ante un trozo de carne. El asesinato de dos médicos jóvenes, a manos de un asesino en serie, desbancaba todas las posibles noticias de la actualidad del país. Y eso que aún no tenían constancia del tercero. Se estaba haciendo famoso sin que nadie pudiera señalarlo. El orgullo se transformó en deseo cuando sintió una erección. Cualquier persona en su sano juicio sería consciente de lo enfermo que resultaba.

Cada vez que apretaba el cuello de una de sus víctimas, erección; cuando recordaba cómo se había sentido al hacerlo, erección; al extirpar cada parte del cuerpo de Lourdes, erección; al escribir sus textos con tanto cuidado, erección; y, cómo no, cuando se le ponía a tiro alguna de esas zorritas con las que le gustaba aliviarse, erección. De todas ellas, la única que el resto del mundo consideraría normal sería la última. Pensándolo bien…, ¿es que acaso él tenía algo de normal?

La voz de su madre lo sobresaltó al darse cuenta de que solo pensaba en todo aquello que tenía que solucionar, su misión estaba a medias, y se había olvidado de que se encontraba junto a ella en su salón. La mujer lo miraba con reparo; sin embargo, siempre tenía palabras de ánimo para él.

—Cada día estoy más orgullosa de ti, hijo.

—Gracias, mamá, todo esto es por ti. Tú has hecho de mí lo que soy.

—Cuando eras pequeño, siempre protestabas porque no tenías padre. ¿Te acuerdas de lo que te solía decir?

—Sí, que no le necesitábamos, que era una carga y que contigo siempre estaría a salvo. Y qué razón tenías, no habríamos sido tan felices con él.

—Y eso que tú estuviste a punto de arruinarlo todo con esa guarra. Creías que era la mujer ideal y no era más que una zorra manipuladora que hacía contigo lo que quería.

—No empieces, mamá, estaba enamorado y Laura era la mujer perfecta para mí, solo que después se desvió.

—Se la veía venir de lejos, hijo, solo que tú estabas tan ciego que no lo querías pensar. Siempre pintarrajeada, con esos labios rojos y ese pelo tan rubio y suelto por la cara. Además, hablaba con todos los hombres como si a ti ni siquiera te viese. Eso no lo hace una mujer decente, no lo niegues.

—Ya lo sé, mamá, menos mal que se fue, debí hacerte caso hace mucho tiempo.

—El caso es que la dejaste marchar. ¿Vas a salir hoy también?

—Si no salgo, nunca terminaré mi obra, y ya sabes lo importante que es, tienes que entenderlo.

—Claro que lo comprendo, hijo, es que me da miedo que te ocurra algo, eres tan bueno, tan inocente…, y el mal se aprovecha de eso.

—No me pasará nada, sé cuidarme solo —respondió él mientras aplastaba una cucaracha. Después, como si nada, cogió una servilleta de papel y limpió los restos.

—Salen del fregadero, ya te lo dije.

—Te prometo que, en cuanto termine todo, limpiaré a fondo la cocina, no puedo dejar esto solo por unas cucarachas.

—No acabo de ver qué prisa tienes, es mejor hacer las cosas bien y no precipitarse. Total, toda la inmundicia que hay fuera te va a esperar a que salgas a limpiarla.

—Mamá, necesito que tengas en cuenta lo importante que es para mí. Ten un poco de paciencia, ya queda muy poco. Cuando finalice, estaremos mucho más seguros y seremos más felices, te lo prometo.

Se encaminó a la ducha tras guardar a buen recaudo el papel con la frase que enviaría junto a una nueva autopsia. Aún no había conseguido acercarse a su víctima lo suficiente para acabar con él, eso estaba a punto de cambiar. Se duchó, se echó su perfume de siempre y salió a la calle. Allí, por fin, se sentía el dueño del mundo.

33

Llegamos tarde

La mujer permanecía en la Unidad de Cuidados Intensivos del Hospital Universitario San Carlos, en la zona de Moncloa, a la espera de que su cuerpo reaccionara a la infección que le había provocado la chapucera amputación del pie izquierdo. Según la enfermera que los había atendido al llegar a visitar a la mujer, Lourdes había pasado la noche muy alterada. Ya el médico que la recibió al llegar al hospital el día anterior calificó el corte de «una carnicería». La posterior costura, obra de un desaprensivo sin ninguna precaución con la limpieza, se había infectado de inmediato.

El individuo la había mantenido sedada y con vida desde el martes, 12 de noviembre, algo que admiraba y horrorizaba a partes iguales a Macarena, quien no paraba de darle vueltas a algo que no le cuadraba en la forma de proceder del agresor. Ahora la mujer se debatía entre la vida y la muerte en una pequeña habitación aislada de la UCI. No la habían puesto con el resto de los pacientes para poder protegerla. Aunque no creían que su secuestrador intentara acabar con ella en el hospital, era más fácil poner un policía en la puerta de su habitación que fuera de la sala polivalente, donde tendrían que vigilarla a ella entre varios pacientes. La chica a la que conocían como «Carlita» permanecía junto a su supuesta madre por la misma razón.

—A ver si me aclaro —dijo Macarena a su compañero mientras esperaban a que el médico les comunicara algo sobre el estado de Lourdes—, ¿la chica es hija de Lourdes o no?

—No sabemos quién es, desde luego no es su hija biológica, tampoco hay ningún registro de su adopción, al menos legal.

—Entonces ¿de dónde ha salido? ¿Sabemos la edad?

—Quince o dieciséis años según los médicos —respondió Yago.

—He dado una orden para que busquen en la base de datos de desaparecidos —les informó Quintana, quien se mantenía al margen en un principio—, no sé si ya le habrán tomado las huellas y las muestras de ADN. Perdona, Carrasco, ni te pregunté.

—¿Sobre qué no me preguntaste?

—Sobre pedir las huellas e investigar de dónde ha salido la niña.

—Los cuatro estamos investigando varias pistas, hay que actuar, lo que creáis que debéis hacer, lo hacéis y después me informáis, como acabas de hacer tú. La chica va a un instituto privado, el San Ignacio, en Aravaca. Podéis pasar por allí y hablar con la dirección del centro.

—Hay otra cosa que no me cuadra —se atrevió a decir Macarena—, no entiendo que una persona que nos ha demostrado tener conocimientos de Medicina, ciencias forenses, cirugía…, haga una chapuza como la que le ha hecho a Lourdes en la pierna.

—¿Piensas que son dos individuos?

—Creo que no lo podemos descartar, a no ser que tuviera una razón para hacerlo así.

—Por el momento, es mejor que pensemos en un solo individuo, si ahora aumentamos la búsqueda a dos, nos ralentizaría todavía más y no nos lo podemos permitir.

Si hay dos, los pillaremos al coger al primero, no te preocupes.

—¿Qué coño esperamos aquí? —preguntó Quintana—, ¿al matasanos?

—Sí, nos va a informar de cómo se encuentran las dos pacientes. Así sabremos si podemos hablar con ellas.

—Con Lourdes lo dudo —añadió Macarena.

—¿Y tenemos que estar aquí los cuatro como pasmarotes? —protestó Quintana.

—No —respondió Carrasco—. ¿Ha habido suerte con la búsqueda del coche?

—Tenemos más de ciento veinte Renault Clio negro en Madrid que comiencen por treinta y ocho, una pena que no pudiéramos ver el resto —les comunicó Yago con su eterna tablet en la mano.

—Chaval…, ¿vas a cagar también con eso? Esta juventud no sabe hacer nada sin una cosa de esas.

—Sí, una pena —coincidió Carrasco, ignorando el comentario de Quintana—. Podéis ir investigando a quién pertenecen y así eliminar unos cuantos. Eso e ir al instituto, ¿de acuerdo?

—**Llegamos tarde** a salvar a la chica, no vemos la matrícula del coche completa, no conocemos nada del agresor, no tenemos ninguna huella suya ni el ADN, tampoco sabemos a ciencia cierta qué ocurrió para que las víctimas se separaran en un momento dado, en resumen, una puta mierda.

—¿Qué insinúas? —preguntó Mario sin cambiar el semblante y con un tono que Macarena no conocía.

—No insinúo nada, digo que menuda puta mierda, que llegamos tarde a todo.

—Seguro que a ti, con tu excelente visión, no se te habrían escapado ni los números ni las letras de la matrícula y hasta habrías visto el piloto trasero rajado del lado derecho, tú con tu excelente forma física habrías llegado mucho antes que nosotros, porque habrías bajado los escalones de una vez, no de tres en tres y después, con tus superpoderes, habrías parado el coche para que nos diera tiempo a llegar a los demás, los pequeños mortales, a detener al sospechoso.

—No me toques los cojones, Carrasco, que esta investigación es una mierda.

—Pues ya sabes lo que tienes que hacer, la comisaria Robles estará encantada de darte algo facilito para que no pierdas la jubilación con honores.

—Me voy a investigar lo de los coches —les informó, rojo de ira—. Yago, andando.

—Un momento, jefe —le pidió él; Quintana ya se volvía de malos modos para recriminarle su falta de «obediencia» cuando escuchó algo que le obligó a frenar—. Acaba de decir que Quintana habría visto el piloto trasero derecho rajado.

—Eh…, sí.

—¿Por qué lo ha dicho? ¿Para exagerar todavía más? ¿O porque lo vio de verdad?

Carrasco estudió la cara del joven subinspector, hasta el momento ni había sido consciente de lo que estaba diciendo y, ahora que lo pensaba, igual se había pasado con Quintana y tendría que disculparse. Cerró los ojos en un intento de recordar. Se vio bajando las escaleras de la casa a toda prisa siguiendo a Yago, se esforzó en visualizar lo que había alrededor: un gato se escondía tras una silla, el aire olía a algo dulzón, unos platos permanecían en el fregadero, la piscina estaba repleta de hojas amarillas y el coche se trataba, sin duda, de un Renault Clio negro como el que usaba Leal para moverse por Madrid, y el piloto trasero rojo…

—Sí, estaba rajado, de arriba abajo —aseguró el inspector.

—Bien, espero que eso nos ayude —le respondió el joven.

—¿Quieres decir que te fijaste en el piloto trasero rajado y no viste la matrícula?

—Lo vi cuando giró para incorporarse al camino que lleva a la carretera de acceso a los chalets.

—Lo que faltaba. Nos vamos, Martín —le apremió el enorme policía, Yago se despidió encogiendo los hombros.

—Disculpen —les interrumpió una voz de mujer—. Busco al inspector Carrasco.

—Soy yo —se presentó él a la vez que le ofrecía la mano.

—Soy la doctora Marta Miranda, creo que están esperando a que les diga algo sobre el estado de Lourdes Barreiro.

—Sí, esta es mi compañera, la subinspectora Macarena Valverde.

—Un placer, acompáñenme, vamos a una sala privada para hablar, no debemos dar ninguna información sobre los pacientes si hay posibilidad de que alguien más la escuche.

—Por supuesto —estuvo de acuerdo el policía.

—El estado de Lourdes es muy delicado, yo acabo de incorporarme al turno, ayer la atendió mi compañero que estaba de guardia. Llevaré yo su caso.

—¿Cree que sobrevivirá?

—Es difícil saberlo, en el estado en que llegó lo más normal sería que hubiera muerto esta misma noche. Lo más grave que presenta ahora mismo es la infección en la pierna, le estamos administrando antibióticos muy potentes y la mantenemos sedada; el riesgo de sepsis es muy elevado.

—Disculpe, no sé lo que es eso.

—La sepsis es como llamamos a la infección generalizada, ¿cómo le explicaría yo? La infección se extiende por todo el cuerpo y es poco probable recuperarse de algo así. Si se mantuviera en la pierna, habría esperanzas. Pese a que es muy posible que no podamos salvar la pierna, al menos salvaría la vida.

—¿Y el resto de las lesiones?

—No sabemos qué le ha hecho. Hoy por la mañana le realizarán un TAC para ver el estado de su abdomen. Por ahora estamos convencidos de que le efectuó una operación abdominal de la que desconocemos el alcance.

—Eso se lo podemos decir nosotros, doctora —le aseguró Macarena—. Le extirpó el útero y las amígdalas.

—¿Está usted de broma? —se espantó ella.

—En absoluto, además todo esto es altamente confidencial. Nos enfrentamos a un hombre que ha matado a tres jóvenes a los que les ha implantado el útero, las amígdalas y el pie izquierdo de Lourdes Barreiro. El motivo para hacer tal cosa lo desconocemos. Por ahora solo sabemos que es sospechoso de tres asesinatos y del secuestro de esas dos mujeres que ahora mismo luchan por su vida.

—¡Dios mío! ¡Es horrible! ¿Y están seguros de que le extirpó los órganos a ella?

—Estamos seguros casi del todo. Esperamos la confirmación del ADN —le informó Macarena.

—Puedes explicarle tus sospechas —la animó Mario.

—Antes le comentaba a mi compañero que me parecía bastante extraño que el agresor ejecutara esas dos operaciones con tanta minuciosidad y lo coronara con esa chapuza en el pie, y nos vendría bien determinar si es obra de la misma persona. ¿Estaría dispuesta a examinar las heridas con ayuda de un forense?

—Por supuesto, que venga cuando quiera y pregunte por mí. Si yo no estuviera, daré aviso a mis compañeros de que colaboren.

Macarena no le dijo que con una orden judicial sería igual que cooperaran o no; en su corta experiencia con Carrasco, se había dado cuenta de que la gente, cuando se le pedía ayuda, siempre se mostraba más voluntariosa que cuando se le imponía algo.

—De todos modos, le extirpó algo más —añadió la mujer.

—¿A qué se refiere? —preguntó con miedo Macarena.

—A que también le extirpó el ojo izquierdo.

—No es posible —se espantó Macarena.

—Sí, sí, miren, se lo enseñaré.

—No hace falta —dijo Mario con un escalofrío al pensar en el hueco dejado por el ojo—, cuando mi compañera ha dicho que no es posible, se trataba más de un deseo que de una afirmación, porque eso significa que hay o habrá en breve una nueva víctima. Macarena, avisa a Quintana, que busque entre los médicos residentes…

—Perdone, ¿cómo dice? —se extrañó la doctora.

—No debería hablar demasiado del caso. Dado que usted sabe lo que es la confidencialidad y el punto en el que nos encontramos de la investigación, le puedo decir que sabemos que elige a residentes de segundo año de varias especialidades de Medicina. Por el momento ha matado a un residente de Ginecología al que implantó el útero de Lourdes, otro de Otorrinolaringología al que insertó las amígdalas; un tercero, en el que se equivocó, al que implantó el pie. Y ahora tenemos un ojo, lo que significa…

—Que busca a un residente de Oftalmología de segundo año y que lo va a matar —murmuró ella con un hilo de voz a la vez que se dejaba caer en la silla, de repente parecía indispuesta.

Macarena la observó, sentía un *déja vu*. Era la misma sensación que había vivido con Tania cuando abrieron la bolsa del cadáver que contenía el cuerpo de su novio. Su instinto le hizo colocar las piezas en su cabeza y esa vez se adelantó a su superior en sus pesquisas. Mientras le pasaba el teléfono, ya había marcado el número de Quintana y el enorme inspector protestaba porque nadie hablaba en aquel maldito chisme.

—¿Se trata de su hijo?

Ella asintió.

—Es residente de segundo año de Oftalmología, ¿verdad?

Ella volvió a asentir antes de cerrar los ojos y respirar muy fuerte, Mario suspiró.

—Díganos cómo se llama, en qué hospital trabaja y qué turno tiene. Después llámele y que le indique su ubicación, mandaremos una patrulla a buscarlo.

—En el Hospital Gregorio Marañón, hoy le tocaba quirófano. Se llama Santiago López Miranda.

—Ya has oído, Quintana —dijo Mario a toda prisa.

—¿Y cómo sabemos que va a por él? Hay un montón de residentes de segundo año de Oftalmología en Madrid —protestó el hombre.

—Por lo pronto, sabemos que su madre es médica, que es otro de los nexos en común, y que hay un Santiago en la foto que le enseñamos esta mañana a Iván Tuero. Ahora vamos a buscar al resto y los que tengan progenitores en la profesión serán protegidos también.

—Un momento, Mario, ¿te parece si...? —le pidió de golpe Macarena antes de volverse hacia la doctora, quien ya comenzaba a llorar y llamaba a su hijo, esperando escuchar una voz tranquilizadora al otro lado—, ¿podría mirar esta foto? ¿Reconoce a su hijo en ella?

—Sí, es este del pelo de punta, ahora también lleva barba —les informó.

Mientras la mujer atinaba a dar a las teclas para ver el número de su hijo y pasárselo a los policías, un joven al que no le tocaba intervenir en una operación quirúrgica ese día se lavaba y desinfectaba las manos porque su compañero Santiago, por primera vez, no había acudido a trabajar. Y solo pensaba en no sufrir la ira del médico adjunto por no tener a su lado a su residente favorito.

34

Tiene el coche que buscamos

Cuando la primera patrulla llegó al hospital, ya se sabía de la desaparición del joven oftalmólogo. Santiago López Miranda faltaba por primera vez al trabajo sin dar aviso de su ausencia, lo que no era nada habitual en él. Se trataba, según sus compañeros, de un chico tranquilo, muy tímido y poco amigo de juergas. Lo catalogaban de algo aburrido y de ser el preferido de varios adjuntos por su pericia en el quirófano, pese a su juventud y su poca o nula experiencia. Desde pequeño había querido estudiar Medicina y no había parado en su empeño hasta conseguirlo.

La doctora Miranda, madre del chico, tuvo que ser atendida por sus propios compañeros al saber lo que, muy probablemente, le podría ocurrir a su hijo. Sufría una crisis de ansiedad tan intensa que incluso pensaron en ingresarla para mantenerla tranquila y algo sedada, a lo que ella se negó una y otra vez; tenía que estar fuerte, serena y a la espera de noticias de su hijo, lo necesitaba.

Entretanto, Yago y Quintana conseguían reducir la lista de Renault Clio negros, cuya matrícula comenzaba por treinta y ocho, a veintiséis vehículos.

—Eso si asumimos que no ha cambiado el color del coche —añadió Yago.

—Para eso se necesitaría un taller de pintura especializado y sería ilegal que no se notificara a tráfico —le informó su compañero.

—¿Si es ilegal, no lo hace nadie?

—No con tanta alegría como tú te piensas —le reiteró él.

—Mejor, así lo encontraremos antes —dijo el joven, algo cansado de encontrarse siempre un muro a su lado—. A ver..., podemos eliminar unos cuantos: tres de los dueños de los coches se han mudado de la capital este año, aunque aún no han cambiado la matriculación a su destino, dos están en el desguace por accidentes, cuatro pertenecen a una empresa de alquiler y llevan el logo pintado en ellos...

—Cuando lo reduzcas del todo, me avisas, voy a hacer una llamada. O, mejor, se lo notificas a la jefa y que mande unos cuantos efectivos a comprobarlo.

—Por el momento, quedan diecisiete... No..., doce..., porque cinco se los quedó una autoescuela.

—Doce... Eso cambia las cosas, podemos ir a comprobarlos uno por uno, dáselo a la comisaria y que monte un operativo.

—¿No se lo damos a Carrasco?

—Carrasco está con otra pista, con lo de la mujer esa, sin embargo, no creo que sirva para nada, tiene más pinta de tener el otro pie en la tumba.

Yago se mordió la lengua, si eso era lo más parecido al humor que podía ofrecer Quintana, a él no le hacía mucha gracia. Se levantó para llevarle la hoja que acababa de imprimir a la comisaria, con los datos de los dueños de los vehículos que necesitaban investigar, cuando algo llamó lo suficiente su atención como para volver a hablar con su compañero.

—Eh..., jefe..., creo que debe ver esto —le comunicó el joven algo descompuesto.

—¿Qué coño pasa ahora? ¿Es que no te atreves a hablar con la jefa?

—No es eso, en absoluto. Es que…, acabo de ver…, ¿este no es el nombre del forense?

—¡¿Cómo dices?! ¡Dame eso! —exclamó a la vez que le arrebataba de las manos el listado—. Francisco Javier Leal Esteban… ¡No me jodas!

La mente de Quintana trabajaba a toda velocidad. De repente, todo cobraba sentido. Se preguntó si el forense, de hecho, podía tener algo que ver en la muerte de aquellos chicos. Y cuanto más lo pensaba, más le cuadraba. No era un secreto que no se llevaban nada bien. Mas, analizándolo…, ¿con quién se llevaba bien? Sintió una punzada de rabia al pensar que no siempre había sido el ogro de la comisaría. Enseguida se sacudió el pensamiento, no estaban las cosas para ponerse nostálgicos.

Volvió al forense, a las autopsias, que eran tan minuciosas como las suyas propias; las oportunidades. Que él supiera, dio clases en la facultad de Medicina y era probable que conociera a los chicos; los conocimientos de Medicina y Cirugía, cosas de esos locos que estudiaban media vida para ser médicos. Sí, en realidad siempre iba por delante de ellos, dado que estaba al tanto de todo lo que ocurría. Porque, además, Leal no era solo de los que no preguntaban, sino que soltaba un sinfín de cuestiones que le eran siempre contestadas y llevaba los casos tan al día como ellos mismos. ¡Si hasta soltaba hipótesis a veces!

—¡Qué gilipollas! —gritó de pronto, Yago se sobresaltó, y eso que esperaba el enfado de su jefe desde hacía un par de minutos—. Le estamos dando todos los datos nosotros. ¡Menudo hijo de puta!

Por mucho que le fastidiara, estaba claro que el forense se había convertido en el principal sospechoso y tenía mucho que explicarles. Sin ganas de hacer la llamada que sabía que debía hacer, marcó el número de su compañero.

—Al habla el inspector Carrasco —sonó su voz al otro lado.

—Creo que tenemos la identidad del asesino —dijo Quintana sin más preámbulos, Yago aguantaba la respiración como podía.

—¿En serio? ¿Habéis encontrado el coche? —se emocionó él.

—Más o menos.

—¿Cómo que más o menos? Quintana, a estas alturas necesitamos hechos.

—Lo sé y lo que te voy a decir no te va a gustar una mierda.

—¿Qué pasa? Suelta lo que sea.

—Creo que es Leal.

—¿Qué tontería estás diciendo? —se molestó Mario, Paco Leal era amigo suyo desde hacía muchos años y era consciente de la antipatía mutua que se tenían su compañero y el forense.

—Joder, Mario, piensa un poco. Tiene un Clio negro y su matrícula empieza por treinta y ocho, lo hemos comprobado.

—Como cientos de personas en Madrid, lo dijisteis vosotros.

—Carrasco, sé que es tu amigo y te jode y eso no lo hace inocente. Escucha con atención y no pienses en él más que como posible sospechoso. Sé profesional, joder. Y si ves que me equivoco, me lo dices.

—Sigue, te escucho —le concedió él, pese a que por dentro algo se le acababa de romper.

—**Tiene el coche que buscamos**, sabe de cirugía, de ciencias forenses y de medicina, cuadra la marca del anillo del dedo anular de la mano derecha, que no se lo ha quitado pese a que lleva separado más de un año, las autopsias son muy minuciosas y siguen las pautas que suele seguir él, por eso no entendíamos al principio que las hubiera realizado otra persona, sabe esquivar a la policía porque lleva años trabajando con Homicidios, me atrevería a decir que no tiene coartada para ninguna de esas noches porque cuida a su madre que está impedida, conocía a esos chicos de la facultad...

—Dijo que no los recordaba —le defendió él.

—Qué conveniente, ¿no?

—No puede ser... —murmuró él.

—¡Joder, Mario! ¡Lo teníamos delante desde el principio! Somos gilipollas.

—Me has pedido que sea profesional y que deje de lado mi amistad con Leal y es lo que haré. Debemos ser cautelosos. Para empezar, vamos a comprobar si su coche tiene rajado el piloto trasero del lado derecho. Si está roto o recién reparado, pediremos una orden enseguida. Si no, comprobaremos otra de nuestras sospechas antes de señalarlo con el dedo. ¿Estamos?

—Hay que detenerlo —insistió Quintana.

—Si es él, lo haremos, te lo garantizo, por ahora hay que ir con pies de plomo. Si es el asesino, pagará por lo que ha hecho. Si no lo es, y le señalamos nosotros, no hace falta que te diga las consecuencias que traerá eso.

—Te recuerdo que tiene a un chico secuestrado, eso si no lo ha matado ya.

—Lo sé, y por eso lo vamos a vigilar de cerca. De todos modos, comprobad el resto de los coches, por si acaso —respondió Mario, cansado, a la vez que se pasaba las manos por la cara.

—Tú mandas —respondió él, encogiendo los hombros. Cada vez tenía más claro que Carrasco no era el adecuado para llevar aquella investigación.

—Empezad por el coche de Leal, ahora mismo tiene que estar en el Anatómico Forense. Y escúchame bien, no debe enterarse de esto nadie por ahora, yo hablaré con la comisaria para tenerla al tanto. No hagas nada, ¿de acuerdo?

—Como te he dicho antes, tú mandas —acató el enorme inspector antes de colgar y maldecir, por una vez, en voz baja.

Mientras Quintana y Yago se dirigían a comprobar el primer dato fiable de aquellos días, Carrasco buscaba la forma de hablar con la comisaria Robles sobre las conclusiones a las que habían llegado, lo que no iba a ser nada fácil porque, aparte de conocerse desde hacía muchos años, su jefa le había confesado una tarde frente a una copa, que en la mesilla de noche aún guardaba la alianza desde hacía un año, desde el día en que había decidido separarse del que había sido su amor de juventud y que ahora realizaba una autopsia con su propio anillo colocado en el dedo anular, un anillo que no tenía intención de quitarse por el momento.

35

Nadie puede ayudarte

El joven despertó con un sabor metálico en la boca. No recordaba dónde estaba ni qué le había ocurrido. En cuanto se acostumbró a la luz, se vio en un lugar que no conocía. Parecía la nave central de un circo o un museo, un sitio donde la escasa luz de la luna se filtraba y proyectaba sombras en las paredes. El techo semejaba un enorme panel de abejas. Tenía la sensación de haber despertado en un mundo geométrico, un mundo irreal que no le correspondía.

Sintió un dolor intenso al tragar, como si una soga permaneciera alrededor de su cuello y lo apretara sin piedad y sin pausa. Lo intentó unas cuantas veces hasta que se cansó, tampoco es que tuviera muchas ganas de sentir dolor para no llegar a ningún lado. Le ardían los pies, los talones, como si alguien se los hubiera frotado con una lija. Fue entonces cuando notó el frío y fue consciente de su desnudez. ¿Cómo había llegado hasta aquel lugar y por qué no llevaba su ropa? Quienquiera que lo tuviera retenido, le había quitado incluso los calzoncillos. Por un segundo pensó en el acierto de haberse hecho la depilación láser esa primavera, después pensó en lo estúpido de aquel razonamiento cuando supo que estaba allí para morir, porque era imposible que a un cerebro sano e inteligente como el suyo le llegaran ideas tan necias si no estuviera al límite del colapso. ¿Y qué momento mejor para colapsar que al borde de la muerte?

Se intentó levantar y comprobó que ni uno solo de los músculos de su cuerpo le respondía en tal hazaña. Se concentró en respirar hondo para proporcionarse un oxígeno que necesitaba más que nunca, se afanó en mover poco a poco los dedos y agudizó el oído en busca de un sonido que le diera alguna pista de dónde se encontraba o de dónde había una salida. Poco a poco recuperó la movilidad de las manos y de los pies, le dolía la cabeza, lo que no tenía por qué ser algo malo; si era consciente del dolor, también lo sería de la solución. Las piernas no le sostenían, así que se entretuvo en buscar una salida mientras reptaba, siendo consciente de cada irregularidad del suelo, de la gravilla, de las malas hierbas que crecían entre las placas del suelo, ahora ajadas por el paso del tiempo.

La luz de la luna se colaba por decenas de huecos que el techo dejaba entrever. El caso era que las sombras le sonaban, igual ya había estado en aquel sitio. Se distrajo en recorrer cada línea con la mirada mientras se esforzaba en avanzar. Intentaba no pensar en nada más, ni en si iba en la dirección correcta, ni en las heridas que con toda seguridad se hacía en manos y piernas al arrastrarse desnudo por el suelo, ni en el tiempo de que disponía para salir de aquel entorno con vida. Ni siquiera se paró a pensar si estaba solo o si la persona que lo había llevado hasta allí no estaría riéndose de sus esfuerzos inútiles de escapar con vida aquella noche.

Sus ojos se habían acostumbrado a la oscuridad por fin y lo que veía no le resultaba muy esperanzador, ningún lugar le parecía adecuado para esconderse. ¿Dónde había visto antes aquellas figuras geométricas? ¿Por qué su cerebro no le enviaba la respuesta? Un ruido lejano lo puso en alerta. Quiso reptar más deprisa y lo único que consiguió fue desollarse las manos todavía más.

Sintió cómo varias hormigas subían por su brazo derecho y le mordían con sus bocas diminutas. Para ser tan pequeñas, lo molestas que resultaban. Se esforzó en seguir arrastrándose en busca de una salida que nunca encontraría. A lo lejos, a su izquierda, la noche lo aguardaba como un lobo hambriento. Pensó que cualquier cosa sería mejor que esperar a su verdugo en aquel rincón sin hacer nada y usó el resto de las fuerzas que le quedaban en ponerse de pie. Un mareo embotó su cerebro, tan deprisa que no le dio tiempo a agarrarse a ningún sitio y cayó de bruces, rompiéndose la muñeca al caer todo el peso del cuerpo sobre ella. La adrenalina al sentir el dolor fue suficiente para volver a levantarse, se sujetó la muñeca derecha con su otra mano en un intento de inmovilizarla y, despacito, comenzó a caminar. Primero como un ciervo recién nacido animado por las caricias de su madre; después, como un anciano cuyas piernas comienzan a fallar; el resto de pasos los dio como un condenado a muerte que se encamina a la silla eléctrica. Y, por fin, sus piernas comenzaron a reaccionar en zancadas más o menos regulares que lo llevarían a la salvación.

Ya se veía libre de su precipitado destino cuando una sombra apareció unos pasos delante de él. El terror lo paralizó unos segundos interminables a la vez que sopesaba otras salidas de aquel inhóspito lugar. Su cabeza le envió entonces las imágenes que esperaba desde que había despertado, y reconoció dónde se encontraba: en el Pabellón de los Hexágonos, en plena Casa de Campo. Y supo por qué lo recordaba, pese a que jamás había estado allí, porque habían emitido un reportaje no hacía muchos días en televisión sobre aquel lugar que pasó de obra de arte carismática a despojo abandonado. Y el Ayuntamiento de Madrid había decidido rehabilitarlo.

Su mente trabajaba a toda velocidad. ¿Qué día era? Salió el martes por la noche a tomar una cerveza, solo una, y se había sentido indispuesto muy rápido, sin duda le había echado algo en la bebida, sabía que no debía escucharlo, nunca había sido de fiar. No recordaba más desde aquel momento. ¿Habrían pasado horas? ¿Días? Había leído en el periódico que el veintiuno de noviembre comenzaban las obras de restauración de aquel lugar. A lo lejos podía intuir la silueta de un par de hormigoneras y varios palés de ladrillos y maderas que los operarios ya habían descargado bastante cerca. Además de una caseta de obra donde, casi seguro, descansaría un guardia de seguridad. ¿Y si el guardia ya estaba allí? ¿Y si tenía que velar para que los vándalos no dañaran el material o lo robaran?

Gritó pidiendo ayuda con todas las fuerzas que le quedaban, no eran muchas; el instinto de supervivencia subió dos tonos su voz. Nadie acudió a su llamada, no se oía nada que pudiera hacerle pensar que alguien había escuchado sus súplicas, salvo la sombra, que se movió despacio hacia él.

—Nadie puede ayudarte.

—El guardia de seguridad me oirá —aseguró él.

—Ya no, te lo aseguro —le dijo la sombra.

Le recorrió un escalofrío que le hizo tambalearse. No habían servido de nada sus esfuerzos por levantarse, por escapar, estaba en desventaja y tampoco tenía nada a mano con lo que defenderse. Y se sentía tan vulnerable allí desnudo y tan débil…

—¿Qué me vas a hacer? —preguntó abatido.

—Lo que os merecéis —le intimidó, acercándose poco a poco.

En ese mismo instante reconoció al que sería su verdugo. Un ligero olor a jazmín llegaba a oleadas según soplaba el aire.

—¿Qué les has hecho? —Se enfrentó a él; total, ya no tenía nada que perder.

—Les he dado de su propia medicina… ¡Ja, ja, ja! ¡Qué ingenioso! ¿Lo pillas? Médico…, medicina…

Santi echó de menos poder tragar con normalidad y volvió a ser consciente del dolor de su garganta. Sintió en la piel un frío que nada tenía que ver con la temperatura en el exterior, sino más bien con el frío que produce la sangre al helarse dentro de las venas. Aquel hombre estaba loco y nunca le dejaría salir de allí con vida.

—Éramos muy jóvenes, tienes que entenderlo… Además, ella…

—¡Cállate! No mereces hablar de ella, ninguno de vosotros lo merecéis —gritó el asesino furioso a la vez que se abalanzaba sobre el chico, que intentaba correr, sin éxito, hacia la salida más cercana.

El joven se defendió como pudo mientras su captor le agarraba la garganta con todas sus fuerzas. Era consciente de que la droga que le había echado en la bebida aún lo mantenía abotargado y no encontraba las fuerzas suficientes para enfrentarse a alguien tan fuerte. Poco a poco sus puños perdieron su obsesión por chocar contra su agresor y su respiración se apagó al no encontrar aire que transportar. Sus ojos se quedaron fijos en uno de aquellos cientos de paraguas invertidos que hacían de techo de aquel inverosímil lugar y su corazón emitió un par de ruidos sordos antes de pararse para siempre.

—Ya era hora —soltó entonces la sombra—, a ti te he tenido que matar dos veces, siempre me pareciste un poco rebelde.

Lo primero de lo que fue consciente era de la erección que había aparecido en cuanto sus manos rodearon el cuello del chico. Comprobó las constantes tal como le habían enseñado hacía tanto tiempo y abrió la nevera de camping blanca y roja que lo acompañaba a todas partes. Dentro, en el hielo, el ojo izquierdo de Lourdes aguardaba un lugar donde colocarse, un hueco en el que jamás vería de nuevo la luz del sol. Sacó todo lo necesario para realizar una nueva autopsia y se puso manos a la obra sin vacilar, no quería dejar a su madre sola ni un minuto más de lo imprescindible. Si alguien se merecía en aquel mundo ingrato su tiempo era ella.

Abrió el párpado izquierdo del chico y metió las pinzas para retirar el ojo que ya no le servía. La sangre aún manaba de sus heridas y corrió como un río hacia la oreja del mismo lado. Se alegró de no haber puesto aún la ropa doblada bajo su cabeza, se habría arruinado para siempre y aquel niño bien gastaba dinero en vestirse, como había podido comprobar al quitarle el polo y el pantalón de Armani. ¡Qué asco aquel aire de importancia que se daban cuando él lo sabía todo sobre ellos! Menos mal que lograba ponerlos en el sitio que les correspondía.

Cosió los músculos y nervios del ojo donde les correspondía y admiró el resultado. Tenía que admitirlo, cada vez se le daba mejor. Entonces se permitió sacar el bisturí para realizar la «Y» en el pecho del chico y los papeles para anotar cada dato que surgiera, mientras se acomodaba el pene en su calzoncillo de nuevo, quizá sí que tardaría más de lo que pensaba en ir junto a su madre, solo una paradita para aligerar el bulto de su pantalón.

36

Me ha mentido a mí

Quintana buscaba sin éxito el coche de Leal por el aparcamiento del Anatómico Forense. Llamó a Carrasco para organizar la búsqueda del coche sin pedir una orden. Si lo hacía, no tendría más remedio que detenerlo y, pese a que era lo que pensaba que se debía hacer, no tenía muchas ganas de enfrentarse a su compañero para lo que le quedaba en el cuerpo. Y mucho menos de dar explicaciones a la jefa.

—Carrasco, en el aparcamiento no está —le aseguró.

—¿Has entrado a hablar con él? Prefiero estar presente cuando lo hagas, si no te importa.

—Y yo no tengo ni putas ganas de verle la cara, a no ser que lo arrestes, así que no, no he ido a hablar con él.

—Antes hay que asegurarse, ya lo sabes. Si arrestamos a nuestro forense y nos equivocamos, no habrá forma de arreglarlo después. Te garantizo que me jode más que a ti, aun cuando no te lo creas.

—¿Has hablado con la jefa? —cambió de tema el enorme inspector.

—No me coge el teléfono, le he dejado varios mensajes.

—¿No ha ido hoy a la comisaría? —se extrañó.

—Por lo visto tenía un par de reuniones a primera hora con el ministro del Interior y con la jueza Laínez. Lo de la prensa ha hecho mucho daño.

—Ya..., ¿y le vas a contar lo que... sospechamos?

—Sí, no tengo más remedio —le confesó él, no le apetecía nada contarle que su exmarido era el principal sospechoso de la muerte de aquellos chicos.

—Avísame cuando hayas hablado con ella, por favor —le pidió por primera vez con educación. A Carrasco no le pasó desapercibido el detalle, quizá a su compañero le afectaba aquello tanto como a él, aunque no lo demostrara.

—Nosotros vamos ahora a la comisaría, en el hospital no podemos hacer más, hemos tomado declaración a los compañeros más cercanos al chico desaparecido. La madre, que es la doctora que lleva a Lourdes Barreiro, ha quedado ingresada por orden de su médico, parece que tiene algún problema con la tensión que se le ha agravado al saber de la desaparición de su hijo.

—Ya —entendió el enorme policía—. Nosotros damos una barrida rápida por aquí para buscar el coche y entramos disimuladamente a hablar con Leal. No te preocupes, que no decimos nada.

—Nos vemos luego en comisaría entonces —se despidió Carrasco.

Su joven ayudante, Macarena, llegaba con los labios torcidos y un café en cada mano que Mario agradeció con una sonrisa. El caso se les escapaba por segundos, y señalar a un amigo con el dedo no le parecía la mejor solución, pese a que todo apuntara a él. Macarena comprendía el desasosiego del inspector y así se lo hizo saber.

—Mario..., no me cuadra, ¿crees que es él?

—En absoluto, solo que todo encaja: tiene formación suficiente para eso y más, oportunidad de cometer los crímenes. Lo que no acierto a ver son los motivos. Me temo que, hasta que no lo detengamos, nadie los sabrá.

—¿Estás seguro de que eran los números del coche?

—Sí, empezaba por treinta y ocho y era un Renault Clio

negro, como el de Leal, no hay duda. Además, en la casa de Lourdes noté un ligero olor a jazmín, como la colonia que usa.

—Ahora que lo dices, yo también lo noté, no me había dado cuenta porque salía un olor muy fuerte de la herida de la pierna.

—Joder, me parece que olía a jazmín en todos los escenarios de los crímenes —añadió él, pasándose las manos por la cara en gesto de preocupación, cada vez lo repetía más.

—Eso sería lógico, Leal estuvo en todos ellos. En el de Villaverde no lo sabemos porque no estuvo y tú tampoco. De todos modos, creo que nos urge hablar con la comisaria —dijo la chica con aplomo.

—Sí, no lo podemos demorar más, vamos. —Se levantó para dirigirse al despacho. Cruzó mentalmente los dedos para que las pistas se hubieran equivocado. Su teléfono sonó y él contestó sin mirar quién era.

—Mario..., soy Eduardo Sánchez, de la Policía Científica.

—Dime, Eduardo, ¿tenéis algo más?

—Eh..., sí, y no te va a gustar.

—Créeme, a estas alturas no sé si podrás sorprenderme, dime lo que sea, rápido —le pidió él, abatido.

—Las fibras oscuras que encontramos en el cuerpo de Nicolás Tuero, en sus talones..., quería decir en el talón de su propio pie, el que arrastraron, y las fibras encontradas en la silla que visteis en la cafetería-restaurante de la fábrica de Kodak abandonada pertenecen a una misma bolsa de las que se usan para guardar los cadáveres.

—¿En serio?, ¿lo llevaba en una bolsa mortuoria? ¡Uf! Tengo que dejarte, esto me dice más de lo que tú te crees.

—Igual no, Mario, hemos encontrado un par de cabellos en la bolsa que contienen el ADN de otra persona...

—No me lo digas… y esa persona es Paco Leal —sentenció Carrasco.

—¿Lo sabías? ¿Sospechabas de él?

—Hasta esta mañana, no. De pronto, todo le apunta y me temo que esta es la gota que colma el vaso —le dijo—. Menuda mierda.

—¿Puedo hacer algo? —se ofreció Sánchez.

—Necesito que tus criminólogos estudien con atención los informes de las tres «preautopsias» que figura que no realizó Paco, que ahora va a resultar que sí las hizo dos veces.

—Qué incongruente todo, ¿no? Igual no sabía que le caería el caso.

—Si lo piensas, para él es mejor así, puede ocultar cualquier error que cometa en una de las dos. Creo que lo tenía todo pensado. ¡Joder! Si es que…, cuantas más pistas encontramos, más motivos hay para detenerlo.

—¿Has hablado con Robles?

—No he podido aún —le confesó él—, está en una reunión en el ministerio y no me pasan la llamada, lo he intentado varias veces.

—A ver cómo se lo toma. No te preocupes, que nos ponemos enseguida con los informes —le tranquilizó Sánchez—. Y…, Mario…, lo siento.

El inspector se volvió hacia su compañera, la joven no sabía cómo ayudar. Se puso en su lugar y pensó en lo duro que debía de ser señalar a un amigo como asesino despiadado. Su mente seguía sin querer creerlo, pese a que las pruebas decían lo contrario.

—Parecía sincero cuando le enseñamos las autopsias —dijo ella.

—Déjalo, Macarena, que cada vez me parece peor. No solo ha matado a esos chicos, nos ha mentido. **Me ha mentido a mí.**

—Supuestamente —le recordó ella.

—Sí, claro, supuestamente —se mofó él.

Durante el trayecto a la comisaría, Macarena analizó el caso desde el principio. Tenía que confesar que todo cuadraba si se apuntaba a Leal como el autor de los crímenes. Solo que o era el mejor actor del mundo o sufría de trastorno de personalidad múltiple, porque era imposible asombrarse como él reaccionó al «saber» que tenía dos cadáveres con el mismo *modus operandi,* si había sido él el artífice de sus asesinatos. Mientras sus compañeros se afanaban en comprobar que todo lo que apuntaba al forense tenía sentido, ella tomó la determinación de cuestionar todos sus pasos. Creía en su inocencia, aun cuando no habría podido explicar la razón y pensaba que le debía que alguien le defendiera hasta el final. Anotó en el bloc de notas del móvil varias palabras clave con datos para comprobar y leyó los mensajes que se agolpaban y que no había tenido tiempo de abrir. Varios eran del doctor García-Flores, que la invitaba a tomar una cerveza aquella tarde. Y, en realidad, la necesitaba. Le contestó con un «Sí» lleno de signos de admiración y pasó a leer el resto.

La cara le cambió de inmediato, varios mensajes que le resultaban amenazantes y de mal gusto provenían de un teléfono que no conocía, como venía siendo habitual desde que había empezado con el caso. Lo sopesó un instante, durante unos días se vio capaz de lidiar con ello. Ahora comenzaban a asustarla lo suficiente para decidir que había llegado el momento de contárselo a su compañero.

—Mario…, tengo que comentarte una cosa —le dijo en voz baja, demasiado para que se oyera a través de la música que este había puesto más alta de lo habitual para evadirse un poco de todo lo que ocurría a su alrededor.

—¿Qué? —preguntó él a la vez que bajaba la música.

Una nueva llamada entró en el teléfono del inspector,

quien antes de contestar hizo un gesto a Macarena para que supiera que, si lo suyo era urgente, la llamada esperaría. Ella le pidió que contestara.

—¿Inspector? Soy el subcomisario Estepona.

—Buenas tardes, subcomisario, ¿necesita algo?

—Verá, esta mañana teníamos una reunión con el ministro del Interior sobre el caso que les ocupa, el de los residentes asesinados.

—Sí, lo sé, aún no he podido hablar con la comisaria Robles, estoy a la espera de que termine con sus compromisos.

—Por eso le llamo. La comisaria Robles no ha acudido a la reunión. Ni a esa ni a la que teníamos después con nuestros superiores.

—No es posible, jamás faltaría a algo así. ¿Y qué excusa ha puesto?

—Esa es la cuestión, no damos con ella de ninguna manera.

—Eso no es propio de la jefa, algo le ha ocurrido. Vamos a la comisaría, en cinco minutos estaremos allí. Si quiere ir montando un dispositivo de búsqueda, en cuanto llegue le comunico lo que hemos averiguado.

—Por supuesto, ¿tiene alguna idea de qué ha podido pasar?

—Por desgracia, sí. Tengo que colgar, necesito hablar con Quintana, en cinco minutos se lo explico.

Macarena ya estaba marcando el teléfono del antipático policía cuando Mario terminó la llamada con el subcomisario. En voz baja, y tapando el auricular, le preguntó a su compañero qué quería que le explicase a Quintana, y él le pidió que conectase el altavoz.

—¿Qué? —respondió al otro lado de la forma más seca que pudo.

—¿Has entrado a hablar con Leal? —le preguntó Carrasco.

—No, seguimos buscando el coche por aquí.

—Comprueba si está trabajando, es urgente, la jefa ha desaparecido.

—¡Hostia! —respondió él muy deprisa—. Menudo cabrón. Como le haga algo, yo...

—Tranquilidad por el momento, Quintana, que no sabemos si la tiene él o quizá se ha quedado atrapada en un ascensor y no puede avisar, ¿entiendes?

—¡Que sí, joder! ¡Sé hacer mi trabajo! Ahora os llamo.

Macarena cada vez tenía menos indicios de que su teoría fuera la correcta. Solo una cosa jugaba a su favor, que su sexto sentido le indicaba que todos se equivocaban, con lo que no podía decir ni una palabra al respecto, porque se enfrentaría a toda su unidad por hacer caso de una corazonada. Y no había llegado hasta donde estaba por seguir corazonadas..., ¿o sí?

37

Uno de los nuestros

En cuanto Quintana comprobó que el forense no había acudido aquel día a trabajar, el dispositivo de búsqueda se activó. La comisaria Robles estaba de modo oficial desaparecida y todo apuntaba a que su exmarido, el doctor Leal, tenía algo que ver con dicha desaparición.

—¿Ya estamos todos? —preguntó Carrasco al llegar a la sala de reuniones. Más de diez policías esperaban instrucciones para comenzar con la búsqueda de su jefa.

—Sí, solo faltaba usted —le informó el subcomisario.

—Enrique Quintana y Yago Martín vienen hacia acá —añadió Macarena—. Leal hoy no ha ido a trabajar.

—¿Así sin más? —preguntó Carrasco cada vez más anonadado.

—Sí, por lo visto llamó esta mañana para decir que tenía mucho lío con su madre y que necesitaba el día libre.

—Bien, pondré al corriente a sus compañeros más tarde. El tiempo corre en nuestra contra —le explicó el subcomisario—. Necesitamos una unidad que acuda al domicilio de la comisaria. López y Espina con Ramírez y Aguilar, acudan al domicilio de Robles y busquen cualquier indicio de que Leal ha estado allí, lo que sea.

—Una cosa…, jefe… —indicó uno de ellos—, Leal es el

exmarido de la comisaria; si se llevan bien, habrá cosas de él por todos lados.

—No se llevan bien —dijo Carrasco sin dar más explicaciones.

—De acuerdo —respondió el policía algo cortado.

—Palomar, Rodríguez, Santorini y Cantero, al Anatómico Forense, quiero los últimos movimientos del doctor Leal. Entérense incluso de si ayer cagó allí, ¿entendido?

—Sí, jefe —respondió una mujer antes de levantarse seguida por los otros tres policías a los que había nombrado.

—Nosotros esperaremos a Quintana y Martín y nos acercaremos a la casa de Leal, a ver qué nos encontramos —informó a Macarena, ella se limitó a asentir.

—Carrasco... —llamó su atención el subcomisario Estepona—. Que no se le pase nada por alto, la comisaria es **uno de los nuestros.**

—También Leal lo es —dijo él antes de salir, Macarena nunca lo había visto tan hundido.

Mario y la subinspectora Valverde llegaron al domicilio del forense veinte minutos después. Vivía en un bloque de pisos moderno en la zona de Zarzaquemada, en Leganés. Pese al intenso tráfico, el centro comercial cercano y la zona deportiva, se trataba de una calle poco transitada, con grandes aceras y buenos accesos para minusválidos. Carrasco suponía que su amigo había elegido ese piso cuando se separó para poder cuidar a su madre, casi impedida, y facilitar su traslado cada vez que fuera necesaria una visita al hospital.

Llamaron al telefonillo y esperaron, nadie acudió a abrir. Quintana maldijo, como siempre, enseguida la impaciencia hizo mella en él. Intentó que Carrasco pidiera una orden para abrir la casa de Leal y pillarlo *in fraganti*.

—¿*In fraganti* haciendo qué? ¿Cuidando a su madre? De verdad, Quintana, parece que lo único que te interesa es detenerlo.

—Y tú pareces negar la evidencia —le retó él—. Como no pillemos a este tampoco por tu culpa...

—¿Qué dices? ¿Qué estás insinuando? —se enfadó Mario por primera vez en mucho tiempo.

Se puso frente a su compañero y se acercó casi tocándolo. Parecía un pequeño ratón enfrentándose a un búfalo.

—No insinúo nada —le aseguró el enorme inspector—. Lo tengo clarísimo, nunca tendrías que haberte hecho cargo de esta investigación. No tienes los suficientes cojones.

—Es justo hasta donde me tienes —añadió Mario con la cara encendida por la ira.

—Vale, por favor —les pidió Macarena, queriendo disimular ante los transeúntes que se paraban a contemplar el espectáculo—. Vamos a intentar, al menos, entrar en el portal y subir a su casa. Después ya veremos.

Un vecino del tercero les abrió el portal, indicándole que la mujer que vivía en el primero D podía estar en apuros y que ellos eran policías. Aun así, bajó a comprobar que había abierto a las personas correctas. Macarena le enseñó su placa e instó a sus compañeros a que hicieran otro tanto. El vecino subió a su casa con la sensación de que algo se le escapaba, iba diciendo entre dientes que le parecía excesivo mandar a cuatro policías de paisano para ayudar a una anciana impedida, que así era normal que subieran los impuestos. Macarena puso los ojos en blanco; no había término medio, o se quejaban porque nadie les hacía caso o bien por lo contrario.

En cuanto el vecino desapareció de la vista, Macarena preguntó a su superior si podía proceder, a lo que él tomó el teléfono y llamó al subcomisario Estepona.

—Jefe, nadie contesta en el domicilio de Leal y me ha

parecido oír a su madre lamentándose —dijo a la vez que pedía a sus compañeros con un gesto que dijeran algo al respecto.

—Sí, yo la oigo lloriquear —afirmó Yago.

—Pobrecilla, algo le pasa —añadió Macarena.

—Joder, qué mierda de investigación —accedió a decir Quintana con los ojos en blanco.

—Proceda —le dio paso el subcomisario, Carrasco indicó a Macarena que podía abrir la puerta.

La joven sacó sus ganzúas e hizo su magia. En menos de dos minutos, los cuatro policías irrumpían en la vivienda. El último fue Quintana, quien todavía no daba crédito a la pericia que acababa de demostrar la subinspectora con la puerta. Macarena le escuchó decir entre dientes «que por fin era útil en algo»; a ella se le escapó una sonrisa que disimuló enseguida.

Entraron con sigilo hasta el salón, donde una mujer de avanzada edad dormitaba en una mecedora embutida en un par de mantas y con una chaqueta gruesa colocada a modo de chal. El televisor aparecía encendido en un canal cualquiera, por lo que pudieron observar, porque la mujer ni lo miraba, ni en realidad parecía enterarse de nada de lo que transmitían. Los cuatro policías recorrieron el piso despacio, con calma. No había nadie más en la vivienda.

—Señora —quiso llamar su atención Macarena—, ¿me oye?

—No está muy consciente —concluyó Yago.

—Como hablar con la pared —añadió Quintana—, vamos a fisgar un poco antes de que venga alguien.

—Es muy raro que Paco haya dejado a su madre sola —se extrañó Carrasco—. Está siempre pendiente de ella.

—No creo que vaya a ir muy lejos —bromeó el enorme inspector.

—A veces pienso que tienes un don, Quintana, un don

de mierda, pero un don —le recriminó Mario, quien no entendía que tuviera que mofarse de todo lo que le rodeaba.

—Mario, ¿hueles eso? —dijo entonces la subinspectora Valverde.

—Jazmín —concluyó él con los labios fruncidos.

—¿Me he perdido algo? —quiso saber Quintana.

—Un montón de cosas —respondió él—, es lo que pasa cuando no se es amable.

—Me estás cansando, Carrasco...

Mientras hablaban, un sonido en la puerta llamó la atención de los cuatro policías. De inmediato, tomaron cada uno una posición estratégica, como si no estuvieran a punto de pelearse de nuevo, y esperaron sin moverse a que quien fuera entrara hasta el salón, donde podrían sitiarlo. En pocos segundos, el doctor Leal se vio rodeado por los cuatro policías que esperaban, cuando menos, una explicación. Para empezar, por qué, justo el día que desaparecía su exmujer, había decidido faltar al trabajo.

—¿Qué..., qué coño pasa aquí? —acertó a decir cuando vio que incluso Mario lo miraba con decepción.

—¿Qué has hecho, Paco? —le preguntó apenado.

—Bajar a por pañales para mi madre, no le quedaban más que dos. ¿Se puede saber qué hacéis en mi casa?

—No nos trates de gilipollas —le recriminó Quintana.

—¿Me queréis decir qué pasa? —insistió él.

—¿Dónde está? —volvió a la carga Quintana—. Dinos qué le has hecho.

—¿A quién? —preguntó él con el ceño fruncido—. ¿De quién habláis?

—No te hagas el idiota conmigo —se enfadó el enorme policía, adquiriendo de inmediato un tono más rojo.

—No sé de qué me hablas —le aseguró él—. ¡Te lo juro!

—Manuela, ¿dónde está?

—¿Manuela?, ¿qué le pasa a Manuela?, ¿estáis aquí por

ella? —se extrañó el forense—. ¿Pensáis que está aquí?, ¿se puede saber de qué coño va esto?

—A tomar por culo. —Quintana sacó las esposas y se las dio a Yago. El joven policía las cogió algo turbado e interrogó a Mario con la mirada, él asintió con pesar.

—Quedas detenido por los asesinatos de Damián Fuentes, Luis Acevedo, Nicolás Tuero, el secuestro de Lourdes Barreiro, su supuesta hija, Carla, y Santiago López Miranda. Me olvidaba, y por la desaparición de la comisaria Robles.

—¿Quién cojones son esos últimos? No quiero decir que yo haya hecho nada con los otros, conozco los nombres por las autopsias. ¡Joder! ¡Que yo no he hecho nada!

—Paco —comenzó a hablar Mario—, esto no es fácil para nosotros.

—Cojonudo, ¿y para mí sí? ¡Que estoy cuidando de mi madre, joder! No me lo puedo creer. ¿De verdad piensas que he sido yo?

—Yo no pienso nada, las pruebas lo dicen todo.

—Me cago en ti y en tus pruebas —le escupió de mala manera el forense, Carrasco no podía ni hablar.

—Nos lo cuentas en comisaría —le retó Quintana mientras le empujaba hacia la puerta.

—¿Y quién va a cuidar de mi madre? No puedo dejarla sola, Mario.

—¿No tienes a nadie que se pueda quedar con ella? —le preguntó él, preocupado. Tanto si era un asesino como si no, su madre necesitaba cuidados durante todo el día.

—Tengo dos cuidadores, no podían venir hoy y por eso cogí el día libre. ¡Te lo juro!

—Los llamaremos. Te prometo que no me moveré de aquí hasta que llegue uno de ellos.

—Los teléfonos están anotados en la nevera —les explicó él, derrotado—. Mamá, lo siento, esto es un error, volveré en cuanto pueda, te lo prometo.

La anciana levantó unos centímetros la cabeza y miró en la dirección en la que su hijo acababa de hablar. No parecía haber entendido ni una palabra de lo que decía. Sin embargo, al ver el rostro del forense, una mueca en su rostro que quería simular una sonrisa asomó a la vez que murmuraba muy despacio:

—Mi hijo…

Macarena tragó saliva, no sabía por qué la anciana acababa de decir aquello. Leal lloraba como si se tratara de un niño pequeño y no paraba de repetir que la mujer casi nunca hablaba. ¿Por qué razón en aquel trance se había visto con fuerzas de señalar a su hijo con una sonrisa? Quizá porque iba detenido, quizá porque lo veía triste, o quizá a saber por qué. No parecía que el cerebro de la anciana funcionara con normalidad.

—Andando —le apremió Quintana. Leal le devolvió la mirada con odio mal contenido y Mario sintió un escalofrío, a lo mejor las pruebas sí decían la verdad y su amigo llevaba años simulando ser alguien que no era.

Macarena no le quitaba ojo al forense, seguía pensando que algo no le cuadraba y que ella sabría lo que era llegado el momento. Un nuevo mensaje del jefe de residentes con el que había quedado la sacó de su fijación: ese día no podrían verse. Murmuró un nuevo «mierda, mierda, mierda» y le escribió un escueto: «no puedo quedar, ha pasado algo» y guardó el móvil en el bolsillo. Ya se lo explicaría por la noche, cuando por fin llegara a su casa. La situación en aquel piso de Leganés no era, en absoluto, lo que tenía pensado para pasar una tarde tranquila.

La madre de Leal no había cambiado de postura ni de expresión desde que habían entrado en la casa, salvo cuando había señalado a su hijo. Permanecía como un vegetal orientada hacia una televisión que hacía tiempo había dejado de entender. Macarena pensó que, al menos, al no enterarse de lo que ocurría a su alrededor, no sufriría al ver a su hijo detenido por algo tan horrible como el asesinato de varios jóvenes. La lágrima que le resbalaba a la anciana por la mejilla derecha alertó a la chica de que la mujer sufría en su estado más que si pudiera levantarse y gritar, lo que llenó el corazón de Macarena de una tristeza que la obligó a respirar hondo un par de veces para evitar que sus propias lágrimas salieran sin control. Vio de repente el camino tan largo que le quedaba por recorrer, hasta acumular la experiencia suficiente para controlar sus sentimientos. A veces sentía que el peso del mundo descansaba directamente sobre sus hombros y no sabía cómo liberar la carga que ella misma se había impuesto.

38

Os equivocáis de hombre

—**Os equivocáis de hombre** —les repetía Leal por enésima vez.

—Paco…, no insistas, tenemos pruebas.

—Muy bien, ¿qué pruebas son esas? Venga…, ¡decidme! ¿Ha ido alguien a cuidar a mi madre?

—Sí, vi los teléfonos, llamé a los dos, la chica fue enseguida, el chico me contestó que mañana le daría el relevo.

—Gracias —musitó él con poca convicción—. ¿Me vais a decir por qué me señaláis a mí?

—De acuerdo —comenzó Carrasco de nuevo—. Vamos con Luis Acevedo…, residente de Ginecología del Hospital Puerta de Hierro. La «preautopsia» llegó antes de que realizaras la tuya, se supone.

—¡Joder!, ¡si me la trajisteis vosotros!

—Sí, dijiste que era muy minuciosa, que podría ser tuya perfectamente.

—Era una forma de hablar. Claro que podría ser mía porque estaba muy bien hecha y quería darme importancia. Era una broma, Mario.

—Damián Fuentes —continuó el inspector como si nada—, novio de tu ayudante. Comentaste que ni siquiera lo recordabas y según Tania ese mismo día fue a buscarla para ir a comer juntos. ¿Pretendes que nos creamos que ni siquiera entonces lo viste? Porque, según tu ficha, saliste a comer casi a la misma hora.

—No me acuerdo —manifestó él.

—Tercera víctima, Nicolás Tuero.

—Me suena el nombre solo porque me dijisteis que venía al Anatómico Forense su gemelo —les explicó abatido.

—Porque la «preautopsia» que recibimos llevaba el nombre de su hermano gemelo Iván, y tú no has sido consciente del error que eso suponía hasta que te avisamos, sabías lo de su pie implantado y algún detalle más, y, sin embargo, nos quieres hacer creer que no estabas al tanto de que tuviera un hermano gemelo, pese a que le diste clase en la universidad. Por cierto, nos mentiste en las fechas.

—Yo no os mentí en nada, quizá me equivocara, ya sabes que las fechas no son lo mío —le recordó, Mario prefirió continuar.

—Lourdes Barreiro...

—¿Quién es esa?

—¡Venga ya, joder! —protestó Quintana—. ¿De verdad te lo crees? ¿De verdad te crees las explicaciones que nos está dando? Si no se sostienen...

—Quintana, deja que acabe, por favor —le pidió Carrasco—. Lourdes Barreiro es la «donante».

—No había oído ese nombre en mi vida —aseguró Leal.

—¿Quieres decir que ayer por la tarde no te encontrabas en el domicilio de Lourdes, en Aravaca?

—¿Qué pinto yo en Aravaca? ¡Claro que no! —sostuvo.

—Pudimos ver el coche y parte de la matrícula, un Renault Clio negro, la matrícula comenzaba por treinta y ocho y tenía el piloto trasero derecho rajado.

—Mi coche no tiene ningún piloto rajado y no me puedo creer que solo yo tenga un Clio negro en Madrid que empiece por treinta y ocho.

—Hay unos cuantos más, por supuesto. Lo que ocurre

es que con el piloto trasero derecho rajado, la lista se reduce bastante —le explicó él.

—¿El piloto trasero? ¿De qué me estáis hablando? Cada vez lo entiendo menos. Además, todo eso son conjeturas, alguien ha hecho autopsias a todos esos chicos antes que yo, a mis manos llegaban después. Lo sabes, Mario.

Carrasco miró a Quintana, que con la mirada parecía decirle que la amistad queda en un segundo plano cuando se está ante un asesino. Además, él lo sabía. Si de verdad Leal había cometido todos esos delitos, no podría verlo como amigo nunca más. No mostraba arrepentimiento, no sufría por lo ocurrido, no era un arrebato que se le había ido de las manos, se trataba de algo premeditado y no podía obviarlo.

—Conocías a todos esos chicos de la facultad, les diste clase.

—He dado clase a muchísimos chicos y chicas en mi vida, no los recuerdo. Y hace años que ya no las doy.

—Lo sé, desde que dejaste de lado tu problemilla —le confirmó Carrasco.

—Tuve un problema con la bebida durante un tiempo, es cierto, tú lo sabes bien. Y, entre otras cosas, tuve que dejar de dar clases, hay… muchas cosas de esos años que no recuerdo.

—Déjalo ya, Paco. Tenemos tu ADN —concluyó.

—No comprendo nada —declaró el forense.

—En la tercera víctima, en el talón del pie que no le fue amputado, y en una silla del restaurante por el que arrastraste el cuerpo, quedaron fibras de una bolsa mortuoria. Están analizando una bolsa del Anatómico Forense por segunda vez, la primera concluye que son idénticas.

—Eso solo prueba que alguien con acceso al material del Anatómico Forense ha usado las bolsas.

—En el trozo de la silla se han encontrado un par de pelos tuyos.

—¡Coño! ¡Qué conveniente! Y me atrevería a decir que mi ADN estaba en el pedazo más grande, ¿no? ¿Es que no te das cuenta de que alguien intenta involucrarme? —saltó el forense.

Pese a que a Mario ya le había pasado por la cabeza aquel pensamiento, no podía bajar la guardia, era el principal sospechoso y no podía tratarlo como si no hubiera pruebas que lo demostraran.

—En el laboratorio han analizado las «preautopsias». Si bien la letra no se parece a la tuya, sí son informes demasiado parecidos a los que tú redactas y siguiendo el mismo orden para realizar los exámenes de los cuerpos.

—Como casi todos los forenses. Seguimos unas pautas.

—También está tu perfume, Paco, en los escenarios de los crímenes olía a jazmín —le informó Carrasco.

—¿Es que te has vuelto gilipollas de golpe? ¿No eres consciente de que cualquiera debe de estar poniendo pruebas en mi contra?

—No puedo ayudarte si no nos dices dónde está Manuela —respondió Carrasco, obviando que le acababa de insultar.

—¿No estarás insinuando que el que ha matado a esos chicos tiene a mi mujer?

—Exmujer, recuerda.

—Vale, exmujer. Y si ha desaparecido, estás perdiendo un tiempo precioso que deberías ocupar en encontrarla. Te juro que yo no he sido.

—Mira, Leal —intervino Quintana—, te puedes poner como quieras, todo te apunta a ti. Hay tres chicos muertos, una tía en la UCI. No, dos, que la chavala, la que creíamos que era su hija, está jodida también. Una comisaria y un residente de oftalmólogo desaparecidos. Da gracias a que aquí no hay pena de muerte, porque esto se pone feo.

—¡Que no sé nada de eso!, ¿cómo queréis que os lo diga?

Unos golpes en la puerta precedieron al subcomisario Estepona. Por el semblante serio y cetrino, Mario supo que algo grave había pasado.

—Carrasco, salga un momento, por favor.

—¿Qué ocurre, jefe? —preguntó él con preocupación nada más abandonar la sala de interrogatorios.

—Me acaban de llamar del Hospital Clínico. Lourdes Barreiro ha muerto.

—Joder, nos lo pintaron muy mal en el hospital, no lo ha superado entonces.

—Y ha llegado esto —dijo a la vez que le tendía un sobre de lo más familiar.

El inspector lo sopesó, el contenido ya estaba metido en una bolsa para pruebas y habían sacado copias para enviar a la Policía Científica. El consabido texto en francés aparecía ya traducido por Pierre, y Carrasco leyó la nueva frase sin importarle en realidad lo que decía:

«La perfección se alcanza poco a poco, lentamente, requiere la mano del tiempo».

No fue la frase la que añadió una losa más a la carga pesada que ya llevaba, sino la autopsia del joven oftalmólogo. Se pasó la mano derecha por la cara, respiró hondo y entró de nuevo en la sala de interrogatorios. Ya no había tiempo para dejar que Leal se decidiera a hablar.

—Paco, por favor…, dinos dónde está Manuela, no te estás haciendo ningún favor negándote a hablar.

—¡Que no tengo ni idea! ¡Te lo juro!

—Los cargos contra ti han cambiado. Ahora estás acusado del asesinato de Damián Fuentes, Luis Acevedo, Nicolás Tuero, Santiago López Miranda y Lourdes Barreiro, del secuestro y tortura de la chica que vivía con Lourdes y de la desaparición de Manuela Robles.

—No me lo puedo creer... —Negaba él con la cabeza.

—Creo que ya no podemos hacer nada por este joven —concluyó mientras le ponía delante el informe de la autopsia—. Aún puedes hacer algo bueno y salvar a la comisaria.

—Yo... no entiendo por qué me ha elegido a mí el que está haciendo esto, yo no sé nada, lo juro.

—¿No nos vas a decir nada?

—No puedo decirte lo que no sé —dijo él sin bajar la mirada.

Carrasco hizo una seña al agente de la entrada para que se llevara a Leal al calabozo. Seguirían interrogándole por la mañana, por el momento no podía seguir allí, se le había instaurado un dolor de cabeza que le taladraba las sienes y necesitaba aire fresco. Macarena lo siguió fuera de la comisaría para transmitirle de nuevo sus dudas, Mario no le dio pie.

El inspector le indicó que subiera al coche, la dejaría en casa antes de permitir que hablara con él. No dijo una palabra en todo el trayecto hasta que paró frente al portal donde vivía Macarena.

—Mario..., no creo que sea Leal el que...

—No, Macarena, ahora no. Todo apunta a él, ninguno queremos que sea el culpable y eso no lo convierte en inocente. Conocía a esos tres chicos...; perdón, cuatro chicos, de darles clase en la universidad, las autopsias son suyas. Si comparas las que llegan desde el lugar del crimen con las que él redacta, son casi idénticas. No se lleva muy bien con su exmujer. Tú no lo sabes, llevas poco aquí. Hace un año, cuando se separaron, la vigilaba, no consentía que ningún hombre se le acercara, le enviaba mensajes cada cinco minutos, la esperaba cuando iba al cine o salía a cenar... La acosaba, vamos.

—Joder..., entonces sí piensas que ha sido él.

—No, creo que hay una posibilidad y solo haré caso a

las pruebas. Tengo que verlo como a un sospechoso más; si no, no seré justo. Luego está lo del ADN..., y el olor a jazmín..., y que hoy no haya ido..., y lo del coche...

—Ya..., lo siento mucho, Mario.

—Me voy a casa. Mañana, si no te importa, no te iré a buscar.

—Si quieres, te recojo yo.

—No, prefiero ir a mi aire un poco.

—Claro, no hay problema. Nos vemos mañana, intenta descansar.

No pudo contestar, cualquier palabra que quisiera salir de su garganta tendría que pugnar por encontrar un camino que no estuviera plagado de lágrimas y desolación. Un par de gotas se estrellaron en el parabrisas del coche antes de que la lluvia comenzara a caer sin piedad, arrastrando con ella las pocas fuerzas que le quedaban.

Macarena corrió hacia el portal. Entró a toda prisa para ducharse y ponerse un pijama bien grueso. A punto estuvo de tropezar con Miko, que pedía su ración diaria de comida y de mimos. Lo acarició mientras le ponía un cuenco lleno en la cocina y se metió en la ducha, donde dejó que el agua saliera lo más fuerte que sus cañerías permitían. Una vez limpia, lo pensó un segundo y llamó al ginecólogo. García-Flores contestó al segundo tono.

—Hola, lo siento, ha sido un día muy extraño —le comentó ella.

—¿Quieres que me acerque a algún sitio y tomamos una copa de vino?

—La verdad es que solo quiero cerrar los ojos y descansar —confesó—. Además, Mario me ha traído a casa, estoy en pijama.

—Qué sexi, si quieres venir a la mía, te envío la ubicación.

—Eh..., no sé, León —dudó.

—Si lo prefieres, te voy a buscar —propuso él, estaba claro que necesitaba compañía.

Ella lo pensó unos segundos, puso en una balanza por qué debía ir a su casa y por qué no, y decidió en el último momento que le importaba un bledo lo que dijera la maldita balanza. Por un día no tenía ganas de razonar, solo de dejarse llevar. Y permitió que su mente la llevase al armario, donde cogió algo de ropa limpia que se puso antes de salir a la lluvia y meterse en un coche que aparcó a dos calles de donde vivía el médico con el que acababa de quedar. Ya tendría tiempo de lamentarse, si es que debiera hacerlo.

39

¿Por qué la tienes tú?

Macarena se sobresaltó de pronto, no sabía dónde estaba ni qué hora era. Incluso el día le era desconocido. Una mano en su cabeza le hizo sentarse a toda prisa en la cama. La luz de una pequeña lámpara de noche iluminó parte de la habitación.

—¿Qué te pasa? —sonó una voz a su lado—. ¿Estás bien?

La joven miró al hombre que tenía junto a ella sin comprender, al menos al principio. Después, las imágenes de los dos haciendo el amor en aquella cama la tranquilizaron un poco. No era habitual en ella perder el control de aquella manera. Echar un polvo estaba bien, quedarse a dormir con él y exponerse…, no lo veía tan claro, había bajado la guardia.

Cuando llegó a casa de León García-Flores se sentía herida, cansada, triste… Su referencia en aquellos días había sido Carrasco, su compañero. Y esa tarde lo había visto superado por el caso, por tener que detener a su amigo y sentir la decepción que aquello le causaba, el dolor. Ella había pensado que, si alguien tan calmado y centrado como Mario se hundía, qué sería de ella. Nunca había sido fuerte para detener golpes como aquel. Así que se había presentado en casa de aquel médico que tan antipático le había resultado el primer día y se había abalanzado sobre él sin pensárselo dos veces.

Recordó con rubor cómo le había besado, a lo que él había correspondido como esperaba. Cómo, de pie en el pasillo, le había quitado la camiseta para recorrer su cuerpo con los labios, cómo le había quitado el resto de la ropa hasta tenerlo delante de ella desnudo del todo y excitado. Y cómo había bajado con sus labios hasta encontrar su pene, que había metido en la boca sin dudar. A cada movimiento, él respondía con un gemido, hasta que no pudo más y la cogió en brazos para llevarla a la cama, donde se deleitó lamiendo su sexo hasta que ella se retorció de placer. Después, Macarena se sentó encima de él y cabalgó hasta sentir cómo los espasmos la llevaban al clímax a la vez que él agarraba sus caderas para que no se separara de su cuerpo. En poco tiempo se había quedado dormida a su lado, mientras su amante le acariciaba la espalda una y otra vez.

Ahora contempló el rostro somnoliento de León y le pareció amable, atractivo, sensual. Tanto, que enseguida sintió cómo se humedecía y deseaba que la penetrara de nuevo.

—Macarena, ¿estás bien?

—Sí, estaba desubicada, nada más —murmuró ella junto a su oído y comenzó a jugar con el lóbulo de la oreja del médico, a lo que él respondió con un gemido.

León se acercó más a ella y besó su cuello muy despacio, después lo mordisqueó hasta que sintió que la piel de la joven se erizaba cada vez más. Con la mano derecha acarició las piernas hasta llegar a su pubis, donde jugueteó un poco con sus dedos hasta sentir que estaba preparada para él. Se colocó con pericia un preservativo y se coló dentro de ella. La joven se arqueaba y acompasaba sus movimientos para sentirlo a cada arremetida. Le clavó las uñas en los hombros, él ni lo notó. Siguió concentrado en sentir cada embiste, cada empujón, en notar cómo ella se excitaba y le pedía más. Le dio la vuelta para penetrarla por detrás, ella se acarició el clítoris al mismo tiempo, quería llegar a la vez que él. Hasta dos veces el médico tuvo que bajar el ritmo para esperar a su compañera, no quería correrse antes que Macarena. Cuando sintió que la joven ya estaba a punto, se dejó llevar con varias embestidas feroces que acabaron en un clímax brutal acrecentado por los espasmos de ella. Exhaustos, se dejaron caer en la cama; para una primera noche de un día como aquel, habían tenido suficiente.

Macarena se sentó en el borde de la cama y buscó su ropa con la mirada, ahora debía irse a casa, no quería compromisos de ningún tipo, ni que nadie le gustara más de lo debido, no estaba entre sus planes sufrir, ni complicarse la vida. Él le acarició la espalda y le besó con ternura el cuello.

—¿No te quedas? —le preguntó.

—Debería irme, mañana tengo un día intenso.

—Yo también, madrugaremos, no te preocupes.

—Lo siento, es mejor que me vaya. Además, no le he dejado comida al gato.

—¿Tienes un gato? —preguntó él, extrañado.

—Sí, ¿qué pasa? Con que mi madre me compare con la tía solterona de la familia es suficiente.

—Eh…, tranquila…, que no iba a decir nada. Solo que me extraña porque no me lo habías mencionado.

—Tampoco es que nos hayamos visto tantas veces, ¿no?

—No, y además la situación no ha dado para charlar mucho —respondió él con un mechón de Macarena entre los dedos.

—De verdad, me tengo que ir.

—¿Quieres tomar algo antes de irte?

—Eh..., vale, me vendría bien algo caliente, ¿tienes café descafeinado?

—Sí, claro, te lo preparo en un momento... ¿Lo quieres solo?, ¿con leche?

—Con leche está bien. ¿Te importa que me dé una ducha rápida antes de irme?

—Por supuesto que no, te voy haciendo el café. Coge la toalla blanca que hay al lado de la ducha, está limpia.

—Gracias —musitó Macarena, encaminándose al baño; más que darse esa ducha, lo que necesitaba era quedarse a solas y pensar.

El médico vivía en un apartamento de dos habitaciones en la zona de Argüelles, en el centro de Madrid. Se trataba de un piso reformado y muy moderno. La ducha ocupaba la mitad del baño y se separaba del mismo por una enorme mampara. La alcachofa de ducha era gigante, al menos comparada con la suya, y la temperatura del agua se podía regular con un pequeño dispositivo. Macarena probó hasta que dio con la que le pareció ideal y se lavó los restos de aquel día con resolución. Intentó no mojarse el pelo, no le parecía que el ginecólogo tuviera por allí un secador y no le apetecía irse a casa con el pelo mojado con el frío que hacía en la calle.

Le había venido muy bien el sexo con el médico. Le gustaba mucho, pese a que no había sido capaz de quitarse de la cabeza el sabor agridulce de la desesperación de su compañero ni la sensación de que se equivocaban por completo en aquella investigación. Habría disfrutado muchísimo más si hubiera podido dejar su mente en blanco.

Cuando salió, ya vestida y peinada, León removía con calma el café con leche al que había añadido una cucharadita pequeña de azúcar y un poco de canela, como la había visto tomarlo el domingo anterior. Macarena se deleitó con el primer sorbo, lo necesitaba para dejar de sentir ese frío que le salía de dentro, él sonrió y le acarició el pelo.

—Eres preciosa —le dijo sin pensar; ella se ruborizó, no estaba acostumbrada a ese tipo de comentarios.

—León, lo he pasado muy bien...

—Pero... Porque ahora va un «pero», ¿no?

—No sé, creo que no es momento de complicarse la vida, nada más, acabo de empezar en Homicidios, no hace demasiado que salí de una relación muy difícil y el caso que llevamos me está dejando exhausta.

—Ya veo, no te preocupes... De todos modos, podemos quedar para tomar algo, si quieres.

—Claro —respondió ella evitando mirar hacia él, la turbaba más de lo que quería reconocer.

Sus ojos se movieron en torno al apartamento. Desde allí podía ver una bici de montaña con las ruedas algo gastadas. De ahí venía sin duda el tono moreno de su cara y sus brazos. Admiró el resto de la cocina. Se veía todo bien ordenado y limpio, con utensilios que parecían usarse con asiduidad y un aparatoso exprimidor de naranjas que ocupaba buena parte de la encimera.

De repente, sus ojos se toparon con una fotografía pegada a la nevera con un imán que llamó de inmediato su atención. Se levantó ante la atónita mirada de León y la cogió para verla de cerca. Era una copia casi exacta de una de las fotos que Tania les había entregado hacía unos días, donde se veía a varios de los chicos que ahora estaban muertos y a algún compañero más.

—¿Por qué tienes esto? —quiso saber la joven.

—Es... una foto de una fiesta, nada más.

—En esta foto está Luis Acevedo.

—Sí, ya lo sé, también están otros compañeros suyos de la carrera. Me enseñaste una foto muy similar en la comisaría el día que me pediste que investigara lo de la endometriosis, ¿recuerdas?

—¿Por qué la tienes tú? —le interrogó ella.

—Macarena, ¿qué te ocurre? Son algunos chicos del curso de Luis Acevedo, me invitaron a una fiesta.

—¿Qué ocurrió en esa fiesta?

—Se desmadró un poco. Luis trajo droga y algunos de los chicos se pasaron. Cosas de jóvenes, nada más.

—¿Y esto? —dijo al ver una carpeta con anotaciones sobre los asesinatos, hasta el momento ni siquiera se había fijado.

—Sigo el caso, como casi todo el mundo en este país.

—No creo que todo el mundo en este país se entretenga en guardar copias de todo lo que ve en los periódicos ni de las fotos de las víctimas.

—Cuando vinisteis a comunicarme la muerte de mi residente, lo tomé como el asesinato fortuito de un joven. Cuando me involucraste en la investigación y comenzó a salir en la prensa, solo quise recopilar todo lo que pudiera ayudarte de alguna manera.

—Dime que no tienes nada que ver con esto.

—Claro que no, de hecho el otro día hablando con un conocido, que es forense, le decía que...

—¿Qué conocido? —se preocupó ella.

—¿Cómo? —se extrañó él por la pregunta.

—Te he preguntado el nombre de tu amigo forense. Contesta, por favor —le exigió ella más que pedirlo, por el tono en que lo dijo.

—¿Y qué más te da? ¿Qué pasa, Macarena? No entiendo por qué te pones así de pronto.

—¿Cómo coño se llama tu amigo forense con el que comentaste el caso?

—No comprendo qué te ocurre.

—¡Que me digas el nombre! —exclamó furiosa.

—Paco, se llama Paco Leal. Coincidimos como profesores en la facultad de Medicina hace tiempo. Y, de hecho, también estuvo en esa fiesta.

—Mierda, mierda, mierda —maldijo entre dientes a la vez que recogía a toda prisa sus cosas, ni siquiera había terminado el café.

—Espera, Macarena, por favor, dime qué sucede —le pidió, acercándose a ella con cautela.

—No me toques —le desafió ella con los ojos llenos de rabia, él dio un paso atrás al sentirse amenazado.

De repente se sentía herida y vulnerable, tenía que salir de allí a toda pastilla. Pensó en llamar a Mario para contarle lo que acababa de descubrir, un simple vistazo al reloj la disuadió de hacer tal cosa. Salió del piso dejando la puerta abierta y a León con el pantalón del pijama puesto y descalzo, en el umbral, pensando en qué acababa de pasar.

Las lágrimas de Macarena salían disparadas sin control, no era capaz de concentrarse, seguía convencida de la inocencia de Leal y sopesaba la posibilidad de que el médico con el que acababa de acostarse fuera sospechoso también. Por desgracia, le parecía tan viable lo del ginecólogo como que le cuadraban la oportunidad y los conocimientos del forense. Habría que comprobar sus coartadas, mejor sería no descartarlo como sospechoso por el momento.

Muy nerviosa, se dirigió a su casa por la A6 y cruzó los dedos para que no la parase ninguna patrulla aquella noche, no andaba muy pendiente de la aguja que marcaba la velocidad. Llegó a casa en tiempo récord y se metió bajo la ducha, pese a que acababa de salir de la de su amante. Maldijo por la diferencia de temperatura de un baño a otro y se afanó en restregarse bien la piel para eliminar cualquier resto que le pudiera quedar de la noche de pasión con él.

Programó el despertador antes de acariciar un poco a Miko, quien se acomodó a sus pies cuando tuvo suficientes carantoñas y se durmió enseguida, quedaban pocas horas para levantarse y quería descansar todo lo que le fuera posible. El Universo no estaba de acuerdo e hizo que no tardara más de cinco minutos en despertarse de nuevo y que su cabeza comenzara a darle más vueltas de lo debido a todo lo que rodeaba a aquel maldito caso. Quizá no estaba hecha para aquel trabajo, al fin y al cabo.

40

¿Es urgente o no lo es?

Macarena llegó tan pronto al trabajo que se entretuvo en revisar los textos en francés que acompañaban las «preautopsias» de los cuatro jóvenes asesinados. Cuatro, nada menos. Cuatro jóvenes promesas de la Medicina que habían desaparecido porque…, ahora que lo pensaba…, aún no tenía ni idea del motivo. Y era probable que esa fuera la clave de todo, por qué los había elegido a ellos.

Reflexionó sobre cuánto le gustaría tener un encuentro con Leal a solas, sin interrupciones, hacerle las preguntas adecuadas. Sabía que nadie se lo permitiría. También sentía la necesidad de hablar con Mario, explicarle lo extraño que le parecía que su amigo fuera culpable. Cinco personas habían perdido la vida y su equipo no estaba más cerca que al principio de conocer la razón.

A la cabeza le vino la noche pasada con el ginecólogo, lo bien que se sintió en su compañía hasta que había visto aquella foto. ¡Si hasta pensaba en cuánto le apetecía volver a quedar con él!

Tan concentrada estaba en sus pensamientos que no oyó a su compañero cuando se sentó junto a ella en su mesa y la saludó. Fue el olor a café lo que la devolvió a la realidad.

—Mario, perdona, no te había visto —se disculpó.

—¿En qué te centrabas?

—En que tengo que hablar contigo, es que me ha ocurrido algo...

—¿Tiene que ver con el caso?

—No del todo —respondió ella, mordiéndose el labio inferior.

—Entonces no te lo tomes a mal, preferiría que me lo contaras en otra ocasión. Ya tenemos bastante con todo esto. La jefa sigue desaparecida, hay un chico muerto por ahí al que no hemos encontrado...

—Sí, lo sé, tienes razón, es demasiado. Solo que... es algo que creo que debo contarte.

—Está bien —accedió él—, dime.

—Inspector... —llamó su atención una agente de uniforme—, el subcomisario Estepona me ha pedido que le diga que lo está esperando en su despacho. Parece ser que han encontrado el cadáver de un joven cerca de la Casa de Campo.

—El oftalmólogo... —se lamentó él—. Vamos para allá, gracias por avisar. Macarena... —añadió, dirigiéndose a su compañera—, luego me lo cuentas, vamos a ver qué nos manda el jefe.

—Eh..., sí, claro..., no hay prisa —añadió ella—, pero, ahora que lo pienso...

—¿En qué quedamos? **¿Es urgente o no lo es?**

—No, tranquilo, urgente no es. Importante sí, así que te lo contaré en cuanto se pueda. Ahora lo que más prisa nos corre es encontrar a la jefa e investigar el lugar donde han hallado el cuerpo de ese chico.

—¿Seguro?

—Sí, no te preocupes —le tranquilizó ella con una sonrisa.

Pocos minutos después, en la sala de reuniones de la comisaría, el subcomisario se ponía al día con los cuatro miembros del equipo; Yago y Quintana acababan de llegar.

Tras visualizar con calma la «preautopsia» del joven, decidieron trasladarse al sitio donde se había perpetrado el asesinato del residente de Oftalmología, el Pabellón de los Hexágonos, en plena Casa de Campo.

Sabían que ese pabellón lo formaban decenas de módulos hexagonales, diáfanos, sin paredes que delimitaran su espacio y ensamblados hasta convertirse en una gigantesca nave que permanecía inerte en aquella parte del parque. En el techo, las piezas se unían dando la sensación de paraguas invertidos si se miraban desde el suelo. Era un requisito fundamental que se tratara de una construcción desmontable, por eso, pese a que ganó el primer premio de la Exposición Universal de Bruselas en el año 1958, al año siguiente se pudo trasladar la estructura a Madrid, donde funcionó hasta 1975 albergando varias Ferias de Campo. Desde entonces el edificio se abandonó haciendo de él un paraje perfecto para escondrijos, hogueras improvisadas y albergue ocasional de personas sin hogar.

—Creía que iban a rehabilitar ese edificio —comentó Quintana—, lo vi en la televisión.

—La obra empezaba hoy, ya había máquinas y materiales por la zona para ponerse con ello a primera hora esta mañana —le explicó Carrasco—. Un día más y habría tenido que buscar otra ubicación.

—¿Y no había guardia de seguridad? —inquirió él.

—De eso quería hablaros también —añadió Mario—, han encontrado su cadáver junto a la caseta. Parece que alguien lo pilló cuando salía y le golpeó la cabeza. Después lo estranguló, como a los demás.

—Otra muerte a la colección —dijo de pasada Quintana; Mario simuló no haber oído nada, sin embargo, a su compañera no le pasó desapercibida la furia con la que apretaba las mandíbulas.

—¿Ha dejado marcas? —preguntó Carrasco.

—En el cuello presenta la forma de las dos manos y una marca algo más profunda de un anillo, como en los demás —le informó Yago a la vez que le mostraba una foto de las huellas en su eterna tablet.

—¿Hemos comparado las marcas con las manos de Leal? —quiso indagar Macarena.

—Sí, coinciden más o menos. Según Lorenzo, el forense que se encargará por ahora del caso, las manos no se quedan firmes en la garganta, se mueven un poco. Son similares en forma y tamaño. De lo que no tienen ninguna duda es del anillo, y menos ahora que lo han podido cotejar con el de Paco, se lo llevaron para analizar en cuanto lo detuvimos.

—Lo tenemos entonces, ¿no? —resolvió el enorme inspector.

—A pesar de que es una prueba bastante concluyente, habrá que conseguir algo más —replicó Carrasco.

—Necesitamos el motivo, sin eso no sabremos dónde buscar a la comisaria —añadió contrariada Macarena.

Quintana no tuvo nada que añadir, pese a que ahora era él quien apretaba las mandíbulas con fuerza.

Los cuatro agentes llegaron a la Casa de Campo. La Policía Científica ya se había hecho dueña del lugar. Varios obreros permanecían a un lado apartados de los dos escenarios donde trabajaba sin descanso el equipo forense. Eduardo Sánchez se encontraba entre sus compañeros supervisando que todo se hiciera de la manera más minuciosa posible. En cuanto vio a Mario, se acercó a él.

—¿Cómo estás? —le preguntó en primer lugar.

—Bien —dijo él, no quería hablar del tema más de lo necesario, y menos cerca de Quintana, Eduardo se dio cuenta y no insistió—. ¿Qué tenemos?

—Un joven de unos veinticinco años, estrangulado, como los otros, con la cicatriz en forma de «Y».

—Y un ojo insertado en la cuenca izquierda, ¿no? —añadió él.

—¿Lo sabías?

—Teníamos la identidad del chico, desapareció ayer. Y antes de que encontráramos a la mujer de la que conseguía los órganos, le dio tiempo a quitarle un ojo, el izquierdo. Y ese chico era residente de segundo año de Oftalmología.

—Joder…, así que esta vez…

—Sí, esta vez solo nos quedaba saber dónde lo mataría.

—Al menos ya no matará más —comentó Quintana.

—Si es él… —murmuró Macarena.

—Joder, si solo le falta hacerse una camiseta que ponga: «Asesino en serie».

—Me parece que está dando por sentadas muchas cosas, Quintana.

—A ver…, que cuando tú tenías pañales yo ya cogía a los malos, niña —se molestó él—. Leal ha ido por delante de nosotros desde el principio y encima le hemos tenido al día de todos nuestros movimientos. Se ha reído de nosotros en nuestra puta cara.

—Yo solo digo que es posible que nos equivoquemos. Y entonces, si el asesino está suelto, podría volver a matar.

—Ahora lo más urgente es dar con la jefa. ¿Algo nuevo que puedas decirnos, Eduardo? —cambió de tema Mario, no le apetecía demasiado discutir, pese a las ganas que tenía de darle dos puñetazos a Quintana.

—El chico se defendió. Tiene marcas de haber sido estrangulado dos veces y rota la muñeca derecha. Creo que intentó escapar. Al estar drogado casi con toda seguridad, cayó encima del brazo. Debía de sentirse algo mareado o inestable.

—¿Cómo que estrangulado dos veces? —se extrañó el inspector—. Explícame eso, por favor.

—Creo que lo dio por muerto, o quizá tuvo que dejarlo a medias por algo, por el guardia, por ejemplo. Y el chico se arrastró por aquí, si era de noche tampoco vería mucho, la luna ya está bastante menguada estos días. Llegó a moverse varios metros, los pasos y las marcas de arrastrarse son profundas, torpes… ¿Lo veis? No tengo casi ninguna duda de que lo habían drogado. Por supuesto, hemos tomado muestras, en cuanto disponga de más información os lo digo.

—¿Lo mató aquí? —señaló Macarena un lugar manchado de sangre.

—Sí, y le realizó el «trasplante» del ojo antes que la «preautopsia», a tenor de la sangre que salió de la cavidad.

—Le corría más prisa colocarle el ojo que la autopsia. Joder, si supiéramos qué ocurrió, el motivo por el que quiere acabar con la vida de estos chicos…

—Hay que hablar con los que siguen vivos de esa fotografía —sugirió Quintana.

—¡Qué más le da! ¿No dice que es Leal y que ya no matará más porque lo tenemos en el calabozo?

—Igual alguno de los que quedan vivos puede explicarnos cualquier hecho que nos dé una pista de dónde retiene a la jefa. Me parece a mí que Paquito no nos lo va a decir.

Macarena se mordió la lengua. Aquel policía antipático tenía razón. Miró a Mario, quien, además de no tener muchas ganas de intervenir en guerras dialécticas con Quintana, sentía su mente repleta de pensamientos contradictorios y no estaba en absoluto atento a defender a su compañera. Ni a nadie, en realidad.

—En cuanto tuvimos la identidad de los jóvenes di la orden de que buscaran a los otros dos residentes, creí que os lo había dicho, se encargó de ello el subcomisario Estepona —dijo Mario con la foto en la mano—. Puesto que no ha matado por ahora a ninguna mujer…

—Lourdes murió esta mañana, recuerda —le cortó Macarena sin añadir nada al respecto de la información que su compañero se había olvidado de compartir con ellos.

—Salvo a Lourdes, tienes razón. Quería decir que no ha matado a ninguna compañera por ahora, son todos chicos. ¿Puedes compartir con nosotros la información sobre los otros dos jóvenes, Yago?

—Los cuatro chicos que salen en la foto y que no han sido asesinados, que sepamos, son: Sergio Fombona, Julio Escobar, Humberto Gonsalves y Saúl Prieto —les explicó el subinspector tras consultar su tablet—. Julio se fue a realizar la residencia de Cirugía a algún lugar de Estados Unidos. Saúl murió hace un año en un accidente de tráfico y los otros dos siguen en Madrid.

—¿Sabemos qué especialidad escogieron los dos chicos que trabajan aquí? —preguntó Mario.

—Sí…, Humberto es residente de segundo año de Traumatología y Sergio es de Neurología.

—¿Y los hospitales?

—Humberto está en el Hospital Ramón y Cajal y Sergio está en Getafe.

—Bien, tú y Quintana al Ramón y Cajal, nosotros nos vamos a hablar con el neurólogo a Getafe.

—¿Al Ramón y Cajal? Si ese chaval es traumatólogo, de esos ya tenemos uno —se mofó Quintana.

—No creo que sea excluyente elegir la misma especialidad para que lo quieran matar o no, al menos hasta que entendamos el motivo de todo esto —le recriminó el inspector Carrasco, a lo que Quintana respondió con un simple bufido antes de alejarse.

Macarena no se atrevió a rechistar, su compañero no estaba de humor y a ella le quemaba tener tanto que contarle y no encontrar el momento. En cuanto entraron en el coche, se armó de valor para volver a intentarlo; no le hizo falta.

—He decidido que nosotros vayamos a Getafe para que me cuentes de una vez lo que te perturba, que parece que has robado en el cepillo de la iglesia, Macarena —le incitó su compañero.

—Ya…, verás…, ayer me acosté con García-Flores —comenzó sin más preámbulos, enseguida respiró aliviada.

—¿Y eso era lo que tanto te costaba contarme? Eres mayorcita, si te quieres acostar con un hombre que te atrae, pues perfecto. A ver…, siendo testigo del caso, igual podías haber elegido mejor, la verdad. Mas, visto lo visto, la vida es demasiado corta e incierta para pensar tanto con quién la compartimos.

—No te me pongas filosófico, Mario, no estoy orgullosa, aunque tampoco me arrepiento, la verdad. No voy a entrar en detalles de si me gusta o no me gusta y si quiero volver a verlo o no. El problema es que ayer… descubrí que puede estar más implicado de lo que nos parece.

—¿Y sabiendo eso te acostaste con él? ¿Qué querías…, sacarle información? Igual hay otras formas más…

—¡Claro que no! ¿Estás loco o qué? Es que ayer vi en su cocina una foto similar a la que nos cedió Tania, con la que estamos localizando a esos chicos.

—¿Y por qué tiene García-Flores esa foto? ¿Quién se la ha proporcionado?

—Según él, porque eran alumnos suyos y uno de ellos dio una fiesta a la que acudió: Luis Acevedo. Y otra cosa, resulta que comentó el caso con un amigo forense. Adivina de quién se trata.

—¡No fastidies! ¿Leal?

—El mismo —asintió Macarena con cara de circunstancias—. León también estaba en ella.

—¿De qué fiesta me hablas?

—¿Recuerdas las fotos que nos facilitó Tania? Una de ellas nos ha servido para dar con varios residentes.

—Claro que me acuerdo —aseguró Mario—. Lo que no sabía era que las fotos procedían de una fiesta.

—Sí, por lo que me dijo García-Flores, la fiesta la dio Luis Acevedo y acudieron varios alumnos y profesores de la facultad.

—Leal fue profesor unos años. ¿Y dices que acudió él también?

—Según León sí, igual deberíamos preguntarle a Leal.

—Me parece que el ginecólogo se está ganando una visita a la comisaría. ¿Por qué has tardado tanto en contármelo? Joder, Macarena, claro que era importante.

—Porque..., no lo sé. —Bajó la cabeza ella—. Me... costaba un poco...

—Vale, ya da igual. Vamos a hablar con el tal Sergio por ahora y llama tú al Hospital Puerta de Hierro para ver si el ginecólogo ha ido a currar, creo que hoy no se libra de contarnos un par de cosas.

—Ya lo he hecho, está en el quirófano desde hace más de media hora y tiene dos operaciones. Para toda la mañana, vamos.

—De acuerdo, iremos después de ver al neurólogo. Y, Macarena...

—Dime —respondió expectante.

—Algunas cosas sí son urgentes, ¿entiendes?

—Lo sé, no volverá a ocurrir —le prometió ella con un alivio que no sabía explicar.

La joven se abrazó a sí misma en un intento de protegerse del frío exterior. Aquel día parecía no saber abrigarse como correspondía. Quizá porque el frío no provenía de la baja temperatura de ese mes de noviembre, sino de la sensación de enfrentarse a la vida a pecho descubierto.

41

Éramos buenos amigos

Macarena ignoró los pocos mensajes que le habían llegado de León García-Flores antes de que entrara a operar al quirófano. El hombre se empeñaba en preguntarle qué le ocurría, qué le hacía pensar que él pudiera estar implicado en algo así, por qué no le dejaba explicarse. Ella pasaba de parecerle más sospechoso, cuantas más vueltas le daba, a creer que era una paranoica sin remedio. ¿Y si el asesino al que buscaban era él y no se habían dado cuenta? ¿Y si era cómplice de Leal? En ese caso, menuda estupidez la de decirle que había comentado sus dudas con él, ¿no?

Aparcaron en un reservado del Hospital de Getafe y fueron, en primer lugar, a que los guardias de seguridad les permitieran dejar el coche allí mientras hablaban con el joven residente; no les pusieron ninguna pega.

Mientras recorrían los pasillos en busca de la consulta donde el joven residente se encontraba aquella mañana, Macarena se percató de que, en el poco tiempo que llevaba en Madrid, había conocido unos cuantos hospitales y, pese a que un hospital siempre es un hospital, se trataba de edificaciones muy distintas unas de otras. Por ejemplo, el Hospital Clínico donde se ingresó a la mujer, de la que el asesino extraía los órganos, se veía muy viejo a pesar de que ellos habían acudido a la UCI, que era una de las partes más modernas. Aquel Hospital de Getafe, sin embargo, se veía una edificación reciente.

—Un euro por tus pensamientos —le dijo Mario.

—Vaya, estaba ensimismada, lo siento —se disculpó ella—. La verdad es que era una tontería, estaba comparando hospitales. Este parece más nuevo que en el que estaba Lourdes Barreiro.

—Lo es. El Hospital Clínico es de los más viejos de Madrid. Creo que el edificio es de mediados del siglo xx, aunque ya funcionaba antes por la zona de Atocha. Y este se debió de construir unos cincuenta años después. Se ve mucho más moderno.

—Ya sé que es una tontería, es que me maravilla que sirvan para lo mismo y sean tan diferentes. Estos días, por desgracia, hemos visitado unos cuantos.

—Eso ya es cosa de los arquitectos, de la amplitud de espacio de que dispongan, ya sabes, así construyen a lo alto o a lo ancho, según se lo permitan. Mira, creo que esta es la consulta que buscábamos, por lo que veo el jefe le ha mandado protección al residente.

—Hay un montón de gente —se quejó Macarena tras saludar al policía que permanecía en la puerta, sin duda enviado para disuadir a su posible agresor.

—Siempre hay mucha gente —suspiró él antes de llamar con los nudillos a la puerta.

Abrió un hombre de unos cincuenta años con el pelo mal cortado y unas gafas de montura gris a punto de caer de su nariz.

—Disculpe, necesitamos hablar con Sergio Fombona, nos han dicho que está aquí —dijo Mario en voz baja, no quería alertar a quien estuviera dentro.

—Está con un paciente. ¿Pueden esperar?

Mario miró la sala de espera. No, no podían plantarse allí hasta que el joven atendiera a todos aquellos pacientes, no podían pasar la mañana sin hacer nada, porque, por lo que veían, aún le quedaban varias horas para terminar. No tuvo más remedio que echar mano de la placa para conseguir que el joven hiciera un alto y hablase con ellos. El médico con el que pasaba la consulta se interesó de forma desmedida por el motivo por el que la policía podía querer ver al chico.

—Es confidencial —le aseguró el inspector Carrasco en tono neutro, no le hacían mucha gracia los curiosos.

—¿Está metido en algún lío? —preguntó el hombre con mucho interés—. No me malinterprete, esos chicos son mi familia.

—Por ahora solo vamos a hacerle unas preguntas. Si está en un lío o no, ya lo sabrá en su momento.

—Vale, vale —respondió él, contrariado—, solo intentaba ayudar.

—Ustedes dirán —les dio paso y se metieron en un despacho vacío.

—No sé si está usted al tanto de lo que está ocurriendo en Madrid —comenzó el inspector.

—¿Lo de los asesinatos? —preguntó el residente.

—Eso es. ¿Sabía que íbamos a venir a hablar con usted?

—Ni de broma, pero como uno de los chicos asesinados es Luis Acevedo, y éramos compañeros en la facultad...

—También habrá podido observar que hay un agente en la puerta de su consulta.

—¿Y qué tiene que ver eso conmigo?

—Se lo explicaré dentro de un rato. Entonces... Luis y usted coincidieron en la facultad...

—Sí y además **éramos buenos amigos.**

—¿Lo seguían siendo?

—No, dejamos de vernos cuando nos graduamos y cada uno escogió una especialidad.

—¿Y no os dejasteis de ver antes? —intervino Macarena

con la mirada puesta en el joven y la imagen de la foto que había encontrado en casa de García-Flores fija en su retina. No se molestó en hablarle de usted, total, era un poco más joven que él.

—No..., no sé a qué se refiere —se defendió él, Mario la contemplaba con el ceño fruncido.

—Creo que hubo una fiesta a la que acudisteis varios de vosotros. En ella se hicieron estas fotos —se la jugó ella a la vez que las seleccionaba en el móvil para enseñárselas.

Macarena se volvió hacia su compañero, quien la observaba con el rostro serio, e incluso algo de desconfianza. Ella le hizo un gesto para ver hasta dónde podía llegar para sacarle información al chico. El inspector se le adelantó.

—Verá, lo que ocurre es lo siguiente —comenzó a hablar él con tono áspero—. Resulta que, como usted sabe, Luis Acevedo fue asesinado hace unos días por un individuo que ha matado a tres personas más.

—¿Cómo que a tres? En el periódico dice que ha matado a tres chicos en total.

—Voy a intentar actualizar un poco sus conocimientos, creo que tiene la información algo oxidada —dijo Mario ante la atónita mirada de Macarena, lo de ser borde no era lo suyo—. La misma persona que acabó con la vida de Luis Acevedo ha matado a otros tres jóvenes residentes de segundo año de varias especialidades de Medicina, a una mujer de la que extraía unos órganos que luego les implantaba a sus víctimas y a un guardia de seguridad que se encontraba donde no debía en el momento menos oportuno.

—¡¿Qué?! Eso son seis víctimas —se horrorizó él.

—Exacto, veo que sabe usted contar —se mofó el inspector.

—Mario... —llamó su atención Macarena ante la actitud que estaba tomando para hablar con aquel joven. El cual, no podían olvidarse, era una víctima en potencia.

—Un segundo, Macarena —la interrumpió él—. Resulta que estoy hasta los cojones de que nos den la información a medias, de que nos oculten cosas. Tenemos un montón de cadáveres en el depósito porque ninguno de estos chicos nos dice todo lo que sabe. Todos se callan algo, lo sabes perfectamente. Y no estoy dispuesto a añadir un solo cadáver más a la lista. ¿Cómo puede ser que no supiéramos de esa fiesta hasta ahora? ¡Joder!

—Yo… no sé cómo puedo ayudarles. ¿Ha dicho que ha matado a varios residentes de segundo año? ¿Eran todos compañeros míos en la facultad?

—Eran estos: Damián Fuentes, Santiago López Miranda e Iván Tuero —añadió Macarena con la foto en la mano y señalando a cada uno de ellos.

—¿Iván también está muerto? —preguntó Sergio angustiado.

—¿Por qué pregunta por Iván y no por los otros? —quiso saber el inspector Carrasco.

—Porque Iván y yo somos amigos, nada más.

—La fiesta, hábleme de la puta fiesta —le exigió él cada vez más enfadado.

—Si se refiere a la fiesta de esa foto, yo estaba con mi pareja y no sé lo que ocurrió. Sé que ellos discutieron.

—Cuando dice ellos, ¿se refiere a las cuatro víctimas?

—Sí y a Humberto, Julio y Saúl. También había algún profesor.

—Ya…, y usted, qué casualidad, no sabe lo que ocurrió, cómo no…

—Se lo juro, inspector, yo estaba con mi pareja de aquel entonces.

—Ya está bien. Preséntese esta tarde en la Comisaría Central a las seis —zanjó él, visiblemente hastiado—. Necesitaré que me traiga todos los datos de su pareja en aquel momento también.

—No hará falta, inspector. Mi pareja cuando acudimos a esa fiesta era Iván Tuero, no lo sabía nadie. Y ya no pueden preguntarle.

—Igual sí —comenzó a decir Mario malhumorado—, porque resulta que el asesino se equivocó y mató a su hermano gemelo.

—¡¿Qué?! ¡Dios! Pobre Nico…, ella dijo que Iván… —añadió señalando a Macarena—. No lo quiero ni pensar, estaban muy unidos. ¿Cómo…, cómo está?

—Lo podrá saber a las seis, porque le voy a decir que venga a la comisaría a la misma hora que usted. Vamos a tener una conversación muy interesante sobre esa fiesta.

—Y, por cierto —añadió Macarena—, te vamos a pedir un favor. No te comuniques con Iván. Vamos a investigar tus llamadas y mensajes, los de los dos. Si vemos que os habéis comunicado hoy algo de lo que hemos hablado, iréis directos a un calabozo —le amenazó Macarena, Mario hizo un gesto de aprobación con la cabeza.

El chico volvió a la consulta. Allí, por supuesto, se enfrentó al segundo interrogatorio del día, y no sería el último. El neurólogo adjunto lo esperaba para saber, con pelos y señales, qué era lo que la policía quería de él; lo que le faltaba. Se salió por la tangente como pudo y se inventó una migraña que le dispensó de seguir con la consulta, al menos por aquel día. Entretanto, los policías se encaminaban al coche con la sensación de que igual las víctimas no lo eran tanto y les ocultaban la parte más importante de la investigación.

Cuando aparcaron cerca del Hospital Puerta de Hierro, Mario ironizó diciendo que en los últimos días pisaba los hospitales más que algunos médicos, lo que provocó una tímida sonrisa en la cara de su compañera, quien se sentía demasiado nerviosa ante la inminencia del encuentro con el ginecólogo y se afanaba en su nuevo entretenimiento, que era el de admirar la construcción de otro hospital.

Les informaron de que la operación que llevaba a cabo el doctor García-Flores estaba a punto de concluir y decidieron esperar al médico junto a la máquina de café. No tardó en reunirse con ellos, por suerte, porque la sensación de perder el tiempo era demasiado angustiosa en aquellos momentos. La tensión entre Macarena y él fue tan evidente que Mario tomó las riendas de la conversación en cuanto pudo y no se anduvo con rodeos.

—Buenos días, ya sé que su tiempo es muy escaso y el mío también, así que me gustaría hacerle un par de preguntas.

—Por... supuesto, ¿ocurre algo? —preguntó, mirando sin rodeos a la subinspectora.

—Mi compañera me ha comentado lo que ocurrió ayer entre ustedes, así que no hace falta que disimule nada, sé que se acostaron y que ya se habían visto antes.

—¿Hay algún problema por eso? —quiso saber el médico, le parecía que aquello tomaba un cariz personal y no le gustaba para nada—. No sabía que tuviera que dar explicaciones por algo así o que las tuviera que dar ella.

—Ya le dije a Macarena que no me parece muy profesional que se acueste con un testigo del caso. Es mayorcita y es capaz de distinguir entre lo que debe hacer y lo que no. Por otro lado, lo que haga con su vida privada no me incumbe en absoluto.

—Muy bien, me ha quedado muy claro que no está de acuerdo. No creo que haya venido hasta aquí solo para regañarme por acostarme con su compañera, ¿no?

—Desde luego que no, y no le regaño, como usted dice, solo comparto mi opinión. No lo cuestiono en absoluto. Quería hablar con usted porque Macarena me ha comentado que vio en su casa un par de cosas que le causaron sorpresa. Por un lado, una foto casi idéntica a la que Tania, la novia de Damián Fuentes, nos facilitó el día que fuimos a verla a su casa. Por otro, una carpeta con información relativa al caso.

—La carpeta no contiene nada que no circule por internet, aparte de la información que me dieron ustedes para buscar a la mujer que tenía endometriosis. Y la foto... es de una fiesta a la que acudí con mi esposa. La daba uno de mis alumnos, que después fue uno de mis residentes, como ya saben: Luis Acevedo.

Macarena dio un respingo. No sabía que estuviera casado o que lo hubiera estado antes, ni siquiera se lo había mencionado. Miró sus manos y no vio en ellas anillo alguno. Ya le había quedado claro que muchos de los médicos se quitan las joyas antes de operar, con lo cual era un detalle que no decía mucho al respecto. Apartó la mirada cuando se supo observada por él.

—Ya no estoy casado —le comunicó, mirándola a los ojos.

—No te he preguntado nada —respondió ella a la defensiva.

—No te ha hecho falta. Mi mujer murió hace dos años.

—Eh..., vaya, no sabía nada, lo siento.

—Ya... Y bien, ¿qué quería usted saber sobre esa foto? —preguntó el médico a Carrasco.

—Esa foto nos la facilitó la novia de Damián Fuentes cuando fuimos a hablar con ella al morir el joven, no hemos sabido que se había hecho en una fiesta privada hasta hace muy poco y no le habíamos dado ninguna importancia. Ahora, al tener usted una casi idéntica y aparecer en ella varias de las víctimas, nos parece una pista lo suficiente valiosa como para darle prioridad.

—En esa fiesta hubo muchos alumnos de Medicina y bastantes profesores también. La fiesta la dio Luis Acevedo, como ya le dije, en una casa rural que alquiló para la ocasión, en Hoyo de Manzanares.

—Lo conozco, es un pueblo de la sierra de Madrid —murmuró Macarena—, no está lejos de donde vivo.

—¿Dónde vives? —inquirió de repente el doctor García-Flores.

—Da igual, lo que queremos saber es qué ocurrió en aquella fiesta.

—No tengo ni idea —respondió él.

—Joder —protestó Carrasco—, resulta que en aquella fiesta pasó algo que está haciendo que maten a un montón de gente, y los únicos que nos pueden dar respuestas estaban entretenidos en otras cosas. Hemos perdido un tiempo precioso.

—Mi mujer estaba enferma, inspector, sufría leucemia —le informó él—. Se empeñó en ir a aquella fiesta porque llevábamos mucho tiempo sin salir y ya no podían hacer nada por ella. Quería que tuviera toda la normalidad que pudiera antes de que..., ya saben, antes de morir. Para ella era muy importante que no me encerrara en mí mismo y estuviera entretenido.

—De veras que lo siento. Solo que no podemos descartarlo porque su mujer muriera. ¿Dónde estaba las noches del 11 y 12 de noviembre? ¿Y el viernes y el domingo por la noche?

—¿Ahora soy sospechoso? No tenía ningún motivo para hacer daño a esos chicos. Si hubiera querido joderles la vida, con suspenderlos habría tenido bastante.

—Necesito que me escriba en un papel los movimientos de sus últimos diez días —pidió Mario, en realidad él tampoco pensaba que estuviera implicado.

—Se lo acercaré esta tarde a la comisaría. Si quieres tomamos un café y te lo doy a ti —añadió mirando a Macarena, ella se ruborizó y bajó la mirada.

—Mejor tráelo a comisaría —terminó diciendo ella antes de seguir a Mario, que ya daba por terminada la conversación y se dirigía a la salida.

El médico observó cómo los dos policías se alejaban y sintió una punzada de rabia. Para una vez que decidía hacer caso a su instinto y le abría su corazón a alguien... Claro que... el mundo estaba lleno de corazones y de oportunidades, así que... acarició el anillo que llevaba en el bolsillo pequeño del pantalón, ese que se colocaba en el dedo anular cuando se sentía mal, y se encaminó al quirófano. Anotaría las pautas postoperatorias de la mujer a la que acababa de quitar dos enormes quistes de uno de sus ovarios.

Ya en el coche, Macarena pensaba si podría en algún momento dar un paso adelante y pedirle perdón.

42

Ya sé quién ha sido

—Os estábamos buscando —les informó Yago Martín en cuanto vio a sus compañeros llegar a la comisaría—. Parece que tenemos una pista de dónde está la jefa. Han enviado un vídeo.

—¿Cuándo ha sido? —se impacientó el inspector.

—Hace unos minutos.

—¿Es fiable? ¿Estamos seguros de su procedencia y de que sea reciente? —preguntó con prisa.

—Aún no lo hemos visto, lo tiene el subcomisario, quiere que subamos los cuatro.

—Pues vamos allá, nada de hacerle esperar. ¿Dónde está Quintana?

—Esperando a que llegues de dondequiera que estuvieras —respondió el malhumorado inspector junto a la puerta.

En cuanto entraron, supieron que algo importante había ocurrido. El subcomisario aguardó a que los cuatro se acomodaran y la puerta quedara cerrada, para darle al PLAY en el reproductor.

—¡Es ella! —exclamó Mario—. ¿Qué quiere que veamos?

—¿Le ha pegado? —preguntó Quintana para sí mismo—. Menudo hijo de puta. ¿Cuándo grabó esto? ¿Y cómo ha conseguido enviarlo? Hay que hablar con la empresa de transportes, a ver cómo lo hizo para que nos haya llegado ahora.

—Si ha sido Leal y ha enviado esto para que nos llegue justo ahora, no podemos estar seguros de que siga viva —soltó Macarena con un hilo de voz.

—Está grabado esta mañana —les aclaró el subcomisario.

—¿Cómo? ¡No es posible! Entonces ¿no ha sido él? —se enfadó Quintana.

—Parece que nos hemos equivocado de persona —murmuró Macarena. Se sentía en la necesidad de bajar al calabozo ella misma y liberar al forense, supuso que a Mario le parecía la mejor noticia de la semana. Se extrañó cuando le oyó replicar.

—Eso..., asumiendo que no tuviera un cómplice.

—¿En serio? Mario, esto prueba que Leal no ha podido ser, lleva en el calabozo desde ayer... ¿Y tú aún piensas que está involucrado? ¿Tu amigo?

—No vayas por ahí, Macarena. Entiende que hay que valorar todas las opciones.

—Leal es inocente hasta que se demuestre lo contrario, y por ahora solo hay indicios, ni una prueba fiable, lo sabes igual que yo, por mucho que haya que comprobar todas las vías.

—Necesito hablar con él. —Nadie tuvo nada que objetar.

—¿Y sabemos en qué lugar tiene a la jefa? —preguntó Quintana, él no tenía muchas ganas de hablar con el forense, nunca le había caído muy simpático y según él debería estar en el calabozo de todos modos.

—Se llevaron el vídeo original para analizarlo y nos facilitaron esta copia. Si encuentran algo, nos avisarán.

—Parece que ha sufrido bastante —musitó Macarena.

—Tiene varios golpes por todo el cuerpo, desde aquí se le intuyen algunos hematomas y se la ve agotada y confusa, no creo que todavía sepa por qué está secuestrada —coincidió el subcomisario.

—¡Pare el vídeo ahí! —le pidió de golpe Mario—. Mirad, se ve sangre en el abdomen, la camiseta tiene una mancha bastante grande a la derecha. ¿El residente al que habéis ido hoy a ver de qué especialidad es? ¿Cómo se llama?

—Hemos ido a ver a Humberto Gonsalves y es residente de Traumatología.

—¿Por qué lo dices? ¿Qué piensas? —se impacientó Macarena.

—Nada, creo que me equivoco, creí que Yago nos había dicho que era de Cirugía General y Digestiva, y como en esa zona derecha está el apéndice... —dijo Mario con preocupación.

—Lo de que seas buen o mal policía sigue estando en el aire —le comunicó Quintana—, lo que es seguro es que de anatomía no tienes ni puta idea, esa mancha está demasiado arriba para ser de una «operación» de apendicitis. Pero está perfecta para alguien a quien acaban de quitar la vesícula, y es una glándula de las que se puede vivir sin ella sin problema.

—De todos modos, tenemos a un neurólogo y a un traumatólogo, no es que cuadre mucho...

—Jefe —llamó su atención Yago—, el residente de Cirugía General que estaba en Boston volvió a Madrid, lo comprobamos cuando tuvimos las identidades de todos los miembros de la foto. Con el lío del vídeo, no me había dado tiempo de decírselo.

—Entonces es posible que vaya a por él. ¿Sabemos algo más?

—Sí —afirmó él mientras verificaba los datos en su eterna tablet—, por lo que veo, trabaja en el Hospital Severo Ochoa de Leganés. En Boston estuvo desde mayo de 2018 hasta septiembre de este año, unos quince meses, nada más.

—Pues ha elegido el peor momento para volver —se quejó Mario—. Jefe, hay que proteger al chico, va a por él.

—Entonces ¿estamos de acuerdo en que Leal no tiene nada que ver?

—¡Ni de broma! Leal por ahora es tan culpable como el que tiene a la jefa…, a no ser, como dice la señorita, que no sea su cómplice y que le haya querido incriminar desde el principio —protestó Quintana de nuevo.

—Carrasco y Quintana, bajen al calabozo a hablar con él. Esté o no implicado, nos puede dar mucha información.

Ninguno tuvo nada que objetar al comentario del subcomisario. Lo que estaba claro era que el forense estaba involucrado tanto si lo sabía como si no. Y la única manera de saber el porqué era hacerle hablar de aquella fiesta.

Bajaron despacio hacia la celda donde el forense permanecía desde el día anterior. Se lo encontraron tumbado boca arriba, ni se inmutó cuando abrieron la puerta de la celda. Era evidente que estaba molesto con Mario. Sobre todo, le parecía increíble que un amigo lo mantuviera en el calabozo; y aún mucho peor que no hubiera dudado de su culpabilidad a la hora de meterlo allí. Ni los miró. Total, para qué, ya tenían un veredicto dictaminado y él no tenía ganas de llevarles la contraria ni de defenderse más.

—Paco, levanta, tenemos que hablar contigo —le pidió Mario con tono neutro.

—Ya he dicho todo lo que tenía que decir —respondió él, airado—. Si queréis algo más, llamad a mi abogado.

—Paco…, es importante, deja de hacerte el duro —lo volvió a intentar el inspector.

—Iros a la mierda —replicó.

—¡Que te levantes, hostia! —se enfadó Quintana, el forense ni se inmutó.

—Entiendo que estés enfadado conmigo, con toda la comisaría si quieres, todas las pruebas estaban en tu contra.

—¿Y a qué vienes? ¿A disculparte? ¿Has dicho «estaban»?

Mario tragó saliva, no era una disculpa lo que quería salir de su boca. Necesitaba que hablase con ellos para encontrar a su exmujer, nada más.

—El subcomisario te espera arriba, necesitamos que nos hables de esos chicos.

—He intentado pensar en ellos. Todos los años pasaban por mi clase más de cien alumnos. ¿De verdad crees que puedo acordarme de todos?

—De todos no. Sin embargo, de estos te acuerdas más de lo que me dijiste, porque todos tienen algo en común contigo y es una fiesta a la que acudisteis juntos.

—La foto… —murmuró él.

—Sí, la foto. En esa foto están varios de los alumnos que han muerto y todos tienen en común dos hechos: que estaban en la misma fiesta, dada por Luis Acevedo, y que tú les dabas clase.

—Además de que tú también disfrutaste de la puñetera fiesta —añadió Quintana—. Porque estabas, ¿verdad?

—¿Y por qué tendría que ayudaros? —desafió él, ignorando el último comentario del enorme policía.

—Porque creo que eres el único que puede decirnos dónde está Manuela.

—¿Yo?, ¿cómo quieres que te diga que no sé nada?

—Vamos al despacho del subcomisario, tenemos un vídeo de tu exmujer —soltó Mario como último cartucho.

—¿Cómo que un vídeo? —se preocupó él.

—Nos lo han mandado hace un rato. Se ve a Manuela maniatada y está herida.

—Joder, ¿por qué no me lo habéis dicho antes? Vamos… —Se levantó de un salto, de repente era el «delincuente» más colaborador del planeta.

Cuando Leal llegó al despacho, todos los que allí se encontraban bajaron la cabeza; salvo Macarena, quien le sonrió de manera espontánea. Aquel pequeño gesto llenó de regocijo al forense, era la única que se había mostrado en desacuerdo con su supuesta culpabilidad desde el principio. No lo olvidaría. Enseguida le permitieron visualizar el vídeo de la comisaria. Se la veía agotada, llena de golpes, sucia, desaliñada y con una enorme mancha de sangre en el lado derecho de su camiseta.

—Esa sangre…, ¿no me digáis que ha cambiado de «donante» y ahora está usando a Manuela para eso?

—Es muy probable, sí.

—Decidme una cosa, los residentes que quedan vivos de esa foto, ¿qué especialidad tienen?

—Uno es neurólogo, otro es residente de Cirugía General y Digestiva, el tercero es traumatólogo y el cuarto era nefrólogo, por desgracia murió el año pasado en un accidente —le explicó Mario con detalle.

—Es ese, el segundo, el residente de Cirugía. Creo que le ha quitado la vesícula —afirmó Leal sin ninguna duda.

—A nosotros también nos lo ha parecido por el lugar donde está la mancha de sangre —disimuló Mario, de ninguna manera le diría al forense que él habría jurado que le habían quitado el apéndice—. Además, acabamos de saber que estaba en Boston y volvió a Madrid en septiembre.

—¿Y dónde está ahora?

—Trabaja en el Hospital Severo Ochoa, en Leganés —añadió Yago.

—Encima cerca de mi casa, lo tenía bien pensado, joder —se enfadó Leal—. ¿Le vais a mandar protección?

—Sí, he designado a dos patrullas para que le den escolta hasta su domicilio y se turnen para su vigilancia —le aseguró el subcomisario con resolución.

—¿Y qué queréis de mí entonces? No lo entiendo, lo

que tenemos que hacer es buscar a Manuela, está en peligro.

—Queremos que nos cuentes qué pasó en aquella fiesta, creemos que es la clave del caso. Hasta ahora ni siquiera habíamos podido asegurar que estuviste allí.

—No estoy seguro —les confesó con cara de circunstancias y rojo de vergüenza.

—¡Joder! ¿Es que nadie sabe lo que pasó en esa puta fiesta? —exclamó Quintana con incredulidad.

—Bebí bastante. Ni siquiera dormí en casa, no podía coger el coche. Te lo puede decir Mario, por aquel tiempo yo bebía más de lo que debiera. Al día siguiente tuve una bronca descomunal con Manuela, creo que ese día fue cuando decidió que no podía más.

El teléfono del subcomisario sonó de pronto e informó a los investigadores de que los dos residentes citados en comisaría se hallaban allí, habían llegado por separado y los habían acompañado a dos salas diferentes, como les pidieron que hicieran.

—Prefiero que los junten en una sala de interrogatorios, subcomisario.

—No hay problema, voy a avisar a los agentes de la puerta para que acompañen a los dos chicos.

—Y, Leal, tú te vienes conmigo, que esto lo solucionamos de una vez. No nos podemos andar con formalismos a estas alturas —añadió Carrasco, tomando las riendas.

—Claro, ¿quién decís que ha venido? —se interesó él.

—El residente con el que hemos hablado esta mañana, el neurólogo. Se llama Sergio Fombona e Iván Tuero, el traumatólogo.

—¿Y al que hemos interrogado nosotros? —preguntó el enorme inspector.

—¿Algo relevante? —quiso saber Carrasco.

—Lo mismo que todos, no se acuerda de nada. Dice que

estaba malo del estómago y que se marchó pronto. ¿Le citamos?

—Que venga mañana, por si acaso —confirmó Mario, no quería dejar ni un solo cabo suelto.

—Un neurólogo y un traumatólogo que no ha muerto porque el asesino se equivocó de gemelo. La verdad, no sé en qué os pueden ayudar. Quizá el traumatólogo... —comentó Leal.

—Eran pareja cuando fuisteis a la fiesta y, por lo visto, lo llevaban en secreto. Rompieron tras ese día y no han vuelto a quedar desde entonces. Creo que ocultan algo. Cuando vean que tú estás aquí también, espero que se caguen vivos y empiecen a hablar.

—Ojalá tengas razón. Vamos..., tenemos que encontrar a Manuela cuanto antes —le pidió impaciente Leal.

Antes de entrar en la sala de interrogatorios número dos de la Comisaría Central, Carrasco quiso pasar por la retaguardia, por la sala donde observaban a los sospechosos antes de que los interrogaran y mientras lo hacían. Los dos jóvenes se hablaban manteniendo una distancia tanto física como mental. Fuera lo que fuese lo que había acabado con su relación, no parecía estar aún superado. Cuando a Mario le pareció que ya se encontraban bastante incómodos, hizo su aparición seguido de Leal. Cerraba el círculo el inspector Quintana; aunque no lo conocieran, imponía lo suficiente para que los dos jóvenes se sentaran con la espalda recta y bajaran un poco la cabeza; a Mario le divirtió el detalle, sin embargo, no dio muestras de su reacción.

—Buenas tardes —saludó el inspector—. A mi compañero, el inspector Quintana, no lo conocen. Al doctor Francisco Javier Leal, creo que sí, ¿me equivoco?

—No —respondió Iván, parecía estar más entero que su amigo.

—Les hemos hecho venir porque queremos que nos expliquen, de primera mano, qué ocurrió en aquella fiesta. Parece que todos los caminos nos llevan allí.

—Ya le hemos dicho que no sabemos nada del tema —dijo Sergio muy deprisa, su amigo asintió.

—Ya…, la cuestión es que el doctor Leal, aquí presente, sí que se acuerda de unas cuantas cosillas y me gustaría saber su versión antes de proceder.

—¿Antes de proceder a qué? —Se asustó el neurólogo, parecía empequeñecer en aquella silla según Mario hablaba.

—Antes de proceder a detener a quien tengamos que hacerlo, o a poner una multa, o a acusar de algún delito. ¿Me equivoco? No sé ustedes, yo estoy más que harto de que me den la información a medias y hoy estoy dispuesto a cualquier cosa para llegar hasta el final.

—Hay que contarlo, Iván —soltó el joven entonces.

—Siempre has sido un bocazas y un cobarde —le retó él.

—Yo no puedo dormir desde ese día —le aseguró Sergio—. ¡Han muerto nuestros amigos!

—¡Ya lo sé, joder! Uno de ellos era mi hermano. Lo confundió conmigo, ¿sabes? ¡Mi hermano! ¡Era un puto informático! Y ahora está muerto por mi culpa —se quejó Iván.

—Más a mi favor —dijo Sergio antes de comenzar a hablar, ignorando la mirada de reproche de su compañero—. Aquel día bebimos demasiado. Luis era un poco juerguista de más, ¿sabe? Y le gustaba mucho tontear con drogas. Ese día preparó un par de barriles de veinticinco litros de bebida, uno con mojito y otro con sangría. Y no parábamos de llenar los vasos una y otra vez, porque hacía mucho calor y llevaban bastante hielo. Entonces no se le ocurrió otra cosa que echar un puñado de pastillas en el barril del mojito. Todos bebimos de él, salvo Damián, Tania y Humberto, que acababa de salir de una gastroenteritis.

—Les echó droga en la bebida, de acuerdo, es algo que no podemos probar a estas alturas, como comprenderán —intervino Mario—. Es igual, siga hablando, por favor.

—En eso que llegó una tía que venía puesta hasta las cejas. Se la llevó a una de las habitaciones de la planta superior y nos avisó para que subiéramos también.

—Y subieron, claro.

—Estábamos drogados, inspector, claro que subimos —afirmó Sergio.

—Hubo sexo, supongo... —le interrumpió el policía.

—¿Sexo? Cuando nos dimos cuenta nos la estábamos tirando todos, por turnos. Yo no fui consciente de lo que estaba ocurriendo hasta que se me pasó el colocón. Yo soy gay, inspector, jamás me habría acostado con una mujer de no estar drogado, se lo aseguro.

—Joder, Sergio, cállate ya —le pidió Iván.

—Siga —le exigió Mario.

—Nos la follamos por turnos: Luis, Iván, Santi, Julio, Saúl y yo.

—¿Y Damián?

—No, Damián se quedó con Tania fuera, él no había bebido nada más que cerveza y además a ella nunca le caímos muy bien y Dami intentaba mantenernos separados de su novia siempre que era posible. Cuando se nos empezó a pasar el efecto de las pastillas, Luis nos dijo que aquella tía era una puta a la que había pagado por venir a la fiesta y que estaba demasiado drogada, que no podía llevarla a ningún sitio. Además, tenía nuestro ADN, no usamos condón, o eso nos dijo él.

—Vaya fieras —se mofó Quintana.

—¿Y qué hicieron con ella? —les preguntó el inspector Carrasco.

—La metimos en el coche de Luis, dijo que la llevaría a su casa, que sabía dónde vivía.

—Vaya joyas de médicos, joder, qué asco —añadió Quintana. Carrasco no se molestó en recriminárselo, pensaba lo mismo. Leal los escuchaba sin intervenir.

—¿Saben el nombre de la chica?

—Qué va, ni idea, cuando nos dirigíamos al coche nos dimos cuenta de que Damián y el doctor Leal estaban muy cerca.

—¿Y qué hacían allí? ¿Hablar?

—No, el profesor vomitaba y Damián parecía estar a su lado por si necesitaba ayuda, le sujetaba la cabeza.

—Joder, por eso no me acuerdo de casi nada. Sí que recuerdo ver a los chicos metiendo a una mujer en el coche. Me dijeron que había bebido mucho y yo no pregunté más.

—Usted no, Damián vino detrás de nosotros para ver qué estaba ocurriendo, le parecía que la chica iba muy mal y quería atenderla. No le dejamos, claro. Le tuvimos que amenazar con decirle a Tania que se la había tirado allí mismo, en aquel coche. Le hicimos una foto cuando intentaba sacar a la chica cogiéndola en brazos y parecía que le estaba metiendo mano, así que se acojonó.

—¿Dónde la dejaron?

—No lo sé. Luis no nos dejó acompañarlo. Ahora me doy cuenta de la locura que fue dejar que condujese en aquel estado.

—Voy a pedirle a Yago que investigue lo que ocurrió con ella. Me temo que es el detonante de todo esto —dijo Mario a su compañero antes de dar por terminado el interrogatorio.

—¿Nos podemos ir? —preguntó Iván.

—¿Irse? No, por supuesto que no. Primero vamos a aclarar lo que ocurrió con la chica. Después van a tener que ir pidiendo un abogado porque se les acusará, por lo menos, de violación. Y recen para que no tengamos que añadir a ese cargo el de omisión de socorro o el de homicidio involuntario.

—No, no lo entienden... —les recriminó uno de los jóvenes, el otro se limitó a pedir compasión con la mirada—. Estábamos drogados, no sabíamos lo que hacíamos, se lo juro.

—Eso mejor se lo explican al juez porque, según lo veo yo, han tenido unos cuantos años para arrepentirse de aquello por más que no fueran responsables en aquel momento —zanjó Carrasco, cuidando mucho de no levantar la voz ni alterarse más de lo necesario.

Los jóvenes bajaron la cabeza; un acto que pensaron que nunca los salpicaría volvía del pasado para sacudirles un buen empujón. Iván comenzó a llorar. Además de pagar por aquello, tendría que vivir con la idea de que su hermano había muerto por su culpa, algo que le atormentaría el resto de su vida.

Mario se dirigió a la sala contigua adonde ya acudía Yago con su eterna tablet en la mano para decirle que había aparecido muerta una joven de veintiún años el día 19 de agosto de 2016 en el municipio de Hoyo de Manzanares, a la orilla de la Cascada del Covacho.

—Podría ser. Paco..., ¿cuándo fue la fiesta?

—En verano de 2016, juraría que era un domingo o un día de fiesta. Fue en Hoyo de Manzanares.

—¿Tenemos alguna foto de la chica?

—Sí, de la autopsia, se sacaron restos de ADN también y no se encontraron coincidencias; además, no todos los restos se pudieron valorar por la cantidad de tiempo que estuvo la chica en el agua. Una cosa..., la autopsia la hizo usted, doctor Leal —explicó Yago.

—¡No es posible! Me acordaría... Joder, no tengo ni idea, no recuerdo casi nada de aquellos días.

—Vamos a pedir una orden para comparar el ADN con los de los cinco chicos que nos acaban de enumerar —añadió Mario haciendo caso omiso de los lamentos de su amigo, entendía que la situación por la que estaba pasando no era fácil, también que debía pasar por ello solo.

—Joder, te juro que no me acuerdo de nada de eso. Sí que recuerdo que, después de la fiesta, varios alumnos se dieron de baja de mi asignatura. Era optativa, así que no le di mayor importancia.

—Antes de que se me olvide, hay que citar aquí a todos los que han nombrado esos dos que acabamos de interrogar —les interrumpió Mario.

—¿Los detenemos? —quiso saber Macarena.

—Por supuesto, esto no puede quedar así, la violaron todos, en grupo.

—Tampoco es que nos queden muchos por detener —les informó Yago.

—¿Te parecen pocos tres chicos más?

—Es que no son tres. Saúl Prieto murió en un accidente de tráfico, Humberto Gonsalves, si hacemos caso del testimonio de estos dos médicos residentes, no bebió porque acababa de salir de una gastroenteritis.

—Nos quedaría el chaval que volvió de Boston, el tal...

—Julio Escobar —le ayudó Yago, tablet en mano.

—Quien, por cierto, es al que vamos a proteger porque pensamos que puede ser su próxima víctima —añadió contrariada Macarena—. Qué paradoja...

—Pues mira qué bien —se mofó Quintana—. Mejor protección que meterlo en el calabozo no sé si vamos a encontrar.

Mario se quedó mirando la foto de la chica; incluso hinchada, por haber permanecido en el agua tanto tiempo, parecía una niña. Seguro que maquillada y peinada su aspecto sería el de alguien mayor. Con la cara lavada y la blancura de la piel, parecía una niña. Sintió asco al pensar que quizá era eso lo que había hecho que todos se abalanzaran sobre ella. ¿Qué podía llevar a unos jóvenes a cometer una atrocidad así?

De pronto, el doctor Leal le arrebató de las manos la tablet de Yago donde se podía leer el informe de la joven encontrada aquel día y dijo, para el asombro de todos, una sola frase que llenó de esperanza a cada integrante del equipo:

—**Ya sé quién ha sido.**

43

Llovido del cielo...

—¿Cómo no lo vi antes? ¿Cómo no me di cuenta? —se torturaba Leal al ser consciente de que había abierto las puertas al asesino desde el primer día.

—Vale, siéntate y empieza por el principio —le pidió Carrasco.

—Te juro que no recordaba nada de aquella fiesta, por aquel entonces yo bebía demasiado y Manuela me lo echaba en cara cada vez que podía.

—Lo recuerdo —añadió Mario, dándole ánimos para continuar.

—En aquella fiesta el alcohol volaba y sé que Damián estuvo muy pendiente de mí porque había un par de profesores más y no quería que me vieran en ese estado. Por eso, cuando se percató de que empezaba a desvariar, se empeñó en que tomara un poco el aire. Me tuvo dando vueltas por ahí un rato.

—Y fue cuando viste a los chicos meter a la joven en el coche de Luis.

—Es posible —asintió él con poca convicción—. Damián era un buen chico. En realidad, todos lo eran, pero el alcohol y las pastillas son una mala combinación.

—La cuestión no es lo que hicieron, es lo que decidieron tapar después.

—Lo sé. Y te juro que si yo hubiera sabido que esa chica a la que le hice la autopsia era a la que estaban metiendo en el coche esa tarde... Joder..., cómo no fui capaz de verlo.

—No te preocupes ahora por eso. Cuéntanos quién crees que es el que ha orquestado esto.

—Se llama Juan Antonio Galán y es uno de los cuidadores de mi madre.

—¿Qué? Jefe... —Le suplicó Mario con la mirada al subcomisario Estepona—. Si no me equivoco, hoy estará con ella. Ayer se hizo cargo de ella su otra cuidadora.

—Voy a enviar a dos efectivos a su domicilio en Leganés, Leal, su madre estará bien.

—Gracias —murmuró él.

—¿Y por qué piensas que es él? —quiso saber Mario.

—Porque es el mismo que se presentó en el Anatómico Forense como su hermano, hasta ahora no he sido consciente. ¡Qué gilipollas!

—¿Y sabías que ese chico tiene conocimientos de anatomía y de ciencias forenses tan precisos?

—Claro que lo sabía, fue mi ayudante de forense antes de Tania.

—¿Y no te has enterado de que era él hasta ahora? ¡No me jodas! —se enfadó Quintana.

—No, el chico siempre fue muy minucioso y preguntaba todo y tenía su labor diferenciada de la mía. Entró a trabajar conmigo poco después de esa autopsia. Entregó el currículum y yo en aquel entonces pedía que alguien me echara una mano, se me amontonaba el trabajo y los auxiliares que me enviaban no tenían conocimientos forenses, me tiraba más tiempo enseñándoles y limpiando sus vómitos que disfrutando de su ayuda.

—Es decir, que te vino como **llovido del cielo**...

—Sí, me explicó que su hermana era prostituta, que hacía años que no la veía, que había sido un *shock*, que trabajar allí sería como rendirle homenaje... El caso es que le dieron el trabajo. Y no lo he relacionado hasta este momento, Quintana, porque no recordaba nada en absoluto de esa chica, ni he sabido que era la misma que estuvo en la fiesta hasta ahora.

—¿Y cuándo dejó de ser tu ayudante? —preguntó Mario antes de que Quintana pudiera replicar, puesto que ya se preparaba para hacerlo.

—Hace unos meses, cuando entró Tania a trabajar, tenía más puntos que él.

—¿Fue entonces cuando empezó a cuidar de tu madre?

—Sí, durante el tiempo que fue mi ayudante me contó cómo había cuidado solo de su madre enferma porque su hermana se había ido de casa. Me explicó que se había visto obligado a abandonar los estudios, no se los podía pagar. Tampoco le era fácil compaginarlos con el cuidado de la anciana.

—Y, como te dio pena, lo contrataste para que cuidara de tu madre.

—Sí, además, su madre acababa de morir y se le veía algo perdido. Tú sabes lo que es trabajar ahí, a veces mantienes tu horario, sin embargo, otras el horario es el que los casos mandan... Llegó en el momento justo y lo contraté, sí. Me venía muy bien para cuidar de mi madre ya que, por desgracia, no tenía que preocuparse de la suya.

—El chico, me remito a lo que tú decías, realizó unas «preautopsias» muy minuciosas.

—Sí, y me temo que la culpa es mía. De cuando en cuando le dejaba coger el bisturí y ayudarme, no solo por mi problema con el alcohol sino porque me parecía un chico muy válido...

—¿Sabes dónde vive?

—Tengo su dirección en mi casa junto a la de la chica con la que se alterna para cuidar a mi madre. Las guardo en una caja fuerte junto a papeles del piso, los de la separación, unas llaves de repuesto y algunas joyas. Os daré la contraseña.

—¿Y el anillo? Porque las huellas de estrangulamiento coinciden con tu anillo.

—Yo jamás me lo quito. Sé que debería haberlo hecho hace tiempo, sí. ¡Espera! En la caja fuerte guardo el de Manuela, me lo retornó hace justamente unos días, yo esperaba que no me lo devolviera…, no quería pensar que nunca más estaríamos juntos, así que lo guardé.

—¿En serio? No tenéis la misma talla, ¿no? Lo digo por las huellas.

—Casi, Manuela estaba más gruesa cuando nos casamos y yo siempre he tenido los dedos finos. Además, ella eligió una alianza como la que marcaban «de hombre» porque le gustaba más. Las escogimos casi idénticas.

—Llamaremos a los agentes que se han acercado a tu casa para que comprueben la caja fuerte y nos den la dirección del chico.

—¿Vamos nosotros a su domicilio? —quiso saber Macarena.

—Si él no está en casa de Leal cuidando a su madre, sí —afirmó el inspector—, aunque me temo que será falsa. Yago…, localiza a la patrulla que va hacia la casa de Leal, hay que dar con ese chico cuanto antes.

—Mario…, creo que debemos ir a Hoyo de Manzanares —intervino Macarena—. Si la chica era su hermana y quería vengar su muerte, creo que irá adonde se inició todo.

—Tienes razón, vamos a organizarnos. Ya tenemos a dos agentes dirigiéndose al domicilio de Leal para buscar la dirección del joven.

—Hay más de cincuenta personas que responden al nombre de Juan Antonio Galán en Madrid, estoy cribando por edad y por cercanía —le informó Yago Martín, quien, tras comprobar que los agentes aún no habían llegado al domicilio, intentaba ganar tiempo en su eterna tablet.

—Quita a los que estén casados o tengan hijos. Puede que viva en el domicilio de la madre.

—Ni siquiera creo que se llame así, Mario —volvió a intervenir Macarena—. ¿Cuál era el nombre de la chica?

—La chica se llamaba Laura Márquez Pellegrini, según la autopsia.

—Puede que fuera un nombre falso. Si era prostituta...

—Prueba por si acaso en la base de datos —le pidió ella.

—Tenemos a una desaparecida en 2016 que se llamaba Laura Martín Pelletero que coincide con la descripción y la edad y que nunca encontraron. Al menos las iniciales son las mismas. Era la cuarta de cuatro hermanas y vivían en Aluche. Sus padres habían muerto hacía tiempo y sus hermanas hacían su vida, su desaparición no fue muy sonada —les explicó Yago, todos escuchaban con interés, e incluso con admiración.

—Es ella, estoy seguro —sentenció Mario—. Hay algo que no me cuadra. Si tenía tres hermanas, ¿dónde encaja el tal Juan Antonio? ¿No decías que se presentó como su hermano? En esta investigación siempre hemos tenido una pieza de más; o bien en los cuerpos o bien ahora con un hermano que no existe.

—Podemos buscar el expediente de esa chica desaparecida. Si hubo declaraciones de sus familiares, puede que las hermanas nombraran a algún hombre que...

—¡Aquí está! —exclamó Yago. Mario se asombró de la rapidez con la que el chico se movía entre las bases de datos; estaba claro que cada investigador tenía su lugar y el de ese chico estaba entre los buscadores y una tablet—. Además de sus hermanas, declararon los maridos de estas y un joven que dijo ser su novio y que insistió varias veces en que Laura no era una prostituta.

—Mira, Mario —le pidió Macarena, que leía el expediente junto a Yago—, una de las hermanas dice que el chico que se hace pasar por su novio no lo es, que es un tío que estaba enamorado de ella, muy rarito, y que era mejor no hacerle caso, que se pasaba el día cuidando a la madre enferma y que su hermana le había hablado un par de veces con amabilidad y él comenzó a tratarla como si fuera su novia.

—¿No le investigaron por la desaparición de la chica? —preguntó el subcomisario.

—Sí, para empezar no se llama Juan Antonio Galán, sino César Ibáñez, y no encontraron nada, cuidaba a la madre enferma en un piso cerca de donde vivía Laura, en Aluche, en la calle Valmojado —le contestó la subinspectora.

—Un segundo, inspector —le pidió Yago—, he encontrado algo que creo que debe saber. Hay un César Ibáñez que estudió Medicina en la Complutense en la misma época que las víctimas, solo que no acabó la carrera.

—Joder…, entonces los conocía. ¿Será uno de estos que nos señaló Iván Tuero? ¿Sigue abajo?

—Ya voy yo a enseñarle la foto —bufó Quintana, quien parecía cada vez de peor humor, Mario pensó que era porque la culpabilidad de Leal se tambaleaba.

—Que los conocía ya lo sospechábamos cuando realizaba las «preautopsias». Daba datos que era imposible saber con un examen *post mortem* —añadió Leal.

—También podría haberlos investigado de forma tan minuciosa como realizaba esos informes —añadió Macarena—. Es organizado, pulcro y muy ordenado, quizá sufra algún tipo de trastorno que se hizo más patente al morir la chica, si estaba enamorado de ella… —pensó en voz alta Macarena.

—Jefe, tengo un mensaje de los policías que están en la casa de Leal, nadie contesta al timbre.

—Que comprueben si la anciana está sola y entren. Si tienen la más mínima sospecha de que hay alguien más en la casa, que pidan refuerzos —zanjó él con efectividad—. Yago y Quintana, a la calle Valmojado, al domicilio del tal César Ibáñez. Macarena y yo iremos a Hoyo de Manzanares. Vamos a por él. Tenedme al tanto de lo que averigüéis.

—Les asignaré una patrulla a cada uno —les ofreció el subcomisario Estepona—. No es que andemos muy sobrados de efectivos, pero hay que encontrar a la comisaria Robles cuanto antes con vida, y ese chico es peligroso.

—Paco —llamó su atención Carrasco—, necesitamos saber dónde se hizo esa fiesta.

—Es una casa que alquilan, o al menos alquilaban, para fines de semana, semanas completas, días sueltos...; una especie de casa de vacaciones. Por allí se alquilan varias. En casa guardo fotos de aquella fiesta, puedo ir a buscarlas.

—Tania tenía un montón de fotos. Quizá fueran de aquella fiesta y recuerde algo que nos pueda servir de ayuda —intervino Macarena.

—Tienes razón, llámala de camino —dijo él, dirigiéndose a la puerta seguido de Leal—. ¿Adónde vas?

—Voy con vosotros, ni de coña me voy a quedar aquí.

Mario no quiso discutir. No tenía mucho sentido, porque el forense encontraría la forma de ir con ellos o sin ellos. Le pidió que no saliera del coche si él no se lo indicaba y que se estuviera «quietecito». Él asintió y puso cara de cordero degollado, lo que no engañaba al inspector en absoluto.

—¿Dejas que venga?

—¿Qué harías tú si tu exnovio estuviera en peligro de muerte y te vieras en su situación? —la retó Mario.

—Me colaría en el coche.

—Por tanto, ya está. Tendremos cuidado de que no haga ninguna tontería —dijo el inspector convencidísimo de que no tenía otra opción.

Antes de meterse en el coche, el doctor Leal cogió a Macarena del codo y le dio las gracias por no perder la confianza en él. Ella le explicó que no es que tuviera motivos para creer en su inocencia, más bien todo lo contrario, solo que su corazón le decía que era inocente y no podía obviarlo.

—Si puedo hacer algo por ti, no lo dudes —le ofreció el hombre.

—Bueno…, hay una cosa…

—Dime.

—Necesito saber si crees que García-Flores es una buena persona y si está implicado en la desaparición de esa chica.

—¿García-Flores? ¿El ginecólogo? Es gilipollas y arrogante, sin embargo, no creo que esté involucrado en el caso. Por mucho que me fastidie decirlo, porque era uno de los profesores que intentó echarme cuando me dio por beber más de la cuenta. Sí, es una buena persona.

—Gracias —murmuró ella, sintiéndose de pronto más tranquila.

Se incorporaron al tráfico de Madrid mientras llamaban a Tania, quien les dio la ubicación exacta de la casa que buscaban. Se apresuraron a introducir la dirección en el GPS del coche y Macarena, siguiendo una corazonada, buscó también un lugar donde pudiera tener retenida a su jefa cerca de la cascada donde Luis Acevedo abandonó a la joven tras aquella fiesta. Su instinto le decía que aquel era el sitio escogido por el chico, aquel donde su amada había perdido la vida y donde su mente retorcida pensaría que debía llevar a cabo su venganza.

44

Es mi puñetero coche

La lluvia caía despacio, con una cadencia lenta que contra-
rrestaba con la prisa que sentían por encontrar a la comisaria con vida. Para desesperación de los policías, las calles
donde se situaban los chalets más exclusivos, zona en la
que se hallaba la casa que buscaban, se veían en un estado
de conservación algo más cuestionable que las vías más
transitadas. Algunos caminos se encontraban sin asfaltar,
con baches que debían esquivar o pasar a poca velocidad.
Eso, añadido a la cantidad de señales de stop, prohibido el
paso o dirección única, limitación de velocidad a 20 km/h
o salidas de rampas con escasa visibilidad que obligaban a
comprobar los espejos colocados de manera estratégica en
las esquinas, provocaron que el equipo que buscaba la casa
de la fiesta se desesperara cada vez más.

—Como para vivir aquí y llegar a casa borracho —bromeó Carrasco.

—Menudo comentario para hacer hoy —le regañó Macarena.

—No te preocupes, no se ha dado cuenta de que no era
una observación muy afortunada —le disculpó Leal—. Y si
lo ha captado, yo no me voy a enfadar.

—No te reconozco, Paco, hace unos días me habrías
contestado algo como «Sí, borracho y descalzo» —le retó él.

—¡Ja, ja, ja! —Se carcajeó el forense. Macarena los miró como quien mira a dos adolescentes descerebrados que solo se entienden entre ellos.

—Pobre Macarena —soltó de pronto Mario, para la exasperación de la subinspectora.

—Te lo explico —le ofreció el forense sin esperar a que ella diera una respuesta positiva o no—. En mi despedida de soltero, imagínate, cinco jóvenes gilipollas y con ganas de juerga. La frase que más se escuchaba entre nosotros era la de: «¿A que no tienes huevos de…?». Y los teníamos, siempre los teníamos.

—¿Y qué ocurrió? —se interesó ella.

—Que le dijimos a tu colega que no tenía huevos para tirarse al lago del Retiro a por un pato.

—¿Y lo cogió?

—¿El pato? ¡Qué va! Lo que casi coge es una infección, porque vaya cantidad de mierda que sacó de allí, ¿verdad?

—Sí, menudo imbécil. Perdí doscientos euros de la multa que me pusieron, no pillé al pato y encima me quedé sin zapatos. Tuve que tomarme dos cubatas más para olvidar lo mal que olía después de tirarme.

—¡Ja, ja, ja! Luego tenías los pies tan jodidos que tuviste que ir a mi boda en deportivas, ¿te acuerdas?

—¿Que si me acuerdo? Menudo mosqueo se pilló Robles, y eso que no vio que durante el banquete me quitaba las deportivas para tener libres los pies.

Como si lo hubieran ensayado, en cuanto salió el apellido de la comisaria, se hizo el silencio en el coche. A Leal le invadió la nostalgia y los dos policías dejaron que sus recuerdos se movieran tranquilos mientras pudieran. Tan ensimismados iban que casi se pasan la casa de la fiesta.

—Y míralo ahora, inspector y voluntario en una ONG —intentó quitar hierro el propio Leal.

—¿A qué te refieres? —le interrogó Macarena.

—¿De verdad no te lo ha dicho aún? Mario colabora con una ONG que se encarga de los refugiados. Un par de viernes al mes ayuda con los hijos de los refugiados, les da clase, se ocupa de entretenerlos... Que contribuye en lo que puede, vaya.

Macarena sonrió con disimulo. Ahí estaba el secreto de su compañero, un secreto que, a tenor del gesto que acababa de adoptar, no le hacía ni pizca de gracia que se aireara.

—¡Mario! ¡Frena! —le pidió su compañera—. ¡Allí!

La silueta de la casa se recortaba contra el cielo oscurecido de otoño. La rodeaba un recio muro de piedra de casi dos metros de altura. Dieron una vuelta alrededor para encontrar un lugar por el que ver algo más. La puerta de la entrada, de hierro y madera, permanecía cerrada. Macarena se subió a una piedra en cuanto Mario estacionó el coche junto a un árbol fuerte y recio. Desde allí podía ver que la casa estaba en medio de un enorme jardín y que, lo que antes era un gran cenador y una barra donde se servían copas y demás, ahora lo ocupaba una piscina sucia en la que alguien había olvidado un flotador amarillo y varios bidones vacíos.

—Los echan para que no se estropee la piscina si se congela el agua en invierno —les explicó Leal—. Si el agua se congela, se expande y rompe las paredes de la piscina; al tener los bidones vacíos dentro, el agua se expande al convertirse en hielo y rompe por donde están los bidones, que solo cambian de posición en el agua helada.

—Ah, no tenía ni idea —confesó Macarena.

—Tengo que decir que yo tampoco —añadió el inspector—. ¿Ves algo más, Macarena? ¿Algún vehículo? ¿Gente?

—Desde aquí puedo ver la puerta del garaje, creo que está entreabierta. No soy capaz de ver si hay nadie dentro. Déjame el móvil, Mario, quizá si hago una foto...

—Toma, si pones el zoom seguro que vemos algo —le ofreció él.

Macarena hizo varias tomas. Le pidió a Mario que acercara el coche todo lo posible al muro y se subió encima para ver mejor. El inspector puso cara de póquer, pese a que no había nada que le fastidiara más que ver a alguien maltratando su coche. Se concentró en pensar que era un mal necesario para dar con su jefa.

—Hay un vehículo, esperad que os enseño las fotos. Es negro, o al menos es oscuro.

—Es…, es mi coche —se extrañó Leal—. **Es mi puñetero coche.**

—¿Dónde lo tenías?

—En el garaje de mi casa, solo lo uso para llevar a mi madre a las revisiones y poco más, a trabajar voy en tren.

—Pues me temo que el tal Juan Antonio o César, o como coño se llame, ha estado usando el coche en tu lugar también. En la foto no se aprecia el piloto, no podemos ver si está rajado.

—Parece que decidió suplantarte —se disgustó Macarena—. El coche, la profesión, el perfume…

—¿El perfume?

—Sí, tú hueles a jazmín y en los escenarios también, pensábamos que era porque ya habías llegado, ahora me parece que ese chico quería parecerse a ti.

—En realidad, yo comencé a llevar ese perfume porque él me lo regaló. Un día se me ocurrió decirle que me gustaba mucho el olor y apareció en el trabajo con un frasco.

—Es un perfume peculiar —decidió aportar Macarena.

—Me explicó que lo llevaba siempre su hermana y a mí me pareció un gesto bonito utilizar el mismo perfume. Cuando se me acabó el primer frasco, compré uno igual para no cambiar de fragancia.

—Para él era importante, por lo que se ve.

—Sí. Y yo, que soy idiota, no caí en ese detalle.

—Y tú, Mario —le regañó Macarena—, cada vez te pareces más a Quintana, no te había oído decir tantos tacos desde que te conozco. Y ha sido trabajar con él...

—Es posible, ya sabes que todo lo malo se pega. Vamos a entrar.

—Necesitaremos una orden, ¿no? —le recordó la subinspectora.

—Ahora mismo la pido —dijo mientras enviaba un mensaje al subcomisario; no se esperó a leer la respuesta—. Macarena, te toca.

La mujer sacó sus ganzúas para intentar abrir el portón de entrada, no esperaba que estuviera abierto ya. Solo les hizo falta empujar la puerta unos centímetros y se encontraron en el interior de la propiedad. Se movieron con sigilo por el jardín y dieron un rodeo a la casa. Macarena entró por el garaje antes de que Mario pudiera detenerla. Avisó por radio a la patrulla que los acompañaba a Hoyo de Manzanares de que habían hallado la casa, ya que se separaron para ganar tiempo. Compartió con ellos su ubicación y buscó otro lugar por el que acceder, no le gustaba nada la «tranquilidad» aparente que se respiraba dentro. Al no ver nada abierto, fue al garaje y siguió a su compañera. Ella ya se había introducido en la vivienda cuando Leal, precedido de Mario, invadió el salón. Las dos estancias daban a un porche en el que un columpio se movía como si alguien lo acabara de empujar.

—Está aquí —susurró Mario a su compañero, Leal intentó protegerse de lo que no veía.

La puerta que daba al sótano permanecía cerrada con llave. En cuanto los tres estuvieron frente a ella, oyeron un grito que provenía del otro lado. El forense reconoció enseguida el tono de voz de su exmujer. La joven subinspectora procedió a abrir con cuidado, y con todo el silencio posible, la cerradura que pensaban los separaba de la comisaria Robles. En cuanto abrió la puerta, le llegó un olor a excrementos que la obligó a dar un paso atrás. Mario tomó las riendas y entró, seguido de Leal, que no dejaría que le pasara nada más a su exmujer. Justo cuando Macarena los iba a seguir, sintió un dolor intenso en el cuello y un movimiento a su espalda. Alguien le había inyectado una sustancia que le causó un efecto inmediato; ni podía hablar, ni gritar, ni correr. Al caer al suelo, provocó un ruido sordo que hizo que Mario mirara en su dirección. Justo tuvo tiempo de ver a su compañera inconsciente en el suelo y a un hombre que les cerraba la puerta con llave para que no pudieran seguirlo.

—¡Joder! —exclamó Mario alarmado, ahora también tenía a Macarena. Leal, por su parte, bajó los escalones del sótano muy deprisa para atender a su exmujer, que gritaba al intentar zafarse de una rata que se empeñaba en morderle los dedos de los pies.

Cortaron sus ataduras y ella se apresuró a lanzarse a los brazos de Leal como un pajarillo herido, estaba helada. Entretanto el forense pensaba cómo tapar a la mujer, Mario buscaba cobertura en su móvil, lo que no era nada fácil en aquel sótano. La puerta que los separaba de la cocina era de chapa y permanecía cerrada con llave. No conseguirían abrirla ni de una patada, ni con nada de lo que tenían allí. Se comenzaban a desesperar por lo que aquel hombre pudiera hacerle a Macarena.

—¡Joder!, ¿adónde se la habrá llevado? —decía Mario una y otra vez.

—¿Y si tenía razón Macarena y quiere acabar donde todo comenzó?

—¿En la Cascada del Covacho?

—Sí —asintió el forense.

—No sé, en realidad todo empezó en esta casa. Aquí fue donde violaron a aquella chica… Además, con Sergio vivo, acabar, lo que se dice acabar… Ha matado a todos los que la violaron, salvo a ese chico, creo que porque le hemos estropeado el plan.

—Él ha dicho que la abandonaron viva —habló de pronto la comisaria—, que la dejaron morir. No sé de quién hablaba. Creí que desvariaba.

—Tenemos mucho que contarte, jefa —le explicó Mario—, está vengando la muerte de una chica de la que estaba enamorado. Abusaron de ella varios estudiantes de Medicina que habían acudido a una fiesta que daba la primera de las víctimas, Luis Acevedo. Por lo visto, los drogó en esta casa y trajo a una prostituta para que se divirtieran un rato.

—¿Y dices que la chica murió? —preguntó la comisaria a la vez que apoyaba la mano en el abdomen, parecía dolorida—. ¿La drogó a ella también?

—Sí, tenía una alta concentración de barbitúricos y alcohol en su cuerpo, solo que no murió en la fiesta, sino en la cascada, en la autopsia había agua en los pulmones y se comprobó que el agua era de ese lugar —les informó Leal—. Al menos eso es lo que nos ha leído Yago hace un rato en la comisaría.

—¿Cuál fue la causa oficial de la muerte? —preguntó Mario con una idea en la mente.

—Suicidio. Determiné que la chica había sido violada y que tomó unas pastillas y alcohol antes de arrojarse a la cascada para morir.

—Le traicionaste tú también, por eso se quiso convertir en ti, para cambiar la causa de la muerte, para enseñarte que no eres tan buen forense como te crees —sentenció el inspector.

—Y por eso me secuestró a mí —coincidió la comisaria.

—Eso más bien creo que es porque se quedó sin donante, jefa. Lourdes Barreiro no superó la infección de la pierna. Si sabía que eres la exmujer de Paco...

—Lo sabe desde hace unos días. Le estaba dando de comer a mi madre y contándole las novedades del día, siempre lo hago para ver si hay algún cambio en su estado. Él estaba delante. Le dije que, encima de que era un caso muy complicado, la investigación la llevaba mi exmujer. Creo que te he expuesto sin querer, Manuela.

—Tú no has hecho nada, el que tiene la mente enferma es él, no tú —concedió ella a la vez que le sonreía, lo que había comprendido era que, sin él, jamás la habrían encontrado y casi seguro que habría muerto como el resto de las personas a las que secuestró.

Mientras, Mario se afanaba en encontrar algo de cobertura para enviar un mensaje que advirtiera al resto del equipo de que Macarena se hallaba en peligro. Pensando en que no podía permitir que su joven compañera muriera en su primer caso en Homicidios, se subió a un mueble podrido que crujió nada más sentir su peso. Solo cuando oyó que el mensaje había salido hacia su destino, se permitió caer al suelo y se rompió el brazo izquierdo por dos sitios distintos.

45

No debía morir

A la vez que Leal lograba entablillar el brazo de su amigo con un trozo de madera del mueble roto y la tela de un trapo lleno de grasa que encontró por el sótano, Macarena intentaba zafarse de las cuerdas que la mantenían inmovilizada de manos y pies. Se hallaba en el asiento trasero de un coche pequeño, supuso que del Renault Clio del forense. En el suelo del vehículo pudo ver una botella de agua, un mono como los que usaba la Policía Científica y una nevera portátil blanca y roja. La reconoció del Anatómico Forense, por lo visto el asesino también utilizaba el material de su mentor.

No tardaron mucho en llegar. Podía oír el agua caer muy cerca y el aire puro se sentía en los pulmones con un ligero olor a pino. Hacía frío y la humedad le calaba los huesos. Pensó en que era una pena no haber cogido la chaqueta del coche de su compañero antes de entrar en la casa, así por lo menos la habrían secuestrado algo más abrigada. Suspiró al darse cuenta de lo estúpido de su razonamiento. Quizá en momentos de tensión como aquel era normal que acudieran a la mente pensamientos tan mundanos. Si hubiera tenido alguna forma de saber lo que habían pensado los cuatro residentes asesinados antes de morir, habría comprendido lo natural que era que el ser humano intentara trivializar situaciones tan extremas como aquella: un mecanismo de defensa ante la muerte inminente.

El hombre la sacó del coche de un tirón. Lo primero que pudo ver al caer junto a una de las ruedas traseras, fue el piloto rajado del coche del forense. Sintió la urgencia de darle la información a su superior, quien se sentiría orgulloso de sus dotes de observación. Puso los ojos en blanco al ser consciente de lo absurdo que era todo de pronto.

Su secuestrador no llevaba nada que le tapara la cara, ni siquiera en parte, por lo que Macarena pudo ver su rostro con todo detalle: sus ojos pequeños de pestañas pobladas, una cicatriz en forma de «u» en la barbilla de alguna caída de niño, sin duda; la barba de tres días sin arreglar que le daba un aspecto informal, unas orejas grandes desproporcionadas con el resto de las facciones, la nariz recta y los dientes cuidados... Parecía un chico cualquiera de un lugar cualquiera, no resultaba amenazante ni destacaba de ninguna manera, ya que la barba le daba un toque desenfadado. El asesino ideal, por otro lado. Su formación como policía le decía que al permitir que lo viera, sin cubrirse de ningún modo, solo podía significar una cosa: no pensaba dejarla con vida.

—Sé por qué haces esto —le dijo al joven en un intento de mantenerle entretenido.

—Cállate, no sabes nada de nada —respondió él, tirando de ella con fuerza.

—Lo haces por Laura.

—¿Quién te crees que eres para hablarme de Laura? ¡Cállate, puta! —exclamó a la vez que le propinaba un violento bofetón que dejó aturdida a la subinspectora por un instante.

—Lo que hicieron no estuvo bien —añadió cuando comenzó a recuperarse—. Luis debió llamar a emergencias en lugar de abandonarla aquí.

El chico la miró extrañado. No esperaba que nadie supiera lo que había ocurrido aquel día, ni el nombre del responsable de que Laura muriera en ese lugar. Nunca se creyó la teoría del suicidio. Durante la autopsia se concluyó que la joven se había suicidado tras ser violada por varios sujetos, de los que se encontraron restos de ADN poco concluyentes por el tiempo que el cuerpo estuvo en el agua. Tampoco encontraron coincidencias en la base de datos con nadie que estuviera fichado. Él sabía que Laura jamás habría consentido acostarse con tantos chicos como trato de favor. Por mucho que su madre le dijera que tuviera cuidado con esa chica, que parecía un poco ligerita, sabía que nunca se acostaría por voluntad propia con varios hombres en una tarde, la tenían que haber violado, otra idea no le cabía en la cabeza. Y lo que decían de que fuera una prostituta…, solo querían hacerle daño, nada más.

—**No debía morir**. Laura era una buena persona. Estábamos enamorados, ¿sabes?

—¿Y por eso decidiste matarlos? No merecían más, ¿verdad?

Macarena oyó un ruido al romperse una pequeña rama a pocos pasos de donde estaba junto al asesino de aquellos chicos. Se supo observada y rezó para que fuera alguien de la policía quien se escondía de su vista y de la de su agresor. Si el chico tenía un cómplice, no había nada que hacer. La única opción que le quedaba era la de mantenerlo entretenido.

—Yo no he hecho nada; si lo que quieres es vengar la muerte de Laura, creo que ya lo has conseguido.

—¡No! Aún no he terminado.

—¿Por qué mataste a Damián? Él no tenía nada que ver.

—¡Ja, ja, ja! ¿Lo ves como no tienes ni idea? Él era el peor, sabía lo que le hicieron a Laura y no intervino. Puto cobarde… Los demás estaban drogados, me lo dijo Luis.

—¿Hablaste con Luis? —preguntó ella.

—Llevo mucho tiempo planeando esto —confesó él con una sonrisa cínica en sus labios—. Primero me acerqué al imbécil del forense, que según él no se acordaba de nada. Sabía que le mentía y aun así me acogió, como si yo fuera un perrito asustado, como si no tuviera dónde caerme muerto. Y, si dudaba de algo, solo había que invitarle a una copa.

—El forense…, ¿por qué él?

—Porque estaba en aquella fiesta, vio a Laura y ni se acordaba cuando hizo la autopsia.

—¿Cómo lo sabes?

—Porque cuando se emborrachaba se le soltaba la lengua un poco. Contaba muchas cosas. El día que hizo la autopsia de Laura fui a reconocer el cadáver. Le dije que era mi hermana y no me pidió ni el carnet. Decía que la pobre chica se había suicidado porque habían abusado de ella.

Macarena evitó decirle que sabía que la acosaba, necesitaba tenerlo de su parte, de nada le servía si enfadaba al joven y la mataba antes de tiempo.

—Vaya…, lo siento —soltó en lugar de decir lo que pensaba—. ¿Y qué ocurrió después?

—Que me fui a un bar cercano, uno que hay en Moncloa nada más salir del metro y me tomé un whisky. Al pedir el segundo, apareció él en el mismo bar y me reconoció, así que se sentó a mi lado y pidió otro para él. Cuando vi a la velocidad que bebía, decidí espaciar mis copas y dejarle hablar. Me contó que hacía unos días había estado en una fiesta con varios estudiantes de Medicina en una casa en Hoyo de Manzanares y que mi «hermana» le había recordado a una chica a la que había visto dentro del coche de uno de los alumnos, muy borracha. Luego empezó a desvariar con que la vida era una mierda, con que la parienta lo agobiaba y con que el trabajo que tenía le exigía mucho sacrificio. En cuanto soltó que la fiesta la daba Luis Acevedo, sumé dos y dos.

—Entonces ¿crees que Leal recordaba a la chica? —quiso saber Macarena, aquello no era lo que les había dicho el forense.

—Al día siguiente me presenté en el Anatómico Forense y hablé unos minutos con él, me trató con condescendencia y me dijo que no sabía nada de esa chica, que, tal como me había explicado el día antes, la pobre se había suicidado tras haber sido violada. No recordaba nada de lo que habíamos hablado. Conseguí entrar a trabajar con él y me acogió como si fuera mi puto padre. Yo, que no he necesitado al mío en la vida.

—¿Y cómo diste con los residentes que habían violado a Laura?

—Cuando se separó de su mujer, le ayudé a mudarse a casa de su madre y me enseñó fotos. Estaba orgulloso de ser profesor. Dimos con unas fotos de la fiesta, me dijo dónde había sido, no recordaba sus nombres, yo sí. Los reconocí de inmediato. Después busqué en internet sus destinos y fui a por ellos. Me acogieron todos por pena; era el imbécil estudiante de Medicina que había tenido que abandonar su carrera para cuidar de su madre enferma.

—¿Así que cuidas a tu madre y también a la del doctor Leal?

—A veces no entiendo cómo podéis llegar a inspectores, menuda panda de inútiles. Mi madre murió hace mucho, cuido a la del forense porque él no le hace ni puto caso, el muy cabrón. Lo tenía todo y lo ha dejado escapar: una madre que lo ha dado todo por él, una mujer que le aguantó en los momentos más duros… A la vieja no le gusta que le hable como si fuera mi propia madre. Se enfada y no traga la comida, o se deja las pastillas a medio deshacer en la boca o se caga o mea cuando la estoy cambiando, para protestar.

—Pensé que no tenía contacto con la realidad —añadió Macarena.

—Esa puta vieja tiene más contacto con la realidad que todos nosotros juntos —soltó él con asco, de repente la subinspectora entendió por qué la anciana había dicho «Mi hijo», señalando a Leal. Porque el joven que tenía delante se hacía pasar por hijo suyo también y ella se negaba a aceptarlo de la única manera que era capaz.

—¿Y Lourdes? ¿Por qué fuiste a por Lourdes?

—¿Quién coño es Lourdes?

—La mujer de la que sacaste todos los órganos.

—Esa hija de puta era la que le buscaba los trabajos a Laura. Siempre tiene alguna chica a la que explota. Le gustan jovencitas, dice que pagan más por ellas.

Macarena pensó en Carlita, la que hacía aparecer como su hija y de la que no tenían ningún dato, habría que dar con su verdadera identidad. Claro que, cómo podría hacer tal cosa si iba a morir…, nadie más lo sabría nunca. Cruzó los dedos para que la chica sobreviviera a lo que fuera que la mantenía postrada en aquella cama de hospital.

—Cuando hablé con Luis, no tenía pensado matarlo de inmediato, aún tenía que conseguir muchos más datos de él. Le hablé, como el que no quiere la cosa, de Hoyo de Manzanares y el muy hijo de puta me dijo que menudas fiestas se había corrido allí y que una vez habían estado con una zorra a la que se habían trajinado entre seis. No me lo pensé. Cogí un poco de Fentanest…

—¿Fentanest?

—Ah, sí, había olvidado que tú no entiendes de esto. En la facultad, Luis solo hablaba y se trataba con los que eran hijos de médicos, el resto le importábamos una mierda. Quedé con él para que me vendiera droga, así me acerqué a su círculo de nuevo. Fíjate el pedazo de mierda que era. Robaba analgésicos y anestésicos del hospital y los vendía por ahí. Para eso le daba igual que mis padres fueran médicos o pordioseros. Me acababa de vender un poco de todo. Un kit completo, vaya. Le eché en la bebida la droga y esperé. Al poco se empezó a marear, así que le acerqué al coche del forense y le metí un buen chute de lo mismo en la vena. Cayó de inmediato.

—¿El coche de Leal? ¿Lo has usado todo este tiempo?

—Joder, claro, yo no tengo coche. El capullo de Luis Acevedo tenía en el suyo una verdadera farmacia. Me costó encontrarlo, menos mal que llevaba un llavero de esos que abren el coche a distancia y un dispositivo para dar con él. Me parece que ese tío lo perdió más de una vez por ir hasta el culo de todo. El coche del forense es una mierda, pero me ha hecho un buen servicio.

—El piloto... —murmuró Macarena sin pensar.

—Sí... bueno... eso fue culpa de una zorrita que no se quedó contenta con que no quisiera follármela y le dio una patada. ¡Ja, ja, ja! Ahora que pienso en ello, menuda mala hostia se le puso.

—¿Una zorrita? —se extrañó la subinspectora.

—Sois todas iguales. La única que nunca me dejó tocarle un pelo fue Laura, para que luego digan que era una prostituta. Hasta tú has puesto cara de placer cuando me he acercado a atarte. —Macarena reprimió una mueca de asco.

—No lo entiendo. ¿Laura te rechazó y tú te acostaste con otras?

—¡Cállate! ¡Laura no me rechazó! Laura era una chica decente y yo la pensaba esperar hasta que nos casáramos.

—Entonces... ¿por qué te acostabas con otras?

—Joder, de verdad eres más estúpida de lo que pensaba. Tengo unas necesidades, ¿sabes? Y, además, tampoco es que protestaran mucho.

Macarena le miró con rabia contenida. Casi podía leer entre líneas que las chicas con las que se había acostado no podían protestar por hacerlo. ¿Y si las drogó a ellas también? Se juró a sí misma que si salía de aquella, investigaría cualquier denuncia por violación o por supuestos abusos desde la fecha en la que murió Laura. Después pensó en lo poco probable que era que pudiera hacerlo y cruzó los dedos para que hubiera alguien escuchando entre los árboles.

Mientras hablaba, el chico colocaba una cuerda a modo de polea en un árbol junto a la cascada. Macarena supo lo que pensaba hacer. Con los pies y las manos atadas, la colgaría boca abajo para introducir su cabeza, poco a poco, en la pequeña laguna que se formaba al final de la cascada. No tendría ninguna oportunidad. Necesitaba saber más sobre él y acceder a algún resquicio que le quedara de cordura al chico, si es que aún tenía alguno.

—Tuvo que ser horrible saber todo lo que le había ocurrido a Laura y encima tener que escuchar las fanfarronadas de Luis.

—Menudo cabrón... El muy cerdo no se arrepentía de nada, decía que, si era una puta, había que tratarla como a una puta. Le di en la cabeza con todas mis ganas cuando despertó. En ese momento se echó para atrás y no le pillé bien, por eso me tocó correr detrás de él. Menos mal que estábamos cerca de la fábrica de leche, que si no...

—¿Y cómo se te ocurrió hacerles la autopsia y meterles un órgano de otra persona? Eso fue una genialidad, si me permites que te lo diga —intentó ganarse su confianza Macarena, pese al asco que sentía.

—Lo sé —coincidió él, no notó la repulsa en el tono de la subinspectora—. Verás... el muy cabrón iba a ser ginecólogo porque se lo impusieron, en realidad, lo odiaba a muerte.

—Nos lo dijeron sus compañeros.

—A mí se me daba bien y lo tuve que dejar, menuda mierda de reparto es la vida, ¿eh?

—Sí, a veces es muy injusta —convino Macarena intentando, en todo momento, esforzarse por no llevarle la contraria.

—Le dejaron el útero hecho una mierda, ¿sabes? Cuando esos putos cerdos la violaron, le destrozaron la vagina, habría perdido el útero casi con toda seguridad.

—¿Por eso decidiste trasplantarle el útero de Lourdes?

—¡Joder! ¡Por supuesto! Después lo vi todo claro en mi cabeza. ¿Querían cada uno una especialidad? Pues tendrían su especialidad. Al ir a cambiar las amígdalas a Dami me di cuenta de que no las tenía y entonces me pareció una buena idea que la zorra responsable de que Laura hubiera acabado así se convirtiera en la donante de todos esos órganos.

—Eres muy inteligente.

—Lo sé. Volviendo a Luis... lo maté y le dejé allí, bajo la lluvia, para que se lo comieran las ratas antes de que alguien diera con él.

—Entonces ¿no lo tenías planeado?

—Desde luego que sí. Al principio pensaba matarlos uno a uno tras decirles por qué iban a morir. Siempre tuve clarísimo que sería una genialidad darle a cada uno de su propia medicina. Investigué a la familia de Luis, su viejo y su abuelo eran ginecólogos y tenían mucha pasta. Quería pedirles dinero por el rescate, ellos no sabían que ya estaba muerto, podría decir que lo había secuestrado. Después pensé que eso llama demasiado la atención a la prensa y que quedaba mucho por hacer para vengar a Laura.

—Y la oportunidad se te presentó al ver el equipo en el coche de Leal.

—Primero fui a ver a la zorra que prostituyó a Laura, le importaba una mierda lo que le hubiera pasado aquel día. Para ella, lo único importante era que mi novia no volvió de la fiesta y le jodió el negocio. Me dio tanto asco que le pegué un golpe en la cabeza. Mientras decidía qué hacer con ella, se me ocurrió. Leí en noticias antiguas que el padre de Luis Acevedo, ginecólogo de prestigio, había estado a punto de perder a su mujer durante el parto de su único hijo. Que, como consecuencia, ella había perdido el útero y la posibilidad de aumentar la familia. Así que drogué a esa cerda y a la chica, que vaya susto me dio, no me la esperaba allí. Las coloqué en la habitación del fondo y operé a la mayor. Habría sido un cirujano cojonudo. Le saqué el útero, lo guardé en esa nevera que tanto le gusta al forense —dijo, señalando la que tenía junto a él y que había sacado del coche— y volví a la fábrica. Ya sabes lo que pasó después.

—No…, no entiendo algunas cosas —le confesó Macarena al ver que la polea ya estaba colocada y lista para ser usada.

—Eso da igual, vas a morir.

—Lo sé, es que no comprendo cómo es que no encontramos huellas tuyas en casa de Lourdes y tampoco quiero que hagas una chapuza conmigo.

—Yo no hago chapuzas —se enfadó él.

—Bueno… —se la jugó la subinspectora, necesitaba unos minutos extra que no tenía.

—¿Qué quieres decir? —preguntó con ira.

—Las autopsias son muy buenas, ya te lo dije, creo que has demostrado estar por encima de muchos forenses y me atrevería a decir que de muchos cirujanos.

—Sigue… —le pidió él con interés.

—Es que no veo claro por qué hiciste semejante chapuza en la pierna de Lourdes.

—No es una chapuza, simplemente se le infectó.

—¿Y cómo dejaste que ocurriera?

—Se le obstruyó la vía. El día que fui a por el ojo izquierdo me di cuenta del olor y de que Lourdes estaba semiinconsciente y deliraba. Eso no tenía que ocurrir. Le había dejado preparada una perfusión de anestésico y antibiótico. Cuando me acerqué a comprobarlo, advertí que no le funcionaba la vía y se le había hinchado un poco el brazo, así que ni el antibiótico pudo hacer su labor ni estuvo sedada durante varias horas.

—Por lo tanto, sufriría mucho dolor, ¿no?

—Ni te lo imaginas. —Sonrió con malicia el joven.

—No parece afectarte mucho —le recriminó Macarena.

—No me afecta en absoluto, solo que ahí fui consciente de que no me duraría mucho para quitarle más órganos, por eso le extirpé el ojo antes de haber secuestrado al oftalmólogo. No me gusta empezar la casa por el tejado.

—¿Y por eso secuestraste a la comisaria Robles?

—Era perfecto…, la mujer del forense borracho y jefa de la investigación… Así que no vuelvas a llamarme chapucero.

—No lo haré —le prometió ella bajando la cabeza. Se le agotaban las ideas para mantener al chico entretenido—. ¿Y las huellas?

—No me gusta dejar rastro, siempre llevo guantes.

—Alguna huella dejarías.

—Qué más da. Esa puta casa debe de estar llena de ellas, ¿tú sabes la de gente que va a esas fiestas? Además, no estoy fichado.

—No creo que sea como tú dices, la vecina se habría enterado.

—¿Cuál? ¿La cotilla que vive con la hermana y el sobrino? ¡Ja, ja, ja! Ni de coña. El chaval se pone de todo, la mitad de las noches no está y la otra mitad está inconsciente. Y las dos viejas, a las nueve en la cama. No iba a dejar ningún cabo suelto, como comprenderás.

—El pobre Damián...

—Joder, a Damián casi lo pierdo porque tuve que ir a

darme una ducha —la interrumpió él—. La operación de la tía me había dejado hecho un Cristo. No es lo mismo sacar un órgano a un vivo que a un muerto. El caso es que, al final, si te organizas bien, da tiempo a todo. Drogué a Damián justo después de decirle que lo iba a matar por no ayudar a Laura, y él lloró porque se iba a casar. ¡No te jode! Yo también me iba a casar..., ¡con Laura! No pude porque ellos me la arrebataron.

—¿Qué..., qué estás haciendo? —preguntó ella aterrorizada de golpe al ver al joven con un bisturí en la mano.

—Me habéis jodido el plan, quería acabar aquí, donde todo empezó, pero no he podido coger al cirujano, así que tendré que improvisar —le explicó con frialdad.

—¿Por qué has dejado a Sergio con vida?

—¿Que por qué? Porque es maricón, ¿sabes? Estaba liado con el capullo al que le corté el pie. Y Luis le drogó lo suficiente para no saber ni dónde la metía.

—Tengo una mala noticia para ti —se la jugó ella.

—¿De qué hablas?

—El... traumatólogo no está muerto, te equivocaste de hombre.

—Es mentira, intentas confundirme —replicó él con ira mal contenida.

—No te miento, mataste a su hermano gemelo. Era informático.

Tras unos segundos en los que Macarena vio dudar al joven e, incluso, pasar de la perplejidad a la ira, el chico transformó su cara en una mueca de triunfo que le heló la sangre a la subinspectora.

—Muchas gracias por la información, ha sido un placer conversar contigo. Ahora ya sé que tengo algo más de trabajo por delante. No me va a frenar, no te preocupes, acabaré lo que he empezado. Además, tienes unos pies bonitos...

—No te saldrás con la tuya, mis compañeros me están...

—¿Buscando? ¿Eso querías decir? Te aseguro que eso no está ocurriendo. Siguen encerrados en el sótano de la casa y la puerta es de acero, unos cinco centímetros, imposible de abrir. Tampoco hay muy buena cobertura que digamos.

Macarena intentó no ser presa del pánico, si como pensaba había algún compañero cerca, necesitaba más tiempo y hacerle hablar todo lo que pudiera. El joven comenzaba a impacientarse y parecía tener todo listo para acabar con la vida de la joven subinspectora. El instinto le hizo tirar de las ataduras, lo que solo consiguió que le provocara unas buenas rozaduras en la piel.

—Para mí esto está terminado, o casi... Tengo una vesícula para el cabrón del cirujano y, aunque no pensaba matar al neurólogo, ahora veo que da igual que fuera maricón o no. Se tiró a Laura, como los otros, así que en breve tendré un cerebro. Sí, es el fin de todo.

—¿Un..., un cerebro? —se horrorizó Macarena.

—Yo no tengo la culpa de que eligiera ser neurólogo, pero para ti es una putada, sí. De todos modos, no te va a doler mucho, primero te voy a sumergir en el lago, porque en esta ocasión no vas a poder ver la operación, entiéndelo...

Macarena intentaba zafarse de sus ataduras, sin éxito. La adrenalina corría por sus venas a tal velocidad que pensó que moriría antes de que aquel loco la matara, lo que en realidad habría sido una suerte.

—Suelta eso —sonó una voz a su espalda, Macarena reconoció enseguida la voz de Quintana.

Fue entonces cuando Macarena fue consciente de que el chico le había quitado la pistola cuando la había drogado. Ni siquiera se había dado cuenta hasta ese momento. Así que tenía un bisturí, estaba muy cerca de ella y llevaba su arma. Si le disparaban, tendría tiempo de clavarle el bisturí. Y, si Quintana no se apartaba de su vista, podría dispararle a él también.

—¡Quintana! ¡Tiene mi arma! —gritó ella de pronto.

El joven la miró con veneno en los ojos y le asestó un golpe rápido con el bisturí, después sacó el arma y disparó al sitio del que provenía la voz. Dos disparos sonaron en aquel instante, en lugar de uno. Macarena sangraba por el cuello, apenas le dolía y se sentía tan débil…; los ojos no conseguían permanecer abiertos, el aire le llegaba como impulsado por un resorte, sin que ella fuera capaz de aspirar. Solo acertó a ver frente a sí al joven que se llamaba César, o Juan Antonio o como fuese, tirado en el suelo, mirándola fijamente sin ver nada mientras un hilillo de sangre resbalaba por su frente hasta el suelo.

Se desmayó antes de ver a Quintana a su lado, presionando la herida de su cuello y jurando en voz alta, entre blasfemias y palabrotas, que no estaba dispuesto a perder a otra compañera.

46

Veinticuatro horas

Mario se dirigía sin prisa a depositar el ramo de flores adonde le habían indicado. A lo lejos pudo ver a León García-Flores. Los últimos días parecían hacer mella en él y el tono moreno de su piel se había convertido en un gris ceniciento. Se acercó al médico y le ofreció la mano derecha, que por fin le había quedado libre tras librarse del ramo. La otra permanecía dentro de un cabestrillo que tendría que llevar durante al menos dos meses más.

—¿Fue mucho? —le preguntó el médico.

—No, dolió un poco cuando me lo colocaron, nada más. ¿Cómo estás?

—La verdad, no es que haya descansado mucho —le confesó. Las ojeras, de todos modos, le habrían delatado.

Los dos hombres miraron dentro de la habitación donde Macarena luchaba por su vida. Un tubo le proporcionaba oxígeno y su pecho subía en respiraciones rítmicas y programadas.

—¿Sabemos algo más? —preguntó Mario.

—Lleva **veinticuatro horas** en coma, perdió mucha sangre.

—¿Eso qué quiere decir? Recuerda que yo soy ateo en esto de la Medicina.

—Que las siguientes veinticuatro horas serán cruciales;

si consigue respirar por sí misma y produce plaquetas a la velocidad adecuada, se salvará.

—¿Y le quedarán secuelas? —quiso saber el inspector.

—El TAC está limpio, no parece que sufriera daños cerebrales. Aun así, lo mismo, habrá que esperar.

—Pues esperemos, entonces —dijo una voz a su espalda.

Los dos hombres vieron cómo Quintana se sentaba en una silla junto a ellos. No se había movido de allí salvo para tomar algún café (descafeinado) y para ir al baño. El inspector Carrasco no daba crédito a lo que veía. Él pensaba que Quintana odiaba a Macarena. De hecho, creía que detestaba a todo el mundo. Y allí estaba, esperando noticias sobre su mejoría, sin moverse de su lado, tras salvarle la vida en aquella cascada.

—Quintana, tienes mala cara, vete a dormir un poco. Si hay alguna novedad, te llamaré, te lo prometo.

—No me voy a mover de aquí. Quiero verla cuando se despierte.

—Puede que tarde horas, incluso días —le explicó el ginecólogo—. O puede que no despierte jamás.

—Lo sé y, por ahora, aguanto. Cuando no pueda más, ya os lo diré. Y ahora callaos un poco, que así no hay quien se concentre. ¡Joder! —protestó él a la vez que apoyaba la cabeza en la pared y cerraba los ojos. En menos de un minuto emitía el primer ronquido.

—Qué facilidad para dormir —alabó el doctor García-Flores, Mario asintió. Y, sin necesidad de ponerse de acuerdo, empezaron a hablar en voz baja.

Un rato después, y con dos cafés en la mano, comenzaron los pitidos en la habitación de Macarena. Varios sanitarios corrieron hacia ella con material suficiente para encargarse de cualquier imprevisto. Mario no se atrevía a moverse. El cuerpo de la subinspectora se agitaba de manera convulsa. Aquello no presagiaba nada bueno, o eso pensó él.

—¿Qué…, qué ocurre? ¿Es un ataque? —preguntó con miedo.

—No —respondió León con una sonrisa—, se está despertando.

El médico tuvo que sujetar al inspector para que no entrara en la habitación antes de que les dieran paso. Varios minutos más tarde, cuando los sanitarios abandonaron la sala, los dos hombres ocupaban el espacio a ambos lados de la cama de la subinspectora. Fue Mario el primero que habló.

—Menudo susto nos has dado, compañera. No lo vuelvas a hacer.

—Lo siento. Es todo muy confuso, no estoy segura de recordar todo lo que ocurrió… ¿El chico ha muerto?

—Sí, Quintana no tuvo más remedio que abatirlo.

—¿Quintana? —se extrañó ella—. Ahora que lo dices, me pareció verlo…, al menos a quien vi era grande…

—Sí, el gruñón de Quintana fue quien te salvó la vida. Está ahí fuera, se supone que haciendo guardia hasta que te despiertes. La realidad es que duerme tan profundo que nos ha dado pena despertarlo, escucha cómo ronca.

—Como siga roncando así, lo van a despertar las enfermeras a palos —intervino el ginecólogo, fue entonces cuando Macarena reparó en su presencia.

—León…

—Aquí estoy —respondió él.

Ella le pidió que se acercara e hizo algo tan simple como cogerle la mano, no necesitó nada más. El inspector Carrasco sonrió.

—Mario… —comenzó a decir Macarena—. Creo que aquel chico me contó todo mientras preparaba una polea para sumergirme en la laguna bajo la cascada, no lo podría jurar, lo recuerdo como si fuera una película, no sé cómo explicarlo.

—Lo sabemos, no te preocupes, Quintana y Yago estaban allí y lo oyeron todo. Ya sabes cómo es Yago con las tecnologías, al ver que el chico comenzaba a confesar, lo grabó con su móvil.

—¿Y cómo es que fueron hasta allá? Ni siquiera yo estaba segura de que fuera el sitio elegido para su venganza.

—Porque les pude enviar un mensaje desde el sótano. Me tuve que subir a unos muebles viejos para pillar cobertura y después me caí —le dijo, señalando la escayola del brazo—. Al menos el mensaje se envió y lo recibió ese viejo gruñón.

—¿Te hiciste mucho daño? —le preguntó ella.

—Nada que no arreglen un poco de reposo y unas buenas vacaciones.

—¿Y la jefa?

—La jefa está bien; sin vesícula, pero bien. No te preocupes, tú eres la que peor parada has salido. Y, viendo que estás en buenas manos, os voy a dejar un rato a solas, que he quedado con Paco para darle algunas explicaciones, ya sabes. Ya me ha mandado dos mensajes para recordarme que hemos quedado. Vaya, otro mensaje, parece que está impaciente para que le pida perdón —añadió Mario mientras consultaba el móvil de nuevo—. Madre mía…, ¿cuándo aprenderá a usar correctamente la palabra «ahí»?, ¡qué paciencia!

—Una cosa, Mario —le interrumpió ella.

—Dime.

—Antes de perder el conocimiento, me pareció escuchar a Quintana decir que no iba a perder a ninguna compañera más.

—Quizá no debería contarte esto…; sin embargo, después de lo que ha ocurrido… Hace unos años a Quintana le asignaron a una agente novata. Era una chica muy despierta y quizá algo temeraria. Llevaban un caso de abuso infantil y seguían un par de pistas. Mara, la compañera de Quintana, entró en un antro donde le habían dado el chivatazo de que estaba el supuesto pederasta al que buscaban. No esperó a su jefe porque le quería impresionar, era de los mejores investigadores de la Comisaría Central y muy agradable, aunque te cueste creerlo. Se metió directa en la boca del lobo. Se encontró de frente con varios depredadores sexuales que se dedicaban a lo que mejor se les daba. Cuando la vieron llegar, la violaron y la sodomizaron. Fueron tan violentos que le provocaron una hemorragia y murió allí mismo. Quintana nunca se lo perdonó.

—¿Por eso me trataba tan mal?

—Creo que no quería encariñarse contigo, ni quería revivir aquel episodio de su vida, sí.

—¿Y por eso tenías tanta paciencia con sus salidas de tono?

—Es probable, aunque yo no creo que la tuviera, la verdad.

—No, no tienes ni pizca y sigues siendo gilipollas —dijo el enorme inspector, quien se encontraba en la puerta desde hacía un buen rato.

—Yo también te quiero, Quintana —se despidió Mario, Macarena y León sonrieron.

—Vete a la mierda, gilipollas —contestó Quintana con una sonrisa—. Y ahora, jovencita…, me vas a contar cómo consiguió ese chaval esmirriado reducirte, quitarte la pistola y atarte de pies y manos —le dijo con más cariño que el que intentaba disimular, a la vez que acercaba una silla a la cama de la chica—. Cada vez os exigen menos en la Academia.

—Estoy muy confusa, Quintana. Solo recuerdo que me inyectó algo y sin saber cómo me di cuenta de que no podía moverme ni gritar. Creo que caí al suelo.

—¿Y el arma?

—No fui consciente de que me la hubiera quitado hasta que se acercó con el bisturí —respondió ella con cansancio.

—Creo que ahora necesita dormir un poco, inspector Quintana —le dijo con educación el ginecólogo—. Despertar de un coma es agotador.

—Joder con el medicucho, esto sí que ha sido breve. Valverde, cuando despiertes me llamas, este es mi teléfono. Ahora que he comprobado que estás bien, me voy a dormir a mi casa.

—Gracias, Quintana —acertó a susurrar Macarena antes de caer profundamente dormida.

En sus sueños se encontró en la Cascada del Covacho, donde había estado a punto de perder la vida. El joven la amenazaba con el bisturí y ella no conseguía gritar. Sabía que debía hablar para ganar tiempo y de su garganta no salía sonido alguno. Quiso gritar el nombre de Quintana; ahora que sabía que se hallaba allí y que la salvaría, mejor sería llamar su atención cuanto antes. No obstante, el joven se había acercado tanto que no le daría tiempo a chillar. Notó el bisturí clavándose en su piel, tantas veces que supo que no saldría con vida de allí. Mas... ¿no era un sueño? Debía llamar a Mario, él sabría qué hacer y cómo despertarla. Cuando subió la cabeza para enfrentarse a su agresor, comprobó con terror que no se trataba del mismo chico que le había clavado el arma. Se enfrentó, cara a cara, con la mirada limpia de su compañero y el hoyito que le salía en la barbilla junto a su eterna sonrisa.

Entonces sí que gritó, con tantas fuerzas que León se apresuró a abrazarla. Ella aún no había regresado del mundo de los sueños, seguía con la mirada perdida mientras el ginecólogo le acariciaba el pelo con cautela. Poco a poco recuperó la consciencia y se percató de que se encontraba en la misma cama de hospital donde había despertado hacía unos minutos y con León García-Flores sujetándole la mano como antes.

—Tranquila, estás a salvo —le decía él con cariño—. Solo era una pesadilla.

—¿Y Mario? —preguntó ella en primer lugar.

—Se fue hace un rato. Había quedado con Leal, ¿no lo recuerdas?

—¿Cuánto hace que se fue? —quiso saber, consciente de que podía haber estado dormida un minuto o dos horas.

—No lo recuerdo, treinta minutos más o menos. También se marchó Quintana. Dijo que iba a dormir un poco, ahora que ya estabas fuera de peligro.

—Necesito mi teléfono, rápido.

—Tu teléfono lo tiene la Científica. Estaba donde aparcó el coche César Ibáñez antes de arrastrarte hacia la cascada.

—Lo preciso ahora mismo, vamos a por él —dijo con decisión al mismo tiempo que se levantaba e intentaba arrancarse las vías por las que le suministraban los calmantes y el antibiótico.

—Espera, espera, Macarena. ¿Se puede saber qué te ocurre?

—Es necesario comprobar una cosa. Es muy urgente.

—Tu teléfono estaba destrozado, César lo pisoteó en cuanto llegasteis allí, supongo que para que no os rastrearan.

—Mierda, mierda, mierda… Hay que llamar a la Científica, cuanto antes.

El hombre marcó el teléfono de Mario, ante la insistencia de Macarena. No entendía qué le estaba ocurriendo, parecía lo bastante grave como para hacerle caso; Mario no respondió. La tarjeta con el teléfono de Quintana permanecía en la mesilla, el enorme inspector la había dejado allí antes de marcharse.

—Toma, prueba con él —le pidió la mujer con insistencia.

—Debe de ser muy importante para que me eches a los lobos de esta manera —bromeó el médico ante la inminencia de la bronca que se llevaría por despertar al enorme inspector—. Buenas tardes, inspector Quintana, soy León García-Flores, disculpe si le he despertado.

—Al grano, joder, que no hace ni media hora que me salí de allí.

—Lo sé, es que Macarena me ha pedido que le llame porque dice que necesita acceder a su teléfono móvil lo más rápido que pueda.

—¿A esta chica la ha dejado tonta el pinchazo o qué? El teléfono está en el laboratorio.

—Mejor se la paso —cortó él, no quería más problemas.

—Inspector —habló ella muy acelerada—, necesito comprobar una cosa, es muy urgente. ¿Tiene el teléfono de Eduardo Sánchez?

—Hombre..., no me jodas..., ¿es que los jóvenes no sabéis vivir sin ese chisme? Mañana te lo doy.

—Es importante, es necesario que sea ahora.

—Como tú llevas un día entero durmiendo, te crees que los demás también. Puesto que yo he pasado las veinticuatro horas allí, sentado en una silla, me quiero ir a mi casa a dormir.

—Tengo que hablar con el supervisor de la Científica para verificar un dato. Si es lo que me temo, puede que esto no haya acabado.

—¿Qué coño dices, niña?, ¿qué dato es ese?

—Deme el teléfono de Eduardo y en cinco minutos le llamo —le prometió.

—Dile a tu novio que se lo mando por mensaje y en cinco minutos, me llames o no, apago el móvil y me duermo. ¿Estamos?

—Estamos —estuvo de acuerdo ella.

León no le quitaba los ojos de encima. Fuera lo que fuese lo que pasaba por la mente de Macarena, era lo suficiente importante para levantarse de la cama y estar dispuesta a marcharse en plena recuperación, para hacer pensar a todos a su alrededor que estaba paranoica y no importarle. Y, lo que era más grave, para enfrentarse al inspector Quintana en pleno brote de mala leche.

—Toma, Macarena, ya estoy marcando el teléfono —le explicó León tras recibir el mensaje de Quintana e introducir el número del supervisor de la Policía Científica.

—Eduardo Sánchez al habla.

—Buenas tardes, soy la subinspectora Macarena Valverde, perdone que le moleste, es muy urgente.

—¡Subinspectora! ¡Esto sí que es una sorpresa! Hasta hace un momento la creía a usted en coma...

—Y así era, no hace demasiado que desperté, es que ahora he recordado algo y necesito confirmarlo con urgencia.

—Usted dirá, si hay algo que pueda hacer...

—Necesito acceder a mi teléfono móvil. Creo que está destrozado.

—Sí y no..., hemos conseguido encenderlo usando una aplicación en el ordenador, ahora nos encontramos buscando la contraseña, como usted no estaba consciente para proporcionárnosla...

—La contraseña se la digo ahora mismo, es 1323. Son mis iniciales con el lugar que correspondería si les asignamos un número a las letras en orden alfabético.

—Ah, muy ingenioso —la felicitó él, a la vez que le daba al técnico la clave para acceder al teléfono.

—Es preciso que acceda al WhatsApp y mire una serie de mensajes que hay de un móvil del que no tengo el contacto, aparece sin fotografía también.

—Sí, creo que ya lo tengo, ¿qué quiere saber?

—Esos mensajes me comenzaron a llegar nada más empezar con el caso. Al principio no les di importancia, la verdad, después quise decírselo a Mario y no encontré la ocasión, comenzaron a precipitarse las cosas, hubo más cadáveres, más pistas y lo fui dejando.

—¿Quiere que localicemos la ubicación del teléfono?

—Ahora que lo dice, sí. Primero me hace falta que lea los mensajes y me diga una sola cosa.

—Por supuesto, ¿qué es lo que busca? Madre mía, son algo inquietantes, no sé cómo no nos habló de ellos.

—Eso no importa ahora mismo. Ya sé que he metido la pata. Solo dígame si encuentra la palabra «ahí» y si está bien escrita.

De repente, León García-Flores entendió todo. Supo por qué Macarena estaba tan nerviosa, supo por qué había tenido esa pesadilla a pocos minutos de despertar de un coma, supo por qué le urgía tanto leer ese texto: Mario estaba en peligro.

—Subinspectora Valverde..., ¿sigue ahí?

—Sí, claro.

—He encontrado varias frases en las que esa persona no sabe utilizar correctamente la palabra «ahí», o «hay»...

—Típico..., dígame alguna de las frases.

—En una dice: «No "ay" lugar para los cobardes», sin hache; en otra: «Es "hay" donde reside el mal de nuestros días...», y lo pone con hache y con y griega...

—Es suficiente, muchas gracias, Eduardo. Tengo que dejarle, necesito llamar a Quintana.

—En cuanto conozca la ubicación del móvil, se lo haré saber, lo estamos rastreando.

—Muchísimas gracias, de verdad.

Nada más colgar, se apresuró a llamar a Quintana y recibió el contestador como respuesta, lo intentó varias veces más con el mismo resultado.

—Mierda, mierda, mierda —murmuró y lo volvió a intentar de nuevo.

—Para ser tan modosita, dices mucho esa palabra —habló alguien desde la puerta.

—¡Quintana! ¡Intentaba localizarle!

—No me había ido del hospital, tenía… que hacer una visita —mintió a medias el inspector, en realidad la visita que había ido a realizar era a su cardiólogo.

—¡Cuánto me alegro! —le confesó ella—. ¿Se acuerda de que antes de irse Mario nos ha dicho que Leal no sabe usar la palabra «ahí»? Creo que él lo orquestó todo.

—Eh…, ¿sí?, ¿quieres que lo detenga por tener mala ortografía?

—No es eso, es que… recibí unos mensajes amenazantes en cuanto empecé con este caso y son de alguien que no sabe usar esa palabra, por eso me he dado cuenta.

—¡¿Que recibiste qué?! ¿Por qué no dijiste nada? ¡Joder! Has puesto en peligro todo, ¿sabes? Carrasco ha ido a reunirse con él.

—Creo que está en peligro —comenzó a llorar ella.

—Deberías haber informado a tu compañero desde el principio. ¿Por qué no lo hiciste?

—Porque al principio pensé que los mensajes me los enviaba la nueva novia de mi ex —explicó entre sollozos—. Solo eran amenazas sin sentido, frases inconexas. Después me pareció que era la prensa la que intentaba captarme. Para cuando quise decirle a Mario lo que me estaba ocurriendo, ya se había precipitado todo y estábamos camino del Pabellón de los Hexágonos, ya sabe que todo ha ido muy deprisa desde entonces.

Quintana no quiso añadir que el inspector Carrasco estaba en realidad en peligro por su culpa, para qué iba a echar más leña al fuego, no era nada que ella no supiera. Se apresuró a llamar a la comisaría. El subcomisario Estepona, al cargo hasta que la comisaria Robles se recuperara de las heridas, le aseguró que montaría de inmediato un dispositivo de búsqueda para encontrar al inspector y a Leal, quien en tan solo dos días había pasado de ser forense, sospechoso y más tarde víctima, para terminar como verdugo, según se temía la subinspectora.

Entretanto, Mario se dirigía, sin saberlo, a pedirle perdón a la persona que casi seguro había orquestado la muerte de varias jóvenes promesas de la Medicina. Acudía, como siempre, con la mejor de sus sonrisas.

47

Esa palabra te queda grande

El taxi dejó al inspector Carrasco junto a la valla de la entrada, el coche de Leal ya estaba allí. Pensó que, al tratarse de un edificio abandonado tan emblemático, no sería fácil el acceso. Se equivocaba, la puerta estaba abierta y el candado junto a ella ni siquiera parecía haber sido forzado.

Miró a su alrededor. Los jardines aparecían mucho mejor cuidados de lo que se esperaba y la fachada se veía arreglada, o al menos conservada. Se trataba del antiguo edificio de Radio Nacional de Madrid, situado a las afueras, en la carretera vieja de Chinchón y que pertenecía al municipio de Arganda del Rey.

Entró con algo de cautela, la verdad es que no entendía muy bien la insistencia de Leal de quedar allí con él. Por más que le había explicado que su madre había sido internada en una residencia en Arganda, muy cerca de aquel lugar, muy bien podrían haberse visto en una cafetería cercana y hacer las paces delante de una cerveza. Lo conocía desde hacía demasiado tiempo para que le extrañaran demasiado sus caprichos. Un día lo había citado en medio de un campo de fútbol, más bien justo en el tercer asiento del banquillo del equipo rival. Aquella vez Carrasco dio gracias de que no se estuviera disputando un partido.

Admiró la espaciosa entrada, con las baldosas de mármol que ahora se veían deslucidas por la falta de limpieza. Se alegró al pensar que eso cambiaría muy pronto, dado que se había previsto rodar algunos episodios de una serie de televisión a partir del mes siguiente. Si no se había enterado mal, ya hacía tiempo que utilizaban los exteriores del edificio como escenario. Quizá por eso se veían mucho más cuidados que el interior. La enorme escalera del recibidor semejaba una prolongación del suelo y ascendía hacia la planta superior, donde se dividía en dos.

—Majestuosa —susurró el inspector—, con razón quieren rodar aquí.

Sacó el teléfono para avisar a su amigo de su llegada y se percató de que tenía un par de llamadas perdidas. La primera de García-Flores y la segunda de Quintana. Si el ginecólogo no había insistido, no sería nada grave y con el segundo no tenía muchas ganas de hablar. Antes de poder mirar sus mensajes, le llegó la voz de Leal desde el siguiente piso.

—¿Eres tú, Mario?

—Sí, estoy aquí abajo.

—Sube, este sitio es espectacular —le invitó.

El inspector Carrasco subió las escaleras con paso ligero e intentando no resbalar, el polvo y el mármol no conectaban demasiado bien. Al llegar al primer piso Leal, muy sonriente, le quiso enseñar todo lo que había visto hasta el momento: la sala de radio, con decenas de amplificadores, generadores, emisoras, cabinas...

—En la tercera planta hay una biblioteca gigante y..., ¿sabes qué?, casi todos los libros están en inglés y en francés.

—Normal —le explicó Mario—, este edificio se construyó hacia 1950, quizá antes, y en aquellos años en España, en plena dictadura, casi no dejaban imprimir, al menos en español, así que se traía literatura de fuera, el problema era que muy pocos tenían acceso a los idiomas.

—¿Cómo sabes tú todo eso?

—Me fascina la época de la posguerra, el régimen de Franco, todo lo que tenga que ver con ese periodo de la historia me resulta muy interesante.

—Ah…, no tenía ni idea. Ven, voy a enseñarte el lugar desde el que se transmitía casi todo. Es alucinante.

Carrasco siguió a su amigo por los amplios pasillos y contempló las enormes cristaleras que cubrían las paredes. La luz que entraba en aquel momento proyectaba sus sombras en las blancas paredes y les daba un aspecto fantasmal. Al entrar en la estancia que Leal quería enseñarle, el inspector admiró las máquinas que coronaban una gigantesca sala rodeada por más de veinte cabinas en las que supuso que se encerraban los locutores para proceder con las emisiones de uno u otro programa.

—Bueno, Mario, tú querías que quedáramos.

—Sí, quería pedirte perdón, no creí en ti y luego descubrimos que ese chico, César, era el autor de los crímenes.

—Me dolió mucho que, en particular, tú no me creyeras.

—Lo sé, por eso quería verte, lo que no me imaginaba era que nos encontráramos en un sitio como este. ¿Cómo se te ocurrió?

—No sé, ya te dije que está cerca de la residencia donde he ingresado a mi madre y me pareció muy pintoresco.

—Lo es —coincidió el inspector—, tan pintoresco como el resto de los lugares que elegiste para acabar con aquellos chicos.

—¿Me lo dices en serio? Creí que ya no había dudas de que yo no tuve nada qué ver.

—No, Paco, quedó claro que tú no los mataste, no que no estuvieras implicado. Es más, aunque viniendo hacia acá estaba casi seguro, me quedaba la esperanza de que no fuera así. Nada más darme cuenta de que me traías a la única sala insonorizada del edificio, disipé las pocas sospechas que me quedaban.

—Igual no eres tan listo como crees —le recriminó Leal.

—El día que encontramos el primer cadáver, el de Luis Acevedo, había un testigo, un chico desgarbado y con muchos granos, J. J., ¿lo recuerdas?

—El que tiene buena memoria eres tú, ¿no? —respondió con ironía.

—Me enseñó un montón de fotos en su teléfono móvil, las habían hecho durante días su colega y él, y algo no me cuadró desde el principio. Viniendo para acá, he sabido ver lo que era.

—Sorpréndeme.

—En una de las fotos se veía algo que no encajaba y he llamado a la comisaría para que me enviaran una copia ampliada.

—Y ahora me vas a decir qué era, ¿no?

—Mejor te lo enseño: son tus gafas. Tus gafas blancas que tanto te gustan y que nadie más lleva. Esas que te regaló Manuela hace unos años y que le costaron un pastón. Te he oído alardear de ello durante mucho tiempo.

—Las gafas..., se me olvidaron encima de una piedra. Cuando volví a por ellas, estaba el chico ese con otro pelirrojo y pensé que era perfecto. Si iban allí a menudo a fumar porros, encontrarían pronto el cadáver. Y, con un poco de suerte, si estaban drogados, igual contaminaban el escenario.

—Y después mandaste a César a hacer el trabajo sucio, ¿no? A un idiota con ganas de venganza que se manchara las manos por ti.

—Te crees que lo sabes todo, ¿verdad?

—No lo comprendo, ¿por qué a ellos? Lo de César, lo entiendo, estaba enamorado de esa chica, lo que no acierto a comprender es qué motivos podías tener tú.

—Siempre has sido la persona más inteligente que conozco y la más estúpida, todo al mismo tiempo. César estaba enamorado de Laura, sí, pero Laura a quien quería era a mí.

—¡Claro! ¡Laura! Recuerdo que Manuela te dejó porque decía que bebías mucho y que ibas con prostitutas.

—Laura no era una prostituta. Me la ligué en un bar un día que había bebido, follamos y le pagué...

—Ah, y eso según tú no lo hace una prostituta, ¿no?

—¡Cállate! Eres un bocazas. A partir de aquel día quedé con ella varias veces más, llegó un momento en el que no me permitió que le pagara y comenzamos a vernos con frecuencia. Empezamos una relación. No te imaginas lo que fue para mí verla en aquella camilla: hinchada, amoratada, sin vida...

—Por eso decidiste creer a César o fingir que le creías, para tenerlo a tu lado y mandarle el trabajo sucio. Simulaste no conocer a Laura en esa camilla y lo volviste a hacer cuando tuviste delante a Damián.

—A César era muy fácil engañarlo, quería escuchar ciertas cosas y yo no tenía problema en decírselas, solo tenía que hacer ver que bebía más de la cuenta y él hacía el resto. Y a Damián... me costó menos de lo que pensaba disimular que no lo conocía porque Tania se desmayó muy a tiempo. Me habría sido más difícil delante de ella.

—¿Y la fiesta? Porque estabas en la misma fiesta a la que fue ella...

—Cuando la vi en aquella fiesta... joder... no tenía ni idea de que la había contratado Luis Acevedo. Al no estar Manuela comencé a beber sin parar. Ya me daba igual que me vieran o no, Laura estaba allí y le habían pagado para que se acostara a saber con cuántos. Cuando comencé a beber ya no pude parar, hubiera preferido caer inconsciente para no pensar en lo que hacía Laura allí. Y lo habría conseguido, si Damián no hubiera estado tan pendiente de mí.

—¿Y cuando la viste en el coche del residente?

—No podía delatarme, se la veía drogada, pero no sabía que la habían violado, lo supe cuando le hice la autopsia. Me convencí a mí mismo de que Luis la llevaría a su casa, como había prometido.

—No lo hizo.

—No, el muy hijo de puta la dejó morir allí. Tras aquello Manuela me dejó. No podía más. Yo estaba más distante que nunca y bebía a todas horas. Y entonces fue cuando la trajeron al Anatómico Forense. No pude comenzar la autopsia hasta que pasaron horas.

—Tú sabías que no se suicidó —le acusó Mario.

—¡Claro que lo sabía! Si no, menuda mierda de forense. Puse que se había suicidado para evitar la investigación policial. Se habría sabido todo lo nuestro.

—Lo llevas maquinando mucho tiempo.

—Casi me complica la vida tu compañera, menos mal que es una novata de libro.

—¿A qué te refieres? —se extrañó Carrasco.

—A que te ha salido un poco listilla y se mete en todo. Le envié un montón de mensajes para que dejara de meter las narices donde no la llaman. Lo dudé mucho, no creas, por si te los enseñaba, pero algo me decía que no lo iba a hacer.

—A Macarena le faltan tablas pero es una gran investigadora.

—No lo dudo, pero no iba a dejar que una niñata me fastidiara todo.

—Ni te imaginas. Aún no tenía muy claro cómo iba a acabar con ellos, cuando César me dio la solución. Un día llegó a mi casa y me contó lo que había hecho, al pensar que yo dormía bajo los efectos del alcohol y que no le estaba escuchando. Después solo tuve que dejar alguna que otra foto de autopsias delante de él y le pareció una idea fantástica simularlas con ellos. Para mí ha sido de lo más gratificante: Usó mis notas, mi método, mi coche, mi material, se convirtió en mí. Y yo no he derramado una gota de sangre…, hasta ahora. Métete en esa cabina —le exigió mientras sacaba un cuchillo.

—No lo voy a hacer, Leal.

—Vaya…, ¿ya no soy Paco? ¿Tu querido amigo Paco al que tenías que salvar de sí mismo?

—**Esa palabra te queda grande** desde que sé de lo que eres capaz.

—Te diré lo que va a pasar. Vas a entrar en aquella cabina, la que tiene el número tres. Se cierra casi hermética y he preparado una mezcla que te echaré por el respiradero, es lo mejor de trabajar en la morgue, ya que algunos de los productos que usamos son tóxicos. Te voy a matar, después iré a casa de Manuela, donde me espera para comenzar de nuevo, sabía yo que se echaría en mis brazos en cuanto la salvara de ese chico, si no la conoceré… Antes voy a esconder tu cadáver en la morgue, es muy fácil, solo tengo que meterte en una cámara con otro cuerpo al que ya le hayan hecho la autopsia.

—Lo tienes todo pensado, parece que te he subestimado —le felicitó el inspector con sarcasmo.

—Lo que no entiendo es por qué sigues sonriendo, esa sonrisa no te va a salvar de morir.

—Su sonrisa no, pero igual yo sí —dijo una voz a su espalda a la vez que propinaba un golpe al forense que lo dejó inconsciente enseguida.

—Joder, Quintana, para ser tan grande, eres de lo más silencioso —le alabó Carrasco.

—Me alegro de que estés bien, gilipollas —respondió el enorme inspector a la vez que le colocaba a Leal las esposas, con una satisfacción que no lograba ocultar.

48

Todo empezó con un bocadillo…

El colchón despedía una mezcla de olores tan variada que raro era el día que conseguía dormir. Al menos había podido calmar las náuseas al acostarse. Se palpó la mejilla, la herida aún le supuraba. Le habían dado cuatro puntos de sutura y había rechazado la anestesia. No quería saber nada de alcohol, analgésicos o cualquier cosa que pudiera considerarse adictiva. Su vida le pertenecía y, aunque fuera en aquellas circunstancias, quería el control. Luchar por su supervivencia se había convertido en un ritual. Hoy había sido la mejilla, ya le habían cosido un costado y el muslo derecho. Era lo que ocurría con los chivatos, los policías o los que colaboraban con ellos. Y en ese grupo se encontraba él, un forense que ayudaba a la pasma a encerrar asesinos. Tenía más papeletas de abandonar la cárcel en una de aquellas bolsas, que había usado miles de veces en la morgue, que muchos de los reclusos que estaban allí.

Hacía ya tres meses que había pasado a disposición judicial. Tres meses en los que se había negado a recibir visitas… Solo consintió en hablar con su abogada, una mujer seca y estirada, poco amiga de bromas y con la cara cenicienta de no disfrutar del aire libre jamás. Carrasco pensaba que se negaba a verlos por vergüenza, Manuela consideraba que lo hacía por pena y Quintana aseguraba que no quería hablar con ellos porque era un cerdo asqueroso que creía estar por encima de todos, nadie se lo recriminó.

—Leal —llamó su atención un funcionario desde la puerta de la celda—. Es la hora.

Se bajó de la cama sin oponer resistencia y se encaminó al pasillo. Dos hombres lo custodiaron hasta una sala donde lo esperaba su abogada, tan impasible como siempre, y con un traje que le mandaba Manuela para acudir al juicio más arreglado. No protestó. Tras ponerse la ropa y calzarse, pensó que aquello debía de ser la venganza de su exmujer, porque el traje era el de su boda y le quedaba apretado. Y los zapatos, aquellos que le habían hecho tanto daño cuando los compró y que imaginó que Manuela se había encargado de tirar. Era evidente que no lo hizo. Echaba de menos llevar el anillo en su mano; si algo le fastidiaba de todos aquellos protocolos carcelarios, era aquello: prescindir de lo que significaba tanto para él.

Entró en un coche de la policía con las manos esposadas a la espalda y con el cuello irritado de la camisa, ahora sí que estaba seguro de que su exmujer intentaba vengarse de todas las formas que sabía, porque era alérgico a la mayoría de los suavizantes y esa ropa debía de llevar doble dosis. Tenía que haberlo sospechado. El coche comenzó a moverse y Leal se intentó acomodar. Cuando por fin había conseguido una postura más o menos decente, notó cómo el coche se preparaba para estacionar: habían llegado.

Al entrar en la sala donde se celebraría el juicio, pudo ver en primera fila a Tania, no había vuelto a pensar en ella desde el día en que fue detenido por Carrasco y Quintana. Fue la primera vez en meses que sintió algo parecido al arrepentimiento, además del día en que enterró a su madre, hacía ya algunas semanas. Le dolía no haber estado con ella en sus últimos instantes, como le había prometido tantas y tantas veces. Al final no había sido tan buen hijo como pensaba.

Ni siquiera reparó en la entrada del juez a la sala, ni en las preguntas que hizo a Tania ni a García-Flores, ni en las miradas de reproche de sus antiguos compañeros. Se había prometido a sí mismo que no los escucharía y lo había logrado. Para él no era más que un murmullo molesto que no tenía por qué escuchar. Solo cuando el fiscal llamó como testigo a Mario, su cabeza se levantó lo suficiente para enfrentarse a la mirada del que fue su amigo tantos años.

—¿Conoce usted al doctor Leal?

—Sí, lo conozco —asintió el inspector.

—¿Se podría decir que son amigos?

—Lo éramos.

—¿Podría explicarnos desde cuándo lo conoce y cuál ha sido hasta ahora su grado de amistad? —quiso saber el fiscal con las gafas a punto de caer de su nariz.

—**Todo empezó con un bocadillo…** Era mi primer día en aquel instituto y había olvidado mi almuerzo. El estómago me rugía tan fuerte que el chico que se sentaba delante de mí sacó a escondidas su desayuno y me dio la mitad por debajo del pupitre. Al levantar la vista, me encontré a un chaval huesudo de ojos amables y la cara llena de granos. Me dijo que se llamaba Paco y que no me tenía que preocupar, porque ahora éramos amigos y él jamás fallaba a los amigos…

Agradecimientos

Alguien me preguntó hace un tiempo si sabía lo que era la felicidad. Y, por mucho que lo pienso, no tengo la respuesta.

Pero hay algo de lo que estoy segura: Muchas personas de mi vida y muchos momentos juntos me hacen sonreír; eso debe de ser la felicidad para mí.

Es imposible empezar a dar las gracias sin nombrar a uno de los grandes, Víctor del Árbol, maestro de la novela negra, un autor de los que dejan huella y mi gran referente a la hora de escribir. No viviré suficientes vidas para agradecerle su tiempo, sus palabras, su cercanía... Yo por mi parte, Víctor, prometo seguir aprendiendo.

No sería posible llegar a este libro sin el amor de mis tres hijos, que me acompañan en cada folio, me animan en cada frase y me dicen un «te quiero» a tiempo, justo cuando más falta me hace (creo que tienen un don).

La familia, los amigos... a veces confundo a unos y otros. Ellos siempre me alientan a seguir escribiendo, sin tener en cuenta si duermo, descanso o respiro por el camino, dan por hecho que para mí es una función básica más. Y lo peor es que están en lo cierto.

Mis compañeros no pierden ocasión de preguntarme: «para cuándo tendrán libro», y yo, de inmediato, retomo la historia, no vayan a preguntar de nuevo.

Mi escritura tiene un antes y un después que se llama Ramón Alcaraz, un profe de verdad, de los que no se callan nada y te recortan todo. Me ha guiado en este camino de aprendizaje del que voy por el primer tramo, más o menos. Siempre que dudo al revisar una frase me viene a la mente mi profesor tachando y planteando alternativas. No me veo escribiendo sin sus consejos.

¿Y qué decir de la agencia IMC y de Isabel Martí? Qué gratificante es que alguien que sabe tanto del mundillo editorial te dé la enhorabuena por tu trabajo y te encuentre una oportunidad que llevas esperando mucho tiempo.

A la editorial Grijalbo le quiero agradecer la oportunidad de trabajar en sus filas, porque sin ellos esta novela no estaría en la estantería de ninguna casa a la espera de unas horas de lectura voraz. Habéis creído en mí y yo creo y creeré siempre en vosotros. GRACIAS. En especial, por supuesto, a Ana Caballero que, aunque soy consciente de que forma parte de un equipo de profesionales que han apostado todo por *Una pieza de más*, es la persona con la que he compartido decenas de emails con cambios, propuestas, correcciones, nuevas expresiones y elucubraciones. ¡Menudo ojo tiene, no se le escapa una!

A todos los que se han ido antes de tiempo sin compartir conmigo este libro, yo os leeré en voz alta todas las noches, para que no os perdáis nada (os necesito).

Y a ti, papá, porque, como siempre, habrías sido mi lector cero...

A mis libreros y libreras favoritos, porque aquí tenéis más madera...

Y para ti, lector, porque sin ti yo ni siquiera existiría...